Inca (III)
La luz de Machu Picchu

Novela Histórica

Biografía

La trilogía *Inca* ha sido escrita por Antoine Audouard, Jean-Daniel Baltassat y Bertrand Houette, reunidos bajo el seudónimo de Antoine B. Daniel.

Audouard es escritor y editor. Houette, un apasionado de la civilización inca, se dedica, desde 1978, a realizar investigaciones en América del Sur. Baltassat, historiador y escritor, recibió el Premio Jeand'heurs de novela histórica.

Antoine B. Daniel
Inca (III)
La luz de Machu Picchu

Traducción de Manuel Serrat

 Planeta

Este libro no podrá ser reproducido,
ni total ni parcialmente, sin el previo
permiso escrito del editor.
Todos los derechos reservados

Título original: *Inca 3: La lumière du Machu Picchu*

© XO Éditions, 2001
© por la traducción, Manuel Serrat, 2002
© Editorial Planeta, S. A., 2003
　Avinguda Diagonal 662, 6.ª planta. 08034 Barcelona (España)

Diseño e ilustración de la cubierta: Opalworks
Primera edición en Colección Booket: abril de 2003

Depósito legal: B. 6.633-2003
ISBN: 84-08-04716-7
Impreso en: Litografía Rosés, S. A.
Encuadernado por: Litografía Rosés, S. A.
Printed in Spain - Impreso en España

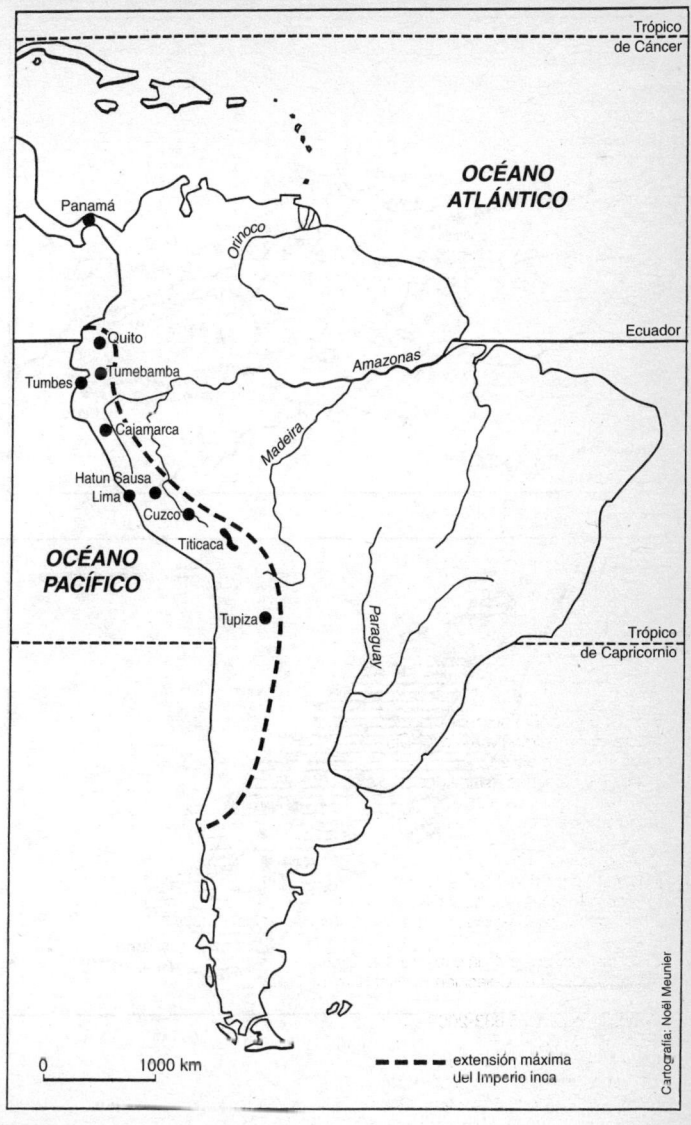

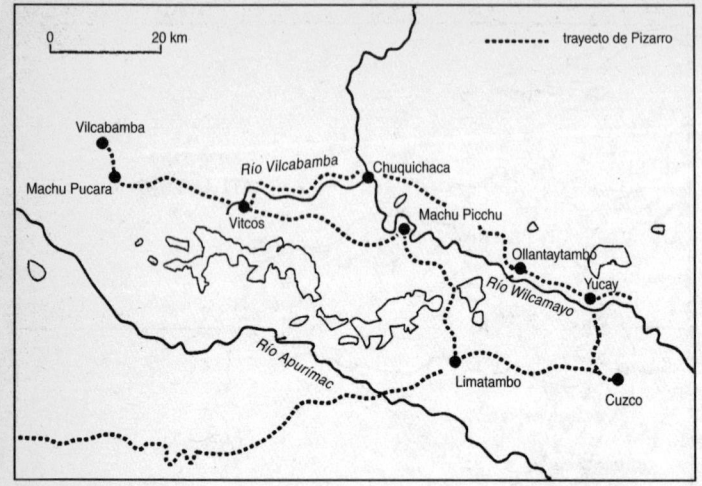

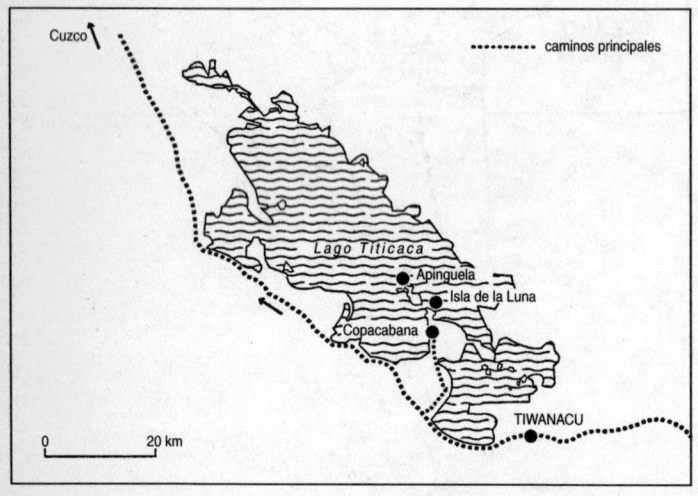

Primera parte

1

CUZCO, 1 DE MAYO DE 1536

Nadie se fija en Gabriel cuando va a acuclillarse, un poco antes de mediodía, en la esquina de la *cancha* donde reside Gonzalo Pizarro.

La túnica que lleva desde hace semanas está lo bastante sucia como para alejar las miradas. Se ha frotado las mejillas con arcilla para cubrir los pelos rubios de su barba, que vuelve a crecer. Los españoles sólo ven en él a un maldito indio harapiento, uno de esos miserables que pueblan ahora las callejas de Cuzco. Por su gorro cuadrado, extrañamente puntiagudo en los extremos y que se ha encasquetado mucho en la frente, los indios, por su parte, creen adivinar a un campesino del Titicaca. Sin embargo, bajo su *unku*, sujeto a la cintura por una correa de cuero, cuelga una pequeña maza de bronce que contiene todas sus esperanzas.

Ha entrado en la ciudad con las primeras luces del alba. Aprovechando la noche para evitar el incesante flujo de los guerreros reunidos por Manco y Villa Oma, ha caminado de un tirón desde Calca. Dos o tres veces se ha extraviado en la oscuridad, alargando por consiguiente su camino. Sin embargo, la rabia y el dolor han impulsado sus pasos, impidiéndole cualquier reposo.

Sólo ahora, cuando se agacha al pie del gran muro caldeado por el sol, Gabriel siente el hambre y la fatiga que atirantan sus miembros. Sin embargo, ni por un instante piensa en alejarse para encontrar un poco de alimento. Su mirada permanece clavada en la puerta de la *cancha* y no se desvía. Ya tendrá tiempo, después, para comer y dormir, si eso sigue teniendo sentido.

Está allí para matar a Gonzalo. No tiene otro deber.

Durante dos horas, sólo salen y entran en la casa del hermano del gobernador servidores y un puñado de cortesanos. En su mayoría son rostros nuevos, hombres cuyas maneras y atavíos huelen aún a España. Hay, en el modo de hundir el tacón de la bota en el polvo, toda la arrogancia de los nuevos dueños.

La fatiga cierra los párpados de Gabriel. La sed y el hambre le hacen temblar, a veces, de la cabeza a los pies. Sin embargo, por nada del mundo abandonaría su vigilancia para pedir un poco de agua y de comida. Imagina el instante en que golpeará a Gonzalo; en que, por fin, el mundo quedará purgado de esa maldad. De la bolsa de tela que le cuelga del cuello, bajo la túnica, sobre la piel, toma unas hojas de coca y las masca concienzudamente, hasta que el hambre desaparece.

El terrible relato del enano le hace palpitar aún las sienes: «Gonzalo entró en la habitación de Anamaya. Ella dormía. Despertó cuando él le había puesto ya las manos encima. Gritó y se pelearon. Manco quería matarlo en seguida, pero Anamaya temía que los extranjeros se vengaran en el Único Señor. Entonces huimos de Cuzco, antes de que amaneciese...»

Rumiadas durante días y días, esas palabras terribles se han convertido en imágenes que alimentan un odio de fuego y hielo que aguza sus nervios más aún que el hambre y la sed. A cada bocanada de aire, respira la venganza como si bebiera néctar, de modo que sus ojos permanecen abiertos de par en par y sus dedos, entumecidos, se cierran sobre el mango de la maza.

El cálido sol de la tarde pesa sobre él y acaba de aturdirlo sin que Gonzalo Pizarro salga de su casa. Gabriel finalmente se duerme con la boca llena de polvo y se hunde en una pesadilla en la que descubre a una lejana Anamaya, cuyo rostro se ha endurecido por la determinación. Abraza a su esposo de oro y declara: «Debemos hacer la guerra contra vosotros, los extranjeros, pues las montañas y nuestros antepasados necesitan nuestro amor y nuestro valor para no ser arrastrados por la nada. Y yo permaneceré junto a mi esposo de oro cuando combata, pues ése es mi lugar. Tú debes alejarte de mí...»

Quiere protestar; quiere explicarle que no pueden enfrentarse como si fueran enemigos. Pero la boca de Gabriel se agita en silencio. Hace un esfuerzo sobrehumano para que le escuche. Implora a Anamaya, le suplica que abandone la dureza de su mirada. Como si nada. Ningún sonido, ni siquiera un grito sale de su garganta. Despierta tan brutalmente que percibe su propio gemido. Con el espíritu obsesionado por la presencia de Anamaya, no reconoce en seguida lo que le rodea.

La impotencia de su pesadilla parece perseguirlo aún durante unos segundos. Luego, como si agitara el mango de un puñal clavado en su pecho, recuerda con claridad la respuesta que le dio en Calca tras su noche de amor: «Entonces tendremos que combatir el uno contra el otro. Si durante la batalla debes estar junto a Manco y lejos de mí, Anamaya, es que para ti me he convertido en un extranjero como los demás. Y en este caso, mi lugar estará entre los extranjeros.»

El dolor había hecho temblar los labios de Anamaya. Rozando su mejilla con la punta de los dedos, había murmurado: «¡Tú eres el puma, amado mío! Eres el único hombre que puede tocarme, tanto en éste como en el Otro Mundo. Eres el único que llega a mi corazón y puede llevarme a la felicidad del mundo.»

Sin darse cuenta, Gabriel sonríe al mismo tiempo que dos lágrimas se pierden en sus mejillas cubiertas de arcilla agrietada.

Sí; no duda de que Anamaya lo ama tanto como él la ama a ella.

Sin embargo, nada es ya posible entre ambos. Demasiada distancia y demasiados dramas se levantan ahora entre la esposa mágica de un señor inca muerto desde hace años y él, el extranjero que no es ya nada, ni siquiera entre sus antiguos compañeros.

Sí, ya sólo le queda asesinar a Gonzalo.

¡Y sería una bendición si también él pudiese morir!

Poco antes de que las sombras del anochecer caigan sobre Cuzco, lo que está esperando se produce al fin.

Un estruendo de todos los diablos le saca de sus ensoñaciones. Vociferaciones infernales y gritos llenan la calleja. Gabriel se incorpora, con las rodillas crujientes y los músculos endurecidos. Aparece un cerdo con las fauces abiertas. Es un enorme cerdo de pelos tan negros como la noche; un auténtico serrano de Andalucía, que pesa sus buenas cincuenta libras y descubre unos colmillos de jabalí, capaces de despanzurrar un caballo.

Y luego, de pronto, llegan otros. Son treinta tal vez; corren con la frente baja y gruñen como si los degollaran ya. Los machos avanzan sin desviarse, golpeando con sus cabezas de fiera los muros de la *cancha*, mientras las cerdas de preñado vientre arrastran las ubres por el polvo. Una decena de cochinillos asustados chillan tras ellos, zigzagueando entre las piernas de algunos indios torpes y gritones, que, como pueden, intentan dirigir aquella horda de fuerte olor.

Recién promovidos al rango de porquerizos, los campesinos de túnica manchada se atarean con unos largos bastones. No se atreven a utilizarlos para golpear el culo de los cerdos. Están mucho más dispuestos a huir en cuanto un cochino los empuja. Apartada, a prudente distancia, se ha reunido una multitud de cuzqueños. Hombres, mujeres y niños, con la risa en la boca, abren de par en par los ojos para ver el extraño cortejo.

Aullando a su vez, Gabriel salta al centro de la calleja. Patea los redondos culos y, capturando por las orejas a un joven macho, detiene la desbandada. Inmóviles de pronto, los cerdos parecen sentirse a gusto. Levantando el morro, con los ojos extrañamente atentos, abandonan sus desgarradores gritos.

Estupefactos también, los porquerizos contemplan al intruso con desconfianza. Gabriel los saluda en quechua para tranquilizarlos. Pero, cuando pregunta adónde van aquellos animales, el silencio le responde primero. Toma conciencia de que su acento debe extrañar tanto como su atavío; de su rostro, el barro seco se despega ya, y el jugo verde de la coca asoma por la comisura de los labios. Finalmente, uno de los hombres levanta la mano señalando la casa de Gonzalo.

—A casa de ese extranjero. Son sus animales. Los ha hecho venir de Cajamarca sólo para comérselos.

Hay tanta incredulidad como respeto en la voz del hombre. En un abrir y cerrar de ojos, Gabriel comprende que la suerte está, por fin, de su parte.

—Voy a ayudaros —anuncia—. Sé cómo manejar a estas bestias.

Tienen que batallar un buen rato, de todos modos, para que la piara entera cruce la estrecha puerta trapecial de la *cancha*.

Vuelve a empezar el jaleo, porque las jóvenes sirvientas indias huyen ante aquellas bestias excitadas que galopan de un extremo al otro del patio, derribando y rompiendo algunas jarras, e inquietando a los caballos que estaban siendo almohazados.

La casa de Gonzalo no ha cambiado mucho en los dos años en que Gabriel no la ha visto, salvo por unas sólidas puertas de hermosa carpintería española que cierran las habitaciones y una barandilla puesta en el patio para atar a los caballos.

Sin ocuparse más de los cerdos, Gabriel va a situarse en el centro del patio. No necesita esperar mucho para percibir en el patio contiguo gritos y risas, y reconocer una voz que detesta; con camisa acuchillada, calzas de terciopelo y botas brillantes, Gonzalo aparece acompañado por dos de sus cortesanos. Sin dirigir ni una mirada al indio que parece ser, ignoran a Gabriel y se divierten con el desconcierto. Uno de ellos agarra a una joven sierva y la sujeta por la fuerza, jugando con ella y ofreciéndosela al gorrino más violento. Antes de que el cerdo cargue, Gabriel blande su maza estrellada y, de un seco golpe en el brazo, empuja al imbécil, obligándolo a soltar a la muchacha.

—¡Cagüen Dios! —gime el bellaco—. Ese macaco ha estado a punto de romperme la muñeca.

Furiosos, Gonzalo y su compañero se disponen ya a golpearlo, pero se quedan inmóviles cuando él se quita el gorro y desvela su rostro. Con el dorso de la mano, Gabriel se frota las mejillas para ser más reconocible aún.

Gonzalo es el primero en sobreponerse y recuperar el sarcasmo.

—¡Pero qué sorpresa! Amigos míos, os presento a don Gabriel Montelúcar y Flores. ¡Nos lo han traído con los cerdos! Muy bien, querido, por fin estáis en un lugar digno de vos.

A su lado, los otros dos han desenvainado ya la espada. Gabriel los ignora.

—Se os creía desaparecido, huido y tal vez, incluso, muerto —sigue divirtiéndose Gonzalo—. Pero no, ¡estáis muy vivo y lleno de mierda, por lo que parece! ¿Debo entender que mi querido hermano Francisco se ha decidido, por fin, a patearos el culo?

La violencia inunda la mirada de Gabriel. Gonzalo y sus compañeros dan dos pasos hacia atrás.

—El infierno os abre las puertas, Gonzalo —chirría Gabriel,

agitando su maza—. Ha llegado el día de que vayáis a ocupar el lugar que tenéis reservado allí.

—¡Caramba! ¡Qué miedo me dais con ese chirimbolo! —se carcajea Gonzalo.

—Con este chirimbolo, Gonzalo, os aplastaré los cojones. No tenéis suerte. No soy de los que esperan a Dios para castigar a los crápulas de vuestro estilo. Tendré el placer de encargarme yo mismo.

El miedo crispa por unos instantes la boca de los compañeros de Gonzalo. Es el momento que Gabriel elige para arrojarse hacia adelante. Las espadas se cruzan, y él las aparta con un violento revés de su brazo. El bronce de la maza resuena contra las hojas. Gonzalo retrocede dando un pequeño brinco y saca una daga de las calzas. Con un breve golpe, intenta alcanzar el brazo de Gabriel. Su hoja sólo encuentra el vacío, y la brutalidad de su gesto lo desequilibra. Inclinándose para escapar del azote de las espadas de los otros dos, Gabriel le asesta un golpe violento en el muslo.

Gonzalo se derrumba en el centro del patio con un grito de dolor. Gabriel quiere repetir el ataque, pero la punta de la espada le atraviesa el *unku* y le roza las costillas. Rueda por el suelo mientras ambos españoles azotan el aire a diestro y siniestro. Contiene las hojas con la maza. Lamentablemente, el mango, muy dañado por los filos, se debilita muy pronto. Por unos segundos piensa en aquella terrible impotencia que tantas veces ha visto en los guerreros incas cuando, con la espada, destruía sus armas. Como ellos, muy pronto sólo va a quedarle la carne para ofrecer al hierro. Y entonces, se le ocurre la idea.

Con un aullido de odio, da más amplios molinetes y, como una piedra de honda, lanza la maza al rostro más cercano. El español no tiene tiempo de esquivarla; el bronce se incrusta en la mejilla y destroza los huesos con un crujido seco, mientras el hombre cae, ya inconsciente. Aprovechando el espanto del otro combatiente, Gabriel se lanza a agarrar uno de los cochinillos asustados por el combate y lo blande en el extremo de su brazo —extraño escudo gruñidor— cuando su asaltante finta para atravesarlo. La espada se clava en el animal como si fuera mantequilla, tan profundamente que queda atrapada en él. Con un movimiento de giro y con todas sus fuerzas, Gabriel tira el gorrino al otro lado del patio. Con el golpe, la espada desgarra las entrañas del pobre animal y le arranca chillidos de agonía, mientras, con un puntapié en el vientre, Gabriel aparta al cortesano desarmado. Sólo necesita dos brincos para llegar hasta Gonzalo. Con demente energía, se tira encima de él y cierra las manos alrededor de su garganta.

—Todo ha terminado, Gonzalo —mascula—; todo ha terminado. El mundo no quiere saber ya nada de vos.

Hipnotizado por la asfixiada mirada de Gonzalo, Gabriel no oye los gritos ni el ruido de unas botas a su espalda. Cuando la herrada punta de una suela se clava en sus costillas, la sorpresa y el dolor le cortan la respiración.

Suelta su presa y cae entre las piernas de Gonzalo. Antes de que pueda levantarse, un nuevo golpe en la sien lo deja medio aturdido. Le agarran. Cegado, con la cabeza zumbante, no se debate ya. Apenas si es consciente de que le atan las manos a la espalda. El furor de la frustración le da una postrera energía. Haciendo acopio de las fuerzas que le quedan, hace ademán de levantarse para que le rematen por las buenas.

Y es lo que parece ocurrir. Su nuca estalla, y todo es ya oscuridad.

La negrura se enrojece, se hace líquida y confusa antes de convertirse en un dolor luminoso. Un martilleo zumba en él como si le golpearan de los pies a la cabeza. Con asombro, Gabriel advierte que sus manos le obedecen y se mueven. Se pasa los dedos por el rostro. Quedan pringados por la humedad tibia de la sangre.

Abre los párpados. Necesita unos momentos para ajustar la mirada, y entonces comprende.

Está tendido sobre la tierra batida de una estancia. La reconoce: se alojaba aquí mismo hace mucho tiempo, antes de abandonar Cuzco por orden de don Francisco. Atónito aún, se incorpora para sentarse.

A golpes de mazo, un hombre, alto y obeso como una barrica, cierra con precaución en el tobillo derecho de Gabriel el grillete de una cadena fijada en el muro. A pesar de su volumen, sus gestos son de asombrosa precisión. Gabriel advierte que sus ojos negros no expresan crueldad ni placer mientras lleva a cabo su tarea; más bien, aburrimiento. Cuatro hombres le rodean y le miran, con aspecto torvo e indiferente.

—¿Cómo te llamas? —pregunta Gabriel.

—Enrique Hermoso, don Gabriel, pero mis amigos me llaman Quique.

—Haz tu trabajo, Quique, y no te preocupes por nada más.

Con un suspiro, Quique prosigue, y Gabriel aprieta los dientes. Intenta abstraerse en el examen de los recién llegados, cuya cara no conoce. También son nuevos sus chalecos, de cuero muy grueso y con el blasón de los Pizarro incrustado: pino y piñas, rodeados de dos osos andando sobre pizarra. Las alabardas de hojas crecientes que llevan de forma descuidada en los hombros, son igualmente nuevas. Así pues, sumido en su observación, casi sin sorpresa, los ve apartarse de pronto para dar paso a un hombre alto, con la barba finamente recortada y la gorguera de encaje impecable y almidonada: don Hernando Pizarro.

—Estoy acabando, señor —dice el hombre gordo.

Y da un último golpe de mazo, que resbala lo justo para magullar el tobillo de Gabriel, de quien arranca un gemido. El carcelero suelta una risa turbada.

—Con esta cadena en la pata, no podrá ir a bailar, don Hernando.

—Perfecto, Enrique —se divierte Hernando—. Ofreceremos un baile de los nuestros a maese Montelúcar y Flores.

Cuando el gordo se levanta jadeando, Gabriel aprieta los dientes para ponerse en pie sin demostrar el vértigo que le pone el estómago en los labios. Su pierna está tan dolorida que apenas lo sostiene.

Hernando mueve la cabeza.

—El tiempo pasa para vos sin que hagáis grandes cambios, don Gabriel. Os dejé con la bilis en los labios y os encuentro del mismo modo treinta meses más tarde. Aunque, considerando vuestro atavío, del mismo modo no es exacto. Ahora estáis un poco más abajo y muy cerca ya del foso del estiércol.

Gabriel escupe una saliva roja.

—Muy bien —dice Hernando—. He aquí lo que explica el olor que flota por estos pagos desde que llegasteis.

Parece que uno de los hombres con chaleco de cuero quiere avanzar, pero Hernando lo retiene con un ademán.

—Montelúcar, esta vez no podréis contar con don Francisco para sacaros las castañas del fuego. Aquí, ahora, el dueño soy yo. Mi buen hermano el gobernador se sintió tan feliz viéndome regresar de España que me nombró, muy oficialmente, teniente-gobernador. Y, por fortuna, ha abierto por fin los ojos por lo que a vos se refiere. Supo cómo habíais abandonado la misión que os confió.

—¡Buen provecho os haga! —chirría Gabriel, apoyándose en la pared—. El título, por grande que sea, no basta para ocultar la mediocridad de quien lo lleva. Sois estiércol, y estiércol seguiréis siendo, don Hernando.

Con un fuerte bofetón, la mano enguantada de Hernando revienta el labio superior de Gabriel, que cae a cuatro patas.

—¡No estáis ya en condiciones de haceros el listillo, perro sarnoso! —silba Hernando—. Podría aplastaros ahora mismo como la mierda que sois. Podría dejaros en manos de Gonzalo, que sólo sueña con vaciaros las tripas con una cuchara. Pero sería haceros demasiado honor. En Toledo me explicaron cuidadosamente que les gustaban los procesos. Muy bien, pues tendréis un proceso, y en la forma debida. Así, toda España sabrá por qué hemos colgado la bastarda deyección de los Montelúcar y Flores. Toda España, amigo mío, recordará el nombre del primer traidor a la corona en las tierras del Perú.

Una extraña risita brota de la ensangrentada boca de Gabriel.

—Tendréis que hacer muy pronto ese proceso, don Hernando. Vuestros queridos hermanos trataron tan bien a Manco y a los suyos que los incas son ahora fieras sedientas de sangre. Manco y sus generales han reunido decenas de miles de hombres en los valles del norte de Cuzco. Los he visto con mis propios ojos. ¡Son más de cien mil! Mañana o pasado mañana, serán el doble y estarán aquí...

Sus palabras producen en los hombres que rodean a Hernando el efecto deseado. Las miradas se cruzan, duras y serias. La risa de Hernando huele en exceso a desprecio.

—¡Qué noticia! Si esos tipos imaginan que van a recuperar la ciudad con sus guijarros y sus pedazos de madera, sucederá como de costumbre: vamos a hacerles pedazos. En vuestro lugar, don Gabriel, no confundiría yo la velocidad con el tocino. Y la oración os salvaría mejor que esos salvajes de lo que os aguarda.

2

CUZCO, 3 DE MAYO DE 1536

No le han hecho la limosna de un jergón. En una esquina, el carcelero ha dejado una jarra de agua y tres mazorcas de maíz hervidas. Durante dos días, apenas las toca. Abre vagamente los párpados cuando el hombre gordo va a comprobar que sigue con vida.

—¿Don Gabriel?
—Aquí estoy, Quique. Bueno, lo que queda de mí...
—Siento lo del...

Quique imita el movimiento del mazo que resbaló hacia su tobillo. Gabriel levanta una mano, indiferente, y una risa que parece una tos le desgarra la garganta.

—Te creía más hábil. ¿No lo hiciste adrede, entonces?
—Claro que no, don Gabriel; os lo prometo. Desobedecí incluso las órdenes de don Hernando al dejaros vuestra...

Con una mano, el carcelero señala la *chuspa*. Para olvidar los dolores que irradian sus músculos, Gabriel ha mascado todas las hojas de coca que contenía su único equipaje. En verdad ha masticado tantas que la insípida pasta de las hojas se ha vuelto tan grande como un huevo entre sus mejillas.

—Gracias, Quique —articula apaciblemente—. Ten la bondad de dejarme ahora.

El gordo le da de beber sosteniéndolo por la nuca. Gabriel siente su sudor, su hedor agrio, pero, curiosamente, aquella presencia humana íntima, en su estado de extremada debilidad, le parece tan milagrosa que las lágrimas asoman a sus ojos.

Vuelve a estar solo.

La fatiga se ha esfumado, deshecha en una náusea que no le abandona ya, ni siquiera cuando se tiende en el suelo de la estancia. Súbitos accesos de fiebre le dejan tembloroso y aovillado al pie de un muro, con los dedos engarfiados a su cadena como si pudiera impedirle zambullirse en la nada.

Tiene miedo del sueño. Sin embargo, se sume en él como una piedra para ser víctima, todas las veces, de un extraño delirio. Unas imágenes le persiguen, tan extrañamente verídicas, tan palpables como la realidad, y no puede creer que sean un sueño.

Ve claramente las patas de su caballo bayo hundiéndose con brutalidad en la costra de sal de un desierto más blanco que un lienzo y cuyo nombre no recuerda ya. El agua gorgotea entre los cascos y las patas rotas. Los grandes ojos redondos del bayo se clavan en él, implorantes. Se ve a sí mismo, inmóvil por mucho tiempo, con los brazos unidos alrededor de la cabeza del animal mientras el sol lo calcina. Y luego, de un solo golpe, su daga se hunde en la garganta del caballo.

Chorros de sangre, mucha más de la que ninguna bestia podría contener nunca, escapan sin que el sol pueda coagularla. La sangre hierve y parece que quiera tragárselo todo.

El sol es ahora inmenso, tan grande que diríase que se posa en el horizonte de la tierra y que no hay ya sombra alguna. Gabriel quiere protegerse hundiéndose en el cuerpo de su caballo. Pero cuando abre el vientre del bayo como se abre una fruta, se convierte él mismo en un animal, una especie de fiera capaz de brincar y escapar de aquel lugar de muerte.

La locura del sueño lo arrastra hacia un placer intenso. Lo que vive y ve entonces no tiene ya vínculo alguno con la razón. El sol está de nuevo lejano, es apacible. El desierto ha desaparecido.

Cada vez que brinca, sus prodigiosos saltos le colman de un goce infantil y violento. La sombra de su silueta, la de un poderoso y fabuloso felino, se desliza por los repliegues de los campos y el polvo de los caminos. Sus flancos de pelaje corto y recio apartan el follaje de los árboles más altos. Las rocas acogen con dulzura sus garras cuando se apoya en ellas. Como si fuera un pájaro, la brisa es su amiga y lo lleva.

Su carrera lo conduce más allá de la inmensidad azul del Titicaca, y allí, tendido de costado, escucha la lección del dueño de las piedras. Le ve jugar con un guijarro de honda, que luego lanza hacia el cielo. Gabriel, pasmado, contempla cómo la piedra se mantiene allí, como si se hubiera vuelto más ligera que una pluma. El dueño de las piedras le sonríe. Es una sonrisa acogedora y triste, en la que Gabriel adivina un deseo sin que se haya pronunciado palabra alguna.

Oye, entonces, una risa.

Vestida de blanco, aparece Anamaya, que abraza una estatua de oro, una estatua tan viva como un hombre. Alarga la mano hacia él y le llama.

—¡Gabriel!

Es una llamada suave y cantarina, a la que no puede resistirse. Por muy fiera que sea ahora, va a reunirse con ella.

Cuando se tiende a su lado, advierte que el hombre de oro no se encuentra ya allí. Y Anamaya está desnuda, tan hermosa como frágil, tan deseable como ofrecida. No da el menor signo de miedo. Abraza su cuello de fiera, besa su hocico y sus fauces, que podrían destrozarla. No siente las zarpas cuando él pone en ella sus patas.

No son, por largo rato, más que felicidad y apaciguamiento, y luego, por encima del hombro de Anamaya, Gabriel descubre al hombre de oro, que los vigila desde las sombras. Brilla como una estrella en la noche.

Sin ni un solo movimiento de labios, se dirige a Anamaya. Ella abandona a Gabriel sin vacilar. No se vuelve; no oye el ronco rugido, aquel grito de fiera furiosa y herida de muerte que resuena entre las montañas.

La violencia de su propio lamento le desgarra la garganta, y abre los párpados.

El sudor pega a su pecho los harapos. Una agria saliva empasta su boca. El dolor que le perfora el cráneo desde las patadas en el patio de Gonzalo le asalta de nuevo.

Un momento más tarde, transido, no sabe ya si ha soñado o si está volviéndose loco. Si tuviera fuerzas para hacerlo, rogaría a Dios para dormir con un sueño de verdad hasta el final de los tiempos.

El frío de un amanecer, arrastrado por la violencia del viento, le despierta por las buenas. Por el estrecho ventanuco que se abre en la estancia entra un helor que anuncia el invierno.

En la débil luminosidad que precede al día, Gabriel descubre el espantoso estado en el que se encuentra. La túnica, de una repulsiva suciedad, está desgarrada. Apenas le cubre ya. Le duele todo el cuerpo, de la cabeza a los pies. Con la yema de los dedos se palpa el rostro, hinchado aún por los golpes recibidos. Bajo el grillete de la cadena, el tobillo se ve en carne viva. La náusea ha desaparecido, pero la cabeza le sigue zumbando como si el corazón, semejante a un tambor, redoblara con fuerza.

Cautamente, se moja los labios tumefactos en el agua de la jarra y bebe al fin. Las mazorcas de maíz que el carcelero le entregó dos días antes están endurecidas. Sin embargo, el hambre que lo atenaza es demasiado fuerte para no devorarlas.

Entonces advierte que los redobles que ha oído no proceden de su enloquecido cerebro o de su cuerpo herido. Son auténticos redobles de tambor, cada vez más violentos y cercanos.

Recuperando la lucidez, aguza el oído. Empuña la cadena para alcanzar el ventanuco precisamente cuando brotan, alrededor de la mazmorra, los primeros gritos de los españoles.

—¡Incas! ¡Incas!

La estrechez del ventanuco impide su visión. Primero, no ve nada. Los gritos enloquecidos proceden ahora de todas partes, pero una densa penumbra pesa aún sobre la ciudad.

—¡Incas! ¡Incas!

Un enorme estruendo de trompas, aullidos y gritos llama su atención desde las colinas del este, que dominan la ciudad. Lo que descubre allí lo hiela más aún que el viento gélido que azota su rostro.

Parecen setos o arbustos sacudidos por las borrascas, pero, de la tupida masa, surgen brazos, lanzas y oriflamas. ¡Miles de siluetas se recortan en la blancura del cielo!

El inmenso ejército inca rodea Cuzco, cubriendo la cresta de las colinas como el cuerpo de una serpiente monstruosa. Durante la noche, el viento ha barrido el verde de las más altas terrazas, depositando allí esa multitud coloreada que aúlla ahora a pleno pulmón.

El redoble de los tambores y el sonido grave de las caracolas aumentan. El pánico arroja a los españoles a las calles.

Pasado el primer estremecimiento de espanto, Gabriel sólo puede admirar aquel espectáculo extraordinario. ¡Anamaya y Manco han puesto en marcha su plan! El placer de la venganza le caldea el corazón. Olvida lo que para él y para los centenares de españoles de Cuzco contiene de amenaza.

A decir verdad, qué le importa ahora perecer en tan merecida matanza. Más vale morir por la mano de los guerreros dirigidos por Anamaya que bajo los viciosos golpes de Hernando y Gonzalo.

Durante horas, no abandona el ventanuco. A cada instante, espera el ataque que no puede tardar. No duda de su poder ni de su extremada violencia.

Lo sorprendente es que, a mediodía, el inmenso ejército inca sigue sin atacar la ciudad.

Las hileras de los guerreros parecen haberse multiplicado hasta el punto de que ya no se distinguen los vivos colores de las túnicas, sino una sola masa oscura y compacta. El ensordecedor estruendo no ha cesado. En cambio, Gabriel no percibe ya gritos alrededor de la mazmorra, ni un solo movimiento. Cuzco parece abandonada.

Así, cuando oye que corren el cerrojo que cierra su puerta, se petrifica con la cadena en los puños.

Aparece su panzudo carcelero, con un gran odre de piel en una mano y en la otra una manta que contiene tortas de maíz y patatas hervidas.

—¡Quique!

—No me recibáis tan amablemente, don Gabriel; no merezco vuestro agradecimiento.

—Recibiría bien al propio diablo, mi buen Quique. Nunca me había dado cuenta de hasta qué punto el rostro de los demás nos confirma nuestra propia existencia.

—No me vengáis con filosofías, don Gabriel. No comprendo nada de ella en momentos como éste; ni nunca, por otra parte.

Entonces, Gabriel advierte el miedo que chorrea por su rostro. Quique examina cada rincón de la estancia como si pudiera ocultar un ejército de indios. Arroja su cargamento a los pies de Gabriel.

—¡Tendréis que limitaros a esto durante algún tiempo! —masculla—. Lo siento, es todo lo que he podido encontrar.

—¡Eh, eh —protesta Gabriel—, deben juzgarme para hacer que muera de hambre!

La risa del tipo carece de alegría.

—Lo habéis oído como nosotros. Los salvajes están aquí. Deberíais estar contento de que haya pensado en vos antes de largarme.

—¿Huís? ¿Los españoles abandonan la ciudad?

—De ningún modo. Nadie huye; es ya demasiado tarde. Pero yo conozco un agujero por el que desaparecer antes de que los indios me descabecen.

El hombre se acerca al ventanuco y echa una mirada a las colinas.

—Lo que se ve desde aquí no es nada. Están por todas partes; al sur, la llanura está cubierta de ellos. Han atrapado ya a dos jinetes que intentaban pasar. Han cortado las patas de los caballos y la cabeza de los jinetes.

«Por lo tanto —piensa Gabriel—, Hernando se ha dejado sorprender por su orgullo y su desprecio hacia los incas.»

—Lo extraño es que no hayan atacado aún —suspira el gordo, apartándose—. A mi entender, tienen alguna idea en la cabeza. Más valdrá no estar en su camino cuando quieran mostrárnosla.

—Me sucede algo extraño, Quique.

—¿Qué?

—No me apetece mucho morir.

El carcelero le contempla con un asombro sin límites.

—¿Y qué puedo hacer yo? Os he dado todo lo que tenía. No os preocupéis. Tenéis bastante hasta que se nos echen encima. Y creo que, en ese momento, no será el hambre lo que más os atormente.

—Te lo agradezco pues, Quique.

La tranquilidad y la resignación de Gabriel sorprenden una vez más al gordo, cuyos ojillos negros se redondean.

—No me lo agradezcáis continuamente; me molesta más que si me riñerais. Tomad.

De las profundidades de su mugriento jubón, saca un paquete y lo pone en la mano de Gabriel.

Es una gruesa loncha de jamón envuelta en corteza de cerdo. La grasa, en sus manos, llena de saliva la boca de Gabriel. Hace un gesto hacia el carcelero, que se dirige a la puerta y le da la espalda.

—Vais a agradecérmelo otra vez —masculla.

—Sólo a rezar para que sigas vivo.

La espalda del hombre no se mueve.

—Me han dicho que ni siquiera creéis en Dios, don Gabriel.

—Creo lo bastante como para rezar por ti, amigo mío.
Cuando la puerta se cierra, Gabriel se queda solo y transido. Aunque el miedo trepa por sus miembros, mantiene la loncha de jamón en las manos mientras los labios murmuran.
Tal vez sea una oración.

3

CUZCO, 6 DE MAYO DE 1536

El carcelero se equivocó.
Los guerreros incas no atacaron ni ese día, ni al otro, ni al siguiente.
Aún permanecen en las laderas y en las crestas de las colinas. De la mañana a la noche su número aumenta más y más; ocupan toda la extensión de la llanura, al sur de la ciudad. Por la noche se encienden miles de hogueras y dibujan un alucinante cordón de luz alrededor de Cuzco, como si estuviera ceñida por una diadema de brasas. Sin embargo, los gritos, los aullidos y los redobles de tambor han callado. Y ese silencio, esa espera, gravitan tan pesadamente sobre los españoles que, de vez en cuando, Gabriel oye los dementes bramidos de quienes no pueden ya soportar la amenaza.
También él, tras dos días de ese régimen, se siente dominado por la impaciencia del combate. La espera y la inmovilidad forzada le permiten, al menos, recuperar fuerzas y apaciguar sus dolores, a pesar del escaso alimento que se concede, cada día, por precaución.
Temiendo que los esbirros de Gonzalo aprovechen esas extrañas horas para degollarle a hurtadillas, se permite sólo unos instantes de sueño. Distrae su tedio confeccionando una arma improvisada. Cuidadosamente, rompe la jarra de agua abandonada por el carcelero para obtener, prolongando el asa, un fragmento largo y grueso. Durante horas, con gesto maquinal, pule el filo en las piedras del muro. Pero ese movimiento repetitivo lo vacía el espíritu y no puede dejar de pensar en Anamaya.

Los sueños lacerantes y enloquecidos lo han abandonado, pero no el rostro ni el particular perfume de la piel de su amada. El tintineo de la risa o del placer de Anamaya danza en su cerebro como una canción. De vez en cuando, al palpar el pulido cada vez más perfecto de la cerámica, cierra los párpados. Bajo la yema de los dedos se imagina rozando aún la nuca y los lomos de su imposible amor.

¡Oh, qué felices podrían ser en este instante si ella le hubiera seguido y hubiese huido de ese caos, con él, hasta el lago Titicaca!

Lamentablemente, le basta con abrir los párpados para medir toda la ceguera de sus esperanzas y la realidad que le rodea, la cadena que magulla su pierna, el jergón podrido y ese rayo de luz fría, negligente, que atraviesa como una daga la gruesa pared de la cárcel.

Anamaya está lejos, en la montaña. Es la esperanza viva de un pueblo al que él no pertenecerá nunca; él, Gabriel Montelúcar y Flores, el extranjero llegado de tan lejos para robar su paz y su destino. Su supervivencia lo exige: los incas deben tomar Cuzco, volver a ser sus poderosos dueños y destruir a todos los españoles, ¡sin excepción! A él como a los demás. Muy pronto ya sólo será para ella un recuerdo, que Manco y el poderoso sacerdote Villa Oma procurarán borrar de su memoria.

¿Cómo pudo creer, ni un solo instante, que las cosas serían distintas, que podría tomarla de la mano como a una mujer ordinaria y, abrazados, caminar juntos hacia la felicidad?

Si Dios existe, Dios le castiga por esa ceguera... Y si no existe, paga simplemente su ingenuidad.

¡Bah! Se rasca la piel hasta hacerse sangre para no perderse en el inútil torbellino de las preguntas.

El pedazo de arcilla que pule con cuidado desde hace dos días le parece, de pronto, como la más grotesca obra que haya llevado a cabo. El absoluto olvido en que lo mantienen es mucho peor aún que si lo degollaran. ¿Para qué necesita una arma? Los Pizarro no se tomarán, ni siquiera, el trabajo de hundirle una hoja en el cuerpo. Les basta con olvidarlo, con dejar que actúen la sed y el hambre, con abandonarlo al furor de los guerreros indios; eso es todo.

Entonces, colérico, lanza contra la pared el fragmento de arcilla, que estalla y se hace polvo.

Tras un instante de estupor ante su propio gesto, Gabriel se encoge, se rodea con su cadena como un ronzal y busca el sueño como se entra en la nada.

Le despierta un ligero ruido. Es un chirrido que reconoce. Están levantando discretamente el pesado madero que cierra la puerta de la celda.

Por instinto, se incorpora sobre los brazos. En silencio, recoge los eslabones de la cadena y los aprieta en el puño, como un azote. Su resignación se ha ahogado en el sueño. El deseo de combate le caldea los riñones. Su orgullo exige que se defienda con el odio suficiente como para acabar con sus agresores.

Está tan oscuro que no puede ver cómo se abre la puerta, pero percibe un breve movimiento de aire. Es imposible, también, saber cuántos son. Tan discretamente como puede, se encoge contra el muro y permanece agachado. Se obliga a respirar despacio e intenta no pensar en que su última hora ha llegado.

De pronto chirría el postigo de un fanal. El brillo amarillo de una vela recorre los muros antes de posarse en él. Cuando lo capta, la lámpara parece agitada por su sobresalto.

—¡Gabriel!

Incluso baja y velada, reconoce la voz mucho antes de distinguir el largo sayal.

—Gabriel, no temas; sólo soy yo.

—¡Bartolomé! ¡Fray Bartolomé!

—Sí, amigo mío —susurra Bartolomé con una sonrisa en la voz.

Como si deseara acabar con cualquier duda, el monje introduce en la mezquina luz su mano, cuyos dedos medio y anular están extrañamente pegados.

—¡Diablos —exclama Gabriel—, eres el último al que esperaba ver aquí esta noche!

—Por eso he tomado la precaución de iluminarme antes de que saltaras sobre mí...

Gabriel ríe dejando caer su cadena.

—¡Bien hecho!

Y cuando el monje se acerca para abrazarlo fraternalmente, Gabriel le rechaza con un gesto.

—Te estrecharía con placer contra mi pecho, pero creo que mejor será abstenerse.

Con un lento movimiento de la lámpara, Bartolomé lo examina de la cabeza a los pies.

—¡Mi pobre amigo! ¡En qué estado te han dejado!

—Lo cierto es que debo de apestar a veinte leguas.

—Toma esta lámpara e ilumíname —susurra Bartolomé—. Tengo fuera lo necesario para devolverte el aspecto humano.

Instantes después, regresa con un gran cesto en los brazos.

—Comida bastante para saciarte —anuncia dejando la carga a los pies de Gabriel—. Agua en cantidad, para que puedas lavarte y beber, y algunos ungüentos para las llagas y los chichones.

—Lo necesario para aguantar un sitio...

—¡Tú lo has dicho! Pero ya hablaremos de eso más tarde. Primero sacia tu hambre.

Gabriel mueve la cabeza con emoción.

—Ayer por la noche, me había resignado a morir solo como un perro, sin que nadie se preocupara de impedir que los gusanos limpiaran mi cadáver. Pensé que la última faz humana que vería en este bajo mundo iba a ser la de un carcelero panzudo, no el peor de los hombres, por otra parte, pero bastante alejado, a fin de cuentas, de Erasmo y de Sócrates. Pero estás aquí y me siento capaz de arrancar con mis manos esta cadena del muro.

—Dios sabe expresar a su modo su mansedumbre, Gabriel, aunque prefieras no advertirlo —se divierte Bartolomé mientras le tiende un odre lleno—. Me parece que sería bueno para ambos que comenzaras arreglándote un poco. Lamentablemente, me preocupo tan poco por la ropa que ni siquiera he pensado en traerte algo para que te quites esos harapos.

—Don Hernando vino a verme para anunciarme tu regreso y tu arresto —explica Bartolomé mientras Gabriel arranca a dentelladas la carne asada de un muslo de llama—. Y con su voz más suave, me dijo: «Hermano, ese hombre sólo merece la muerte. No dudo de que la tendrá. Pero sabemos que la caridad cristiana se ofusca ante las sentencias apresuradas, de modo que vamos a ofrecerle al bastardo un proceso. En estas condiciones, no veo aquí a nadie más capaz que vos de realizar esa tarea de manera irreprochable...» Y así me convirtió en tu juez.

Una risita interrumpe a Bartolomé, lo que le da a Gabriel tiempo de beber un poco antes de que el otro prosiga.

—Don Hernando regresó de España más artero que nunca. Se encontró en muy mala posición en Toledo. Los métodos de los Pizarro han escandalizado a mucha gente de la corte. Hasta en el entorno de la reina el fin de Atahuallpa conmovió.

—¡Menos mal!

—¡Oh, la cosa no llegó muy lejos! Le concedieron el hábito de Santiago cuando podría haberse podrido en la cárcel donde tú y yo nos encontramos.

Una sonrisa les une a ese recuerdo.

—Pedí interrogarte inmediatamente —prosigue Bartolomé—. Me disuadieron de ello con el pretexto de que era preciso dejar que te arrepintieras a solas por algún tiempo. Llegué a la conclusión de que te habían dejado hecho unos zorros.

—¿De qué se me acusa exactamente?

—De intento de asesinato en la persona de Gonzalo... Pero, antes, de traición por haber abandonado la misión que te había confiado el gobernador: seguir a Almagro en su expedición al sur.

—¡Buena misión! Consistía, sobre todo, en presenciar los horrores que derramaba Almagro a lo largo de todo el camino. No puedes ni imaginar lo que vi allí, Bartolomé. ¿La corte de España se conmovió ante el fin de Atahuallpa? Vomitaría los higadillos si yo pudiera mostrarle lo que mis ojos vieron durante semanas. La carne de horca que acompaña a Almagro viola y mata indios como si se tratara de ratas. Los niños, los viejos, las mujeres, los enfermos..., para ellos nadie merece la vida ni el respeto. Les vi incluso decapitar a los muertos. En centenares de leguas, no ha quedado una aldea que no haya sido incendiada, pillada, robada.

—He oído hablar de eso.

—Yo estaba allí y era impotente. Cuando quise protestar, Almagro me apuntó, sencillamente, con una ballesta. Imagínate lo que supone estar en medio de ese sufrimiento, día tras día, sin ser capaz de combatirlo ni siquiera aliviarlo. Imagínate la vergüenza que representa ser un asesino, como la hez de la humanidad que se desenfrena, allí, babeando su fiebre de oro.

—¿Por qué lo dices? Tú no has hecho nada.

—No derramé sufrimiento, pero tampoco lo impedí, y eso supone lo mismo. A partir de ahora, en la mirada de la gente de este país, todos los españoles se parecen...

Con vehemencia, Gabriel señala el ventanuco enrojecido por las hogueras de los incas.

—Para los miles de guerreros que nos rodean y aúllan allí, no hay buenos o malos extranjeros. Para ellos, todos merecemos ser exterminados. Éste es el resultado de la política de Hernando, de Almagro y de los secuaces del infierno, como Gonzalo, a quien se lo permiten todo.

—Dejas al gobernador, al menos, al margen de esta lista —advierte Bartolomé con un gesto apaciguador.

Refunfuñando con amargura, Gabriel se levanta y tira de la cadena para ir a respirar un poco del aire fresco que entra por el ventanuco.

—Don Francisco no es un animal —acepta—, pero sabe cerrar muy bien los ojos cuando le conviene, y le conviene muy a menudo.

En el cielo del este, el alba es apenas perceptible, tan iluminada está la bóveda celeste por los fuegos de los incas. Como cada noche, las colinas se inflaman con miles de hogueras, cuyos reflejos alcanzan los muros de Cuzco. Aquí y allá se divisan siluetas desplazándose.

—Creo que tu proceso va a olvidarse —advierte Bartolomé, que se ha acercado—. Voy a intentar liberarte, Gabriel. Encontraré una herramienta para romper la cadena. Eso pasará fácilmente desapercibido, pues la ciudad está en plena confusión.

—Gracias, fray Bartolomé, pero no te hagas, sin embargo, demasiadas ilusiones. Dentro o fuera, ahora somos todos iguales. La hora de nuestro juicio parece haber llegado.

Por un instante, ambos permanecen silenciosos, fascinados por el río de fuego que une las colinas.

—Tal vez sean doscientos mil —murmura, de pronto, Bartolomé—. Me pregunto qué esperan para lanzarse sobre nosotros.

—Esperan, sólo, que no tengamos ya ninguna posibilidad de resistir.

—¡O que reventemos de hambre! Cada vez hay menos comida. Lo que he traído esta noche he tenido que robarlo y no volverás a ver pronto un cesto tan lleno. Hoy, un jinete llamado Mejía ha intentado abrirse, a toda costa, paso hacia la llanura. Ha sido derribado en un abrir y cerrar de ojos. Lo han decapitado antes de cortar los jarretes del caballo.

—¿Qué ordena Hernando como defensa?

—Piensa reunir a los jinetes para lanzarse a la carga, abrir una brecha en ese muro humano e ir a pedir refuerzos.

—¿Cuántos caballos significa eso?

—Habrá unos sesenta, como máximo, en la ciudad.
—¡Qué estupidez!
Bartolomé le lanza una penetrante mirada.
—¿Por qué? —pregunta al comprobar que Gabriel no dice nada más.
—¡Oh!, basta con reflexionar, pero don Hernando Pizarro está demasiado convencido de que frente a él sólo hay salvajes. Conozco un poco a sus jefes de guerra. Saben muy bien cómo combatimos y dónde están nuestras debilidades. Están esperando eso: una carga en grupo. Ésta ha sido nuestra única táctica militar hasta hoy.
—Porque siempre ha salido victoriosa.
—Esta vez no será así. Los incas dejarán correr a los jinetes sin intentar siquiera retenerlos. O les entretendrán en una especie de falso combate. ¿Qué ocurrirá entretanto? Quedarán doscientos o trescientos españoles en Cuzco frente a cien mil indios, y sin más defensa que un par de piernas y una espada. El combate no durará ni un día, Bartolomé. Cuerpo a cuerpo, los soldados de Manco son temibles. Las piedras de las hondas atraviesan las mejores corazas y quiebran las hojas de las espadas. Te lo aseguro: el milagro de Cajamarca no se repetirá por segunda vez.
—¿Qué otra solución queda?
—¡La paz! Devolver a Manco todos sus derechos reales, el oro robado... Pero no van a hacerlo, y es demasiado tarde de todos modos: los incas no aceptarán ya un trato. ¿Por qué firmar la paz cuando pueden aplastarnos como moscas?
Bartolomé asiente con un movimiento de cabeza, pero su voz es algo distinta cuando decide continuar hablando.
—Don Hernando finge creer que te has convertido, ahora, en un espía de Manco; que participaste en su huida, en la organización de este asedio...
—Y que oculto una gran estatua de oro, así como a una princesa inca que se nos presenta como la esposa de ese hombre de oro —concluye Gabriel con una risa amarga.
—Comienzan a correr acerca de ti los más extraños rumores, es cierto —suspira Bartolomé—. Pero, a fin de cuentas, verte regresar aquí disfrazado de campesino indio..., sin mencionar tus acciones violentas. Gonzalo renquea, pasa un mal momento, y tú le rompiste el cráneo a uno de sus mejores amigos. ¿Por qué tanto salvajismo?

Hay de pronto, en Bartolomé, esa distancia, esa fría curiosidad que a Gabriel, en el pasado, tan a menudo le pareció que ocultaba negros designios.

—¿Empieza el interrogatorio del juez?

—¡Gabriel!

—Ahora puedo ya confesártelo sin rodeos, Bartolomé: mi gran pesar es haber fallado el golpe. Mi maza debió haberse hundido en el cerebro de Gonzalo y no en el de su compañero. Acepto, sí, ser castigado por ello.

—Temo que sigo sin comprender las razones de tanto odio, amigo mío.

Gabriel vacila unos segundos. El cielo palidece cada vez más por encima de las colinas. Parece que los guerreros incas se agitan más que de costumbre.

—Hace más de un año, mientras yo estaba lejos, Gonzalo quiso violar a Anamaya —dice con voz sorda—. Esta fechoría precipitó la huida de Manco. Ni él ni ella estaban seguros en Cuzco. Gonzalo no presumió de esta hazaña, claro está, y tú no podías saberlo.

—¡Dios del cielo!

—Por desgracia, Gonzalo alcanzó a Manco y lo encarceló. Anamaya, en cambio, pudo escapar con aquel enano amigo suyo. Se ocultó en la montaña para organizar la rebelión. Su objetivo era, primero, liberar a Manco, que sufría aquí mismo las peores humillaciones. Yo no lo sabía. Sólo supe que Manco era prisionero del loco de Gonzalo e imaginé que también Anamaya debía de estar en sus garras. Aquel mero pensamiento me era insoportable. Abandoné en seguida la expedición de Almagro, donde, de todos modos, estaba ya harto de horrores...

—Lo comprendo, lo comprendo...

Bartolomé pone su mano en el hombro de Gabriel. Su voz es de nuevo cálida y amistosa.

Gabriel se aparta del ventanuco y, en unas pocas frases, cuenta cómo quiso atravesar el extraño desierto de sal para llegar de inmediato a Cuzco, conduciendo su caballo a la muerte y salvándose, él mismo, sólo gracias a Katari, el dueño de las piedras.

—Estaba como muerto y, literalmente, me resucitó.

—Katari... —murmura con emoción Bartolomé—. Siempre he pensado que ese hombre sería, entre nosotros, una especie de santo. Tiene como una presciencia de nuestros misterios. Él me enseñó mis primeras palabras en quechua y yo sus primeras pa-

labras en español. Pero supe, sólo mirándo[...]
pura, una alma rara. Si Dios quiere, me comp[...]
verlo.

—¡Ah! —exclama Gabriel con entusiasmo, casi sin [...] al monje—, ¡desperté en el lugar más hermoso del mundo[...] un lago inmenso, casi un mar. La gente del lugar lo llama Titica[...]ca. Las montañas que lo rodean son las más altas que imaginarse pueda, la nieve las cubre de manera permanente, y las cumbres, algunos días, se reflejan en la superficie del agua como en un espejo. Y sin embargo, el clima parece tan suave como en Cádiz. Los habitantes son apacibles, amables. Soñé en regresar allí para vivir con Anamaya. Huir con ella allí...

Suspende la frase. Las locas pesadillas de los días anteriores vuelven de pronto a su memoria. Querría ser capaz de hablarle de ellas a Bartolomé, pero algo lo retiene. Tal vez la vergüenza de confesar que, en sueños, se cree un animal. Se limita, entonces, a explicar su llegada a Calca, cuando ya los guerreros de Manco afluían de todo el Imperio de las Cuatro Direcciones.

—Entonces me dijo a la vez que me amaba y que nos era imposible seguir juntos, ¡pues la guerra iba a estallar! En verdad, Bartolomé, lo que me confesó así, con la dulzura de sus palabras y de sus besos, fue que, para ella, ya sólo era un extranjero como los demás y que...

—¡Gabriel! Por Cristo, Gabriel, mira... ¡Dios omnipotente!

La exclamación de Bartolomé hiela a Gabriel. Haciendo tintinear su cadena, salta hacia el ventanuco. Un grito de estupor escapa de su garganta sin ni siquiera advertirlo.

En la penumbra del día que nace, las hogueras parecen haber bajado de las colinas, como si el río de fuego alimentado por los guerreros indios se desbordara. El sonido lacerante de las trompas estalla bruscamente, haciendo temblar el aire y, de inmediato, alrededor del cielo, lo cubren espantosas vociferaciones.

—Atacan —murmura Bartolomé con voz neutra.

—¡Mira! —dice Gabriel—. ¡Mira el cielo!

Vuela una nube de flechas, tan prietas y densas que parecen una cortina levantándose del suelo. Suben con fuerza y con una extraña lentitud. Brotan unos gritos en español muy cerca, en las callejas, mientras miles de flechas caen de pronto, a toda velocidad, hacia el suelo. Por instinto, Bartolomé retrocede. Pero el tiro no llega aún lo bastante lejos como para alcanzar la *cancha* donde está la cárcel. Gabriel no oye ya los aullidos. Contem-

...ción de muerte que cae, haciendo desaparecer los tejados. A pesar del estruendo, el ruido de los impactos es como un largo desgarrón sordo. Entonces, redoblan los tambores y las trompas toman el relevo.

—Debo partir y reunirme con Hernando —anuncia Bartolomé.

Gabriel lo sujeta del brazo.

—Aguarda un instante. Es demasiado peligroso. Va a ocurrir algo más...

Apenas ha terminado su frase cuando un extraño zumbido resuena contra sus pechos, como si se abriera camino a través de los gritos y los gemidos de dolor. Pero nada es visible aún.

—Las piedras de las hondas.

Sí, a la lluvia de flechas sucede una tormenta de piedras. Y ésta no procede de las colinas, sino de la gran fortaleza de Sacsayhuaman, que domina Cuzco, muy cerca de las viviendas y las callejas. Las piedras llegan mucho más lejos que las flechas. Gabriel y Bartolomé oyen el chasquido mate que hacen por todas partes contra los tejados y las paredes. Cada vez hay más. Silban y gruñen, y a veces chocan en los aires, tan nutrido es el tiro. La cosa dura y dura. Las aterradas llamadas de los españoles aumentan; las vociferaciones de las colinas les responden. Una nueva salva de flechas se levanta y se tiende sobre la ciudad, mezclándose con las piedras de las hondas en un diluvio mortífero. Parece, literalmente, que el cielo caiga sobre Cuzco para exterminar su vida, para devorar la ciudad en una venganza que sólo cesará sobre montones de cadáveres.

—¡Tengo que marcharme! —grita Bartolomé.

—Entonces, ponte esto encima —exclama Gabriel, vaciando el contenido del cesto para colocarlo, boca abajo, en la cabeza del monje—. ¡Te protegerá un poco!

Pero, cuando Bartolomé abre la puerta, se queda inmóvil.

—¡Oh, Señor! —murmura esbozando la señal de la cruz sobre su pecho.

En una decena de puntos, los techos de bálago de Cuzco humean ya. Brotan las llamas, de pronto, aquí y allá, como si alguien soplara sobre ellas.

—Las piedras de las hondas —explica Gabriel—. ¡Era para eso! Son las piedras de las hondas las que inflaman la paja de los tejados.

—Van a quemar toda la ciudad —gime Bartolomé.

Gabriel tira, rabioso, de su cadena.

—Si puedes, encuentra a alguien que sepa h... jodida cadena de mierda.

—No dejaré que te ases aquí.

El monje le abraza rápidamente.

—¿Me lo prometes?

Pese a que asiente con la cabeza, cuando Bartolomé desaparece en la atmósfera saturada de humo, Gabriel duda mucho de que vuelva a verlo.

El viento atiza las llamas hasta entrada la noche. La ciudad entera es sólo una pira. Unas pocas casas, en torno a la plaza mayor, se han librado, por estar fuera de alcance o porque las ha salvado el valor de los indios aliados, fieles auxiliares de los españoles, que riegan los tejados arriesgando su vida.

En el crepúsculo, el humo se ha hecho tan denso que, de vez en cuando, apenas es posible ver los muros de las callejas. Acre, penetra en los pulmones como un veneno y desgarra los pechos. Algunos hombres caen de rodillas y no pueden ni siquiera gemir, pues les falta el aliento. Los caballos están aterrorizados y resoplan, con el lomo estremecido; mueven unos ojos irritados hasta sangrar, con los hocicos palpitantes y los belfos temblorosos. Algunos muerden a sus dueños con relinchos quejumbrosos.

Flechas y piedras atraviesan sin cesar, silbando, el humo. Al azar, se quiebran contra los muros o se hunden en las carnes de los heridos abandonados, pero éstos no sufren ya por mucho tiempo.

Aprovechando la opacidad del humo, con la boca cubierta por una máscara de algodón, los guerreros incas se precipitan por las estrechas callejas del contorno de la ciudad. Levantan barricadas, derriban troncos, instalan empalizadas preparadas de antemano. Una a una, obstruyen las salidas con altura bastante como para que los caballos no puedan saltarlas.

Obedeciendo una orden de Villa Oma, unos grupos furtivos entran más aún en Cuzco. Provistos de largas mazas de piedra o bronce, rematan a los heridos abandonados y saltan, luego, sobre los muros de las primeras *canchas* calcinadas. A veces, con el blanco de sus aterrorizados ojos perforando unos rostros ennegrecidos, llenos de ampollas por las quemaduras, mujeres y

...cañaris suplican. Pero ningún lamento detiene a los guerreros de Manco.

Por primera vez combaten con el sabor de la victoria en la boca.

—Hace mucho tiempo que esperaba ver esto —dice con júbilo Villa Oma, dirigiendo a Anamaya y a Manco una muy rara y muy orgullosa sonrisa—. Único Señor, realmente es para mí una gran alegría ofrecerte, por fin, esta batalla. Espero que tu Padre el Sol y todos tus antepasados se alegren como nosotros.

Están en la más alta torre de la fortaleza del sol, Sacsayhuaman. En la luz creciente del día, Cuzco ya es sólo un gigantesco brasero. Incansablemente, los guerreros han hecho girar las hondas para lanzar las piedras mantenidas desde la víspera en las hogueras y envueltas en algodón. La duración del tiro basta para inflamar el algodón y, cuando los proyectiles alcanzan los tejados, el *ichu* muy seco que los cubre tarda sólo un instante en inflamarse a su vez.

Hoy, los poderosos del Otro Mundo apoyan al Único Señor Manco. Antes de que finalizara la noche, el viento ha vuelto a soplar, atizando muy pronto las primeras llamas. Han crecido, se han alargado y se han retorcido para deslizarse de techo en techo. Todas las *canchas* de Cuzco la Alta se han incendiado al mismo tiempo, como si el fuego se hubiera vuelto líquido.

Los guerreros han lanzado de nuevo miles de guijarros. Las hondas han silbado, y ahora, son los tejados de Cuzco la Baja los que se inflaman como maizales cuando termina el verano. El fuego salta, cruza las callejas y brinca en los jardines y los patios.

Con las manos puestas en el muro de piedra, tan ancho como un camino, Manco ríe alegremente.

—¡Mira, Anamaya! ¡Mira cómo corren nuestros poderosos extranjeros! ¿No parecen insectos que sienten que la muerte les abrasa las patas?

Anamaya asiente con una inclinación de cabeza. La comparación de Manco es muy acertada. Los españoles y los centenares de indios cañaris, huancas y de otras naciones que se obstinan en permanecerles fieles corren en todas direcciones, pero sin más deseo que escapar de los techos y las estructuras en llamas. En cuanto llegan al descubierto, fuera del alcance de las llamas, son entonces las piedras de las hondas y las nubes de flechas las que caen sobre ellos. Se ven ya decenas de cadáveres y heridos que nadie se atreve a socorrer.

Desde hace un instante, los jinetes españoles se han retirado a la plaza mayor, la única que está al abrigo de las llamas y los proyectiles, pues se encuentra demasiado alejada de las torres de Sacsayhuaman. Anamaya intenta descubrir, entre las siluetas nerviosas y móviles, los cabellos rubios de Gabriel. Pero los extranjeros están demasiado cerca unos de otros, con el rostro oculto por el morrión. Siguen llegando más a la plaza, aullando, protegiéndose como pueden con los escudos.

—¿Qué te parece, *Coya Camaquen?* —pregunta Manco, que la examina con divertida mirada, adivinando fácilmente lo que siente.

—Pienso que es una hermosa batalla y que es terrible, como todas las batallas.

—Vamos a vencer —se indigna Villa Oma—, y eso no parece alegrarte.

—No hemos vencido aún —responde con dulzura Anamaya—. De momento, lo único que ha quedado destruido es Cuzco; los extranjeros, no.

La observación hiere en lo más vivo a Villa Oma. Con un gesto brutal, muestra la enormidad de las tropas que rodean la ciudad.

—Mira la llanura, *Coya Camaquen*. Mira nuestros guerreros; cubren las colinas, cubren el llano. Ni una hormiga se les escaparía. ¿Imaginas acaso que pueden ser vencidos?

—De momento, nuestros guerreros están fuera de la ciudad y los extranjeros dentro.

—Eso no durará. Dentro de un instante, daré la orden. Todas las tropas se lanzarán a las calles de Cuzco. Observa bien a esos extranjeros, allí, en la plaza. Esta noche, ni uno solo seguirá vivo.

Villa Oma casi ha gritado. Anamaya no responde; sabe en qué está pensando el viejo sabio, a quien la guerra emborracha de violencia. Aprieta los labios para no hacer la pregunta que la obsesiona desde que Gabriel y ella se separaron en Calca. Si Gabriel es el puma, ¿qué ocurrirá si muere?

—Anamaya tiene razón —declara secamente Manco, arrancándola de sus pensamientos—. Me gusta lo que estás enseñándome, Villa Oma, pero es demasiado pronto para alegrarse.

—¡Espera, pues, a esta noche! —gruñe Villa Oma con una pizca de desprecio—. Mira allí abajo...

Con el dedo señala a los primeros guerreros que brincan en las callejas para levantar empalizadas que impidan a los extranjeros huir a caballo.

—No —ordena firmemente Manco—, no entraremos hoy en la ciudad. Es demasiado pronto. No tardarán en llegar guerreros de Quito. Entonces, atacaremos y les venceremos.

—¡Único Señor! Somos ya más de cien mil, y ellos sólo doscientos.

—He dicho que no, Villa Oma; debemos debilitarlos más. Hay que romper las canalizaciones que llevan el agua hasta la plaza mayor. Hay que hambrearlos, hacer que cada minuto les resulte insoportable, hasta que deseen refugiarse en el llano... Lo has inundado; sus caballos no les servirán de nada. Caerán en nuestras manos y sacrificaremos a Inti los jinetes. ¡El miedo, Villa Oma! ¡Deben morir de miedo!

El rostro de Villa Oma está deformado por el furor, pero calla. Se limita a contemplar la ciudad, que arde, y a los hombres, que corren y aúllan. Anamaya ve que sus labios tiemblan y sus puños se aprietan convulsivamente. Debe contenerse para no alargar el brazo y golpear a Manco.

—Villa Oma... —dice ella con voz apaciguadora.

—¡No deberías estar aquí, *Coya Camaquen!* —chirría el sabio con maligna ironía—. Si los extranjeros son tan peligrosos como pretende Manco, corres un gran peligro exponiéndote en esta torre. Debes regresar a Calca inmediatamente.

Volviéndole la espalda, dejando que sus ojos azules se pierdan en el cielo por el que ascienden llamas y humo, Anamaya puede abandonar, por fin, su corazón a la inquietud.

¡Sí, tiembla por Gabriel!

Sí, con todas sus fuerzas y con toda su alma desea que él, al menos, sobreviva. Y no sólo porque es el puma anunciado por el gran Huayna Capac, sino porque es el hombre al que ama, y vivir sin él no es vivir.

4

CUZCO, MAYO DE 1536

Impotente como un perro al extremo de la cadena, Gabriel oye los gemidos de los moribundos y asiste al incendio de la ciudad. El humo llega hasta su ventanuco y se aparta. Doblándose por los accesos de tos, desgarra los restos de la túnica mugrienta para envolverse el rostro. Desde hace mucho tiempo, ha dejado de esperar el regreso del carcelero y el de fray Bartolomé.

Desde hace mucho tiempo, la esperanza se ha apartado de él y sólo piensa ya en respirar una vez más, y en sobrevivir.

La mitad de Cuzco está en llamas cuando oye los tan temidos choques: las piedras alcanzan ahora el techo de la prisión. Diez veces, tal vez, el sordo ruido se repite. Luego, una primera piedra atraviesa el *ichu* de bálago y cae muy cerca de él.

Casi en seguida, un humo pardo forma ágiles volutas alrededor de los troncos de la estructura. Una llamita chisporrotea, saltarina. Traza un serpentín dorado, llega a lo alto del techo, zigzaguea, vacilante, y vuelve a bajar por la pendiente opuesta para correr a lo largo de las paredes. Después, basta un minuto apenas para que otras llamas nazcan y se reúnan.

Entonces, de pronto, todo el bálago se inflama.

Antes de que Gabriel pueda reaccionar, el fuego se lanza a su alrededor como si intentara acariciar el suelo y le obliga a arrodillarse. En pocos segundos, el calor se hace intolerable.

Gabriel maldice la cadena, y maldice a Hernando y a todos los Pizarro. Se tiende boca abajo para protegerse el rostro, pero su espalda se abrasa tanto que resulta insoportable.

Con pequeños rugidos de fiera, se hunden lienzos enteros de

ichu, pulverizando llamitas en todas direcciones. El soplo de las llamas aumenta, pero son aspiradas hacia el exterior y se llevan con ellas el humo. Entonces, Gabriel piensa en los odres que le entregó Bartolomé.

Desafiando el calor que le calcina el vello de las manos, se arrastra para alcanzarlos. Desgarra con los dientes la correa de cuero que sujeta el tapón de madera, se rocía la cara y los hombros, y vacía hasta la última gota del odre en el cuerpo inflamado. La impresión de frescor es tan violenta, tan breve, que le deja tembloroso y le castañetean los dientes. Apenas tiene conciencia para divisar el bálago que se derrumba sobre él. Atrapado por la cadena que limita sus movimientos, evita como puede los bultos ardientes, encogiéndose al pie de un muro.

Y luego, de pronto, con tanta brutalidad como empezó, el fuego cesa.

Sólo quedan unas lenguas de fuego alrededor de las vigas de la estructura, agitadas por un viento que se lleva el humo en revoloteantes volutas. Un aire fresco, frío incluso, se desliza entre los muros ardientes.

Con los brazos y las manos doloridos, Gabriel toma el único odre que queda y no resiste la tentación de beber y volver a rociarse con él. Pronto no le quedará agua, pero no importa.

Agotado por el miedo, se tiende en el suelo y bendice el escaso frescor que el viento le concede.

El humo se desliza ahora por encima de los muros de Cuzco, cubriendo el cielo como una tormenta crepuscular. Parece que ella sea la que contiene todos estos lamentos, estos gritos, este estruendo de muerte y destrucción que zumba en la ciudad.

Gabriel cierra los doloridos párpados y pasa una lengua que parece cuero viejo por los reventados labios.

Se pregunta cuántos españoles siguen vivos aún.

Por su parte, es como si se enfrentara ya al reino de los muertos.

Esta noche, como las que la han precedido, los lamentos de las trompas y los cantos, los gritos y los insultos de cien mil guerreros incas no cesan. El espantoso ruido vibra en el cielo incandescente, levantando humaredas tan espesas como nubes de tormenta, como si el propio diablo hubiera tendido el dosel del infierno sobre Cuzco.

Agotado, dolorido de los pies a los párpados, Gabriel dormita largo rato, buscando el silencio en el atontamiento de la fatiga.

Un grito distinto a los otros le obliga a abrir los ojos.

No está seguro de lo que ve. Tres siluetas se mantienen rígidas sobre el muro, por encima de su cabeza. Son unas siluetas sin rostro; sólo divisa cuerpos y miembros. Llevan armas: lanzas y mazas.

Primero, nada se mueve y se cree aún inmerso en una pesadilla. Luego, un nuevo grito brota de las sombras. Un brazo se levanta y tira algo. Una piedra, una gran piedra atada a una cuerda, rebota en el suelo a cuatro pulgadas de la pierna de Gabriel, de pie ya.

—¡No estoy contra vosotros! —exclama sin pensar.

Tras escuchar el idioma que utiliza, los tres hombres vacilan.

—No estoy contra vosotros; estoy con la *Coya Camaquen* —vuelve a gritar Gabriel.

Instantáneamente, adivina la perplejidad de los guerreros incas. Uno de ellos dice algo incomprensible; luego, mueve los brazos en su dirección.

—No estoy contra vosotros —repite Gabriel.

Tira de la cadena para mostrar lo que le ata. Uno de los hombres gesticula y murmura unas frases que Gabriel no consigue tampoco comprender. El otro indio sacude nerviosamente la cuerda, y la piedra atada al extremo rueda entre los pies del español, que a punto está de perder el equilibrio.

Instintivamente, Gabriel atrapa la piedra y la cuerda, y tira hacia sí. En el mismo instante, uno de los asaltantes lanza un gemido mientras los otros dos se apartan. La cuerda se afloja en manos de Gabriel. En el muro, uno de los guerreros cae, y sus compañeros gritan, haciendo ya girar las hondas. El hombre se derrumba en el suelo de la cárcel y, al hacerlo, produce un ruido similar al que hubiera ocasionado la caída de un saco.

Cuando Gabriel levanta los ojos, los dos guerreros huyen, desvaneciéndose en la noche ocre. El hombre que ha caído a su lado está muerto; la saeta de ballesta está tan hundida en el pecho que casi ha desaparecido.

Gabriel no tiene tiempo de extrañarse. La puerta de la cárcel chirría, y una forma del todo oscura, semejante a un fantasma ennegrecido, penetra ágilmente en la estancia sin techo. De su brazo cuelga una pequeña ballesta de cremallera.

Gabriel retrocede, con la cadena tintineando entre las piernas. Brota una risa burlona.

—¡Caramba!, amigo, ¿no me reconoces? —susurra una voz muy familiar.

La sorpresa de Gabriel es tan grande que sólo puede responder, primero, con el silencio. Entonces, la silueta da dos prudentes pasos.

—¡Hola, Gabriel! Pero ¿te han arrancado la lengua?
—¡Sebastián...! ¡Sebastián!
—Para servir a vuestra gracia.

El alto y orgulloso compañero negro, el antiguo esclavo, se acerca, dejando prudentemente su ballesta en el suelo, y besa, sin vacilar, a Gabriel. A decir verdad, tampoco él, como Gabriel, puede ya temer ensuciarse. Lleva, por todo vestido, una especie de falda de cuero que contiene su reserva de flechas y un largo puñal. Por lo demás, va desnudo, con la piel negra manchada de hollín gris.

—¡Sebastián disfrazado de diablo! —exclama Gabriel con alivio.

Una sonrisa de brillante blancura agujerea la oscuridad.

—Para los tiempos que corren, no conozco mejor atavío. Por una vez que el negro me resulta ventajoso, no voy a privarme de él.

La risa brota de la garganta de Gabriel como si bebiera agua fresca. Con la punta del pie, Sebastián toca el cuerpo del guerrero inca.

—Muerto y bien muerto, por lo que parece. Diríase que he llegado justo a tiempo, ¿no es cierto?
—¿Cómo has sabido que estaba aquí?
—Fray Bartolomé, claro. Él me ha dicho en qué trampa te encontrabas. He tardado un poco porque he tenido que buscar esto...

Sebastián saca de su falda de cuero un punzón de acero y un pequeño martillo.

—Tu gordo amigo, el carcelero, ha sido algo difícil de encontrar. Simpático el hombre, y con temperamento, como me gustan a mí: ya puesto a la confidencia, me ha contado que había tenido que hacer seis hijos a seis indias distintas para estar seguro de tener un chico. En fin... Él guardaba este jodido punzón que permite abrir tus grilletes. Sin ello, habríamos tenido que arrancar la cadena para pasearte luego con ella.

Mientras habla, Sebastián pone manos a la obra. Coloca el punzón sobre el vástago que cierra los grilletes de la cadena y golpea con precisos martillazos.

—¡No te muevas! Tardaré un rato. Vigila los muros, que nuestros amigos incas no vuelvan a cosquillearnos, por sorpresa, las costillas.

Para Gabriel, el tintineo de los grilletes al abrirse es más valioso que el ruido del oro. Tiene de inmediato la sensación de respirar mejor.

—Ya estás libre —dice Sebastián, asiendo afectuosamente la muñeca de Gabriel.

—¡Dios del cielo! Creí que iba a asarme como un pollo entre estas paredes —gruñe Gabriel, frotándose las pantorrillas, que parecen, de pronto, asaeteadas por mil alfileres—. ¡Te debo una buena, Sebastián!

—Lo cierto es que hueles mucho a quemado —responde Sebastián con una cómica mueca—. Tenemos que largarnos ahora, pero primero...

Desenfunda su puñal y se arrodilla junto al guerrero muerto. Sin vacilar, hunde la hoja en el pecho del cadáver.

—Tengo que recuperar la saeta —explica—. Es demasiado valiosa y no tenemos municiones para malgastar.

—¿Dónde están Hernando y los demás? —pregunta Gabriel, que evita mirar las manos de Sebastián.

—En la *cancha* de arriba, en la plaza mayor. No ha ardido: don Hernando apostó algunos esclavos en el techo para que apagaran el fuego que prendiese. Ha muerto una docena, pero ahora, tanto hombres como caballos, nos apretujamos allí, al abrigo... ¡Listos!

Sin la menor emoción, Sebastián limpia la corta flecha en la túnica del muerto.

—Te llevaré allí —prosigue con una risita—. Creo que va a suponerles una buena sorpresa verte vivo.

—¿Con esta facha?

La risa que brota de Sebastián domina el estruendo que sigue gravitando sobre la ciudad.

—¡Claro que no, señor! ¡Tengo algo mucho mejor!

A Gabriel le extraña que Sebastián no tome el camino más corto para dirigirse a la plaza mayor; muy al contrario: ágil y silencioso como un gato, la rodea por levante, donde humean todavía algunos techos. De una ojeada, Gabriel advierte que han llegado a la misma calle donde se encuentra el palacio de Hatun Cancha. De pronto, Sebastián empuja una portezuela de piel de guanaco, lo bastante fresca como para haber resistido el incendio.

—Un momento —susurra tras haberla cerrado de nuevo con precaución—. No te muevas de aquí; vuelvo en seguida.

Se aparta unas zancadas, y es tan poco visible en la oscuridad que Gabriel le pierde de vista. No reconoce la *cancha* donde se encuentra. Como por todas partes en la ciudad, el techo ha desaparecido; sin embargo, los edificios parecen en buen estado e, incluso, lujosamente decorados a la española. Nuevas construcciones con un revoque claro unen las largas estancias incas, que forman un solo edificio alrededor del patio. Verdaderas puertas y verdaderas ventanas les dan un aspecto familiar.

—¡Todo va bien! —susurra Sebastián de regreso a su lado—. Quería asegurarme de que no tuviéramos visitantes indeseables.

—¿Dónde estamos? —pregunta Gabriel.

La risa de Sebastián es tan clara como la de un niño.

—¡Eh! ¿Dónde crees que podemos estar? ¡En mi casa, pardiez!

—¿En tu casa?

—¿Has olvidado, acaso, que soy rico? ¡Un verdadero creso!

Gabriel mueve la cabeza y esboza una risita burlona. Viéndolo así, casi desnudo y con la ballesta en la mano, le cuesta mucho imaginarlo como un propietario.

—¡Lo cierto es que lo había olvidado! Había olvidado, incluso, que lo fueras hasta este punto... ¡Qué casa!

—¡Pues era mucho más bonita con su techo y sus muebles! —gruñe Sebastián, empujándole hacia adelante—. Ven, no nos quedemos aquí.

La estancia donde entran huele a humo frío, a hollín y a ceniza. De los muebles de madera sólo queda ya el cuero resquebrajado de los sillones, los cantos metálicos de una mesa y el abollado pie de un candelabro.

—¡Qué estropicio! —sigue mascullando Sebastián.

Aparta los restos de una cama y también los de una alfombra hecha con algunas mantas cosidas. Las anchas losas de piedra, debajo, nada tienen de excepcional. Pero antes incluso de que Gabriel pueda expresar su asombro, con la ayuda de una barra de hierro, Sebastián separa una de las losas, y levanta luego dos más. A la débil luz de las estrellas y de un creciente lunar que comienza, por fin, a atravesar las volutas de humo, aparece una sólida trampilla de madera.

—Ayúdame —pide Sebastián—. Pesa como tres borricos.

La trampilla parece dar, sólo, a un pozo de oscuridad. Pero Sebastián se adelanta. A tientas, encuentra los barrotes de una escalera de mano. Su brazo desaparece, palpa y encuentra un pedazo de vela y un chisquero.

—Mejor será ir de prisa. ¡Es inútil que nos vean!

Instantes más tarde, Gabriel no cree lo que está viendo, y su mudo pasmo encanta a Sebastián. Están en un sótano que es tanto una habitación confortable como un almacén de ropas y armas.

—Soy rico —se divierte Sebastián—. Y en una ciudad como Cuzco es un estado bastante inestable. Tal vez mañana sea pobre, por culpa de los indios o del humor de los Pizarro o de Almagro. Si algo he aprendido de la existencia, es que soy negro y lo seré siempre. Lo que supone decir que seré siempre algo esclavo. Esta sana prudencia me aconsejó no exponer a la luz todos mis tesoros. Eres el primero que entra aquí y digamos que tienes ante ti las reservas de la hormiga. Este sótano y su contenido, por decirlo de algún modo, son sólo un espejismo.

Mientras él vuelve a subir por la escalera para comprobar que la trampilla está cerrada, Gabriel mira detalladamente, atónito, los tesoros acumulados a su alrededor. Vestiduras nuevas llenan algunos baúles: camisas finas, jubones, calzas acuchilladas e incluso rollos de terciopelo, de batista o de lino esperando al sastre. De unos extraños pórticos penden cotas de malla forradas de cuero y algodón. Hay morriones metidos en cestos. Cuatro sillas de montar, ricamente realzadas con plata, descansan en unos caballetes. Una ancha caja contiene espadas, dagas y dos ballestas de manivela. No se ve oro por ninguna parte, pero Gabriel sospecha que, en algún escondrijo más discreto aún, deben de amontonarse algunos lingotes.

—No puedo creer lo que veo —reconoce, incrédulo.

—Ven, tengo que mostrarte algo aún —replica Sebastián.

Ayudándose con la vela, se dirigen hacia el fondo del sótano. Un estrecho pasaje desemboca en una estancia fresca. Gabriel oye el ruido del agua corriente antes de haberla visto.

—Mira —muestra Sebastián, levantando la débil luz y desvelando una especie de alberca natural excavada en la piedra—. Está helada, pero nos permitirá lavarnos, y luego podremos descansar hasta el alba. Al menos, aquí no se oye ya el jaleo de los incas. Mañana elegirás un hermoso atavío y una espada digna de ti. ¡Quiero que estés espléndido!

—Sebastián...

—Bla, bla, bla. ¡Nada de protestas, Gabriel! Para mí es un placer sin límites tener la posibilidad de ofrecerte esas naderías, y un placer que se verá aumentado aún por la sorpresa de algunos de nuestros amigos cuando te descubran, mañana, vivo.

Al alba, vestido de punta en blanco, con botas nuevas en los pies, una recia túnica de cuero, mallas metálicas cubriendo su camisa y una espada de Toledo adornada con una cazoleta con incrustaciones de plata golpeando sus calzas de terciopelo púrpura, Gabriel sale de la casa de Sebastián. La ciudad humea aún. Más de la mitad está en manos de los guerreros de Manco.

Por dos veces deben desandar el camino y correr bajo las piedras que lanzan las hondas antes de conseguir reunirse con los españoles, atrincherados en la única *cancha* intacta de la plaza mayor. Gruesas sábanas, semejantes a enormes velas, se han tendido por medio de cuerdas sobre los patios, para prevenir los tiros de honda y las flechas. Unos guardias, protegidos por puertas o postigos fuera de los goznes, vigilan las salidas, pero les dejan entrar sin vacilar. Para Gabriel, todos los rostros son nuevos y, en el atestado recinto, nadie le presta atención.

Tras haber deambulado unos momentos entre soldados de mirada carcomida por la angustia, Gabriel percibe de pronto la voz de Hernando. Rodeado por Juan y por Gonzalo, de pie ante una decena de jinetes, golpea con el índice un plano de la ciudad, apresuradamente dibujado y extendido sobre una gran mesa.

—Según los cañaris, todas las callejas del norte de la ciudad están ahora cerradas por barricadas de ramas, de cuatro, cinco o incluso seis varas de alto. Demasiado para los caballos, de cualquier modo. Y lo mismo ocurre aquí, en la parte este, y al sur. No han perdido el tiempo...

—La trampa se cierra, os lo aseguro. Van a cazarnos como a conejos —gime un hombre cuyo jubón, con la espalda calcinada, deja ver su camisa.

—Que las llamas nos hayan lamido el culo no nos transforma ya en conejos, Diego —protesta Hernando.

—Las barricadas más molestas son las del norte —interviene Juan Pizarro—. Impiden cualquier carga contra la fortaleza de Sacsayhuaman. Y allí arriba, por desgracia, los incas nos tienen día y noche al alcance de sus tiros de honda y de sus flechas. ¡Detesto esta sensación! Parecemos hormigas ante la mirada de unos gigantes.

Enojado por el tono desengañado de Juan, Hernando le interrumpe con un gesto.

—Hermano mío, no es hora de hacer hermosas frases. Ahora debemos mostrarnos prudentes en cada uno de nuestros movimientos: no se trata ya de salir de esta *cancha* en pequeños grupitos, pues caeríamos bajo una granizada de piedras que podría herir nuestros caballos. Mejor será que nos armemos de paciencia, a pesar de nuestra rabia, y esperemos a estar en condiciones de lanzar una carga masiva hacia el llano, dentro de dos o tres días. Seamos astutos y destrocemos sus nervios. Hagámosles creer que somos débiles y estamos aterrorizados; entonces, romperemos su sitio como si fuera una anilla de cristal.

—¡Débiles y aterrorizados! Oyendo los gritos y gemidos que escapan de la ciudad desde hace varios días, puedo aseguraros que no necesitamos hacer que crean nada: somos débiles y lo saben. Además, ¿tan seguro estáis de vuestra táctica, don Hernando? Son doscientos mil y nosotros sólo doscientos, con apenas cincuenta o sesenta caballos en condiciones aún.

—Pues ya somos cincuenta más de los que éramos en Cajamarca, con mi hermano el gobernador, micer Del Barco. Vencimos a los cien mil guerreros de Atahuallpa en pocas horas. Dios lo quería y nos dio voluntad para hacerlo. No olvidéis nunca que vuestro brazo armado con una buena espada puede herir a diez indios de un mandoble y que ellos necesitan cincuenta flechas para atravesar vuestros jubones de cuero y algodón. Pese a lo que sugería hace un momento mi buen hermano Juan, no somos hormigas, señores. ¿Tenemos miedo? Muy bien: eso nos hinchará los cojones.

Mientras penetra algo más en la estancia, que hiede a hollín, a sudor y a miedo, Gabriel encuentra la mirada asombrada y atenta de Bartolomé. Con una divertida sonrisa, poniéndose un dedo en la boca, Gabriel le recomienda silencio mientras un joven, con los ojos hundidos por el insomnio, protesta con vehemencia.

—¡Don Hernando, no comprendo! ¿Por qué esperar a mañana o a pasado mañana para llevar a cabo la carga y no intentar salir ya de este avispero?

—Porque tendremos que conseguirlo al primer golpe, Rojas. Dado su número, sólo habrá una oportunidad. Estas últimas horas han sido duras para todos nosotros. Mirad a vuestro alrededor: jinetes o infantes, todos necesitamos descansar un poco. Y vos el primero, mi buen Rodrigo: apenas os aguantáis de pie.

—Encerrarse aquí, don Hernando, supone entregarles la ciudad. Entregarles la ciudad es morir como ratas, y nos sugerís que perdamos el tiempo durmiendo.

—No, Rojas, ese tiempo no será inútil. Nuestra inmovilidad irritará a los indios. Y van a fatigarse aullando y lanzando sus piedras.

—¿Y quién les impedirá venir a asarnos, aquí mismo, la próxima noche? Son decenas de miles, don Hernando. Les basta con quererlo y saltarán a este recinto como pulgas en la sotana de un cura.

—¡Pero no lo quieren, micer Del Barco! —chirría Hernando, a quien el enojo hace palidecer—. ¿No veis acaso que se limitan a tirarnos piedras desde el otro extremo de la plaza? Si no nos tuvieran miedo, y no lo tuvieran a nuestras espadas y a nuestros caballos, estaríamos muertos ya. ¡Nos tienen miedo, Del Barco! Tal vez sean miles, pero son miles que tienen miedo. Os lo aseguro: una carga, una sola, uniendo todas nuestras fuerzas, y sembraremos el pánico en sus filas.

—No os hagáis ilusiones, don Hernando —interviene Gabriel con voz apacible—. No estamos en Cajamarca. Vos estabais allí, pero yo también. Vengo de fuera y puedo aseguraros que ese miedo que, al parecer, domina a los guerreros incas les da, no obstante, mucho ardor. Viendo vuestros rostros, caballeros, y sin que quiera ofenderos, creo por el contrario que el terror está, más bien, en este bando.

Gallardo, afronta las estupefactas miradas que se vuelven hacia él.

—¡Cagüen Dios! —silba, en primer lugar, Gonzalo—. Pero ¿quién lo ha liberado?

Da dos pasos hacia Gabriel. Sin que se haya recuperado aún del enfrentamiento, cojea. Juan le agarra del codo para sostenerlo y retenerlo a la vez.

—Me limito a seguir vivo, puesto que vos lo estáis también

—se divierte Gabriel, mirándolo de arriba abajo antes de hacerle una gran reverencia, tan llena de ironía como de ceremonia—. Don Hernando, tras haber recuperado mi libertad por mis propios medios, os perdono el haberme privado de ella y me pongo a vuestro servicio para los hermosos momentos de batalla que nos aguardan.

Gonzalo aparta a Juan y cierra la mano sobre la espada, pero la de Gabriel ya está desenvainada.

—Puedo despanzurrarme con vuestro señor hermano, don Hernando. Dudo, sin embargo, que el momento sea adecuado. Necesitáis brazos fuertes y no van a faltarnos, en los próximos días, ocasiones para morir. Don Gonzalo podrá incluso ejercerlas a su guisa.

—¡Hermano! —protesta Gonzalo con voz ronca—, no podéis aceptar entre nosotros a un jodido cabrón, a un espía, un mentiroso y un asesino. ¡Os traicionará mañana mismo!

—¡Cerrad la boca y no digáis más burradas, Gonzalo! —replica Gabriel—. Nada hay que traicionar aquí, salvo el honor. ¿Os queda bastante para daros cuenta de ello?

—¡Basta ya! —le interrumpe fríamente Hernando—. Más tarde arreglaremos cuentas. No creáis que vais a escapar a la justicia, Montelúcar.

—No suelo huir de la justicia cuando la encuentro, don Hernando, lo que no sucede a menudo en esta región. Creo haberoslo probado en ciertas ocasiones.

—¡Señores! ¡Don Hernando! ¡Don Gonzalo! —interviene Bartolomé, levantando su extraña mano—. No es momento ya de cháchara. Sean cuales sean vuestros agravios contra don Gabriel, se ha enfrentado con los indios tanto, si no más, como cualquiera de los que están aquí. Puede dar buenos consejos. ¿Por qué no escucharlo?

—Es cierto —asiente Juan Pizarro dirigiéndose a Gonzalo—. Fray Bartolomé tiene razón. Dejemos a un lado nuestros rencores y unamos nuestras fuerzas. Una vez ganada la batalla, si lo hacemos alguna vez, ya habrá tiempo para recordar las faltas de don Gabriel.

Con un gesto y un suspiro, Hernando interrumpe la respuesta de Gonzalo.

—Puesto que tan erudito sois, ilustradnos con vuestra ciencia: ¿cómo piensan hacerlo vuestros amigos indios, según vos? —pregunta.

49

—Nos observan desde hace años —declara Gabriel sin que parezca fijarse en la burla y dirigiéndose a todos—. Conocen ahora nuestros puntos débiles y saben cómo detener nuestros caballos. Se acabaron ya las cargas que los aterrorizaban y en las que se dejaban cortar en dos como perchas. Saben manejar las piedras de sus hondas para quebrarnos un brazo o las patas de nuestros caballos. Y batirse a pie es, desde hace mucho tiempo, su punto fuerte: son más ágiles y más eficaces que nosotros...

—¡Qué noticia! —escupe Gonzalo—. No veo ahí nada que no supiéramos ya.

—Esperan precisamente nuestra impaciencia y nuestra arrogancia —prosigue Gabriel como si no le hubiera oído—. Esperan que el hambre y la sed nos arrojen contra sus fuerzas en el llano. Esperan que, una vez más, como sugerís vos, don Hernando, lancemos toda nuestra caballería contra sus filas para hacer el intento de abrir la tenaza con la que nos ahogan y huir. Salvo que, en esta ocasión, están preparados, señores. En todos los caminos que podríamos tomar con cierta facilidad, os lo prometo, se han ocultado ya fosos, estacas, trampas y gran cantidad de obstáculos. Haced esa carga, don Hernando, y nuestras monturas se quebrarán en ella las corvas antes de que podamos rozar la nuca de un enemigo con la punta de nuestras espadas.

El discurso de Gabriel hace muy pronto efecto, pues dice en voz alta lo que algunos pensaban ya. El silencio que le sigue pesa como el desaliento.

—¿Qué proponéis, don Gabriel? —pregunta, por fin, Juan Pizarro.

—¡Tomar la fortaleza!

—¡Qué locura! —exclama Gonzalo con una risa despectiva—. ¡Es lo último que resultaría posible!

—Es lo único útil y necesario. Bien lo sabéis —dice volviéndose hacia Hernando, como si Gonzalo no existiera—; sin la fortaleza, no hay ya sitio.

—¿Ah, sí? ¿Y cómo pensáis lograrlo? —se burla Gonzalo—. Dando un saltito, supongo. La torre y los muros sólo tienen treinta o cuarenta varas de alto; eso sin contar con las empalizadas que impiden llegar a ellos.

—Podemos destruirlas esta misma noche.

Un murmullo recorre entre los hombres. Gabriel ve ojos que

se apartan y frentes que se inclinan. Incluso Bartolomé esboza una mueca que expresa poco convencimiento. Gabriel levanta una mano y la pone con énfasis sobre su corazón.

—Señores, no he perdido la razón ni quiero arrastraros a una locura. Comprendo vuestros temores, pero la verdad está ante vosotros más desnuda que nunca. O morís con prudencia, o morís combatiendo. Y no es sólo que la prudencia sea vergüenza y el combate gloria...

—He aquí alguien que habla como mi hermano Francisco —dice con ironía Gonzalo, sin que nadie le escuche.

—...es también que la prudencia —prosigue Gabriel, que continúa sin mirar a Gonzalo— supone una muerte segura para todos, mientras que el combate puede darnos la victoria. Y en ese caso, tal vez algunos se salven.

Aprovechando el silencio y la atención que ha captado de nuevo, Gabriel mira a Gonzalo de arriba abajo.

—Para mí, y gracias a don Gonzalo, resulta indiferente morir hoy. Eso es, pues, lo que sugiero. Esta noche iré a incendiar las barricadas; solo, si es preciso. Y ya veremos lo que sucede.

—¡Hermano —ruge Gonzalo en seguida—, es una añagaza! Quiere simplemente huir y unirse a los salvajes.

—Don Gonzalo —responde Bartolomé con mal humor—, dad prueba de mayor juicio. Si don Gabriel tuviera la intención de huir, qué utilidad tendría venir personalmente a avisaros de ello tras haberse escapado de vuestra mazmorra.

Antes de que Bartolomé termine su regañina, una extraña sonrisa nace en el rostro de Hernando, que posa su mano en el brazo de Gonzalo.

—¡Eso me parece muy adecuado, don Gabriel! Si alguien quiere aquí ofreceros un caballo, siento curiosidad por ver vuestras hazañas. Y si hay entre estos caballeros alguien que desee acompañaros, limitaremos sólo a cinco su número, para evitar un excesivo desastre.

—Celebro, don Hernando, que la inteligencia ilumine, por fin, vuestro feroz deseo de que abandone esta tierra —le responde Gabriel con buen humor.

—Querido don Gabriel, si pensáis haceros, después de todo, útil a vuestro rey y honrar la gloria de Nuestro Señor, ¿quién soy yo para impedirlo?

—Voy contigo —asegura Sebastián instantes más tarde.
—No —sonríe Gabriel—. Me ha complacido aguzar el mal humor de los Pizarro, pero no estoy tan seguro del golpe como parece.
—En cambio, ellos, con el horrible Hernando a la cabeza, saborean ya la victoria. Cuando te mira, es como si tuviera ya en sus manos tus restos.
—¡Déjale soñar!
—Voy contigo —repite Sebastián con una mueca severa—. De lo contrario, no tendrás caballo. ¿Y quién sino yo te ofrecerá uno? —Y cuando Gabriel quiere seguir protestando, Sebastián añade—: No sólo tú deseas demostrar a esos caballeros dónde están el valor y la lealtad.

Ambos amigos se observan en silencio unos segundos; luego, Gabriel, con emoción, toma las manos de Sebastián.

—¡Voy a deberte mucho!
—Tu deuda está pagada de antemano, y desde hace mucho tiempo, amigo Gabriel. Que yo sepa, no he tenido mayor placer, hasta hoy, que cosquillear en tu compañía el culo del diablo. Ven, te enseñaré mis caballos.

El segundo patio de la *cancha*, cuidadosamente protegida por toldos de tela, ha sido transformado en una especie de establo. El olor a orines y estiércol se agarra a la garganta, y las moscas zumban en bandadas. En cuanto Sebastián y Gabriel entran, unos caballos se apartan temerosamente y, de inmediato, todos relinchan, golpean el suelo con las pezuñas, abren unos ojos inquietos y se empujan con brutalidad. Amontonados allí, sin espacio, asustados aún por el incendio de la ciudad y los aullidos procedentes de las colinas, parece que el miedo acaricia todavía sus lomos vibrantes y mal cuidados.

Tras el débil silbido de Sebastián, una soberbia yegua de pelo tan blanco como la nieve se acerca, vacilando un poco; lleva el cuello inclinado y adelanta la frente, como si buscara una mano tranquilizadora.

—Te presento a *Itza* —dice Sebastián, acariciándole la cabeza—. Ya ves, no soy como tú; yo doy nombre a mis caballos.
—¿Y qué significa *Itza?*
—Ni siquiera lo sé. Pero cuando yo era sólo un esclavo que apenas se atrevía a levantar los ojos hacia los blancos, conocí en

Panamá a un viejo conquistador que me hablaba como a un hombre y no como a un animal. Decía siempre ese nombre: *Itza, Itza*, como una fórmula mágica. Creo que se adecua perfectamente a la dama: viva, franca como el relámpago y, sin embargo, dulce. Mira, éste se llama *Pongo*.

—No te pregunto por qué.

Un castrado tordo ha pasado ante las demás monturas, pero sin acercarse más, observando con suspicacia las caricias que Sebastián concede a la yegua.

—El señor ha perdido sus cojones, pero conserva su mal carácter; sin embargo, nos llevamos bien. Tú montarás a *Itza;* estoy seguro de que vas a gustarle.

Y parece cierto, pues, sin alharacas, la yegua abandona la acariciadora mano de Sebastián para golpear con sus ollares el pecho de Gabriel.

—¿Qué estaba diciéndote? —se divierte Sebastián.

—¿Crees que van a venir más jinetes? —pregunta Gabriel con seriedad, tras haber respondido a los halagos de *Itza*.

—Lo más importante no es tener otros jinetes, sino a algunos indios aliados. Ellos serán de más ayuda.

—No es eso lo más importante —dice Gabriel con una sonrisa.

—Pues me pregunto qué es, entonces, señor...

—Es tener un negro como tú por amigo.

Por la noche, tras intensas discusiones, unos cincuenta indios cañaris y tres jinetes se han presentado ya voluntarios para acompañar a Gabriel y Sebastián. Ante la puerta de la *cancha*, que está abriéndose, todos los españoles forman una silenciosa hilera. Sólo se oye el golpeteo de los cascos y el murmullo de la plegaria de Bartolomé mientras, fuera, el estruendo de las colinas sigue sin cesar.

Don Hernando está muy cerca de la puerta. Con una media sonrisa, inclina la frente.

—Buenas noches, don Gabriel.

—No temáis —replica Gabriel en el mismo tono—, serán buenas. Y si no tenéis demasiado sueño, os aconsejo que echéis una ojeada por encima de los muros. El espectáculo podría complaceros.

Aprovechando la oscuridad y la sorpresa de su salida, llegan sin demasiadas dificultades a la primera empalizada. Cierra la calleja más ancha de las que llevan a la fortaleza de Sacsayhuaman. Amontonados sobre una estructura de troncos, montones de abrojos constituyen una barrera en la que se desgarrarían con facilidad hombres y caballos.

Los clamores de los guerreros en las colinas cubren el tintineo de las herraduras y los arneses. El cuello y la cabeza de los caballos han sido cuidadosamente envueltos con tela para protegerlos de las piedras, mientras franjas de cuero cubren los pechos y rodean corvas y cañas. Esos arreos pesan sobre los animales y los hacen más lentos. Cuando están ya muy cerca, suena de pronto la lúgubre llamada de un *pututu*. Un centinela ha sorprendido su avance y da la alarma. En un instante, los guerreros incas se asoman por los muros calcinados de las *canchas* vecinas. Gabriel apenas tiene tiempo para levantar el escudo y protegerse de la primera salva de piedras. Aullando a su vez, con la cabeza entre los hombros, lanza la yegua a un trote irregular y, con la espada levantada, rasa los muros para segar las piernas y los pies de los combatientes incas.

A su espalda, los cañaris, con temible agilidad, saltan a lo alto de las tapias con las mazas o las hachas de bronce levantadas. La lluvia de piedras cesa en el acto y comienza en los muros un espantoso combate cuerpo a cuerpo, lleno de gritos y doloridos lamentos.

—¡El aceite, el aceite! —exclama Gabriel, dirigiéndose a Sebastián.

Mientras él hace caracolear a *Itza* junto a la empalizada, con la espada azotando el aire como una guadaña, Sebastián y dos de los españoles rompen una gran jarra de aceite contra las ramas de la barricada. Una chispa de chisquero basta entonces para inflamarla. Brota una luz amarilla, cegadora, al mismo tiempo que se escucha un grito de júbilo.

—¡Santiago! ¡Santiago!...

A la luz de la pira, el cuerpo a cuerpo sin cuartel que se libra en los muros parece, de pronto, una danza infernal. Con demente alegría, dando grandes hachazos, los guerreros cañaris seccionan los cuerpos de los soldados incas como si despedazaran simples espantajos. Las piedras ennegrecidas se vuelven pegajosas de sangre y entrañas; los muertos caen unos sobre otros.

Apartando los ojos del horror, Gabriel da la orden de repliegue.

—¡Otra barricada! —vocifera—. Hay que quemar de inmediato otra barricada antes de que lo esperen.

Con una simple presión de las rodillas, lanza a la hermosa *Itza* al galope, y se lleva con él a jinetes y cañaris.

Y así toda la noche. Las barricadas arden en una calleja, en otra luego. Cuatro, cinco veces se repite la misma agotadora matanza. De empalizada en empalizada, la tarea se vuelve más dura. Pero se han acercado bastante a la fortaleza para distinguir, sobre sus cabezas, los altos muros oscuros. Pese a la fatiga de los españoles y del ejército de cañaris, que se ha reducido a la mitad, Gabriel quiere destruir una última barricada. Aniquilándola, a la mañana siguiente, el sendero que lleva a la fortaleza estará libre. Pero entonces nada ocurre como antes. Los guerreros incas han hecho correr la consigna y esperan el ataque. La lluvia de piedras y flechas es más densa, más difícil de rechazar. A los cañaris, demorados por la fatiga y sin gozar ya del efecto sorpresa, les cuesta saltar sobre los muros. Las piedras los alcanzan en el rostro y en las piernas, y les quiebran los huesos y el impulso.

Lanzando su ágil yegua, Gabriel salta milagrosamente una trinchera excavada ante la empalizada y oculta por un artificio de ramas y tierra. Pero los dos jinetes que le siguen no tienen la misma suerte. Sus caballos se rompen allí las patas. Gabriel, al oír los gritos, hace girar a *Itza* justo a tiempo para ver lapidados a sus compañeros.

—¡Sebastián! —ruge.

—¡Aquí estoy! —grita el gigante negro, batallando para rechazar una jauría de guerreros incas—. Son demasiados, Gabriel; debemos retirarnos...

Pero es demasiado tarde ya. Los incas llegan a decenas, aullando. Abandonado ya cualquier deseo de acercarse a la barricada lo bastante como para incendiarla, Gabriel carga a su vez para liberar a los jinetes heridos, que los cañaris no consiguen ya proteger. Mientras su hoja enrojece de sangre, le sorprende un nuevo grito de Sebastián.

—¡Cuidado! ¡Cuidado! ¡Cuidado con el fuego de arriba, Gabriel!

De lo alto de la fortaleza, las flechas incendiarias caen sobre ellos como estrellas que se aplastaran en el suelo. Los cañaris, petrificados de pronto, se quedan inmóviles, y luego, todo son gemidos de dolor. Los hombres gesticulan con el pecho o los hombros ardiendo. Por el rabillo del ojo, Gabriel ve que los incas retroceden mientras se prepara, en la fortaleza, otra salva.

—¡Por los cuernos del diablo, hemos caído en la trampa! —brama Sebastián—. Estamos atrapados entre la barricada y...

No concluye la frase, pues una flecha incendiaria se clava en su pechera de algodón y la inflama en seguida. Con la palma de la mano, aunque trabado por la rodela, Sebastián intenta apagar las llamas. Su caballo, asustado, se lanza a un galope caracoleante, atizando el fuego del peto mientras otras flechas rebotan contra los flancos. Gabriel llega, por fin, a su lado y, a puñaladas, desgarra el peto y arroja las partes inflamadas.

Entonces ocurre lo extraño. Todos lo ven, españoles, cañaris e incas.

Una nueva andanada de flechas incendiarias toca el suelo. Sin embargo, ninguna hiere a Gabriel ni a Sebastián. Ni siquiera necesitan levantar el escudo para protegerse. Como si las rechazara una fuerza invisible, las flechas caen a pocos pasos de ellos; rebotan en las losas o se quiebran contra los muros.

Lanzando al galope la yegua blanca, tan infatigable como él, Gabriel carga contra la línea de guerreros enemigos. Muchos retroceden; los más valerosos hacen chasquear las hondas. Pero, como las flechas, las piedras se pierden en la noche sin alcanzar a Gabriel ni a *Itza*. En el centro del círculo en el que se han replegado, españoles y cañaris ven cómo Gabriel galopa dirigiendo la hoja hacia las líneas incas, sin ni siquiera tocar a los guerreros. Como un ángel salvador, empujado por la inmaculada potencia de la yegua, se abre esta vez paso sin que corra ni una sola gota de sangre. Petrificados de estupor o temerosos, nadie se le opone, y pronto queda libre el paso por la calleja.

—¡Seguidme! —grita a sus compañeros—. ¡Seguidme, no corréis riesgo alguno!

Y de hecho, cuando saliendo de su asombro corren tras él gritando «¡Santiago! ¡Santiago!», ni un solo inca intenta contenerlos, ni una flecha o una piedra de honda los alcanza.

Entonces, y durante toda la noche, lo que se agita en el vientre de Gabriel no es ya el miedo, el odio o la violencia; sólo un extraño, un intenso, un irresistible deseo de reír.

El heroísmo de esa noche desesperada queda borrado por el día siguiente.

A mediodía, cuando, agotado, se ha dormido pese al clamor incesante de los tambores y al hambre que lo atenaza, Gabriel es despertado por algunos gritos y una gran agitación. Mascullando, se dispone a abandonar el rincón en sombra, junto a los caballos, donde ha encontrado refugio cuando Sebastián, con el brazo y el hombro envueltos en un apósito, aparece ante él acompañado por Bartolomé, con aspecto grave.

—¿Cómo te sientes? —pregunta en seguida Gabriel.

—¡Como una joven esposa tras su noche de bodas! —gruñe Sebastián.

—¿Es grave la quemadura? —pregunta de nuevo Gabriel a Bartolomé.

—Lo bastante como para que sufra durante mucho tiempo —suspira Bartolomé con resignación—. Temo, sobre todo, que las heridas se infecten. Necesitaría un ungüento de aceite de oliva, pero aquí...

—No soy una niña y mi herida esperará, como yo, a que lleguen tiempos mejores —protesta con mal humor Sebastián, empujando a Gabriel hacia el rincón en sombra—. Pero tú, amigo mío, es mejor que no te muestres demasiado...

—¿Y por qué? ¿Qué ocurre?

—No nos queda agua —anuncia Bartolomé—, sólo algunas barricas de reserva. Los incas han destruido esta mañana los conductos de piedra que llenaban las albercas de la plaza mayor.

—¿Y no debo mostrarme por eso? —se extraña Gabriel.

Los ojos de Sebastián buscan los de Bartolomé. Sus rasgos están también hundidos por el hambre y el miedo. La fiebre apaga la mirada de Sebastián, tan viva de costumbre. Un tic nervioso agita su brazo herido. Por lo que a Bartolomé se refiere, la piel de su rostro es tan gris como su desteñido sayal. En las sienes, como en sus manos, está tan tensa que diríase que se advierten, por debajo, las irregularidades de los huesos. Ambos parecen muy turbados.

—Bueno, ¿qué pasa? —pregunta de nuevo Gabriel.

—Algunos consideran que la expedición de esta noche contra las barricadas ha encolerizado a los incas —murmura Sebastián— y que, sin ella, no habrían pensado en romper las conducciones.

—¿Quién puede creer una cosa así? —gruñe Gabriel.

—Todos los convencidos por Gonzalo, lo que ha sido bastante fácil después de que los cañaris hayan hecho, hace un rato, un reconocimiento: las barricadas están reconstruidas ya. Todo el esfuerzo de la noche ha sido inútil: no es posible hoy llegar a la fortaleza, como no lo era ayer...

—¿Y qué? Claro que reconstruyen las barricadas —corta con brutalidad Gabriel—, pero nosotros las incendiaremos una y otra vez. ¿No somos acaso los sitiados? ¿Podemos hacer otra cosa sino combatir? De lo contrario, hagamos la paz con los incas. Eso no va a entristecerme...

—No se trata sólo de las barricadas.

—¿Ah, no?

—Está también... lo que ha ocurrido.

—¿Y qué ha ocurrido?

Le responde un breve silencio. Gabriel toma, por fin, conciencia de la turbación de sus amigos.

—¡Cagüen Dios! ¿Hablaréis de una vez?

—Bien lo sabes —murmura Sebastián, dirigiendo la vista a los caballos.

—Yo no sé nada.

—Se dicen muchas cosas extrañas sobre esta noche —comenta con suavidad Bartolomé.

—Vi lo que vi —añade Sebastián.

—¿Y qué fue lo que viste?

—Te vi a ti, montando a *Itza*, sin que las flechas o las piedras te alcanzaran, mientras que acababan con nosotros.

—¡Fue una suerte! ¡Eso es todo!

—¡No!, ¡había algo más!

—Sebastián, estabas herido. Tuviste miedo y dejaste volar tu imaginación. Es muy natural.

—Protesta tanto como quieras, amigo Gabriel. Sé lo que vi, y no tenía nada de natural. Era como si algo te protegiera. *Itza* ha regresado sin un arañazo, mientras que he pasado más de una hora curando las heridas de *Pongo*.

—¿Quieres saber qué rumor corre esta mañana? —interviene Bartolomé—. Gonzalo cuenta que el diablo y los incas están contigo. Los que iban con vosotros por la noche juran que vieron al propio Santiago resucitando en ti. Algunos aseguran incluso que la Virgen María te abría camino.

—En cualquier caso, yo no vi a nadie —dice Gabriel con humor—. Y ahora oigo esas historias... Combates y demasiados muertos, eso es todo lo que hubo.

—No. Incluso los guerreros incas lo vieron —protesta Sebastián—. Por eso nos dejaron partir. Además, lo sabes muy bien: los rechazaste con tu espada sin ni siquiera tocarlos.

—Sebastián no es el único que lo vio, Gabriel —sigue insistiendo Bartolomé—. He hablado con los jinetes a los que salvaste y con los cañaris. Todos lo dicen: las flechas incendiarias y las piedras te respetaban, como si de un milagro se tratase. ¿Te protege Dios? ¿O te protegen... tus amigos entre los incas?

—Fray Bartolomé, con todo el respeto que te debo, divagas. Sé qué sensibles son a la magia, durante los combates, los guerreros incas. ¡Y utilicé esa debilidad! Eso fue todo. Fingí no temer sus piedras ni su fuego, y esa actitud les impresionó. Además...

El tono de Gabriel no resulta natural. En los ojos de sus amigos lee duda e incomprensión.

—Además, tuve suerte. Suerte; eso es todo...

En verdad, no está seguro de convencerse a sí mismo. Sebastián tiene razón: ha notado que algo extraño le sucede durante los combates. Como si su fuerza, de pronto, no tuviera límites. Pero ¿cómo reconocer algo así sin estar loco?

—Tenéis que creerme —repite con voz sorda—. Cierto es que me importa muy poco morir, pero no hay ahí nada milagroso o mágico.

—Para ti, tal vez, pero para quienes están aquí y sufren temiendo la muerte, no es tan sencillo —responde Bartolomé—. Ellos no tienen el orgullo de pensar que el encuentro con la muerte sea un momento tan hermoso, Gabriel Montelúcar.

—¿Qué quieres que haga para convencerte, fray Bartolomé? ¿Que salga a las callejas sin armas para demostrar que los incas pueden acabar conmigo como con cualquiera?

Apenas calla cuando Bartolomé levanta hasta su rostro la mano derecha de unidos dedos. Con un gesto provocador, traza la señal de la cruz.

—No te pido tanto —masculla—. Deja, pues, que Dios elija el camino que te sabe necesario. Hasta entonces, ten la humildad de vivir como cualquiera de nosotros y permanece tranquilo. Don Hernando ha prohibido cualquier nueva salida, y eso vale también para ti.

Entregado a sí mismo, Gabriel permanece postrado. Su mirada vuela por encima de las macizas piedras de la inexpugnable fortaleza y llega hasta las montañas. Le importa muy poco su suerte o la protección de los dioses.

—¿Dónde está ella? —murmura sin fatigarse—. ¿Dónde está?

Pero los dioses que han respetado su vida se niegan a dejar que oiga la respuesta que le devolvería la vida.

Durante los cinco días y cinco noches siguientes, Cuzco es sólo estruendo, muerte y sufrimiento.

Instruidos por los ataques de la primera noche, los guerreros incas no sólo han reconstruido las empalizadas que impiden las cargas de caballería, sino que las han fortificado también con fosos ocultos, y unos centinelas vigilan el acceso durante todas las horas del día y de la noche, para aterrorizar más a los españoles e impedirles cualquier reposo. No pasa hora alguna sin que los clamores de los guerreros sucedan a los redobles de los tambores y los siniestros lamentos de las trompas. Tanto de día como de noche, arqueros y honderos se relevan en los altos muros de la fortaleza de Sacsayhuaman, en un permanente bombardeo de la plaza mayor y de la última *cancha* donde se acurrucan los sitiados.

El hambre y la sed, añadiéndose al imposible reposo, al sueño constantemente roto por la batahola, enloquecen a los hombres. Unos aúllan cerrando los párpados, otros lloran como niños. Algunos rezan ya sin cesar y con tanta violencia que Bartolomé no se atreve a acompañar su piedad. Unos cuantos recuerdan antiquísimas campañas con el gobernador don Francisco Pizarro y asan lombrices o beben sus orines, cuando no van a mendigar los de los demás.

Al cuarto día, sabiendo que no podrá contener por más tiempo la demencia de esos hombres privados de combate, don Hernando Pizarro concede a sus hermanos Juan y Gonzalo, así como a unos veinte infantes, el derecho de hacer una carga para recuperar la casa de Gonzalo, situada en el otro lado de la plaza mayor, donde esperan encontrar algunos de los cerdos llegados desde Cajamarca, habas e incluso un poco de harina de maíz. Gonzalo prohíbe la presencia de Gabriel a su lado y, con algunos otros, forma pelotones para vigilar la retaguardia de los combatientes y protegerles de una maniobra envolvente.

Los combates duran cuatro horas antes de que los caballos de Juan y Gonzalo, pisoteando los cuerpos de los guerreros incas, penetren por fin en el recinto. De los cerdos sólo quedan unos cadáveres pútridos e infestados de gusanos. En los sótanos, los sitiadores han olvidado un único barril de harina. Sin embargo, como en el de Sebastián, una alberca de agua fresca, que llena un invisible manantial, levanta gritos de alegría.

Por la noche, la flaca victoria devuelve algo de esperanza a los españoles. Ahora, la gran plaza Aucaypata ya no está por completo sometida a los bombardeos de piedras de los incas. Se ha dado orden de tomar de la casa de Gonzalo todos los tejidos, paños, manteles y alfombras. Está atestada de ellos, como un almacén de Cádiz.

Durante toda la noche, una febril actividad hace olvidar el estruendo de las colinas, el hambre y el miedo. Mientras los jinetes se relevan para mantener la plaza mayor fuera del alcance de las tropas de Manco, los infantes de grandes dedos, más habituados a la espada o a la lanza, unen esos tejidos heteróclitos, mientras otros trenzan cuerdas, disponen estacas y recuperan vigas, en buen estado aún, entre los calcinados techos.

Al alba, una gigantesca tela multicolor cubre la plaza mayor, desde la casa de Hernando hasta la de Gonzalo, protegiendo por fin a los sitiados de la granizada de piedras lanzadas desde Sacsayhuaman.

Enardecido por el éxito, Hernando intenta abrir el cerco que los asfixia. Lanza a sus jinetes a escaramuzas cada vez más alejadas, alrededor de la plaza. Pero muy pronto los combates se revelan más peligrosos que eficaces, y amenazan incluso con debilitar las pocas fuerzas que les quedan.

A cada escaramuza, la aventura es la misma. Los caballos caen y se hieren en las trincheras excavadas hasta en las terrazas que rodean por el oeste la plaza. Los jinetes son lanzados al suelo y asaltados en seguida por decenas de guerreros incas o enterrados literalmente bajo un diluvio de piedras.

Así, en la noche del quinto día, Juan Pizarro es depositado en uno de los jergones dispuestos por Bartolomé para cuidar, en la medida de lo posible, a los heridos. Una piedra de honda le ha roto la mandíbula y, a pesar de toda su valentía, gime de dolor mientras le vendan.

Bartolomé ha solicitado la ayuda de Gabriel para mantenerlo inmóvil cuando tira del mentón del herido para que los huesos rotos no se cabalguen. Apresuradamente se confeccionan tablillas y vendas. Cuando don Hernando y Gonzalo acuden, Juan se ha desvanecido. Con asombro, Gabriel ve a Gonzalo arrodillarse junto al herido y acariciar su frente como lo haría con un niño. Sus ojos brillan de lágrimas y unas balbuceantes palabras de consuelo mueren en los labios temblorosos.

—No os preocupéis demasiado, don Gonzalo —murmura Bartolomé—; la herida es dolorosa, pero no mortal. Vuestro hermano es tan robusto como valeroso. Mañana tendrá un poco de fiebre, pero estará de pie.

—¡Y de pie para qué, vientre divino! —exclama Hernando apretando el puño.

Su mirada encuentra la de Gabriel y, por una vez, parece pedir ayuda.

Juntos se vuelven hacia el intersticio que la tela deja por encima del muro de la *cancha*. La fortaleza de Sacsayhuaman está ya lista para la noche e iluminada por centenares de antorchas. A la incierta luz del crepúsculo, las torres dibujan la cabeza de un dragón con piel de fuego.

—Tenemos que ir allá arriba —murmura Gabriel.

—¡Arriba! Bien sabéis que es imposible.

—Hay que atacar y tomar la fortaleza —repite Gabriel—. Lo demás no sirve para nada.

—¡No os andáis con chiquitas! Nada está mejor protegido que esas torres. Los caminos son de tan abrupta pendiente que los caballos resbalan o resultan demasiado lentos. No daríamos cien pasos sin que nos mataran. Los muros de las torres son tan altos que no bastará con una sola escala. Habría que tomar la fortaleza por detrás, pero para ello tendríamos que conseguir salir enteros de la ciudad.

—Don Hernando, lo sabéis igual que yo: no hay otra solución. Debemos adueñarnos de Sacsayhuaman a toda costa.

—Es otra de vuestras locuras, como la de destruir las empalizadas.

—Si llegamos arriba —prosigue Gabriel sin escucharlo—, le daremos la vuelta al guante con el que nos aprietan la garganta. Mirad a vuestro hermano, don Hernando: ¿de qué nos sirve su herida? Ya sólo somos cincuenta jinetes. Es nuestra última oportunidad.

La mirada de Hernando se ha aguzado. La duda y la desconfianza combaten en ella con la esperanza.

—Cuidemos primero a mi hermano —masculla—. Luego, pensaremos en eso.

—Cuidad a vuestro hermano —dice Gabriel—. Necesitamos a todos los hombres valerosos.

Por primera vez, Gabriel adivina en la ojeada que le lanza Hernando algo más que odio y desconfianza: como una pizca de respeto.

Después distingue los ojos enrojecidos y llenos de lágrimas de Gonzalo, y es otra sorpresa.

—¡Tú deberías reventar! ¡Tú! —le escupe el hermano menor con rostro de ángel en plena cara.

Pero Gabriel siente de tal modo el sufrimiento en el más joven de los Pizarro que mantiene cerrados sus labios.

5

OLLANTAYTAMBO, MAYO DE 1536

El disco del sol es inmenso.

Está puesto en el aire que lo separa aún de las montañas del oeste como una magnífica burbuja de oro que podría abrirse para recibir, en sí, al Mundo de Aquí, como un padre estrecha a su hijo que regresa de un viaje.

De pie en los pendientes peldaños de la ciudad real de Ollantaytambo, Anamaya le hace frente con los ojos abiertos de par en par. Siente el calor que vibra sobre su rostro, su pecho y su vientre. Siente el aliento del sol que llega a ella.

—¡Oh, Inti! Inti, ilumina nuestra noche.

Cuanto más se acerca a las montañas del otro lado del valle, más crece el sol. A su espalda, Anamaya oye a los sacerdotes, de pie en las terrazas estrechas y tan escarpadas que parecen puestas a pico, unas sobre otras. Entre los tallos de los grandes maíces de ceremonia, verdes aún y sembrados por brotes de maíz de oro, se enfrentan al sol salmodiando:

¡Oh, Inti!
¡Oh, Poderoso Padre!
Tú recorriste el universo abrasando el día.
¡Oh, Inti!
¡Oh, Padre compasivo!
Te vuelves rojo, te vuelves sangre.
¡Oh, Inti!
Que Quilla regenere tu sangre,
te abrace y te alivie de tu fatiga

en la oscuridad del Otro Mundo.
Y nosotros, que vamos a cerrar nuestros párpados,
temblaremos como las estrellas hasta el amanecer.
¡Oh, Inti!
En la oscuridad temblaremos y gemiremos
para que concluya tu descanso,
y que el alba regrese en el ardor de tu oro.
¡Oh, Inti!

Como ellos, Anamaya repite la plegaria mientras el sol, más pesado, se apoya en las montañas y se hunde más allá de lo visible, enrojecido como un corazón cortado por el *tumi*.

El calor que vibraba sobre el pecho de Anamaya se extingue brutalmente. Un viento débil pero frío baja de las montañas. Las piedras de los edificios se enrojecen a su vez; por un instante, parecen hacerse tan flexibles y leves como la piel de un niño.

Y luego, una sombra enorme ahonda el fondo del gran valle sagrado. El río deja de espejear entre las terrazas de un verde tierno. Se hace negro como el cuerpo de una serpiente; se hace frío como el cielo del este, ya oscuro entre las cimas de las altas montañas. El valle que de ellas llega, estrecho y recortado, se abre a modo de una boca a la sorda sombra que progresa hasta las calles regulares de la ciudad, tan rígidamente diseñada como el dibujo de una manta.

Ya los tejados de las *canchas* son grises. La humareda de los patios se levanta cada vez más, gris también. El silencio de las callejas es gris; las terrazas que llevan a los ríos son grises; las laderas de las montañas se desvanecen en el gris. Sólo el precipicio del recinto sagrado conserva aún un último rayo de sol, y sobre las piedras se pule finamente la roja luz de Inti.

Por unos segundos, Anamaya se siente levantada, como si unas alas la sostuvieran por encima de todos. Sus ojos ven como los ojos de un pájaro el valle oscuro, la ladera de las montañas pálida y empequeñecida, las casas de Ollantaytambo como juguetes de madera tallados para los niños. Y de pronto, el sol no es ya visible e incluso el cielo se vuelve gris y plano.

—¡Oh, Inti! —murmura—, no nos abandones.

El silencio dura aún unos instantes, como si cada una de las cosas del mundo entrara en la tristeza del anochecer. Un rumor de voces, al pie de la escalera, resuena por fin y llama su atención. A la primera ojeada, reconoce al hombre que parlamenta con los guardias del recinto para que le dejen pasar. Su corazón comienza a galopar.

Vacila en bajar los abruptos peldaños para reunirse con ellos; luego se sobrepone. Rígida para ocultar sus estremecimientos, tirando en exceso de la manta que cubre sus hombros, espera a que el hombre llegue hasta ella. Es el joven oficial que antaño la acompañó ya junto a Manco a Rimac Tambo, y antes de la batalla de Vilcaconga, gracias a su ayuda, pudo salvar a Gabriel.

Ha adquirido seguridad; tanto sus rasgos como su cuerpo se han hecho más pesados con los combates. Pero antes incluso de que esté cerca, sólo viéndolo trepar los peldaños tan pendientes como el sendero de un acantilado, con la boca entreabierta y los hombros caídos, Anamaya comprende que es portador de una mala noticia.

Cuando está aún a cinco escalones de ella, dobla las rodillas e inclina la nuca.

—*Coya Camaquen*, estoy a tu servicio —susurra.

—Levántate, Titu Cuyuchi —responde ella con cierto nerviosismo.

Lo que lee en su rostro confirma sus temores.

—¿Bueno? —pregunta.

—Que te sea dado perdonarme el fracaso, *Coya Camaquen*, pero no pudimos.

Ella se obliga a respirar para calmar los latidos de su corazón.

—¿Sabes, por lo menos, si está vivo? —pregunta.

—Lo estaba cuando le vimos, pero eso ocurrió hace ya cinco días.

—¿Por qué no lo lograste, Titu Cuyuchi?

El oficial esboza un gesto de abatimiento.

—Llevaba dos hombres conmigo. En cuanto los techos de Cuzco dejaron de arder, esperé a que la noche fuera muy oscura y corrí con ellos hasta la *cancha* que tú me habías indicado. Tenías razón; el extranjero estaba allí. Lo reconocimos por su túnica de campesino del Titicaca. Una cadena lo sujetaba al muro...

—¿Una cadena?

—Sí. Y eso nos hizo fracasar. Nos preguntamos por unos instantes cómo liberarlo. Uno de los soldados recibió una flecha y murió. Sólo vimos una sombra negra. El instante estaba lleno de confusión...

—¿Y él dijo algo?

—Dijo que era tu amigo, *Coya Camaquen*; que no debíamos matarlo. ¡No comprendió que íbamos a liberarlo!

Anamaya calla y aparta el rostro del horizonte, apenas enrojecido, del oeste.

—Nos vimos obligados a huir —prosigue Titu Cuyuchi—. Ni siquiera discerníamos la presencia de quienes nos atacaban.

—¿Lo intentaste otra vez?

—No, *Coya Camaquen*...

Hay cierta reticencia en la voz de Titu Cuyuchi. Anamaya le observa con atención.

—Habla, habla sin temor —ordena con una voz neutra.

—A la noche siguiente, los extranjeros incendiaron nuestras barricadas con la ayuda de los cañaris. Mataron a muchos de los nuestros. Yo combatí en la última, donde pudimos rechazar el ataque. Le reconocí. Iba a caballo, vestido como los extranjeros, y...

—¿Y?

Pero Titu Cuyuchi vacila antes de responder. Su mirada se desliza por el hombro de Anamaya y asciende un poco más. Ella se vuelve al mismo tiempo que percibe los leves pasos del dueño de las piedras, que se reúne con ellos. Casi se siente aliviada de que esté allí.

—¡Habla, Titu Cuyuchi! —repite con dureza y en voz alta, para que Katari pueda oírla.

—Combatía en una bestia blanca como un poderoso del Mundo de Abajo. Segaba a nuestros soldados como si nada más contara ya para él, ni la muerte de los de su bando ni la suya propia. Y luego ocurrió una cosa extraña: rodeamos a los extranjeros ante la barricada, mientras los de la torre grande de Sacsayhuaman les disparaban flechas inflamadas. Las flechas se apartaban de él y también las piedras de los honderos. ¡Lo vi con mis propios ojos, *Coya Camaquen*! Eso impresionó tanto a nuestros soldados que dejaron de combatir y le dejaron marchar.

Anamaya se estremece y cierra los párpados.

—¿Estás seguro de que era él?

—Sí, *Coya Camaquen*. Le vi como te veo a ti e intentó clavar su hierro en mi vientre. Estaba libre y vivo.

El oficial vacila. Luego, en su rostro severo nace una sonrisa.

—Pero incendió inútilmente las empalizadas —añade mirando de frente a Anamaya—, *Coya Camaquen*. Las reconstruimos. Los extranjeros no se atreven ya a salir de su recinto. Pronto serán vencidos, y el Único Señor podrá entrar de nuevo en Cuzco.

—Te lo agradezco, Titu Cuyuchi. Sé que hiciste lo que estaba en tu poder. Ve a descansar y a alimentarte...

Cuando el oficial baja por la escalera, parece que la noche ha alcanzado ya las callejas de Ollantaytambo. Anamaya está helada. No se atreve a mirar a Katari, pues vería lágrimas en sus ojos. Él se acerca hasta tocarla.

—Tu puma está libre, *Coya Camaquen* —dice dulcemente.

—Libre o muerto, ¿quién sabe? ¿He hecho mal, Katari? Cuando supe que los extranjeros le tenían encerrado, quise que Titu Cuyuchi lo liberase.

—Pero el puma se libera solo —replica Katari con una sonrisa.

—¿Crees, como yo, que es el puma que el Único Señor Huayna Capac me anunció?

—Cuando le curé a orillas del Titicaca, vi la marca en su hombro. Puse en ella la mano, *Coya Camaquen*, y lo sentí como tú.

Anamaya se estremece de nuevo. La noche ha crecido ya sobre las montañas.

—Me he equivocado, Katari. Ya no sé tomar una buena decisión porque mi corazón me turba el espíritu. Sufro por estar lejos de él y temo cuando estoy demasiado cerca. Acepté alejarme de Gabriel porque Villa Oma me lo pidió: le odia... Pero cuanto más pasan los días, más temo perderlo. ¡Oh, Katari!, ¿tengo miedo porque es el puma, o sólo porque amo a un extranjero?

—No puedo responderte, *Coya Camaquen*.

—Piensas como Villa Oma, ¿no es cierto?

—No. Villa Oma no es ya el sabio que te formó. Ahora está loco por la guerra. Ya sólo ve la violencia que hay ante él.

—Ayúdame, Katari. ¿Cómo puedo saber dónde está lo justo y dónde lo falso?

—Debes escuchar a los antepasados del Otro Mundo.

—Sólo oigo silencio.

La última luz desaparece del más alto edificio del recinto sagrado y de los espolones rocosos que lo dominan. Las primeras estrellas brillan, mientras las antorchas iluminan las callejas de Ollantaytambo. Anamaya siente que la cálida palma de Katari se posa en su hombro.

—Si confías en mí, tal vez conozca un medio para que tu esposo, el Hermano-Doble, te permita un viaje hacia el Único Señor Huayna Capac —susurra.

Es de noche y Anamaya no consigue ya distinguir lo que brilla en el fondo de las pupilas del dueño de las piedras, pero el eco de su voz resuena largo rato en su interior (incluso más tarde, cuando el sueño se haya apoderado de ella y se sumerja en una noche agitada por las ensoñaciones, seguirá resonando). Y por primera vez desde hace lunas nace en ella una esperanza que no es destruida por la angustia.

—Te espero —murmura en mitad de la noche.

Y le parece haber sido escuchada.

6

CUZCO, MAYO DE 1536

En un primer momento, Gabriel no reconoce al hombre que ve acercarse al anochecer del décimo día de asedio.

En la penumbra, que acentúan las telas de protección tendidas por encima del patio, es sólo una silueta provista de una cabeza de tamaño anormal. Avanza con precaución, manteniéndose a distancia de los esclavos de Panamá que dormitan en el suelo cubierto de detritus. Todo está aquí sucio y hediondo, hasta los alientos de los ayunadores, que exhalan ya relentes de muerte. Y es que, ahora, el hambre endurece los vientres y los corazones. Gabriel, como los demás, maldice la lacerante quemazón de sus entrañas, que le recuerda, a cada instante, que sólo ha comido desde hace cinco días un pedazo de carne obtenido de un caballo despanzurrado.

Cuando el hombre está ya bastante cerca, distingue el penacho escarlata del morrión que lleva bajo el brazo y también las grandes manchas de sangre que mancillan el jubón. Por lo que se refiere al extraño volumen de su cabeza, se debe a las vendas que la envuelven y sólo dejan ver, de su rostro, unos ojos febriles, una nariz aguileña y unos labios que se mueven penosamente.

—¡Don Gabriel!

La voz es tan baja y las palabras están tan mal pronunciadas que apenas si son comprensibles. Sin ni siquiera bajar de la barrica vacía que le sirve de sillón, Gabriel saluda con una inclinación de la frente, apenas cortés.

—¡Don Juan! Caramba, de nuevo estáis en pie. Fray Bartolomé os ha acolchado muy bien la cabeza para soportar otros tiros de hondero.

La burla pone rígido a Juan Pizarro, y el incendio de sus ojos aumenta. Por unos instantes, se evalúan con la mirada; Gabriel ni siquiera parpadea. La mano diestra de Juan se levanta en señal de apaciguamiento.

—Don Gabriel, he venido a hacer la paz con vos —murmura con su extraña voz de garganta.

Gabriel le mira sin responder.

—Sé las razones que os llevaron a agredir a Gonzalo... —añade Juan, tomando aliento entre cada frase—. No puedo condenaros... El amor de una mujer no me es ajeno, don Gabriel... Mi esposa me correspondió de un modo extraño, lo sabéis... Y sin embargo, la amo como si el propio Dios me la hubiera entregado... Mi dulce Inguill me ha hablado a menudo de su amiga..., de vuestra..., de aquella a quien mi hermano brutalizó... Gonzalo, a veces, actúa sin gran reflexión.

Gabriel quiebra la turbación de Juan con un pequeño ademán.

—No os confundáis, señor —dice con una suerte de tristeza—; no estoy curado de vuestro hermano. Mucho me temo que, si se me presenta la ocasión, mi honor y mi corazón me dicten el mismo intento...

—En ese caso, me encontraréis en vuestro camino y por las mismas razones, porque también yo creo tener honor y corazón. Sean cuales sean sus faltas, Gonzalo es mi hermano y le amo... Y aunque eso pueda sorprenderos, también él me ama de un modo absoluto y devorador, que a veces me preocupa, como si fuera lo único que le impide hundirse entre sus demonios.

—Afortunadamente, hoy está guiado por los ángeles.

Juan se dispone a responder, pero un súbito sufrimiento deforma su rostro.

—Pues bien, que así sea, don Gabriel —articula con amarga ironía—: vos lo mataréis, y yo lo defenderé. ¿Tenemos algo mejor que hacer entretanto?

Gabriel se limita a responder con un ademán desengañado. Y esta vez, la mueca que se esboza en la boca comprimida de Juan parece ser una sonrisa.

—Pensemos en el presente —prosigue, acercándose para hacer que se entienda mejor su difícil elocución—. He venido a hacer las paces con vos para que hagamos juntos la guerra...

Don Hernando nos ha reunido; se ha tomado la decisión de atacar la fortaleza. Es idea vuestra... Aunque esté herido, Hernando me ha nombrado comandante de todos los capitanes... ¡Yo voy a dirigir esta batalla!

—Muy bien —aprueba Gabriel con seriedad—. Pero no vayáis a cometer el mismo error que nuestro teniente-gobernador: no subestiméis a los incas. Conozco a su jefe; se llama Villa Oma. Es inteligente y tenaz; sólo sueña en destruirnos, hasta el último de nosotros, y eso le da una gran fuerza. No esperéis de él debilidad alguna, don Juan. Si le cortáis los brazos, combatirá con los muñones.

Juan asiente tanto como se lo permiten la mandíbula y el vendaje. Pese a la frescura de la noche, Gabriel advierte el sudor que brota de su frente.

—No lo ignoro, don Gabriel... Por eso os quiero a mi lado. Vos tendréis la energía que me falta... Si flaqueo, vos sabréis ocupar mi lugar.

Como materializando estas palabras, con un gesto brutal pone su morrión en manos de Gabriel.

—Quiero que esté en vuestra cabeza... No puedo llevarlo a causa de mi herida. Con vos bajo estas plumas, todos sabrán dónde deben ir.

—Me hacéis un gran honor, don Juan. Y no estoy muy acostumbrado a ello. ¿Son vuestros hermanos de vuestra misma opinión?

Juan levanta la dolorida cabeza y sostiene la burlona mirada de Gabriel. Las frases que salen de su boca apenas son audibles.

—Ya os lo he dicho: he venido a hacer las paces... Y me corresponde a mí designar a mis capitanes...

Hace una breve pausa.

—Nuestros compañeros —añade luego— desean teneros entre nosotros, don Gabriel. Algunos afirman que el dedo de Dios os señala, que la Virgen María es vuestra compañera... Otros que Dios no tiene nada que ver, sino una magia que habéis recibido de vuestras relaciones con los indios... Vuestra hazaña de la otra noche ha impresionado los ánimos...

—Por todos los santos, ¿cómo podéis dar fe a esas supersticiones?

—También yo vi algunas cosas con mis ojos... Y no sólo la otra noche, como los de aquí... Todo comenzó en la playa de Tumbes, cuando llegamos... Aquel día deberíais haber muerto.

La sarcástica risa de Gabriel parece un lamento.

—Siento demasiada indiferencia por Dios como para que me señale, ni siquiera con un parpadeo... Por lo que se refiere a aquella en la que pensáis, no me enseñó nada especial, salvo que los incas son hombres, como vos y yo, grandes y pequeños, que por nosotros sufren tanto en su cuerpo como en su alma.

—¿Qué nos importa si os protege Dios o el diablo? —se enoja Juan, respirando con fuerza y rapidez—. La verdad es que nuestros compañeros os temen y, a la vez, os conceden el valor de un talismán... Piensan ahora que, sin vos, no tendremos ninguna posibilidad de éxito.

—¡Ayer pensaban que todo se había perdido por mi culpa!

—¿Aceptáis mi proposición, don Gabriel?

—Si me niego, la prisión me aguarda de nuevo, ¿no es cierto?

—He venido a hacer las paces y no a amenazaros.

Gabriel deja cuidadosamente el morrión en la barrica y acaricia con descuido el plumero escarlata.

—¿Cómo pensáis entrar en la fortaleza?

Un extraño gruñido sale de la garganta de Juan y sus ojos se entornan. Gabriel comprende con cierto retraso que se trata de una risa.

—¡Del modo que os parezca mejor!

Gabriel sonríe, casi cómplice, y traza con la punta de la bota un vago dibujo en el polvo.

—A mi entender, debemos actuar con astucia. Hemos de conseguir que Villa Oma y sus capitanes crean que huimos...

Su bota describe un círculo en torno a la masa que representa la fortaleza.

—Éste es el collado de Carmenga. Apartado de la fortaleza, nos aleja de la ciudad por el noroeste. Será cosa dura alcanzarlo y, luego, trepar hasta la cima, pues es un verdadero barranco. Los incas harán llover la muerte sobre nosotros. Pero, si lo conseguimos, escaparemos a su vigilancia y daremos un largo rodeo para regresar a la fortaleza por detrás. Hay allí varias puertas y pueden resultar accesibles.

—Así lo haremos...

—¡Nada de ilusiones, don Juan! Ningún milagro brota de mis manos. Nuestras posibilidades de lograrlo son tan flacas como nuestros vientres.

—Lo cierto es que no se ha previsto ningún banquete para esta noche... Esto nos dará tiempo para orar.

Mirando a Juan Pizarro que se aleja con sus pasos irregulares y pesados, a Gabriel le domina una profunda turbación. Acaba de aceptar sin una sola palabra de auténtica discusión (pues, en el fondo de su corazón, está tan asustado como los demás por su invulnerabilidad en el combate) servir lealmente a sus peores enemigos.

No lo lamenta.

Y se siente, incluso, bastante alegre.

En la naciente alborada, mientras que, como cada noche, los guerreros incas no han cesado en sus griteríos de horror, cincuenta jinetes están de rodillas, ante las miradas impresionadas de un centenar de guerreros chachapoyas y cañaris. Bartolomé pasa entre sus prietas hileras y, con su mano de dedos pegados, bendice cada frente.

Con la cabeza envuelta en lienzos limpios y una auténtica coraza protegiéndole el busto y los muslos, Juan recibe con fervor la bendición. A su lado, con la soberbia cabellera cayendo sobre las hombreras de acero realzado con un fino cincelado de oro, don Gonzalo muestra un aspecto huraño. Sus labios apenas se mueven para que pasen las palabras de la oración.

Algo más atrás, de pie ante los infantes que pronto aguantarán solos el asedio, Hernando sigue con la mirada la ceremonia, murmurando maquinalmente. Es el primero en descubrir en la entrada del patio a Gabriel, a quien la yegua blanca sigue despacio. Lleva el brazo izquierdo metido ya en un escudo redondo y, con el otro, aprieta contra la larga cota de malla forrada de cuero el casco de penacho escarlata.

Si el rostro de Hernando no parpadea, el de Gonzalo, que interrumpe de inmediato la oración, palidece. Se le dilatan las pupilas y la boca se cierra dejando en suspenso el padrenuestro. Gabriel cree que va a levantarse, pero la imperiosa mirada de Hernando gravita sobre el hermano menor. Entonces, cesa la plegaria y se acercan los caballos. Los jinetes echan unas miradas a Gabriel. Algunas cabezas se inclinan en un saludo, y otras se persignan una vez más; pero nadie se atreve a acercarse mientras la mayoría ase ya las bridas de los animales para trepar a la silla. Arrastrado por el movimiento, Gonzalo parece difuminarse, y Hernando ayuda a Juan a cabalgar en su castrado.

Gabriel se coloca el morrión y se ajusta el barboquejo bajo el mentón.

—¡Estabas en mi plegaria, amigo! Y yo mismo te he visto rezar hace un rato, cuando creías que nadie te observaba.

—Espero que no vayas a denunciarme. ¡Eso perjudicaría mi reputación! En fin, fray Bartolomé, deberías estar contento de mí. ¿Acaso no me has explicado que no era necesario creer para arrodillarse?

—Crees más de lo que imaginas.

Bartolomé posa el crucifijo de madera sobre el pecho de Gabriel. Con los ojos muy hundidos en el rostro, el agotamiento envejece diez años su flaca cara.

—Sé prudente, por delante y a tus espaldas —añade en voz más baja—. Gonzalo se ha vuelto loco de rabia al saber que Juan impone tu presencia. Evita provocarle.

—No temas; ahora es oficial que estoy protegido contra todo, y por el propio Dios.

—¡No blasfemes! Es inútil.

—Fray Bartolomé, si Dios existe —dice Gabriel con gran seriedad y mirándole a la cara—, hoy podrá convencerme de su presencia. No salvándome la vida, pues no sé qué hacer con ella, y ya sabes por qué...

—... sino purgando la Tierra de todo mal, de una sola vez, y preferentemente comenzando por la persona de Gonzalo Pizarro, ¿no es cierto?

—A fe mía, hermano, a veces me pregunto si no te inspira el propio Dios.

—Mi Dios —dice seriamente Bartolomé— no es el Dios de venganza que castiga con la espada, sino el Dios de amor y caridad. Y si tienes a bien creerme, deberías escucharle también, sin olvidar manejar la espada cuando sea necesario.

Gabriel abre ya la boca para replicar con un sarcasmo, pero Juan Pizarro se acerca a ellos. Gabriel lee, más que oye, lo que dicen sus labios secos.

—Es hora ya, don Gabriel... He dividido nuestra caballería en dos grupos. Mi hermano Gonzalo dirige el segundo.

Sus ojos buscan una aprobación, que Gabriel le concede con una inclinación de cabeza.

—¡En manos de Dios, entonces!

En un curioso silencio, como para mejor percibir el estruendo de las colinas y los aullidos de las trompas de la fortaleza, se acercan a la puerta de la *cancha*, asegurada con unas vigas. Incluso los cañaris, por lo común tan ruidosos, callan.

Entre los hombres que se atarean para dejar libre el paso, Gabriel sonríe a Sebastián, con el hombro y el brazo vendados aún. Por una vez, el enorme negro no sonríe como respuesta. Su grave aspecto tiene la tristeza de un verdadero adiós. Avanza para acariciar el cuello de la yegua, que le responde con un breve golpe de cabeza.

—Cuida de ella como de ti mismo, amigo.

—Te traeré pomada para que puedas venir conmigo la próxima vez —bromea Gabriel.

Una magra sonrisa alarga los labios de Sebastián.

—Buena idea.

Entonces, Gabriel se levanta sobre los estribos.

—Por Santiago, esta noche comeremos en la fortaleza —grita con todas sus fuerzas.

—¡Santiago! ¡Santiago! —entonan a su vez cincuenta gargantas a su espalda.

Siguen gritando cuando los caballos saltan a la plaza mayor, levantando un polvo que los cañaris atraviesan aullando como una jauría de fieras.

Apenas han dejado atrás los últimos muros de las *canchas* y las primeras terrazas que dibujan el pie del collado cuando una salva de flechas silba sobre sus cabezas. Disparadas desde demasiado lejos como para ser eficaces, rebotan con seco chasquido sobre las rodelas y las cotas forradas de los caballos sin ni siquiera clavarse.

Ante ellos, sin embargo, en el camino que atraviesa las terrazas que rodean el oeste de la ciudad, la triple o cuádruple hilera de guerreros incas les cierra ya el paso. Juan se vuelve hacia Gabriel: sus ojos dicen con claridad lo que su boca no puede ordenar.

Con la espada levantada ya, Gabriel aúlla la orden del galope. *Itza* salta y acelera el paso como si hubiera estado esperándola. Con las crines al viento, parece danzar hacia el obstáculo sin tocar tierra, y arrastra, en el mismo impulso, la masa compacta de carne y hierro de los jinetes. Más atrás, con las hachas tendidas y levantados los escudos, los cañaris rugen a pleno pulmón y corren con prodigiosa agilidad.

Por un segundo, dos tal vez, los guerreros incas se aprietan unos contra otros, con la lanza apuntada y la maza en el puño. Pero todo va muy de prisa, más que las piedras de las hondas que rebotan en las cotas de malla y las corazas. Con los ojos desorbitados, ven cómo los caballos se arrojan sobre ellos. El suelo tiembla, y el redoble de los cascos penetra en su pecho como una humareda de miedo. El sol parece dividido en duras astillas por las revoloteantes hojas de las espadas. Las bocas se abren de dolor; el hierro cae y corta las carnes; los cascos machacan vientres, hunden pechos; los rostros no tienen ya ni forma ni gritos; las bestias pisotean una alfombra de carne y de huesos caracoleando sobre sí mismas. Y luego, los cañaris se unen a la batalla, lo que aumenta la confusión. La ferocidad se incrementa, y los muertos abren el paso mientras las espadas desgarran aún.

Las líneas incas ceden. Algunos guerreros lanzan la maza contra los caballos antes de huir; otros se suicidan intentando alcanzar el vientre de los caballos o las piernas de los españoles. Pero es inútil.

Con el pecho y las corvas manchados de sangre, los caballos salen de ese puré de muerte galopando hacia la primera curva del collado, fuera del alcance de las piedras de las hondas.

Con el rostro cubierto de sudor y de sangre, el cuerpo dolorido de tanto golpear y el aliento en su pecho como un fuego que ruge, Gabriel ordena sin cesar a los combatientes que le sigan. Su exaltación es muy profunda y, más allá de su indiferencia, de su asco por la vida, flota la sensación de un poder que no tiene límites.

—¡Santiago! —grita una vez más con la voz enronquecida.

Y en los gritos de los españoles que le responden, en los silbidos y los choques, en los gemidos de agonía o de triunfo, en el estruendo y los pateos, le parece que todas las laderas de las montañas, las piedras y la propia tierra aceptan que enarbole el hierro de la victoria.

Pero sólo se ha logrado lo más fácil. Como Gabriel temía, la cuesta de Carmenga es una prueba que agota gran parte de sus fuerzas.

Durante dos horas trepan de curva en curva. Veinte veces, el frágil sendero, apenas ancho para que pase un caballo, sólo es grietas o desprendimientos. Entonces, mientras los cañaris, acuclillados bajo sus pequeños escudos cuadrados y que acaban pareciendo un extraño hormiguero, colman las grietas o desbrozan el sendero, hay que esperar bajo el diluvio de piedras arrojadas desde lo alto de la pendiente.

Gabriel siente el hedor del miedo que brota de nuevo entre los españoles. La impaciencia y la angustia avivadas por el hambre corroen la bravura de los más endurecidos. Un caballo, herido por una piedra que le da directamente en los ollares, se encabrita de dolor. Lanza las patas anteriores contra el que le precede, mientras el jinete cae hacia atrás; dos guerreros cañaris evitan que se despeñe hasta el fondo del barranco. El pánico se apodera de los animales más cercanos. El tumulto está a punto de arrastrar a media docena de jinetes y monturas hacia el precipicio.

—¡Pie a tierra! —aúlla Gabriel—. Pie a tierra y sujetad los animales por el bocado. Obligadles a inclinar el hocico.

Cuando brotan las protestas, cambia de tono.

—¡Pasaremos! ¡Pasaremos porque es preciso! —afirma con seguridad.

Sin embargo, la duda sigue allí, incluso en la mirada de Juan. En verdad los obsesiona el mismo pensamiento: que el collado de Carmenga no sea como el de Vilcaconga, donde, años antes y por primera vez, los españoles se encontraron en tan mala postura que Gabriel, agonizante, sólo salvó la vida gracias a la obstinación y el amor de Anamaya.

—¡Es la misma situación! —masculla Juan, cerrando los párpados como en una pesadilla—. Ellos arriba y nosotros abajo..., molestados por nuestras monturas.

—No —dice Gabriel a media voz para que sólo Juan le oiga—, arriba no hay nadie. El grueso de las tropas de Villa Oma está a nuestras espaldas.

—¡Que Dios os oiga!

—Recuerdo un rellano, antes de la cima del collado. Podremos cabalgar de nuevo y seguir por las terrazas hacia el noroeste; les daremos la impresión de que nos alejamos de la fortaleza. Creerán que sólo intentamos huir.

Por toda respuesta, Juan traza la señal de la cruz sobre su vendada frente.

—¡Cuidado con las piedras! —ruge una voz—. ¡Cuidado con las piedras!

Instintivamente, Gabriel levanta el escudo por encima de

Juan, que no va protegido por casco alguno y cuya herida le impide sujetar bien el suyo.

—¡Protegeos, don Gabriel! —ordena Juan en un murmullo.

Esta vez, la granizada de piedras es tan espesa que parece que toda la montaña se convierte, por encima de ellos, en avalancha. Los brazos se doblan bajo los escudos, que se rompen; los hombres gritan, y los caballos relinchan lastimeramente. Sin embargo, en pleno espanto, unos y otros, e incluso Gonzalo, ven la misma cosa: tanto Gabriel como su yegua blanca son respetados por el diluvio de guijarros, mientras que los demás tienen los muslos, los riñones y los hombros magullados, a pesar de la protección de las rodelas y las cotas forradas. Y bajo su escudo, Juan está tan seguro como debajo de un tejado.

Pero nadie se atreve a decirlo; sólo aprietan los labios y oran de todo corazón.

Cuando por fin, como Gabriel ha prometido, la lluvia de piedras cesa y llegan al rellano, los guerreros incas que les han acosado hasta entonces resultan ser apenas unos cincuenta. No se atreven a acercarse más que a un tiro de honda y basta un breve galope de las agotadas bestias para que emprendan la huida.

Gabriel oye los gritos que acompañan la fuga.

—¡Creen que regresamos a Castilla! —anuncia riéndose.

Tan violento como el terror que los embargaba un poco antes, el alivio hincha los pechos con una gran carcajada y, de momento, la fatiga desaparece.

—¡Santiago! ¡Santiago! —gritan los jinetes persignándose con los ojos bajos, como si prefirieran no conocer la razón del éxito.

Gabriel, entonces, tiene el corazón frío.

Piensa en lo que sucederá después, y cada imagen lo impregna como si la hubiera vivido ya.

Sólo mediada la tarde, tras muchos rodeos, llegan por fin a una especie de meseta irregular, sembrada de enormes rocas negras, y que baja en suave pendiente hacia la parte trasera de la fortaleza de Sacsayhuaman. Allí se levantan murallas de bloques tan enormes y, sin embargo, tan finamente ajustados que es posible dudar de que seres humanos puedan haberlos colocado unos sobre otros. Pero, extrañamente, ningún guerrero parece vigilarlos.

Juan ordena un descanso junto a un manantial. Para colmo de placer, varios guerreros cañaris, durante el camino, han tenido tiempo de cazar ratas silvestres e, incluso, dos llamas extraviadas de un rebaño dispersado por la guerra. Como está prohibido encender fuego, los animales son despedazados y devorados crudos.

Durante un buen rato reina un extraño silencio sobre aquella especie de campamento, pero los escasos bocados de carne y el olor de la sangre bebida devuelven muy pronto los nervios y la energía a los más agotados. Gonzalo es el primero que exige el asalto.

—Es ya hora, hermano; no debemos esperar a la noche. Los cañaris han hecho un reconocimiento. Los pasos entre los muros de defensa de la fortaleza tienen barricadas, pero, como suponíamos, los incas no prevén nuestro ataque y nadie custodia esta parte de la fortaleza. Sugiero que nuestro amigo don Gabriel aproveche sus medios, tan poco comunes, para acompañar a los cañaris y abrir camino. Que nos haga una señal cuando podamos llevar a cabo la carga. Y como no estáis en condiciones de dirigirla, hermano mío, sugiero que permanezcáis aquí con una decena de jinetes para apoyarnos si es necesario.

La ironía de Gonzalo sólo despierta una sonrisa en Gabriel. Su mirada encuentra la de Juan y asiente mientras se coloca de nuevo el morrión de rojas plumas.

—No es tan mala idea.

Luego caza al vuelo la mirada de Gonzalo, y lo que ve en ella le llena de una satisfacción que supone un comienzo de venganza: el apuesto, el cruel Gonzalo le tiene miedo.

A pie y entre los soldados cañaris se acerca a la primera barricada. No necesitan mucho tiempo para practicar una brecha, pues nadie los espera allí.

Cuando los cañaris, sin un ruido, sin una palabra, acaban de derribar los muros de piedra, Gabriel cabalga de un salto. En silencio aún, espolea a *Itza* por entre el laberinto de rocas naturales y poderosos muros que protegen las grandes murallas y las torres de la fortaleza. Espera, a cada segundo, los gritos de alerta de los incas.

Pero no.

Nadie le ve ni oye el trote de la yegua. Flanquea la pequeña colina, que sigue ocultándole la formidable muralla. Adivina ya la explanada y, al paso, llega al límite del vasto espacio de hierba rasa que lame el pie de la fortaleza. Allí están los ciclópeos bloques.

El corazón de Gabriel da un salto. Ningún guerrero inca le descubre. Ninguna piedra, ningún dardo le amenazan. Algo más lejos, a la izquierda, en una especie de zigzag de la muralla principal, distingue una gran puerta trapecial, sumariamente cegada con piedras y troncos. Alcanzarla es penetrar en pleno corazón de Sacsayhuaman.

Sin aguardar más, y seguro de la cercana victoria, tira de la brida de la yegua y regresa a todo galope para avisar a sus compañeros.

—¡A caballo todos! —ordena cuando Gonzalo está al alcance de su voz—. ¡El camino está libre! Don Hernando entretiene a la gente por el lado de la ciudad y nos ignoran por completo.

Como habían acordado, sólo don Juan Pizarro se queda a retaguardia con un puñado de jinetes. Al galope y en el mayor silencio posible, Gonzalo y los demás siguen la yegua blanca de Gabriel. Saltan por encima de la barricada, dejan atrás a los guerreros cañaris y cargan contra la gran puerta trapecial. Entonces todo cambia.

El son de una caracola cae de la alta torre redonda. Un furioso clamor resuena en lo alto de la muralla. Con estupor, cuando se dispone a penetrar en las terrazas, vacías un instante antes, Gabriel descubre ante sí a cien, doscientos, tal vez un millar de soldados incas.

Antes incluso de que pueda retener el aéreo galope de *Itza*, el chasquido de las hondas vibra en el aire con la potencia de una batería de bombardas. Una lluvia de piedras desgarra el aire y zumba sobre su cabeza. A su espalda, al descubierto aún, los jinetes gimen de dolor bajo los impactos. Los cascos de los caballos chocan contra el pedregal que rebota, y los jinetes caen derribados por encima de las cabezas de los animales cuando los guerreros incas están ya allí para agarrarlos.

Con un aullido de furor, haciendo molinetes con la espada, Gabriel lanza la yegua al rescate. Su irrupción aterroriza a los defensores de Sacsayhuaman lo bastante como para que se aparten, mientras los desmontados jinetes intentan levantar a sus caballos o saltan a la grupa de los compañeros que ya dan media vuelta y huyen.

Pero la confusión sigue siendo grande. Los guerreros cañaris, sorprendidos por la súbita aparición de los incas, apenas se defienden y su cuerpo a cuerpo entorpece el repliegue de los jinetes. El suelo está tan cubierto de piedras que los caballos sólo pueden avanzar con precaución. Muy pronto, sólo la yegua de Gabriel mantiene el galope en inútiles cargas.

¿Cuánto tiempo dura aquella locura? Nadie lo sabe...

Lamentablemente, con la frustración gruñendo en su vacío vientre, los españoles se repliegan más allá de la primera barricada, donde Gabriel, cinco, seis veces, va a arengarlos para que se lancen de nuevo al ataque.

Pero la lluvia de piedras quiebra siempre su impulso, mucho antes de que lleguen a la monstruosa muralla. Incapaces de seguir a la yegua blanca, retienen, una vez tras otra, sus propios caballos antes de que se rompan las patas.

Ha pasado más de una hora, su valor se agota y el cielo se ensombrece ya, cuando Gabriel va a alentarlos a un postrer esfuerzo. Pero apenas se ha detenido cuando un rugido estalla en sus oídos. En un reflejo salvador, levanta el escudo ante la espada de Gonzalo, que intenta destrozarle el pecho.

—¡Traidor! ¡Rata hedionda! —aúlla Gonzalo con ojos enloquecidos—. ¡Por fin vemos vuestra verdadera cara! ¡Maldito seáis por habernos traído a esta trampa!

—¡Don Gonzalo!

—¡Callad, cagarruta de chivo! Lo he visto, lo hemos visto: los incas os respetan. Habéis aprendido a evitar sus piedras y queréis llevarnos más cerca para que nos maten como les convenga.

Gabriel no tiene tiempo de replicar cuando Gonzalo se pone de pie sobre los estribos, agitando la espada.

—¡Compañeros! ¡Compañeros! Este hombre no es nuestro Santiago, sino un traidor y un demonio. ¡No lo sigáis! ¡No lo escuchéis ya! ¡Os lleva a la muerte!

Derrengados tras tantos esfuerzos y tantas contrariedades, los jinetes contemplan a ambos hombres sin que consigan separar la verdad de la locura. Unos se persignan, algunos vendan sus pantorrillas desgarradas por las piedras y otros se libran mutuamente de las flechas rotas en sus cotas de malla o en los petos de los caballos. Pero, en aquel instante, el redoble de un galope los sorprende y evita que tomen una decisión. Juan y sus jinetes de reserva llegan hasta ellos a rienda suelta.

—¡Juan! —grita Gonzalo sin dominar su furor—, hermano mío, has tendido la mano a una serpiente y te muerde. Montelúcar nos asesina. ¡Es el demonio en persona! Los incas nos esperaban; tal vez los ha avisado... Nunca podremos abrirnos paso hasta el corazón de la fortaleza. Es más prudente que regresemos a Cuzco antes de que caiga la noche.

—¡Don Juan —grita Gabriel—, no creáis esas tonterías! Tenemos todavía una oportunidad: los guerreros incas están tan cansados de tirar piedras como nosotros de recibirlas, y pronto se les acabarán. Aunque deba hacerlo solo, concededme un último asalto.

Juan no muestra ni una vacilación. Con la punta de la espada señala la fortaleza antes de golpear la grupa de su caballo. Con cierto retraso, toda la tropa lo sigue, a pesar de las protestas de Gonzalo.

Esta vez, cruzada la primera barricada, Gabriel lanza a *Itza* hacia un lado de la colina, donde ha descubierto unas rocas que forman peldaños sobre los que la yegua brinca con destreza.

Tomando por detrás la primera línea de guerreros incas, los obliga a retroceder antes de que puedan disparar las hondas.

Más abajo, esta mera victoria levanta los gritos de entusiasmo de los jinetes, que recuperan la esperanza.

Por un momento aún, la blanca *Itza* y el penacho rojo de Gabriel parecen estar en todas partes, dominando el enfrentamiento, y siguen avanzando cada vez más hacia la muralla, como una maravilla. Los españoles recuperan los gritos de victoria.

Pero de lo alto de los muros, una espantosa salva de piedras y flechas cae sobre todos ellos. Gabriel, como los demás, levanta el escudo para protegerse y oye el mortífero crepitar que abruma las corazas y las forradas cotas.

Sigue un breve y curioso silencio. Luego, un lamento atroz desgarra el aire.

—¡Juan! ¡Oh, Juan! ¡Oh, hermano mío...!

A cien pasos de Gabriel, Juan Pizarro ha caído de la silla y yace derrumbado sobre el lecho de piedras que cubre la hierba. Su amplio vendaje ha saltado y la parte alta del cráneo es, sólo, una mezcla de sangre, huesos y cerebro. Presa de la batalla, ha inclinado el escudo, ofreciendo su cabeza desnuda y herida a la violencia de una piedra.

Gonzalo está ya de rodillas ante él, con la boca abierta a un estridente llanto. Lo atrae hacia su pecho como a un niño y lo acuna inútilmente.

Gabriel siente una hoja gélida que hurga en su pecho y bloquea su respiración. Maquinalmente, incita a *Itza* a acercarse mientras los jinetes se apretujan alrededor de los hermanos Pizarro para protegerlos. Mientras se llevan corriendo el cuerpo de Juan, Gonzalo se enfrenta a él con el hermoso rostro deformado por el dolor y el odio.

—¡Vos lo habéis matado, Gabriel Montelúcar! ¡Vos habéis matado a mi amado hermano!

Gabriel calla; todo el odio y el sarcasmo lo han abandonado. Y muy pronto Gonzalo, transido de dolor, se aparta de su enemigo y solloza como un niño.

—Yo no he lanzado la piedra que ha destrozado el cráneo de vuestro hermano, don Hernando, pero he sido el que ha insistido para hacer una carga más, tan inútil como las precedentes. Don Gonzalo tiene derecho a acusarme de su muerte.

Hernando no responde. Su rostro demacrado y duro apenas está iluminado por un candil. De la estancia contigua brotan los llantos y los lamentos, en los que se reconoce la voz de Gonzalo y el murmullo de la plegaria de Bartolomé.

Han tardado cuatro horas para bajar de la explanada de la fortaleza y llegar al refugio de la plaza mayor de Aucaypata, llevando el cuerpo de Juan bajo el acoso de los incas. Gabriel está tan cansado que no siente ya los brazos ni las piernas. Ni siquiera tiene hambre. Sus dedos están entumecidos, y su mano, hinchada a fuerza de haber apretado demasiado tiempo la espada. Sus ojos apenas distinguen lo que le rodea.

—Pero es falso decir que he deseado y he procurado nuestro fracaso —sigue diciendo.

Hernando no responde de nuevo. Parece escuchar los lamentos, el canto fúnebre de las mujeres que acompaña las plegarias.

—Juan era la única persona del mundo que Gonzalo ha amado —observa, de pronto, en voz muy baja—. Desde siempre y con pasión. Es extraño, ¿verdad?

Ahora es Gabriel quien no responde nada. Recuerda, sin embargo, lo que Juan le ha dicho esta misma mañana.

—Gonzalo nunca ha amado ni respetado a nadie más que a

Juan —prosigue Hernando—; ni hombre ni mujer. Apenas soporta mi autoridad. Y ahora, la muerte de Juan va a hacerlo más loco aún que antes.

—Los demonios quedarán libres —murmura Gabriel.

Hernando lo mira unos instantes con sorpresa.

—Los demonios, sí... —murmura a su vez.

Ahí al lado, la oración mortuoria ha cesado, pero siguen los cantos. Hernando hace un breve gesto con la mano, como si rechazara los pensamientos que quieren habitarlo. Una estrecha sonrisa roza sus labios.

—Hay muertos en las batallas, don Gabriel —prosigue en un tono más irónico—; para eso son, sobre todo cuando se pierden. Soy un buen cristiano, y la muerte de mi hermano me aflige, pero más me aflige aún que, a pesar de toda vuestra seguridad y vuestra magia, sigamos sin estar en esa fortaleza del diablo. Al parecer, las piedras y las flechas os han respetado una vez más, pero nunca un milagro me pareció más inútil.

—¡Pronto sabremos si hay magia o no la hay! —masculla Gabriel, pasándose la mano por el rostro.

—¿Ah, sí?

—Nuestro ataque habrá tenido, al menos, un efecto positivo, don Hernando. Mientras nosotros ocupábamos a las tropas incas en la parte trasera de la fortaleza, vos habéis alcanzado la muralla por este lado. He visto hace un rato que nuestros compañeros acampaban allí...

—Mañana, los incas procurarán desalojarnos. Y lo conseguirán, pues estamos demasiado fatigados para resistir mucho tiempo.

—No. En cuanto amanezca subiré solo a lo alto de la torre y os abriré paso.

—¡Es una locura, Gabriel!

Hernando y Gabriel se vuelven para ver quién ha hablado así. Bartolomé cruza el umbral de la estancia.

—¡Nunca lo conseguirás! —vuelve a gritar.

—En la mitad de la primera muralla hay una ventana. Es accesible con una buena escala. Luego, lo sé, una escalera llega hasta el pie de la torre. Los incas deben de tener un modo de subir allí, ¡lo encontraré!

—¡Deliras! Por todos los santos, esta jornada te ha vuelto loco.

—Don Hernando, haced que construyan la escala. Necesito

dormir un poco, pero que esté lista con las primeras luces del día.

—Don Gabriel, moriréis bajo una avalancha de piedras antes incluso de haber llegado a la mitad de la escala —observa Hernando con fría circunspección.

—Mi muerte no os supondrá un gran trastorno y, si lo consigo, eso no os enojará. He conocido tratos menos ventajosos, don Hernando.

Hernando hace un ademán de sorpresa; luego, una extraña risa brota de sus secos labios.

—Sois un extraño personaje, don Gabriel. ¡Siempre deseando morir y resucitar! Siempre queriendo mostraros mejor que nosotros. Acabaré compartiendo la opinión de mi hermano el gobernador y reconociendo que tenéis ciertas cualidades.

Gabriel ignora la observación y la mirada burlona. Toma la mano deforme de Bartolomé y la estrecha con fuerza.

—Es ya tiempo de saber, amigo Bartolomé. ¡Necesito saber! Y esta vez nadie va a seguirme.

Por la noche, Gabriel no pega ojo. Aunque duerma a ratos, lo hace a su pesar y en un sueño despierto.

Y siempre, sin descanso, las imágenes que se han apoderado de su espíritu lo persiguen y no le dejan en paz.

Flotando suavemente bajo la brisa, ve una cuerda agarrada a las almenadas murallas de la torre redonda, la más imponente. Y cuando sus dañadas manos la agarran, nada puede impedirle ya llegar a lo alto.

El alba es fría; el suelo, casi gélido; el cielo, blanco como un dosel de lino. Con el torso desnudo, Gabriel se ha envuelto en una manta mugrienta.

La leve caricia de una mano en su frente y su hombro le despierta. Una palmadita, unos dedos finos. Una mano de mujer, una suavidad olvidada.

Cuando abre los párpados y abandona un sueño sin fondo, con el cuerpo dolorido, mira el rostro de la joven sin reconocerlo. Hay lágrimas brillando en sus ojos y sus mejillas están manchadas de polvo.

—No te acuerdas de mí —susurra ella con la sombra de una sonrisa—. Me llamo Inguill. Nos vimos hace ya mucho tiempo, antes de la muerte del Único Señor Atahuallpa. Yo era muy joven aún y estaba al servicio de la *Coya Camaquen*. Me habló muy a menudo de ti.

Gabriel se incorpora sobre los codos, por completo despierto.

—¿Te envía ella? —pregunta—. ¿Te envía Anamaya?

Ella agita la cabeza, casi sonriente.

—No. Soy la esposa del señor don Juan. —Su voz se quiebra y corrige—: Lo era aún ayer.

—Lo sé. Lo lamento. Me habló de ti...

En la mirada de Inguill se mezclan el dolor y el orgullo.

—Me había elegido como a una esclava y, sin embargo, me amó como esposo. También yo le amé. Era dulce conmigo. Sus antepasados del Otro Mundo no han querido que sufriera demasiado. Así está bien.

Con un vivo movimiento, saca una pequeña jarra del *anaco* y se la tiende a Gabriel.

—Tenemos algo de leche de vuestras cabras para nuestros hijos y te he traído un poco. Debes beberla antes de subir a la torre. Necesitas fuerzas.

Gabriel le agarra la muñeca.

—¿Por qué lo haces?

Inguill lo contempla unos instantes. Con la mano libre, esboza una caricia en el hombro de Gabriel. Sus dedos se deslizan por el omóplato y rozan la mancha oscura que allí se dibuja.

—La *Coya Camaquen* te protege; los poderosos antepasados, también —susurra—. Vas a salvarnos, todos lo sabemos.

Los dedos de Gabriel aprietan con más fuerza el brazo de Inguill.

—¿Qué sabes tú? ¿Por qué me defiendes contra tu pueblo? ¡Eso no tiene sentido alguno!

Inguill se suelta y se incorpora con brusquedad.

—Bébete la leche; te hará bien —dice sencillamente antes de huir.

Sólo entonces descubre a Sebastián, unos pasos más atrás, contemplándolo con una mirada dura.

—¡Esta mujer habla por hablar! —gruñe—. Trepar por la jodida escala y hasta su jodida torre es la peor idea que has tenido nunca, Gabriel.

Gabriel se levanta con una sonrisa.

—¿No dices que me has visto ya hecho un Santiago?

—¡Ya lo creo que sí! ¡Lo bastante como para saber que uno de vosotros dos es un impostor! Y mira, apostaría de buena gana por Santiago.

—¡Blasfemo!

Riéndose con franqueza, Gabriel va a abrazar a su amigo.

—Cuídame bien a *Itza*. Es una hermosa yegua y me gustaría que me la regalaras de verdad, más tarde, cuando la batalla haya acabado.

—Te regalaré la yegua y algo más, pero vuestra gracia debe prometerme algo, por Santiago y por la Virgen, por el sol y por la luna, y por mis dientes y por mi barba y por la tuya...

—¿Qué?

—Vive, cretino.

La escala tiene, por lo menos, ocho varas de largo, pero apenas llega a rozar el estrecho ventanuco practicado en la muralla. Veinte hombres son necesarios para levantarla y colocarla en el lugar adecuado. Está hecha de vigas de techo y troncos de barricada, unidos lo mejor posible. Han faltado cuerdas para los barrotes que, a veces, son sólo astiles de lanza rotos, de modo que están muy distanciados, y Gabriel debe forzar mucho sus brazos para superarlos.

En cuanto ha dejado atrás las primeras varas, el balanceo comienza, y Gabriel procura hacer menos bruscos sus movimientos. Trepa dos barrotes más cuando oye unas llamadas. Al inclinar los ojos, ve a Sebastián, Bartolomé, Hernando y los demás apartándose precipitadamente de los largueros que sujetaban. Antes incluso de mirar, Gabriel ha comprendido. Metiendo la cabeza entre los hombros y bloqueando sus pies contra los montantes, levanta el escudo sobre la cabeza.

Oye, casi con placer, el choque natural de las piedras contra el cuero de la rodela. Algunas, bastante pesadas, golpean también la escala y la hacen vibrar bajo su cuerpo. No debe tardar demasiado.

Con jadeos de leñador, ignorando los proyectiles, se lanza al asalto de los travesaños superiores. La escala se dobla y chirría horriblemente. Se deforma como un vientre que respirara con excesiva fuerza. Gabriel mantiene los ojos clavados en la muralla. Olvida lo que está arriba y lo que está abajo. Las piedras, que silban y le rozan, rebotan a veces junto a su cadera, en la madera, muy cerca de los dedos, que podrían aplastar. Trepa con los pies y las rodillas. Hay a su alrededor, por todas partes, gritos y clamores, pero no los oye.

Deja atrás la mitad de la escala. Entonces, el balanceo se hace tan fuerte que siente cómo se mueve y se desplaza a pesar de su peso. Piensa en los hombres que, arriba, podrían agarrarlo y rechazarlo; luego, olvida.

Sus compañeros han pensado en la fatiga, pues los últimos barrotes están más cercanos y son más fáciles de superar. Le parece que podría correr y, sin ni siquiera mirar al interior, cae en el ancho dintel del ventanuco.

La luz de la mañana, pálida aún, ilumina muy poco el interior, pero adivina una escalera y unos rostros, habitualmente impasibles, deformados por la estupefacción.

El mero sonido de su espada saliendo de la vaina hace retroceder a la decena de guerreros que le hacen frente, con las hondas y las mazas en las manos. Tontamente, tan llenos de estupor como de curiosidad, se miran unos a otros sin un solo gesto.

—¡Retroceded, retroceded! ¡No quiero haceros daño! —grita Gabriel en quechua.

Agitando su espada como si fuera de madera, sube tres peldaños mientras los demás retroceden otros tantos. Y así una vez más.

—¡Es el extranjero de la bestia blanca! —dice luego uno de los incas.

Se observan de nuevo, incrédulos, y tampoco Gabriel, como ellos, sabe qué debe decidir. Después, sin decir palabra, los soldados dan media vuelta y trepan con pasmosa agilidad por la pendiente escalera.

Jadeando, Gabriel los sigue, prudente y con la hoja enarbolada. Cuando llega por fin a la luz, descubre que la muralla, bajo la torre, está vacía. Los guerreros han huido y corren alertando a los oficiales.

Le ven desde las torres vecinas. Brotan gritos, y piedras también. Sin embargo, ninguna se dirige a él, sólo a los españoles que permanecen a los pies de los muros.

Exaltado por tanta facilidad, Gabriel rodea la torre.

Al levantar los ojos, estremeciéndose, sabe que Inguill tenía razón, que todos tenían razón.

Aunque no hay puerta ni ventana alguna que den al interior de la torre y que permitan llegar a lo alto, una cuerda de fibra de pita y de *ichu*, semejante a la utilizada en los puentes, tan gruesa como el brazo de un hombre, cuelga a lo largo de la construcción como la más maravillosa de las invitaciones.

Ve con extraordinaria certeza lo que ya ha visto en sueños.

Se acabaron la fatiga, los endurecidos músculos y las prudencias. Sin que pueda ya contenerse, Gabriel se acerca a la muralla y agita el escudo y la espada.

—¡Santiago, Santiago! —exclama.

Abajo, resguardados po los escudos prietos unos contra otros, sus compañeros parecen reducidos al tamaño de animalillos de sucios caparazones. Gabriel ríe como un demente.

—¡Santiago! —ruge de nuevo.

Luego, de un solo impulso, tira la rodela, devuelve la espada al tahalí y se quita la pesada cota de malla. Sin preocuparse siquiera de que, desde arriba, puedan cortar esa cuerda tan milagrosa como la escala de Jacob, la agarra con ambas manos y comienza el ascenso. A decir verdad, le basta con elevarse cuatro varas, con las piernas y el busto en escuadra, con las suelas de las botas resbalando en las piedras y los brazos sosteniéndolo a duras penas, sobre el vacío, para que su frenesí se apacigüe.

Por dos veces, con las piernas entumecidas, el pie resbala tras un mal apoyo. Entonces es lanzado, con todo el peso, contra la muralla. Se golpea con dureza las rodillas y el pecho, y el dolor está a punto de hacerle que suelte la cuerda. Jadeando de nuevo, con los músculos doloridos, asciende. Una vara, dos varas. Quedan doce, tal vez más. Piensa en las palabras de Sebastián: «Dentro de poco volarás del cielo a la tierra como un verdadero ángel y lastrado de guijarros.» Una maligna risa lo detiene, pero su cuerpo se hace tan pesado que prefiere reanudar el esfuerzo.

Apenas ha llegado a media altura cuando un golpe le hace levantar la cabeza. Justo por encima de él, una piedra del tamaño de un taburete rebota en el muro con un sordo choque. Ni siquiera tiene tiempo de protegerse, sólo de cerrar los ojos.

Nada llega, únicamente el aire que la roca desplaza junto a su hombro.

Vuelve a abrir los párpados cuando la enorme piedra choca, haciéndose mil pedazos, en las losas de las murallas.

—Estoy protegido —murmura con el pecho ardiendo—. ¡Anamaya me protege! ¡Me ama y me protege!

Entonces se apodera otra vez de él la extraña locura. No ve ya la muralla de la torre ante sus ojos, sino la mirada azul de Anamaya. No siente ya sus abrasados pulmones, sus brazos que no pueden más, sus muslos que no quieren ya doblarse. Trepa como si le arrastraran. Trepa como un demonio o un mono. Y desde abajo, así lo ven todos escalar los últimos metros.

—¡Santiago! ¡Lo ha conseguido, Santiago! —gritan cuando se ase a los bordes del murete que rodea lo alto de la torre.

Permanece unos instantes tendido cuan largo es, casi sin respiración. No tiene fuerzas para levantarse. Quiere escuchar a los soldados incas que van a capturarle.

Pero los ruidos están lejos.

Se incorpora para descubrir que está solo. En lo alto, la torre está vacía. En el centro se ha levantado una especie de torreón que da a una escalera de varios tramos, de peldaños tan estrechos que deben recorrerse de través. Nadie está allí, pero abajo, Gabriel oye voces y llamadas.

Entonces regresa hasta el murete; grita a su vez, aúlla victoria y chilla que la primera torre ha sido tomada y que todos pueden subir ya.

A mediodía, los combates no han cesado y se ha tomado ya una segunda torre. Gabriel no ha abandonado la suya y nadie se ha reunido con él. Con horror, y sin cansarse nunca, ha asistido al gran espectáculo de la guerra. Los cadáveres cubren ahora las murallas de la fortaleza de Sacsayhuaman; mil, dos mil cadáveres tal vez.

Gabriel ha apoyado sus doloridas manos en el murete de piedra y las ve temblando. No siente ya nada. Se pregunta qué locura le habita; es como un hombre ebrio que despertara.

No se atreve ya a pensar en Anamaya, ni a creer, sin obscenidad, que lo pueda haber protegido para llevar a cabo tan gran carnicería.

El olor pestilente de la muerte le devora las narices.

Las palabras afectuosas de Sebastián le parecen dirigidas a otro, no a él.

Sí, espera de nuevo que la muerte pueda llevárselo y que no tendrá que saltar de la torre para olvidar el placer que ha sentido siendo su instrumento.

«¡Me he sentido dueño —ríe, sarcástico, para sí—, y era sólo un miserable esclavo!»

Pero sus ojos no se separan, ni un solo instante, del incansable movimiento de los hombres que mueren.

Al anochecer, Hernando Pizarro se lanza al asalto de la última de las torres de la fortaleza, la más ancha, aunque construida de manera apresurada.

Cuando los hombres están a mitad de las escalas, el general inca que ha dirigido la defensa de Sacsayhuaman hasta entonces, se levanta, solo, sobre el murete. Grandes tapones de oro brillan en sus orejas y revelan su importancia.

Con estupor, Gabriel le ve frotándose las mejillas con tierra hasta que su piel se desgarra. Luego, el inca recoge de nuevo tierra entre las piedras de la torre y se frota con ella las llagas hasta que ya no tiene cara.

Ni un solo español se mueve; todos tienen los ojos clavados en él.

También los soldados incas guardan silencio, y un viento gélido parece abrazar a todo el mundo.

Entonces, el general se llena la boca de tierra, se envuelve hasta la cabeza en su larga capa y se lanza al vacío.

No se oye ruido alguno, hasta que su cuerpo se aplasta sobre un montón de piedras de honda.

Sólo entonces Gabriel percibe una exclamación a su espalda. Cuando se da la vuelta, diez guerreros incas le hacen frente. Lee la vacilación en sus ojos y ve las cuerdas en sus manos. Uno de ellos levanta una larga maza de bronce, dispuesto ya a golpear.

Gabriel mueve la cabeza.

—No —dice en quechua—, no vale la pena.

Lentamente, desenvaina la espada y la lanza por encima del murete.

—No combatiré más —dice—. Basta ya.

Y mientras los guerreros se lo llevan atado en medio de la oscuridad, oye perdiéndose en el viento los gritos de embriaguez y de victoria de sus compañeros españoles.

Ha querido morir.

Ha querido vivir.

Ya no quiere nada.

Segunda parte

7

OLLANTAYTAMBO, JUNIO DE 1536

En las *canchas* del llano, entre los dos ríos, en las laderas donde se escalonan las terrazas y los templos, se han encendido centenares de hogueras, pero no se oyen cantos ni tambores ni trompas, ni gritos de alegría y de embriaguez. Sólo se oye el rugido del agua. Anamaya deja que le llene los oídos: es un lacerante rumor de luto, cargado de tristeza.

Los combatientes pasan el puente con el andar de la derrota. Van uno a uno, sin una palabra, con el gesto impasible pero la cabeza gacha. Bajo la luz blanca de la luna llena, sus rostros son de plata empañada. Las arrugas de la fatiga surcan las frentes y las mejillas como otras tantas heridas. Los *unkus* están desgarrados, cubiertos de lodo y de sangre. El cansancio domina los miembros y las armas cuelgan de los brazos como inútiles juguetes de niño. Incluso los que llevan las espadas tomadas a los españoles, incluso los que conducen unos escasos caballos, están corroídos por la vergüenza. Han perdido.

Cuando divisan a Manco y Villa Oma al otro lado del puente, los hombros se hunden un poco más, como si el peso se hiciera imposible de llevar. Pero cuando pasan ante él, Manco los levanta con un gesto o una palabra de orgullo.

Desaparecen en la noche: el agotamiento no les proporcionará reposo.

Anamaya observa a Villa Oma. La mirada penetrante del sabio se pierde a lo lejos, en el valle sagrado, huye hacia las colinas por encima de Cuzco y recorre el camino de esa batalla que debía haberse ganado pero que se ha perdido. Su rostro se crispa de silenciosa rabia.

Ni una sola vez Manco le hace frente. Su orgulloso perfil es sólo ternura y aliento para sus combatientes. Anamaya se sorprende y se siente conmovida ante esa dulzura que se oculta en él, en un corazón corroído por la violencia que alimentan las humillaciones que ha sufrido tal vez desde siempre.

El día en que Titu Cuyuchi llegó con la noticia de la desaparición de Gabriel, Anamaya perdió su sueño. Cuando cree dormir, el puma pasa por delante de su rostro; a cada instante del día le parece ver su sombra. En apariencia y en sus palabras, sigue desempeñando el papel de la *Coya Camaquen*, hacia quien todos se vuelven, a quien incluso los adivinos y los sacerdotes han aprendido a respetar; pero en el secreto de su corazón, es una mujer torturada de inquietud por el hombre a quien ama.

A la hora de la derrota —derrota tan cruel porque la victoria pareció tan cercana—, ese sentimiento es más fuerte en ella que en todos los demás, y eso casi la avergüenza.

—Ven.

La voz de Katari es como un susurro, un aleteo de murciélago en la noche, y ni siquiera está segura de haberla oído. Se vuelve hacia él; el joven, con un imperceptible movimiento de cabeza, hace volar los largos cabellos, que le llegan a los hombros.

Sin abrir los labios, le indica que le siga. No se preocupa ya de Manco ni de Villa Oma.

Ambos jóvenes siguen a lo largo del río que ruge y hierve a los pies del pequeño murete, cuyas piedras, cuidadosamente unidas, indican su carácter sagrado. La luz de la luna ilumina el camino, que asciende ahora hacia la ciudad. Las hogueras de las casas, las de los templos, brillan como lejanas estrellas procedentes de otro mundo.

Los latidos de su corazón se calman.

A través de las laderas de las montañas, como si melodías de notas más agudas se posaran en el redoble del tambor del Wilcamayo, percibe el correr de las aguas que se vierten, por los canales, en las dispuestas fuentes.

De pronto, Katari se queda inmóvil. Ella permanece unos instantes con los ojos clavados en sus anchos hombros antes de volver la mirada, como él, hacia las montañas del oeste, sobre las que Quilla ha depositado su disco, perfectamente redondo.

La sombra negra del cóndor se destaca en la noche.

Es un pájaro gigantesco, un pájaro-montaña que observa. La roca recorta, en un extremo, su pico y su cabeza, con el ojo abierto y el collarín entre sus dos poderosas alas. Inmóvil, diríase que se tiende hacia el valle sagrado, protegiéndolo, amenazando a quienes se sientan tentados a violarlo.

Katari se vuelve, por fin, hacia Anamaya.

—Ha llegado la hora —dice simplemente.

Anamaya mira una vez más la calma del joven y la luminosa sabiduría que emana de él, de su cuerpo ancho y musculoso, de sus dos ojos alargados como interminables grietas en una *huaca*.

No lo ha advertido en seguida, pero la roca está trabajada por todos sus lados: unos regueros trazan el camino para el agua y unas muescas acompasan su base, lo que demuestra que, desde hace un millar de lunas, los hombres han reconocido allí la presencia de los dioses.

Penetran en la sombra del cóndor y la luna se oculta. A pesar de la oscuridad, Anamaya sigue a Katari con confianza y pone los pies en sus huellas sin vacilar.

Han rodeado una enorme losa clavada en el suelo, cuya forma le parece familiar. Hay allí un breve espacio, y en el centro brillan todavía las brasas de una hoguera; a Katari no le cuesta reavivarla. De nuevo, levantando los ojos, escrutando las cuatro pequeñas hornacinas excavadas en la roca, tiene la impresión de reconocer otro lugar.

Mientras recupera el aliento, a Anamaya la domina un extraño sentimiento. Sin hablar, Katari le transmite lo que desea. Ella se siente casi asustada ante ese abandono que la domina instintivamente.

—Nada hay que temer —dice él suavemente.

—¿Me escuchabas?

La leve risa de Katari resuena en la noche.

—Deberías saber que te escucho aunque no esté contigo...

El recuerdo de Gabriel perdido en el desierto del Gran Salar la embarga. Su malestar desaparece y sonríe a su vez.

—Has dicho que podías ayudarme...

—Es cierto, pero necesito que el miedo te abandone por completo. Y también...

Katari ha desplegado ya su manta ante él.

—¿Y también?

—En el viaje que vamos a hacer, sólo hay que ser uno...

—Y sin embargo, te necesito para partir. ¿Qué significa eso, Katari? No comprendo.

—Está el agua y está la piedra —dice Katari—. El Mundo de Aquí y el Mundo de Abajo, el Wilcamayo y la Vía Láctea, Inti y Quilla, el oro y la plata... Todo en nuestro universo es doble... Pero lo uno se oculta en el corazón de las cosas si sabemos buscarlo...

El corazón de Anamaya da un brinco cuando él comienza a hablar. Silenciosamente ha completado sus palabras: están los incas y los extranjeros. Pero no se atreve.

—Sigo sin comprender —murmura.

Katari le lanza una breve ojeada.

—Comprendes mejor de lo que dices... No puedo explicártelo ahora, pero debes saber que nada de lo que vas a descubrir se me ocultará. ¿Confías en mí lo bastante como para eso?

Ella le ve sacar de su manta una rama con hojas. Es una planta del bosque y no de las montañas. Sin vacilar, la arroja a las llamas. Casi de inmediato, brota un humo acre y oloroso.

—Confías en mí lo bastante como para llevarme —dice Anamaya—. Deja que te dé lo que yo tengo...

—Te guiaré, Anamaya, y sin embargo tú vas a llevarme.

Ella mira las cuatro hornacinas y la extraña forma de la roca que las engasta. Sonríe: conoce el viaje del que él habla.

Katari no la mira ya. Balanceando la cabeza a un lado y otro, utiliza su pesada cabellera como un abanico para lanzar el humo hacia el rostro de Anamaya. Al mismo tiempo, con los ojos cerrados, canta una melopea lacerante en una lengua que Anamaya no reconoce. El olor del humo asciende por su nariz y le invade la cabeza y todo el cuerpo; la música hace efecto. Se siente cargada de sueño y, a la vez, despierta; casi incapaz de moverse y, sin embargo, de una total ligereza. Le ve levantarse.

Cuando vuelve a sentarse a su lado, tiene en las manos un espléndido *kero*, un jarro de madera grabada con mil dibujos geométricos, cuya inaudita precisión descubre ella con sobrenatural claridad. En el fondo descansa un líquido verde oscuro.

Luego, Katari hace aparecer dos *keros* más pequeños, sin decoración alguna. Es madera en estado bruto, que ha conservado la forma de la rama. Sólo la cavidad revela el paso de la mano del hombre.

Llena los dos cubiletes de madera y tiende uno a Anamaya. Beben lentamente, dejando que el sabor dulce, parecido al del maíz tierno aún, les impregne el paladar y la garganta.

El canto de Katari se ha iniciado como el rumor lejano de un torrente de montaña; crece ahora y cubre casi por completo el ruido del agua de las fuentes. El zumbido en los oídos, los sordos latidos de su corazón... Todo el cuerpo de Anamaya acompaña el ritmo de ese canto, que ya no le parece que mane del pecho de Katari, sino de las piedras, del agua, de la montaña entera.

Sobre la lacerante melodía aparece una voz más aguda. Ella apenas advierte que es un silbido, un gemido que pasa a través de sus labios. Su cabeza se balancea con el mismo movimiento que la de Katari y se abandona poco a poco a él.

Su conciencia del tiempo se esfuma; su percepción del espacio...

De pronto, un espasmo la sacude por completo. Es una descarga violenta, como un relámpago, que parece nacer de la nuca y se propaga, como un riachuelo de estremecimientos, a lo largo de la espalda para irrigar cada uno de sus miembros. Se ve así conmovida, trastornada varias veces: en cada ocasión se ofrece para recibir aquella sensación, como un abrazo amoroso. El placer es una deliciosa explosión y la oleada de sensaciones corre por ella y hierve. Su vientre es cálido, arde. Es un gozo tan completo, tan intenso, que ni siquiera tiene tiempo de medir su brevedad.

Ha vuelto el silencio.

Manchas de colores intensos, luminosos, brillantes, danzan ante sus párpados.

El canto ha cesado. Sólo queda ya el ruido del agua: la de la fuente, la del canal a lo largo de la *huaca* del cóndor, la del río que corre más abajo. Pero en esta fracción de calma donde se suspende la naturaleza, su percepción se aguza de pronto y con tanta claridad que, en la oquedad de la noche, se vuelve capaz de verlo todo, de oírlo todo, de sentirlo y degustarlo todo... Adivina las ondulaciones del viento, y cada una de sus variaciones, de la brisa a la borrasca, llega a sus oídos; siente su caricia en la piel, y abre la nariz y la boca para embriagarse con ella. De pronto, el grito de un pájaro al que no ha oído desde hace años, cuando vivía, niña aún, en plena selva, llena el horizonte. Respira los olores ocultos de la tierra, el humus, las pesadas frondas cargadas de la humedad nocturna...

Un roce en la piedra le hace abrir los ojos y divisa a Katari. Está mirando con fijeza las cuatro hornacinas situadas ante ellos y cuyo fondo no puede percibir. La toma de la mano, y ella se la entrega sin miedo.

Cuando se acercan a la pared, una de las hornacinas parece animada por un débil fulgor del color de la leche, que brota de la propia piedra. Su movimiento, iniciado de rodillas, se transforma en un imperceptible reptar con el que se adapta al cuerpo de la roca, confundiéndose con la piedra. En la entrada de la hornacina, la luz blanca los envuelve por completo y, en la vibración de toda la masa rocosa, ella es incapaz de saber si la hornacina se ha dilatado para recibirles, o si su tamaño se ha reducido de pronto. Y eso carece por completo de importancia.

En un momento dado, sin que pueda saber cuál, el contacto con la piedra que roza se ha vuelto dulce caricia, y todos los roces de la piel, todo el temor y el peso del cuerpo han cedido en una especie de dulcísima envoltura, como si la materia y la carne entraran en contacto e, inmediatamente, se fusionaran. En ella ha resonado una voz, cuyas palabras indistintas le decían que, antaño, así habían nacido los hombres. Pero no tiene tiempo de escucharlas, tan prisionera es: miembro tras miembro, su cuerpo es aspirado por la montaña, y su última sensación humana es la de la palma de Katari, en la que anida su mano. Muy a lo lejos ve su espanto, una bola de fuego en la noche, una bola de sufrimiento en su cabeza, mientras su cuerpo se vuelve leve a fuerza de extremada pesadez, como una masa enorme detenida por una masa mayor aún que la absorbiera, fragmento a fragmento, fibra a fibra.

Ella es la piedra. Ella es la propia montaña.

Lo más extraño es que conserva una absoluta conciencia de sí misma. Es Anamaya, pero una Anamaya enriquecida de pronto con un universo entero de sensaciones, donde todas las formas, todas las sustancias, todos los aspectos de la naturaleza se mezclan. Apenas tiene tiempo de gozar de nuevo cuando todo comienza a hincharse en su ser, a modo de mil tambores, mil trompas, mil ríos y mil estrellas, hasta la explosión. En medio de aquella sensación hecha del exceso de toda sensación, su ser se contrae en una bola minúscula, cuyo único esfuerzo, intenso, es extirparse de la piedra; como si, en la inmovilidad absoluta, quisiera a toda costa evitar su disolución y su pérdida.

Procedente de su interior, muy baja y, sin embargo, muy clara en medio de aquel caos, percibe la voz de Katari: «Ven, Anamaya, es la hora.»

Está del otro lado.

El aire.

Ya sólo hay aquella vibración que la recorre y la sostiene, aquel resbalar, aquella ligereza.

Vuela.

De momento no hay más que aquella delicia que mezcla una impresión de poderío con una libertad absoluta, infinita. Le parece no tener ya mirada para ver, ni oídos para oír, y su cuerpo se ha convertido en un frágil ensamblaje, como una balsa que derivara bajo el río del viento.

«Tú eres el cóndor».

Durante un breve instante, cuando aparece aquel pensamiento, su extrañeza la hace estremecerse. Luego comprende que Katari no sujeta ya su mano, junto a ella, sino que está con ella en este vuelo; que con ella y para ella se ha convertido en cóndor.

Se abandona a su transformación, sin temor ni contención.

Entonces comprende que ha atravesado la noche y ve cómo se levanta el sol; inmediatamente, las corrientes la llevan a lo alto del cielo. Bajo sus alas se despliega el esplendor: la cinta del río, en el fondo del valle, tiene las escamas de plata de la serpiente Amaru, el símbolo de la sabiduría, que tan a menudo ha estado junto a ella. Rodea el paraje, se acurruca a su alrededor y le ofrece el estuche esmeralda de la selva.

Su mirada barre las lejanas cordilleras, a cuya altura está situada; la cumbre nevada del Salcantay, toda la majestad de los *apus* de los Andes se le ofrece bajo los primeros rayos del astro solar. En ella, la voz de Katari resuena mientras canta alegres hechizos: «¡*Hamp'u!* ¡*Hamp'u!*» Y le parece que las montañas responden, una a una, brillando.

Y luego, claro está, las reconoce: la cumbre joven y la vieja, velando por la Ciudad-que-no-se-nombra, aquella donde la niña que ella era había sido admitida muchos años antes. Planea por encima del escalonamiento de terrazas, donde el maíz está en fruto; planea por encima de los edificios, de donde las minúsculas siluetas de sacerdotes y astrónomos, de adivinos y arquitectos comienzan a salir para saludar la llegada de Inti.

Siente los ojos de los hombres vueltos hacia el cóndor que se halla alto en el cielo; le gusta el temor y el respeto que despierta.

«Aquí —le dice a Katari— se oculta el más secreto de los secretos del Imperio. Éste es el lugar que debe de existir más allá del tiempo.»

Katari permanece silencioso, pero ella percibe el gozo que le llena y le arrastra, con grandes aletazos, cada vez más arriba, en el cielo.

«Villa Oma me trajo aquí cuando todavía le llamaban sabio y hablaba con los dioses; pero ha perdido el camino y nunca volverá a encontrarlo.»

«Mira el triunfo del sol», dice Katari.

En plena ciudad secreta, sobrevuelan una piedra a la que los rayos del sol se unen y de la que vuelven a partir para iluminar el mundo, trocear el tiempo. Es una piedra que fue tallada —en los antiguos tiempos— para responder al impulso eterno de la joven cumbre, el Huayna Picchu.

Planean durante mucho tiempo sobre ella, presas de la armonía que se desprende. Están conmovidos por la unidad que reina aquí entre la sabiduría de los hombres y el orden de la naturaleza. La piedra parece haber sido recortada para recibir la luz; la distribución que con la sombra hace es una plegaria que resuena, silenciosamente, a través de las montañas. Su fragilidad es inalcanzable. Su belleza es la propia memoria.

Anamaya siente que Katari se llena de todas las sensaciones al mismo tiempo, que se empapa de ellas como de un líquido embriagador. Cada templo, cada terraza, cada piedra, hacen vibrar en él una leyenda que abarca los orígenes del mundo, el agua, la piedra y los hombres.

El aire empapado de humedad va cargándose, poco a poco, con el calor del sol: los ruidos perfectos de la vida, las majas en el fondo de los morteros, el crepitar de las hogueras reanimadas por las mujeres, la loca carrera de las ardillas, las flores de sangre de las orquídeas: todo concurre a aquella perfección.

Anamaya recorre las terrazas y adivina la invisible veta que atraviesa la vieja cumbre: el camino que recorrió muchos años antes, cuando un cóndor interrumpió el gesto de los sacerdotes que iban a sacrificar a una muchacha. Una piedad infinita la estremece de los pies a la cabeza. Recuerda su mirada, la manita puesta en la suya con la confianza y el absoluto abandono de la infancia.

A medida que se acerca a la cumbre, el vuelo se demora, se hace más pesado. Sus alas no la soportan ya tan fácilmente, como si una súbita fatiga se apoderara de ella.

Se posa justo encima de la *huaca*.
Sólo oye los alientos: el suyo, el de Katari, el del viento.
«Mira —dice Katari—, mira en lo más hondo de tu corazón.»
Sin pensarlo, se dirige al Huayna Picchu, cuya esbelta silueta se levanta justo ante ella. Su mirada se hunde en el vacío y se encuentra como suspendida ante la montaña, adivinando cada una de sus asperezas, cada afloramiento. Y en la montaña aparece una figura terrible y familiar: el puma.

La montaña se ha hecho puma, o el puma, montaña, al igual que ella y Katari se han convertido en cóndor. El mágico espectáculo la llena de fiebre y hace correr, por ella, un río de sentimientos y de emociones muy humanas: «¡Gabriel! —piensa tímidamente al principio. Y luego repite con fuerza creciente—: ¡Gabriel!»

«Es él, en efecto; está ante ti y te aguarda», dice la apacible voz de Katari.

Sin tomarse el tiempo de comprender y reflexionar, es arrastrada por el júbilo: ¡está aquí, ante ella, y todos sus miedos se desvanecen en la mañana!

Durante mucho tiempo permanece ante el puma-montaña, sintiéndose protegida por su poder. Comprende ahora el sentido profundo de la intuición de Katari: nada puede sucederle a Gabriel; está protegido por los *apus*.

Cuando el sol está en el mediodía, reanuda el vuelo.

Descienden con un solo aletazo hacia la explanada de los tiempos y permanecen sobre el vacío, evaluando el vértigo que se apodera de los hombres perdidos entre el lecho del Wilcamayo, que ruge más abajo, y las nieves de la cordillera de Vilcabamba, a lo lejos.

Una pequeña y única roca se levanta en una esquina de la explanada. Ha sido tallada con precisión e indica las Cuatro Direcciones.

Y la roca habla.

La explanada está del todo vacía y el que se acercara a ella descubriría el extraño espectáculo de un cóndor posado ante la roca, calentándose al sol. Pero eso sería para quienes no saben ver

Sólo Katari sabe que Anamaya ha vuelto a ser la muchacha inocente, pura y herida que estuvo junto al gran rey Huayna Capac en el anochecer de su vida. La ve, vestida con un *anaco* blanco sujeto por un simple cinturón rojo, arrodillada junto al viejo rey-roca, con la piel gris recorrida de temblores, su perfil de montaña vuelto hacia las nieves, hacia el Mundo de Abajo. La ve inclinada hacia él, perfectamente silenciosa, escuchando sus palabras.

También él escucha.

Estás conmigo, muchacha de los ojos de lago.
Y no te abandonaré nunca mientras protejas a mi Hermano-Doble.
Luego, todo desaparecerá, y también él desaparecerá.
El puma es aquel al que verás brincar por encima del océano.
Cuando él parta volverá a ti.
Aunque separados, estaréis unidos.
Y cuando todos hayan partido, tú permanecerás y a tu lado permanecerá el puma.
Juntos, como vuestros antepasados Manco Capac y Mama Occlo, engendraréis la vida nueva en esta tierra.
Habrá guerras como ha habido guerras, separaciones como ha habido separaciones.
Los extranjeros conocerán la miseria en su triunfo.
Y nosotros, los incas, tendremos que ser humillados, esclavos de la vergüenza para comprender el largo camino que hemos hecho y que nuestros panacas, *animados sólo por el espíritu de la guerra y no inspirados por Inti, han olvidado en su locura de destrucción.*
Pero no moriremos.

Anamaya está en el aliento del viejo rey. Le escucha contar de nuevo los antiguos tiempos, la creación del mundo, la confianza de los incas nacida en la cuna de las montañas de Cuzco; le oye glorificar sus conquistas y llorar la guerra entre sus hijos. Habla de la bola de fuego que designa a Atahuallpa, y ella recuerda; evoca a Manco, el primer nudo de los tiempos futuros, y ella recuerda.

He querido convertirme en piedra, como los antiguos de mi raza, puesta en la hierba flexible y tierna de una montaña de Cuzco.

La guerra me expulsó y encontré refugio en la ciudad secreta.

Mi piedra se abre a las Cuatro Direcciones como extendí el Imperio de las Cuatro Direcciones; es, sin embargo, una simple piedra, pues, al final, sólo eso permanecerá del Imperio: una piedra a la que se unirá el sol.

Las Cuatro Direcciones estarán en el corazón de un hombre puro.

Hoy no lo saben, pero hay ya guerra entre los hermanos.

Y guerra habrá de nuevo.

Guerra entre los Hijos del Sol y guerra entre los extranjeros: es la señal.

La sangre del hermano, la sangre del amigo, se derraman con más generosidad que la del enemigo: es la señal.

La piedra y el agua se desvanecen en la selva: es la señal.

Matan al extranjero que ruega a una mujer y no a su poderoso antepasado: es la señal.

Ningún adivino lo ve, los sacerdotes están trastornados, el sol se oscurece para los astrónomos, la traición es amiga del pueblo, el océano vomita extranjeros en número cada vez mayor. Pronto será para ti la hora de huir para salvar lo que siempre fue y siempre será.

Pero esperarás la señal y te mantendrás junto a los nuestros hasta que Inti haya consumido el odio entre nosotros y sólo queden mujeres llorando la sangre derramada.

No cometerás error.

Encontrarás a aquel cuya piedra detiene el tiempo y estará ante mí como ante ti, pero irá hacia el lugar de los orígenes mientras tú tomes el camino de la Ciudad-que-no-se-nombra.

Sabréis lo que debe mantenerse en silencio y lo callaréis.

Sólo dirás lo que debe ser y será, y cuando eso haya sido, dos dedos de una mano os unirán.

Serás libre.

Conducirás a mi Hermano-Doble hasta el final de su camino y también él será libre.

Un solo secreto seguirá oculto para ti y tendrás que vivir con él.

Y todo ese tiempo, no dudes de mí. Permanece en mi aliento y confía en el puma.

Se hace de nuevo el silencio, apenas turbado por el eterno diálogo del viento y el río. El sol se ha velado, y el aire se carga de nubes negras y húmedas.

La silueta de Anamaya está tan inmóvil como la de Huayna Capac. Sólo su mano se ha posado en el cuerpo del viejo soberano que muere. La antigua pena es joven de nuevo, y la soledad abolida vuelve a estrecharle el corazón. Mantiene los ojos cerrados. Se estremece. Siente la presencia que huye sin moverse, como hacia otra orilla, y sufre por no tener la posibilidad de reunirse con ella y con ella vivir.

Katari le posa una mano en el hombro y contiene su sufrimiento.

Todo el valle se ha llenado de bruma, y las cumbres desaparecen ante ellos; el oro del maíz en las terrazas se extingue, la quinua en flor se vuelve gris, y los templos parecen hechos de piedra de agua. Filamentos de nubes los rodean y danzan a su alrededor.

Anamaya levanta su mano del cuerpo de Huayna Capac.

Sólo ve la piedra, pero no se extraña.

En su hombro, la ancha palma de Katari sigue pesando. Ella está aún triste, pero advierte que su amigo le ha impedido entregarse a un viaje peligroso.

Los dos miran hacia el oeste, allí donde, en el horizonte negro aún, un halo de luz sigue filtrándose entre las nubes.

No perciben la lluvia que les atraviesa los huesos y permanecen indiferentes al frío que brota de la tierra.

Y luego, con tanta brutalidad como se ha cubierto, el cielo se desgarra. Arriba, en la abertura central del templo de las tres hornacinas, un arco iris ha posado su pilar.

«Ven», dice Katari.

Y ambos se lanzan hacia el cielo.

Es de noche en Ollantaytambo.

Anamaya y Katari se han tendido en el murete que flanquea el Wilcamayo y no se atreven a hablar.

El cielo es claro y la roca del cóndor, bajo la luna llena, sigue recortándose con toda claridad.

—He tenido un sueño en el que estabas presente —dice por fin Anamaya, incorporándose.

Katari no se mueve; tiene los ojos abiertos de par en par hacia la inmensidad del cielo y las estrellas.

—He tenido el mismo sueño —dice sin mirarla.

—¿Cómo lo sabes?

Katari no responde, pero Anamaya oye en ella el eco de su voz y, como un relámpago, siente la realidad de aquel viaje que han realizado juntos. Katari tiene razón. Quisiera preguntarle si han regresado a su punto de partida o si han franqueado una jornada... Mirando la luna, casi del todo llena, no encuentra la respuesta.

«Sabréis lo que debe mantenerse en silencio y lo callaréis.»

Anamaya ha dejado que las palabras estallaran en ella, y todo el poder de las frases de Huayna Capac la invade de pronto. No, realmente no es ya la muchacha aterrorizada que olvidaba el pasado, el presente y el porvenir; no es ya la *Coya Camaquen* que debía combatir sin cesar para comprender el misterio. El mundo está en su lugar: lo que se ha revelado permanece, lo que es secreto permanece también. Un sordo gruñido se deja oír desde el norte.

Katari se pone en pie.

Primero se preguntan si no será una convulsión que agita la tierra y va a levantar el río, a hacer que salga de su lecho. Pero el rugido aumenta y, al mismo tiempo, perciben su procedencia: es la montaña que está ante ellos, la que domina los dos ríos, la que custodia el valle sagrado.

Ruge como un hombre presa de un dolor violento. Sienten cómo tiembla, cómo se tensa hasta que cruje a causa del esfuerzo; entonces, un enorme bloque se desprende con estruendo y deja en el acantilado una órbita vacía.

Poco a poco, una espesa nube de polvo negro se levanta e invade la noche, mientras la montaña es recorrida aún, esporádicamente, por los temblores. Luego se oye otro crujido y se derrumba un lienzo entero, que ellos adivinan tras la opaca nube. Dos veces más, la montaña se queja de las heridas que se inflige a sí misma.

Viven el espectáculo fascinados, olvidando cualquier espanto. Aquel levantamiento de la naturaleza no es una cólera dirigida contra los hombres. Llega de mucho más lejos; contemplarlo forma parte del secreto.

El polvo alcanza sus ojos y los ciega a medias. Deben ir hasta la fuente para lavarlos. Aguardan.

Cuando el ruido cesa por completo, regresan. La nube se posa suavemente y distinguen de nuevo la forma familiar de la montaña.

Anamaya lanza un grito. Ve claramente delimitado por la luz

de la luna el rostro de Huayna Capac; ve su perfil tal como lo tuvo frente a ella en las horas de su muerte, hace muchos años, y en su sueño también —en su viaje—, cuando ella era cóndor.

Ha quedado trazado en el propio flanco de la montaña, como si un prodigioso escultor lo hubiera tallado a grandes golpes de cincel: es hombre-piedra, de un tamaño cien veces, mil veces mayor que los hombres de carne y hueso.

Su ojo se ha hundido en la órbita y su poderosa nariz prolonga la frente en una línea recta que indica su voluntad. Una falla abre su boca y su mentón está cubierto por una larga barba de rocas. Está vuelto hacia el norte, hacia el corazón del valle, por encima de la selva, hacia la ciudad secreta.

Entonces, Anamaya sabe que en ella está el conocimiento.

8

OLLANTAYTAMBO, CIRCO DE CHOQUANA, 16 DE JUNIO DE 1536

Con las manos atadas a la espalda, los pies trabados por gruesas cuerdas de pita que limitan la anchura de su paso, rodeado por una decena de combatientes que se relevan día y noche para custodiarlo, Gabriel camina desde hace tres días.

Después de su captura fue llevado a una árida montaña, a una aldea de pobres casas de adobe, donde ha permanecido detenido durante un mes. Una anciana lo alimentaba, y ni ella ni sus guardias respondían a sus preguntas. Con el paso de los días, sus intentos se hicieron más raros, y paulatinamente se sumió, tras la loca exaltación de los combates, en una especie de apatía. Su destino no le pertenecía más que antes y se dejaba conducir, sin mayor cólera, hacia una suerte que, sin duda, sólo podía ser la muerte. Se le había ocurrido ya la idea de que deberían haberlo matado en seguida, pero la había rechazado por inoportuna.

Hace tres días, al amanecer, fueron a buscarle y le indicaron por signos que era tiempo de ponerse en camino. No dijo nada y apenas, desde entonces, ha intercambiado algunas palabras con sus guardianes, que le miran con esa aparente indiferencia, que, ahora lo sabe, oculta la curiosidad y el temor, sin duda.

Durante el crepúsculo escucha sus conciliábulos, pero su agotamiento le impide hacer el esfuerzo de comprenderlos.

Despierta como de un sueño.

Ha vivido todas estas semanas al modo de un poseso: sobrevivir a la venganza de Gonzalo, al incendio de la cárcel luego, es capar de las flechas y las piedras lanzadas por las hondas, tomar la torre... Se recuerda realizando esos actos, que despertaron la admiración de sus compañeros, pero tiene más bien la impresión de asistir, con la imaginación, a una representación teatral, en la que un actor, llevando una máscara, ha interpretado su papel. Él, Gabriel, parece haberse desvanecido durante todo ese tiempo, haberse eclipsado. Verse atado, impotente, caminando por este valle cerrado por las montañas, le hace volver a la vida con unas sensaciones desagradables.

Ante él, si no viera sus piernas desnudas de musculosas pantorrillas, nudosas como leños, ni siquiera distinguiría la silueta de los porteadores, que desaparecen bajo la masa de los enormes haces de quinuas. Diríase que el ancho camino inca se ha transformado en un campo agitado por un viento caprichoso. Gabriel espira el aire de sus pulmones; las gavillas suben y bajan; vuelve a soplar; siguen ondulando. De modo tan súbito como absurdo, tiene ganas de reír. «¡Soy el dueño de la quinua! —exclama en castellano—. ¡El dueño del maíz!» Y sopla ante él, sopla como si sus pulmones contuvieran el odre de los vientos. Los soldados indios le miran sujetando las lanzas, apretando las hondas: ¿se ha vuelto loco el prisionero? Gabriel ríe hasta la tos, antes de interrumpirse con brutalidad.

El valle abierto por el lecho del río se ha ido contrayendo progresivamente. Y lo dominan, a derecha e izquierda, unos acantilados a cuyo pie se han edificado fortificaciones. Por un meandro, el río se dirige de un acantilado a otro, de un fuerte a otro fuerte. Centenares, tal vez miles de hombres vestidos sólo con su *huara* están trabajando para reforzarlos; formando hileras, unos acarrean bloques impresionantes, mientras otros equipos, perfectamente organizados, según puede verse, edifican los muros y las estructuras.

Pero cuando los soldados le empujan hacia el río para vadearlo, Gabriel descubre el majestuoso despliegue de las terrazas y, dominándolas con todo su poder, un edificio no menos fascinante por inconcluso. ¿Templo? ¿Fortaleza? No puede decirlo, y además sabe que entre los incas esta distinción no existe.

Queda sin aliento.

Y en el mismo instante, brotando de ninguna parte, tiene la certeza, exaltante y dolorosa, de que volverá a verla.

Al caer la noche se levanta un viento que refresca el aire. Recorriendo las calles rectilíneas, perfectamente enlosadas, donde las puertas altas y estrechas de acceso a las *canchas* se abren bajo los empinados techos de bálago, a Gabriel le impresiona la animación que reina.

Es una ciudad en construcción, que hormiguea con una animación incesante. Se habla el quechua, que él domina ya, pero también el jaki-aru y el pukina, lenguas de collasuyu de las que apenas conoce lo bastante como para reconocerlas al oírlas. Muchos habitantes nunca han visto a un extranjero y les cuesta disimular su asombro cuando le descubren, con los cabellos rubios en desorden y la barba, que, tras semanas de detención y combates, le devora el rostro. Desde que los soldados han entrado en la ciudad, le vigilan más estrechamente que nunca, como si tuviera la menor posibilidad de escapar entre la muchedumbre.

La *cancha* ante la que se detienen está custodiada por dos orejones, que es como suelen denominar los españoles a los nobles incas, cuyas orejas están adornadas con discos que, si bien antaño eran de oro, desde la conquista suelen ser de madera.

Le empujan sin miramientos hacia el interior del edificio de forma familiar. El patio está lleno de soldados, y las mujeres se mantienen más atrás, algunas atareadas preparando la comida, y otras agrupadas tímidamente junto al muro del fondo del patio y hasta en la escalera que lleva al piso del edificio medianero de la *cancha* vecina. En el centro del patio reconoce de inmediato a Manco sentado en la *tiana* real y, a su lado, en un banco algo más bajo, la larga silueta descarnada y los finos labios de Villa Oma. Aunque el marco sea más modesto, se desprende del joven soberano una majestad y una dignidad que no pueden compararse con las de su coronación en la plaza Aucaypata, en Cuzco. Gabriel se siente impresionado por la voluntad, sombría pero inflexible, que emana ahora de él. El rey-marioneta instalado por don Francisco ha muerto. Tiene ante él al combatiente que estuvo a punto de vencerlos en Sacsayhuaman y cuyas tropas siguen asediando Cuzco. No ve a Anamaya.

Se hace un pesado silencio.

La mirada de Gabriel va del sabio al inca y del inca al sabio. También él ha aprendido a no hablar con excesiva precipitación y a leer la escultura de los rostros antes de hacerlo. Villa Oma es el primero que rompe el silencio.

—¡El extranjero debe morir! —profiere levantándose lentamente de la *tiana*.

Escupe las palabras con una furiosa tranquilidad. La concurrencia está inmóvil.

—Él hizo el asalto a la torre de Sacsayhuaman y por su causa muchos de nuestros combatientes murieron. Por su causa, el noble Cusi Huallpa se sacrificó. Los extranjeros afirman que tiene una magia superior a todas las de nuestros adivinos y que está protegido por sus dioses... ¡Ridículas leyendas! Hagámosle pedazos y enviémosles su cráneo y su piel convertidos en tambor, para mostrar que nuestros combatientes son más poderosos que aquellos a quienes llaman dioses. Deberíamos haberlo matado hace ya mucho tiempo, y sólo nuestra debilidad de entonces nos lo impidió...

Villa Oma se vuelve hacia Manco y prosigue con una exasperación que, visiblemente, ha sido contenida durante demasiado tiempo.

—... la misma debilidad que nos ha privado de una victoria completa sobre los perros extranjeros.

Nadie nunca se ha atrevido así, en público, a atacar tan directa y violentamente a Manco. Gabriel es consciente del insulto y, curiosamente, cuando el objeto de la disputa es su vida, siente que nace en él una especie de distanciamiento que le hace espectador de su propia suerte.

—Mi vida me es más indiferente que a vosotros —responde con voz tranquila y los ojos clavados en los de Manco, ignorando al sabio—. Los míos quisieron arrebatármela y Dios o la suerte me la respetaron... ¿Queréis vosotros matarme por haber hecho lo que hacen los soldados? Matadme. No me corresponde decir si es una decisión justa o una crueldad inútil que ofenderá a vuestros dioses y al de los míos.

Manco no ha abierto aún la boca. Parece sumido en sus reflexiones, casi inerte. Villa Oma se exaspera.

—¡Acabemos con él, hermano Manco! Será el signo que el pueblo y los dioses esperan para darnos una brillante victoria.

—Este hombre no morirá.

Manco ha soltado sus palabras sin mirar a nadie. Villa Oma parece petrificado por el furor. Su brazo comienza a levantarse y lo dirige hacia Manco. Pero antes de que haya tenido tiempo de apostrofar al inca de todos los incas, se produce un tumulto a la entrada de la *cancha*. Dos *chaskis* relucientes de sudor atraviesan el patio y se arrojan al suelo ante Manco.

—Hablad —dice el inca.

Sin levantar la cabeza, el de más edad toma la palabra.

—Único Señor, venimos a anunciarte una resplandeciente victoria. Nuestras tropas han destruido un ejército de extranjeros cuyo *Kapitu* había mandado para apoyar a los que tenemos sitiados en Cuzco. Hemos matado a muchos hombres y hemos tomado armas y caballos. Aquí llegan, Único Señor, como ofrenda y para tu gloria.

Manco permanece tan impasible como desde la entrada de Gabriel en la *cancha*.

—El sabio Villa Oma —dice, por fin, lentamente— debe saber ahora que no es necesario ejercer la injusticia para obtener grandes victorias.

El rostro de Villa Oma está tan verde como el jugo de coca que corre por la comisura de sus labios, pero no dice ni una palabra. Sin despedirse, cruza la multitud de soldados estupefactos, empuja a las mujeres y se introduce en la escalera.

Cuando va a desaparecer en el piso del edificio vecino, se envuelve en su manta y se da la vuelta.

—Manco, no olvido que somos hijos del mismo padre, del gran Huayna Capac. No olvido que eres el Hijo del Sol. Pero Inti, por su parte, hace lo necesario para brillar cada día. ¿Intentas tú extender la noche sobre todos nosotros?

Ante la violencia del insulto, parece que unos soldados quieren dirigirse a él, pero Manco los detiene con un gesto.

—Dejadle —dice—. El sabio no es ya el sabio. La cólera y el odio han prevalecido en él, y sus palabras son sólo ruidos que hace con la boca. También a mí —dice mirando a Gabriel— los extranjeros me hicieron sufrir humillaciones, quisieron robarme a mi mujer, me trataron peor que a un esclavo, peor que a un perro... Pero guardé silencio y, en el secreto de nuestras montañas, con la ayuda de nuestros dioses, preparé esta guerra que vamos a ganar...

La voz de Manco ha ido hinchándose al hilo de su discurso y un rumor, un clamor, muy pronto resuena en toda la *cancha*.

—Ahora —dice Manco cuando la agitación se ha calmado—, voy a quedarme a solas con el extranjero.

Se levanta súbitamente, rechazando a las mujeres que se precipitan para barrer ante él el suelo. Se acerca a Gabriel y le toma del brazo. La concurrencia no puede contener un grito de sorpresa, pero Manco se muestra indiferente. Arrastra a Gabriel hacia una estancia, la más vasta y más ricamente decorada del lugar.

Salvo por la abertura, ninguna luz del día llega hasta allí. Los muros están llenos de hornacinas en las que descansan cuencos de oro o plata y estatuillas de animales.

—¿Conoces, claro está, la razón de mi clemencia? —dice secamente Manco.

Gabriel deja escapar su sorpresa.

—No, poderoso señor Manco.

—Y sin embargo, lleva un nombre que te es querido.

En la penumbra, Gabriel ve cómo se inflama la mirada de Manco... Hace un momento, el inca parecía lleno de una serenidad de sabio, y ahora también él es invadido por un furor, por una cólera que chisporrotea en sus ojos.

—Anamaya es tu vida —dice Manco—. Si no supiera lo que representas para ella, ni siquiera habrías llegado hasta aquí, y el polvo de tu cuerpo nutriría nuestros fértiles campos.

—Lo comprendo, noble Manco, pero sé, sin embargo, que lo que le has dicho a Villa Oma salía de tu corazón. Puedes odiarme, pero no puedes impedirme que te admire.

—¡Soy el inca de todos los incas, extranjero! Recuerda que posas tus ojos en mí porque yo lo permito... ¡Ni siquiera tus sentimientos te pertenecen!

Gabriel domina el temblor que se ha apoderado de él.

—Entonces, me permitirás que guarde para mí lo único que no puedes arrebatarme: el silencio.

Manco no responde. Luego da media vuelta para salir de la estancia. Cuando va a cruzar el cortinaje, contempla a Gabriel por última vez.

—¡El puma! —escupe en un tono que a Gabriel le parece lleno de desprecio—. ¡Ya ha llegado el puma!

9

OLLANTAYTAMBO, NOCHE DEL 18 DE JUNIO DE 1536

Gabriel se sumerge en el frío de la noche.

Dormitaba en su dura yacija, escuchaba el ruido del agua que no cesa nunca en esta ciudad, cuando el indio se ha introducido en la estancia de la *cancha* que Manco le había asignado. Nadie ha dicho que estuviese prisionero, nadie le ha dicho que fuese libre; sencillamente, sus muñecas han sido liberadas y le han quitado las ataduras de los tobillos. Dos mujeres están a su servicio y también dos indios, unos silenciosos kollas que deben protegerle, o custodiarlo. Cuando Katari ha entrado en la habitación, lo ha reconocido de inmediato, y su corazón se ha alegrado: es el amigo de Bartolomé; es, sobre todo, el que lo salvó a orillas del lago Titicaca.

—¡Bien venido, dueño de las piedras! ¿Estás ahí para echarme de nuevo al mundo?

Con gran asombro por su parte, Katari no dice nada, ni siquiera esboza una sonrisa de comprensión o de amistad. Su rostro de salientes pómulos sigue inexpresivo mientras sus largos cabellos flotan en la penumbra.

—Sígueme —le dice simplemente a Gabriel.

Gabriel ha tenido tiempo de lavarse y de cambiar las manchadas ropas que llevaba desde el ataque a la torre. Viste ahora una amplia túnica india de lana de alpaca. Sus músculos están doloridos; siente todo el cuerpo rígido, como si hubiera sido apaleado... No hace pregunta alguna a Katari; se levanta y atraviesa, siguiendo sus pasos, la pesada colgadura de lana.

Katari dice unas palabras en voz baja a los dos guardias, que se apartan. Recorren las silenciosas *canchas;* sus sandalias resbalan en las losas de piedra. Katari cruza, sin reducir el paso ni decir una sola palabra, una gran plaza antes de entrar por una puerta monumental. Una tras otra trepan sucesivamente, por algunos tramos de escalera, seis plataformas. Luego, a pesar de la débil luz de la luna que desciende, Gabriel adivina que ante ellos se abre una escalera que traza una línea recta, casi vertiginosa, a pico en la colina. En esta ladera ha visto esta tarde, al llegar, el escalonamiento de las terrazas y las macizas estructuras del templo.

Peldaño tras peldaño, se alivia del peso de sus fatigas e incluso de la extraña actitud de Katari. Ve en la oscuridad, tras las terrazas sólidamente empedradas, un edificio con varias hornacinas, y adivina que es un templo, dada la calidad de sus muros; pero el persistente silencio de Katari y el jadeo que va dominándole le impiden interrogar al joven. Ni siquiera cuando llegan al pie de los macizos muros del gran templo que se ve desde el valle, Katari se detiene; tampoco reduce el paso. Sólo la pendiente de la colina disminuye un poco, lo que le da cierto respiro. Cuando llegan, por fin, a una maciza pared que cierra la colina, Katari se detiene.

Gabriel pone las manos en sus muslos para respirar pesadamente. Cuando ha recuperado el aliento, levanta los ojos hacia el dueño de las piedras.

—¿Me hablarás ahora?

Katari sigue en silencio, pero, al menos, su rostro ha perdido la expresión neutra que a Gabriel le había parecido hostilidad.

—Te hablará ella.

Gabriel queda sin aliento de nuevo, pero esta vez no es a causa del esfuerzo. «¡Ella!» Desde que ha descubierto Ollantaytambo, ha arrinconado en su espíritu el pensamiento que le desgarra, como un relámpago, el corazón: verla de nuevo, abrazarla... Es tan magnífico y tan doloroso al mismo tiempo, que debe sujetarse la cabeza con las manos.

Más allá del muro, Katari le indica con la mano el camino que serpentea por la suave pendiente que lleva a la cumbre de la colina.

—Ve —dice simplemente.

Desaparece sin despedirse, sin una explicación más. Gabriel contempla el camino, avanza. Cada uno de sus pasos es torpe y tiembla como no tembló en el combate.

Desde el crepúsculo, Anamaya ha permanecido sola en el pequeño templo de la cima de la colina. No es visible desde el valle y, por esta razón, ella y Katari lo han elegido. Cuando le comunicaron su idea a Manco, el inca los escuchó sin manifestar nada y después aceptó con un suspiro: «Vosotros sabéis cosas que yo ignoro.»

Katari dirigió, pues, la construcción, con algunos de sus hermanos kollas, para que el secreto quedara mejor guardado. Lo terminaron sólo en una jornada: un simple muro de contención, un pequeño edificio en el que se abren cuatro hornacinas del tamaño de un hombre. Hace tres noches llevaron allí al Hermano-Doble envuelto en mantas para que ninguno de los soldados o los sacerdotes —nadie que no fuera Manco, a decir verdad—, y sobre todo Villa Oma, lo supiera. En la primera hornacina, orientada al sur, se ha instalado ahora el Hermano-Doble.

Desde el gran viaje, Anamaya ya no mira al Hermano-Doble del mismo modo; es como si el conocimiento depositado en ella saciara su sed y su inquietud. No es ya él quien posee lo que ella necesita, sino ella la que debe guardarlo y protegerlo más allá de las circunstancias de la guerra.

Sin embargo, cuando los últimos rayos del sol han desaparecido en las montañas, detrás de ella, y luego, cuando el frescor y los vientos de la noche han llegado para hacerle compañía, ha sido incapaz de evitar que la impaciencia se apoderase de ella... Ver de nuevo a Gabriel, verlo de nuevo, por fin... Se levanta y escruta la oscuridad; aguza el oído para adivinar su paso... Recuerda la simple mirada que dirigió a Katari cuando llegó el *chaski* con la noticia de que el prisionero estaba en camino... Impide que su imaginación corra hacia él para arrojarse en sus brazos y estrecharlo, y decirle las palabras que ha contenido durante todas esas noches. Palabras en quechua y en español acuden en desorden a sus labios, y las lágrimas, y la risa.

Mira luego al Hermano-Doble, inmóvil, eterno, y algo parecido a la calma se apodera de ella.

Da unos pasos hacia el exterior del edificio. El rumor de la brisa se ha hecho lejano, como el de ambos ríos. «Cuando él parta volverá a ti. Aunque separados, estaréis unidos...» Ésas fueron las palabras del gran Huayna Capac. ¿dicen lo que ya ha sido, o lo que será? La sangre de Anamaya hierve con muchas más preguntas de las que responde la profecía. Al otro lado de la puerta del conocimiento se encuentra otra puerta, y así sucesivamente, hasta el fin de la vida en este Mundo de Aquí, y en las escaleras que nos llevan al Mundo de Abajo.

Una nube oculta la luna, y la noche se hace casi negra. El viento se levanta de nuevo, y entonces oye los pasos de Gabriel y, casi al mismo tiempo, ve aparecer su silueta. Corre, pero no hacia él, sino hacia el interior del templo. Y en tierra, con los brazos rodeando al Hermano-Doble, la descubre él.

Se deja resbalar a su lado.

Son incapaces de decir una palabra, de hacer un gesto.

No se miran.

Sólo la brisa entremezcla los mechones rubios de los cabellos de Gabriel con los negros cabellos de Anamaya; sólo se tocan por el hombro y, conmocionados, no podrían ya distinguir el temblor de uno del temblor del otro.

Anamaya es la primera que se sobrepone.

Adelanta suavemente su mano color de miel hacia el hombro de Gabriel y la desliza entre el tejido del *unku* y la piel. Descubre lentamente el hombro, y otro estremecimiento recorre el cuerpo de Gabriel. Adivina ella, con los dedos, la mancha del puma, y la araña levemente, arrancándole un gemido.

Luego se coloca tras él y posa sus labios, lenta, interminablemente, en el lugar de su cuerpo donde se halla la huella que le estaba destinada.

Y así, durante toda la noche, vuelven a aprenderse.

Mucho antes de las primeras palabras, nacen los primeros movimientos. Una risa, una lágrima derramada. La mano de Gabriel en su cabellera, trazando un surco delicioso, diez veces recomenzado; las uñas de Anamaya que agarran su barba antes de que la palma envuelva sus mejillas, su mentón, su rostro entero. Se respiran, se tocan, se domestican con los dedos, con la piel, con la lengua. Se dan breves golpes que no duelen, pero cuya huella despierta sensaciones olvidadas.

Luego, la duración de la falta y de la ausencia, y el furor de la separación se apoderan de ellos, y se inicia un tiempo de caricias violentas, de brutales dulzuras... Ruedan el uno sobre el otro; como jóvenes fieras, juegan a morderse, a sorprenderse. Gabriel tiene la fuerza, pero Anamaya recupera sus reflejos de animal de la selva y escapa antes de arrojarse sobre su espalda. Él logra volverse y agarrarla; con un solo movimiento, hace caer su *anaco*.

Se quedan inmóviles.

Ella está desnuda ante él, y su furor de tomarse, de agarrarse se ha disuelto en la noche. Se contemplan, y todo vuelve a empezar; mano con mano, boca con boca, pero esta vez con lentitud y ternura en cada gesto y en cada movimiento.

Cuando la boca de Gabriel se acerca a sus pechos, Anamaya contiene el aliento. Los besa como si quisiera recorrer con los labios cada parcela de su piel. Su deseo es tan profundo, tan intenso, que se vuelve paciente, cruelmente paciente. Anamaya se tiende hacia él y, con los labios, lo alienta, lo llama; no son todavía palabras, más bien resultan gemidos, pequeños gritos inarticulados en los que él escucha la exigencia de su deseo. Pero sigue besándola tan dulcemente como puede, a pesar del ardor que asciende de sus lomos y desgasta la lentitud de su descubrimiento. Posa ella las manos sobre los cabellos de él con tal fuerza que lo obliga a incorporarse de un brinco y a unir la boca a la suya. La besa sin fin; la besa como bebiendo tras un desierto; la besa como se ama, como se respira, como se vive; la besa como si no hubiera besado nunca.

La ropa forma en el suelo un jergón donde sus cuerpos se ciñen. Si no fuera por el color de sus pieles, diríase un abrazo que se ha hecho un solo cuerpo. Sí, el conquistador y la extraña muchacha de la selva, el español y la inca desean ser uno. En aquel momento poseen mucho más que el cuerpo del otro, y Anamaya siente que se desliza en una felicidad que, repentinamente, de vez en cuando, le recuerda la del viaje con Katari. Ha gozado casi en cuanto él ha entrado en ella. Pero ahora él no termina, su placer se amplía hasta las dimensiones del universo; ella hace penetrar allí miríadas de estrellas y todos los frescos manantiales que se ocultan en las rocosas quebraduras de las montañas. Y él, Gabriel, es feliz; brinca y vuelve a brincar, y su poderoso rugido llena los valles. No tiene miedo de su cuerpo ni de lo que allí se oculta, y se siente capaz de rechazar todos sus límites. En su interior se esconde la risa ante todas sus hazañas pasadas; entonces, en su caballo blanco, era un niño, y sólo ahora es un hombre.

El incesante movimiento de su pasión los cubre de un sudor cuyo salado gusto sigue despertando la sed. La brisa se levanta, y la brisa pasa. El frío punza, pero no les importa. Alargan las fronteras de la noche, chocan como piedras, corren como ríos, se arañan como animales; se aman como un hombre y una mujer.

Incluso cuando, agotados, se zambullen en el sueño, el amor los acompaña.

Están tendidos a los pies del Hermano-Doble, con la mano en el muslo, el hombro en el cuello. Una sonrisa flota en sus labios entreabiertos.

Son hermosos, felices.

Los primeros rayos del levante rozan la cresta de las montañas, y Gabriel despierta en seguida y cierra los brazos alrededor de ella. Se incorporan y miran juntos cómo nace el mundo para una jornada más: el tumulto del Wilcamayo en el lugar donde una garganta se estrecha en torno a las aguas y las hace hervir furiosamente, la alta cima de la Wakay Willca.

Luego, Gabriel ve aparecer, brotando de las sombras, el perfil monumental que se ha recortado en la pared de la montaña de enfrente. Se vuelve hacia Anamaya con ojos interrogadores. Ella mira con él, sin responder aún; pero Gabriel percibe el calor que se desprende de Anamaya, la luz, y sin comprender cómo, siente el vínculo entre ella y la figura, potente y misteriosa.

La abraza con más fuerza, y ella se abandona, sin apartar los ojos del rostro de Huayna Capac, cuyas palabras no dejan de resonar en su interior como las fuentes del río Patacancha.

Y entonces, ella dice las primeras palabras.

—Gabriel...

Las dos sílabas han escapado de sus labios con la suavidad del aliento. Su espíritu es un caldero sobre las brasas: quisiera decirle tantas cosas y no sabe por dónde comenzar, no sabe lo que él puede oír... Y luego aquello nace como una urgencia, ahora que la luz ha llegado, que inunda el valle y las montañas: debe escuchar su voz y saciarse de ella como se ha saciado de su cuerpo.

—Cuéntame, puma...

Gabriel le hace el relato de aquellos días atroces en los que creyó que la guerra los iba a separar para siempre, cuando, cediendo a la desesperación, quiso morir librando la tierra de la ralea de Gonzalo... Ella sonríe cuando él le habla de los tres indios que se disponían a matarle en su celda y de la milagrosa intervención de Sebastián... Escucha, sin estremecerse, el relato de su batalla, de la muerte de Juan, de aquella extraña sensación de ser invencible que nació en él y que, con su angustia como fondo, le hizo llevar a cabo las hazañas más locas, las más absurdas...

—No comprendía —murmura Gabriel— y sigo sin comprender... Me parecía, a la vez, que la luz brotaba de mí y que me rodeaba. Ya había oído esas historias, ¿sabes?, y me había burlado de ellas: historias de combatientes en los que las flechas rebotan o de los que se apartan en el último momento las piedras lanzadas por las hondas para caer en los roquedales. No creía, como no creo, en la queridísima y Santa Virgen de don Francisco... Y sin embargo, tuve que aceptarlo: aunque yo mismo no lo creyera, los demás, mis compañeros, los escasos valientes y la masa de la chusma, creían más que yo y no me miraban como se mira a un héroe (eso lo conozco, sigue siendo humano y, a fin de cuentas, lleno de sentimientos ordinarios, donde se mezclan la admiración y los celos), sino con una especie de temor divino. No pienses que me enorgullecí de ello. Más indiferente aún, si fuera posible... Cuando tiré la cota de malla al subir a la torre, me pareció que me liberaba y, si pudiese haber tirado mi piel con ella, lo habría hecho.

Gabriel permanece unos instantes silencioso, y ella deja que las palabras canten en su interior sin buscar aún su sentido.

—Y luego tuve aquella sensación extraña en mi sueño, como si viera.

Anamaya da un respingo.

—Era como si supiera lo que iba a hacer, como si un mensajero brotado de ninguna parte me lo anunciara pintando para mí imágenes que tenían la claridad de la vida. Aquella cuerda que se balanceaba en el muro de la primera torre, yo la había visto mucho antes de agarrarla. Y cuando mis manos se cerraron sobre ella, estaba más allá del miedo y del valor, más allá de la duda y del deber: sencillamente hacía lo que debía hacerse.

—Ya llegas, vienes, te acercas...

—¿Llevando a cabo el asalto que rechazó a los tuyos?

—Estás aquí para salvarnos.

Es Gabriel el que se sobresalta ahora.

—La víspera o la misma mañana del asalto, vi a Inguill y dijo esas mismas palabras...

—Acéptalas...

Gabriel agita su cabeza.

—Todo es demasiado joven aún en mi espíritu y, a veces, tengo la impresión de estar separado de mí mismo por un muro, un muro más grueso que los de esas torres que tomamos.

—Atravesarás ese muro.

Gabriel suspira.

—Por hoy, renuncio a comprender nada más.

—¿Qué ocurrió tras la toma de la torre?

—Cuando los tuyos me hicieron prisionero, agarraron y ataron sin el menor esfuerzo a un hombre embrutecido. ¿Por qué no me mataron? Lo ignoro aún, y tampoco sé por qué me mantuvieron un mes entero en aquella casa perdida en las montañas, alimentándome con vuestras malditas papas arrugadas y canijas. Lo llamáis *chuño*, ¿no es cierto? Aquel sabor a tierra enmohecida... ¿Y me dirás también por qué, una buena mañana, hace de eso cuatro días, decidieron finalmente arrancarme de aquella delicia para traerme aquí?

Gabriel suspira de nuevo.

—Bueno, princesa que conoce todos los secretos, ¿no puedes decírmelo? —suelta riendo.

Ella vacila y se levanta para recoger su esparcida ropa.

—Pasaron dos lunas, ¿verdad? —dice ella por fin—. Durante esas dos lunas, yo soñaba a menudo que si estuviera un momento contigo lo convertiría en una noche entera. Y ahora, cuando he tenido esta noche...

Se interrumpe y también él deja la frase en suspenso. No es ya tiempo para sus impaciencias brutales. «Bartolomé, si me vieras, tal vez me llamarías sabio...»

—Quisiera enseñarte todo lo que he aprendido —dice ella—, porque formas parte de lo que he aprendido; tal vez seas lo más hermoso de todo lo que he aprendido. Pero debes, como yo, superar las etapas.

—Creo que ya he superado algunas etapas —responde Gabriel en un tono de alegría algo forzada.

—Ya lo sé, amor mío; pero te queda tanto por descubrir...

—Hace años, en una noche terrible, estábamos junto a los despojos de Atahuallpa, tu Único Señor, y me entreabriste la puerta de este mundo, ¿no es cierto?

—Me sentía entonces muy orgullosa de que me llamaran la *Coya Camaquen*, de que los poderosos recurrieran a mí para unos secretos que yo ni siquiera conocía. ¡Qué confusión había en mí! Sí, tienes razón; entonces quise decirte que había Otro Mundo detrás de nuestro amor, Otro Mundo detrás de la guerra...

—¿Y crees que me he acercado a él?

Hay algo suplicante en la voz de Gabriel, y Anamaya no contiene su risa.

—Mi puma es, a veces, como un niño —dice tomándole la mano y estrechándosela entre las suyas, como para atenuar la burla de sus palabras—. Claro que sí, naturalmente; te has acercado a grandes brincos furiosos sin saber adónde ibas, pero con tu generoso corazón.

—Ahora estoy contigo, ¿no es cierto?

«Aunque separados estaréis unidos...» Ha buscado mucho tiempo esas palabras sin encontrarlas. Y ahora, cuando están en ella, casi las lamentaría porque le atan la lengua. No es ya la muchacha ignorante, educada por Villa Oma; no es tampoco la orgullosa *Coya Camaquen*, la enamorada... Al evocar esta última palabra, su corazón se rebela: sí, es esa enamorada y, sean cuales sean los secretos que la profecía oculta aún, tiene derecho a vivir ese amor y a saciarse con él.

—Sí —dice—, estás conmigo.

La agitación de Gabriel se calma y puede abandonarse de nuevo al esplendor del paisaje naciente. Más que nada —más que las nieves eternas, el verde esmeralda de las cálidas selvas—, le atrae el rostro en la montaña. Apenas destaca a la luz del levante, pero su presencia es tan formidable que es imposible escapar a él. Los ojos de Anamaya se unen a los suyos en la contemplación.

—¿Quién es? —susurra él, por fin, tímidamente.

—Es el que nos ha permitido estar juntos.

10

OLLANTAYTAMBO, COMIENZOS DE JULIO DE 1536

Desde lo alto de la gran escalera que se levanta entre las terrazas sagradas, el espectáculo que se ofrece a Gabriel es pasmoso. Las *canchas* de la parte baja del valle son antiguas y su construcción terminó hace mucho tiempo. Pero Manco ha decidido ahora convertir Ollantaytambo en su bastión principal: gigantescas obras ocupan la estrecha terraza que domina el paraje. Gabriel aún no había asistido nunca a los trabajos titánicos que son necesarios para semejante obra y, día tras día, aprovechando la libertad vigilada que Manco le concede, vuelve aquí, fascinado.

A lo lejos, en la cantera de Cachicata, centenares de minúsculas siluetas se atarean en torno a los bloques de todas dimensiones caídos de la montaña Negra. El valle resuena con el acompasado golpear de los martillos y los cinceles de piedra y de bronce con los que, incansablemente, los obreros tallan la roca.

Es una verdadera muchedumbre que se agita desde la ladera de la montaña hasta las orillas del río. Miles de hombres, cada uno de ellos con una tarea bien definida, trabajan desde que amanece. Algunos golpean los bloques a medida que son llevados a la parte baja del valle. Dándoles una primera forma bruta, los liberan así de su peso superfluo; luego los transportan en balsa de una ribera del río a la otra.

Hay quienes fabrican las cuerdas y cortan los troncos que permitirán arrastrarlos, en la vertiente opuesta, hasta la cima de Ollantaytambo. Otros, varios cientos, tiran y empujan durante horas y horas. Para ascender cada palmo de terreno, centenares de peones accionan gigantescos maderos, que sirven de palancas y hacen posible que la piedra avance imperceptiblemente, pero con seguridad y regularidad.

La salida de la rampa, que desde el río permite llevar los bloques hasta las construcciones, hormiguea de gente. Pero allí, el trabajo es más fino. Entre el polvo blanco, sólo por medio de espátulas de bronce y de piedra, unos hombres lijan y pulen enormes bloques para que puedan ensamblarse perfectamente unos con otros. Gabriel observa con fascinación una nube de obreros que se apretujan en torno a un monolito tres veces más alto que un hombre. El bloque está colocado sobre una serie de troncos de madera y arrimado por una red de cuerdas.

Katari es el jefe de esa colosal obra. Gabriel lo descubre supervisando, con su parco estilo, la edificación de un templo, la de un muro o la forma de una roca.

Gabriel no duda ni un instante de que la empresa de Katari obedece reglas precisas, pero no se parece a ninguna de las que ha oído mencionar en relación con el arte de los arquitectos, si bien su conocimiento es limitado, ciertamente. Katari nunca tiene un plano en sus manos y parece elegir para los cimientos de los edificios los lugares más difíciles. Para edificar la ciudad habría espacio entre los dos ríos del valle, donde sólo hay fuentes; pero cierto es que «edificar la ciudad» no es lo que le preocupa. Nada de lo que se edifica está destinado a vivienda.

Ninguna de las nuevas construcciones es, para Gabriel, más misteriosa que los muros del templo situado a media ladera, en una vasta explanada abierta para dar paso a la multitud de bloques ya preparados. Únicamente uno de sus muros está ya montado; lo forman cuatro enormes bloques de una sola pieza. La piedra es rosada. Adopta, a cualquier hora, sorprendentes irisaciones bajo el sol. Cada bloque está separado de su vecino por lo que, para un ojo ignorante, parece una larga caña de piedra.

Como siempre en las más hermosas construcciones incas, ningún mortero mantiene unidas las piedras. Se levantan, perfectamente ensambladas, provocadoras e indestructibles. Al acercarse se advierte que la superficie de tres de ellas está adornada con protuberancias de estilizada forma. Gabriel intenta adivinar su uso, pero no lo consigue.

—¿Te parece hermoso?

Katari suda, pero su rostro de ojos almendrados, de sobresalientes pómulos, ha recuperado la sonrisa. Tiene el torso desnudo, como los trabajadores que le rodean. Gabriel admira su poderosa musculatura; sus anchas manos, cubiertas de un fino polvo de roca, parecen capaces de quebrar sin esfuerzo a un hombre. Lleva al cuello una llave de piedra sujeta por una cadenita de oro.

Gabriel no intenta ocultar su admiración.

—Es magnífico, Katari. Nunca he visto nada parecido... Dudo que nuestros mejores arquitectos sean capaces de semejantes hazañas.

—No pretendemos realizar hazañas.

—¿Y qué pretendéis?

—Lo sabes ya mejor de lo que crees.

Gabriel queda desconcertado.

—¿Qué quieres decir?

La sonrisa de Katari se ensancha.

—¿No te recuerda nada la forma de estas piedras?

Entornando los párpados, Gabriel permanece inmóvil ante los monolitos. Poco a poco, una imagen va formándose en su espíritu. Es desvaída, antigua y está asociada a olvidados sufrimientos...

—¡Taypikala! —exclama por fin—. ¡Allí había piedras iguales a éstas!

Katari inclina la cabeza.

—Y eso no es todo. Acércate.

Gabriel entra en la magra sombra de mediodía y se acerca mucho a las piedras. Son perceptibles extraños relieves en la superficie. Cree reconocer la geometría de una escalera doble. La parte superior sube al modo tradicional, mientras que la parte inferior desciende al revés, como las montañas cuando se reflejan en un lago. Más allá, en un bloque preparado y puesto sobre el zócalo, las manos de Gabriel encuentran la huella de una llave en forma de T.

—¡He visto ya algo así! —exclama volviéndose hacia Katari.

—Y en el mismo lugar —dice apaciblemente el dueño de las piedras—. ¿Te extraña?

—No sé —responde con franqueza Gabriel—. No sé lo que significa.

—Podría contarte que esos huecos formados por llaves de bronce semejantes a la que llevo al cuello sirven para encontrar el emplazamiento de las piedras, y que esos abultamientos han permitido arrimarlas para traerlas hasta aquí, pero...

Se interrumpe con los ojos perdidos en la lejanía, hacia el norte.

—¿Pero?

—Sería cierto, pero no sería suficiente. Hay algo más.

Gabriel siente que nace en su interior el deseo de saberlo. No es sólo una curiosidad, sino también la esperanza de acceder a un mundo con el que se ha codeado, desde hace tanto tiempo, en la ignorancia.

—Ves la ciudad, abajo —dice Katari—: las *canchas*, los patios a cuyo alrededor se distribuyen las viviendas, las callejas que dibujan un plano en el que las líneas se cruzan. Nunca he visto vuestras ciudades, extranjero, pero las nuestras no debieron de sorprenderte... Mientras que esto...

El brazo de Katari describe un arco a su alrededor, y su mirada se posa en Gabriel.

—Aquí queremos, en cada edificio, cada piedra, cada roca, rendir homenaje a los dioses que nos rodean: a nuestro Padre el Sol, claro está, pero también a la Madre Luna, a Illapa el Rayo y a todas esas cumbres... Mira estas terrazas.

Alrededor del emplazamiento, el templo parece engastado en una serie de pequeñas terrazas donde ha crecido el maíz.

—No están dispuestas al azar, ya lo ves. Rodean el templo como un estuche... Y para este mismo templo, nuestros astrónomos observaron largo tiempo el cielo, el movimiento de las estrellas y los planetas, a fin de determinar su emplazamiento y la orientación de cada muro. Entre nosotros, la sombra y la luz son un homenaje a los dioses...

Fugazmente, Gabriel piensa en las antiguas abadías y en las iglesias de su país. Un tenue hilo se tiende, en su espíritu, entre los constructores cristianos y los incas. Pero está demasiado absorto en el relato de Katari para detenerse en ello.

—Lo que te he dicho —dice Katari con ligereza— todos los incas lo saben... Pero no saben que, acercándose a la piedra, mirándola, tocándola, pueden acceder a los más profundos secretos de nuestra historia, remontarse hasta los tiempos más antiguos, cuando los incas no existían.

—¿No han sido siempre los incas dueños de estas tierras? —se extraña Gabriel.

Katari ríe.

—Los incas son sólo unas generaciones de hombres, combatientes excepcionales pero no invencibles, como tú y yo sabemos ahora... —Katari lanza una ojeada a Gabriel antes de proseguir—: Llegaron tras unas civilizaciones cuya fuerza espiritual era inmensa. Incluso para nosotros resulta misteriosa, y el camino de toda una vida es comprender aunque sea sólo una chispa de ello.

—«El que está en el Titicaca se halla ya en el camino de regreso» —murmura Gabriel.

—¡Ya ves que sabes más de lo que sospechas! Sí, hay que tomar el camino de Taypikala y el del lago de los orígenes. El secreto está en el agua y en la piedra, en las cumbres que se reflejan eternamente en el lago Titicaca. Junto a ese lago nací y, aunque mi padre abrazó la carrera de las armas, yo fui iniciado en el arte de las piedras por mi tío, el *apu* Poma Chuca, el hombre que convenció a Tupac Inca Yupanqui de que devolviera su esplendor a los santuarios del Sol del lago Titicaca. Pero basta ya, quiero enseñarte otra cosa. Acércate.

Katari toma de la mano a Gabriel y lo coloca justo ante los dos monolitos de la derecha.

—Mira bien estas esculturas.

Hace tiempo que Gabriel se ha fijado en ellas. Hay tres en cada piedra, situadas a igual distancia unas de otras. A simple vista parecen representar formas alargadas, más o menos parecidas todas ellas.

—Hay que mirarlas realmente; no con los ojos, sino con todo el cuerpo. Tienes, por así decirlo, que entrar en ellas...

Al pronunciar estas palabras, la voz de Katari se ha hecho más baja, y Gabriel capta un leve temblor. Sin estar seguro de comprenderlas, intenta obedecer las palabras del dueño de las piedras. Le parece que las formas se animan y toman vida.

—Animales —murmura vacilando.

—Un animal que conoces bien, amigo mío.

—¡El puma!

Katari le mira en silencio, sonriente.

—Hablas desde hace un tiempo nuestra lengua y amas a una de nosotras —dice con emoción—, pero creo que has tomado conciencia por primera vez de que en estas piedras estaba inscrito también tu destino.

Gabriel parpadea. Ante él sólo tiene los grandes bloques de un templo en construcción. Sin embargo, le parece que el mundo acaba de cambiar. Una nube aislada oculta el sol. El rosado de las piedras se vuelve casi gris.

—¿Quieres ir más lejos?

Gabriel mira a Katari, estupefacto. ¿Cómo se puede «ir más lejos»? Katari observa, divertido, su turbación.

—No te preocupes, hermano mío. Esta noche todo lo que has visto volverá en sueños y borrará tu miedo de saber. Ven, es tiempo ya de que vayamos al pueblo.

Gabriel le sigue por las empinadas escaleras que se dirigen al camino trazado a lo largo del Wilcamayo. Cuando llegan a la mitad de la pendiente, un profundo canto llena todo el valle. No ha oído la señal y, sin embargo, miles de obreros abandonan su labor. Los de la cantera y los de las fortificaciones, los de las fuentes y los de los templos, los canteros, los carpinteros, los que arrastran y los que cincelan, todos al mismo tiempo se vuelven hacia el sol y entonan un canto de salutación al astro, que, en el oeste, comienza a ponerse detrás de las montañas.

Aun a su pesar, Gabriel levanta también las palmas hacia el cielo y, sin abrir la boca, se une silenciosamente al canto del universo.

11

OLLANTAYTAMBO, AGOSTO DE 1536

—A veces —dice Gabriel— tengo la impresión de que Katari ha lanzado de nuevo su piedra que detiene el tiempo.

—¿Y quién te dice que no lo haya hecho?

Sonríen ambos, y la mano de Anamaya roza la de Gabriel. Ante los demás —es decir, siempre salvo de noche—, procuran no tocarse, pero a ella le gusta, a veces, provocarlo con un zarpazo, una imprevista dulzura, y sentir el estremecimiento que le recorre. En este universo, van cada día de piedra en piedra: hacia el frescor de las fuentes, al templo del Hermano-Doble, por el camino donde se alinean los *collcas*...

A decir verdad, van a donde les guían sus pasos, pues su amor encuentra, en todas partes, donde posarse y crecer.

Gabriel está deslumbrado.

Ciertas jornadas son catedrales de silencio, dedicadas a la pura belleza, al azul del cielo, al paso de los vientos. Hay otras, por el contrario, en que necesitan hablar interminablemente, decírselo todo, contárselo todo... Pasan de una lengua a otra con facilidad, sin darse cuenta, aturdiéndose con las palabras del otro.

Pero tanto callando como en plena conversación, Gabriel tiene cada día la impresión de que su corazón se ensancha.

Siempre está el misterio de sus ojos azules, claro está, por los que a veces, sin razón aparente, pasa la nube de una inquietud, de un secreto. No le hace preguntas y se limita a sondear la profundidad de sus respuestas; no es ya aquel amante celoso, sombrío, aquel soldado ingenuo. Sí, se siente hombre; no realmente sabio, pero, en cualquier caso, más tranquilo, y para decirlo, busca una palabra que le sorprende cuando la deja brotar de sus labios: feliz.

Su vida pasada regresa a oleadas: el sufrimiento de niño rechazado, los entusiasmos de adolescente, doña Francisca, la cárcel, el sueño de libertad y de gloria, el deseo de hacerse un nombre... Advierte que en ningún momento había permitido que la idea de felicidad le llegara al corazón. Es tan frágil aún que no se abandona por completo a ella; pero cuando cierra los ojos bajo la caricia del sol, bañado por el sentimiento de la presencia de Anamaya, le parece que la vida es increíblemente más hermosa que los pobres sueños que de ella había tenido.

—¿Sueñas, puma?
—No importa quién de los dos sueñe, siempre que el otro esté con él en su sueño.

Se encuentran a media ladera, muy por encima ya del largo trapecio dibujado por las *canchas* de la ciudad, algo más abajo que la salida de la rampa de la cantera y las obras del gran templo, que, ahora, Gabriel nunca mira sin pensar en la iniciación de Katari. Frente a ellos se dibuja el perfil del rostro-montaña que descubrió con ella en la primera alborada. No se cansa de regresar a él y contemplar su misterio. Pues aunque Anamaya le revele todo el relato de su vida, aunque sepa que estuvo junto al inca en el momento de su muerte, su boca se sella cuando llega la hora de evocar los secretos que le confió. Con la benevolencia —ilusoria tal vez— que da el amor, Gabriel no la tortura con sus preguntas.

—Cierra los ojos —dice ella.

Él obedece con una docilidad de niño. Acariciando dulcemente su mano, Anamaya le pide, en silencio, con su espíritu, que se vacíe de todo lo que fue guerra y se abandone, con ella, más allá del deseo, más allá de los sentimientos, al agua y la piedra. Su cuerpo está relajado, y ella siente que se le ha entregado por entero.

Puede decirle tan poco... Debe hacer todo el camino solo; no hay otro modo. Cuando haya llegado al final, las palabras acudirán a su boca. Pero antes, ella sólo puede mostrarle el recorrido del sol y el lugar de las estrellas, esperando que suba sobre los vientos, que siga el hilo del agua.

—Abre los ojos ahora.

Gabriel se frota el rostro como si llegara a la vida por primera vez.

—Bueno, ¿qué ves?

Los ojos de Gabriel brillan con una risa infantil.

—Veo que te amo, amor mío, con tanta fuerza, con tanta violencia...

—¡Ni un movimiento, puma! Sé serio. Dime qué veías...

—Veía lo que se ve con los ojos cerrados: manchas de color que bailan y, cerca de la luz del sol, una luz más fuerte, una calidez... Aunque me hayas dicho que no pensara en nada, me recordaba en mi caballo blanco y sentía silbar a mi alrededor las piedras y las flechas...

A Anamaya le palpita el corazón.

—Alguien eligió por mí, ¿no es cierto? ¿Es lo que debo creer?

—No tengo respuestas para estas preguntas, puma. Cuando estén en tu interior sabrás lo que debas saber.

—Me hablas con enigmas.

—Lo que sé, lo sé también por enigmas. Y soy yo la que debo llevar mi cuerpo hacia todas las cosas para descifrarlos...

—Llévalo, pues —dice Gabriel, conteniendo de nuevo la risa—; llévalo hasta mí y descubrirás...

Dulcemente, Anamaya se apoya en él con la ligereza de la pluma. Cierra los ojos de nuevo, pero, esta vez, le es imposible escapar a la pura y simple felicidad de tenerla junto a él, de sentir su templanza y su pasión. Y le es imposible pensar en algo más que en el amor. Con súbito gesto, tiende hacia ella su brazo; pero Anamaya escapa de un brinco y, cuando su mano se cierra, sólo agarra sombra y viento.

Ella está de pie, con la mirada vuelta hacia los *collcas*, donde unos porteadores pesadamente cargados dejan sus mantas llenas de mazorcas de maíz, verdes y doradas.

—Villa Oma ha vuelto a enfrentarse con Manco esta mañana...

El rostro de Gabriel se ensombrece. La guerra... Hablan poco, pero no pueden ignorar esa guerra que estuvo a punto de separarlos; esa guerra de la que él no se atreve a pedir noticias, esperando, contra toda lógica, que cierta mañana sabrán que todo ha terminado con un gran baile alrededor del Aucaypata...

—¿Desea aún convertirme en tambor?

—Reprocha a Manco no haber atacado Cuzco antes y haber enviado ejércitos a combatir contra los refuerzos que tu Pizarro consiguió movilizar, en vez de concentrar todas nuestras fuerzas contra la ciudad... Dice que, salvo con un desesperado esfuerzo, la batalla pronto estará perdida.

—¿Y qué piensa Manco?
—Manco es un guerrero cuya determinación se ha vuelto inquebrantable por las humillaciones de Gonzalo...
—Eso no significa que vaya a ganar.
—Llegará hasta el fin, aunque esta guerra no pueda ganarse.
—¿Y qué crees tú?
La mirada de Anamaya huye de Gabriel hacia la lejanía.
—Creo que algún día acabará.
Gabriel suelta una risita triste.
—Incluso yo, que no poseo secreto alguno, lo sé también.
—Incluso yo, que poseo secretos, soy al mismo tiempo la mayor de las ignorantes. Sin embargo, sé que el fin de la guerra nos hará libres, puma. Pero mientras dure...
Anamaya se ha agachado a su lado y se apoya en él, poniendo la cabeza en su hombro.
—No lo digas —susurra él.
Una hilera de canteros pasa ante ellos y, a pesar de su timidez, Gabriel siente que los observan. Hace un movimiento para levantarse y, con una presión de la mano, Anamaya se lo impide.
Sí, Katari lanzó la piedra que detiene el tiempo, pero la ve ya cayendo y acercándose al suelo con excesiva rapidez.

El rumor cruza el valle a la velocidad de las hirvientes aguas del Wilcamayo. Ha sido llevado, de cumbre en cumbre, antes de que los *chaskis* lleguen ante el Único Señor Manco.

Una parte del ejército del general Quizo Yupanqui, al mando del altivo *apu* Quispe, regresa con numerosas y magníficas presas: armas españolas, vestiduras e, incluso, caballos... Los prisioneros están a pocos días.

El valle resuena con los cantos, los tambores y las trompas. Los obreros dejan de trabajar para admirar la llegada de los vencedores. Nadie ha tocado las armas, que se amontonan en unas parihuelas que los porteadores llevan con un respeto digno de la litera del inca.

Hay una decena de caballos rodeados, encerrados cada uno por una veintena de aterrados combatientes, cuyos miembros se unen para formar una especie de ronzal humano destinado a retenerlos.

Cuando la noticia ha llegado a Manco, ha querido salir al encuentro de los vencedores con algunos señores de su corte, lo ha pedido a Gabriel que tuviera a bien acompañarle junto a su litera, y Gabriel lo ha seguido sin haber tenido tiempo para pensar en el honor que se le hacía.

Al pie de las fortificaciones de Choquana, aguardan. Incluso Villa Oma está ahí, aunque se mantiene más atrás, encerrado en un silencio hostil y despectivo.

—Quisiera examinar contigo el uso de todas estas cosas —dice, sonriendo, Manco a Gabriel, tras haber bajado de la litera—. Quiero conocer el modo de vivir de tu pueblo.

Gabriel ve muy bien que está mirando las armas. Calla mientras todos los ojos se vuelven hacia él.

—No estoy seguro de que te sean útiles, Único Señor Manco —dice por fin.

—Pues me da la impresión de que van a serme muy útiles. No comprendo lo que quieres decirme. Necesito que me lo expliques...

Afortunadamente para Gabriel, cuya turbación aumenta sin cesar, el tumulto de la tropa está muy cerca.

Mientras *apu* Quispe se prosterna a los pies de Manco, los señores se acercan en silencio a las parihuelas del botín: espadas, escudos, lanzas, morriones, cotas de malla, petos de cuero e, incluso, piezas de artillería... Cada una de las piezas hace que el corazón de Gabriel dé un salto, pues despiertan en él, en desorden, las imágenes de las batallas en las que ha participado. Si le quedaba alguna duda sobre la duración de la guerra, ha desaparecido ya.

Tras las armas vienen unos porteadores a pie que despliegan sus mantas, y luego dos parihuelas atestadas de una variedad de esas inútiles riquezas que, desde hace dos años, han llegado de España: brocados y sedas, telas de fino paño, pero también jarras de vino, conservas y otros géneros. Incluso hay cerdos vivos, cuyos lamentables gritos y cuyo aspecto arrancan muecas asqueadas de los indios, que procuran permanecer impasibles ante esos tesoros.

Los caballos despiertan la admiración de todos. No están tan lejos los tiempos en los que algunos se preguntaban si el jinete y su montura formaban un solo y mismo ser de fabuloso poder. Gabriel recuerda el miedo de los hombres de Atahuallpa, en Cajamarca, y el furor del inca... Aquí, la mayoría de los indios nunca habían tenido ocasión de acercarse a los caballos, que les están estrictamente prohibidos por los españoles, como las armas de acero, so pena de muerte. Tener algunas en su posesión es una victoria que les llena de orgullo.

—¿Qué te parece? —pregunta Manco.

—No vale el rescate de tu hermano Atahuallpa —dice Gabriel con voz neutra—, pero puedes estar contento.

La prudencia del conquistador hace sonreír a Manco, que se aparta y hace un signo al general vencedor para que se levante.

—Cuéntame tu victoria, *apu* Quispe, y habla en voz alta para que ninguno de nosotros ignore las hazañas de los combatientes incas.

—El ejército al mando de tu fiel general Quizo Yupanqui sorprendió a un destacamento extranjero de setenta jinetes y otros tantos combatientes a pie. Iban todos bien armados. Se dirigían a socorrer a los de Cuzco. Durante días y días los seguimos sin que adivinasen nuestra presencia; les esperamos en el desfiladero del río Pampas, cuando acababan de atravesar la puna de Huaitara. Los recibimos a pedradas y pudimos así matar a la mayor parte. Los supervivientes están prisioneros y nos siguen bien escoltados. He aquí sus caballos.

El soldado no está acostumbrado a expresarse. Sus frases son breves y entrecortadas, y su voz ronca no resuena mientras mantiene los ojos en sus sandalias.

—¿Lo oyes, Villa Oma? —pregunta Manco, visiblemente encantado.

El sabio no responde.

—Hay más noticias —añade el hombre.

—Dilas.

El hombre vacila, intimidado.

—Tu general Quizo Yupanqui sabe que otra fuerza española se acerca y se prepara para destruirla también, con la ayuda de Inti. Pero hemos recibido, asimismo, mensajes procedentes del sur...

La mirada de Manco se ilumina. El sur es la dirección en la que se encuentra su hermano Paullu con su ejército, pretextando apoyar la conquista de Diego de Almagro, *el Tuerto*. En cuanto recibiera la noticia del ataque a Cuzco, tenía que destruir por sorpresa a su «nuevo amigo» para regresar a la capital inca y unirse al levantamiento general.

—¿Se ha puesto en camino mi hermano?

—Sí, Único Señor, pero...

—¿Pero?

—Acompaña al ejército de Almagro y le ofrece ayuda en todo, como desde su partida. Además, habiendo tenido ocasión, durante varios combates, de infligir daños a los extranjeros, no sólo no ha dado la orden de hacerlo, sino que se ha aliado con ellos.

—¿Aliado? ¿Mi hermano? Si no me hubieras traído la noticia de la victoria de Quizo, te haría cortar los labios y la lengua por haber dicho semejante impiedad.

—¡Pues habrá que cortar los labios y la lengua de muchos señores, Manco!

La voz de Villa Oma sorprende a todo el mundo. Es seca y sibilante.

—Todos sabemos que tu alianza con Paullu sólo existe ya en tu espíritu...

—¡Mi hermano nunca va a traicionarme!

—Tienes razón, Manco: no necesitará traicionarte porque te ha traicionado ya, y sólo tu ingenuidad y tu debilidad dejan de verlo.

La rabia hace temblar a Manco.

—Vas a callar, falso sabio. En nombre de nuestro padre Huayna Capac y de la ayuda que antaño me proporcionaste, no te desgarro con mis propias manos, como tus palabras merecen.

Villa Oma calla, pero su mirada no se aparta.

El corazón de Gabriel palpita con grandes latidos. Es la primera vez que es testigo de semejante estallido de tensión entre los incas, y nada bueno ve en ello para el futuro. La guerra le ha alcanzado antes de lo que creía, y siente que no le abandonará ya.

Manco, espumeando, se dirige hacia las primeras parihuelas donde se amontonan las armas. Toma una espada y la blande con facilidad.

—He aprendido, Villa Oma; he aprendido del relato de la gran matanza. He aprendido que éramos como niños ante ellos cuando nos dejábamos degollar, y me he prometido que eso no sucedería nunca más. He aprendido de la terrible guerra entre nuestros hermanos Atahuallpa y Huascar, y también he prometido que eso no volvería a suceder. Antes de su partida con el hombre del único ojo, mi hermano Paullu y yo hicimos el juramento de sangre, el que está desde siempre entre nosotros... Y ahora, por primera vez, tomamos sus armas, los vencemos en batallas, los asediamos y vemos el miedo, el verdadero miedo brillando en el fondo de sus ojos, y tú me hablas de mi debilidad y cuentas leyendas sobre mi hermano.

Manco hace girar la espada y ofrece la hoja al sol.

—Los derrotaré —aúlla— con nuestras armas y con las suyas; los derrotaré en las montañas y en los llanos, en las rocas y en el mar salado; los derrotaré, los destruiré y los ofreceré en sacrificio a los dioses, para que nuestra tierra recupere la paz y el poderío pasados.

Manco calla. La multitud permanece silenciosa, apenas recorrida por un murmullo. Manco deja caer el arma y se dirige hacia los caballos. Ante él, los hombres se apartan y caen boca abajo.

—Voy a montar sus caballos —dice Manco en un tono más tranquilo, de pronto.

—¿Quién va a enseñarte? —pregunta Gabriel.

—Tú.

12

OLLANTAYTAMBO, VERANO DE 1536

Gabriel ha ensillado los dos caballos hablándoles con dulzura, acompañando sus precisos movimientos con algunas palmadas afectuosas. Todos los ojos están clavados en él y evita cualquier brusquedad. Cuando termina de sujetar la cincha del gran caballo blanco, lanza una ojeada a Manco para regular la longitud de los estribos; se reserva un hermoso alazán, cuyo pelaje leonado e inteligente cabeza lo han seducido. «Tú serás el tercero», piensa con una sonrisa. Luego les pone el bocado y la brida, y se acerca al inca.

—Estamos listos.

Manco está sorprendido. No es adecuado a la dignidad del inca exponerse a la torpeza ante los señores, y a poca distancia de miles de ojos, pero Gabriel le evita el riesgo.

—Caminaremos llevándolos de la brida hasta el puente. De todos modos, tenemos que cruzarlo a pie. Y montaremos luego, al abrigo de las miradas, en el recodo del camino, antes de entrar en la ciudad. ¿Te parece adecuado, Único Señor?

Manco ha tomado la brida sin vacilar e inclina la cabeza.

—¡No le escuches, Manco! —exclama Villa Oma—. No olvides de dónde viene y que puede tenderte una trampa.

—Me gustabas más en silencio —replica Manco, alejándose—. Que ninguno de vosotros se mueva de aquí antes de haberme visto entrar por delante del extranjero en la ciudad.

Desde Choquana, el camino es recto, flanqueado a cada lado por un murete bien dispuesto. Gabriel lo ha recorrido prisionero, atado, admirando, como a través de una bruma, el paisaje de la ciudad, de las terrazas y del templo. Piensa en esa ironía: lleva ahora un caballo de la brida, guiando solo al inca, privilegio que, sin duda, únicamente está reservado a Anamaya y a un reducido grupo.

—¡Debo darte las gracias de nuevo, Único Señor Manco!

Manco intenta no volverse muy a menudo para vigilar los imprevistos movimientos del animal, que le sigue con aparente docilidad. Gabriel advierte que lleva la brida ni demasiado corta ni demasiado larga y que su cuerpo no manifiesta ninguna crispación, ninguna aprensión.

—Ya te lo he dicho: no debes agradecérmelo a mí, sino a Anamaya. Ella me habló de ti hace ya mucho tiempo y sé que tu muerte la habría desesperado...

—También sabes que tenemos enemigos comunes...

El rostro de Manco se ensombrece.

—El tal Gonzalo Pizarro es un ser surgido del Mundo de Abajo, un monstruo al que habría que destruir.

—Tal vez no ignores que lo intenté y puse en peligro mi vida. Temo que, tras la muerte de Juan, adquiera un poder sin límites...

—Nada comprendo de todo eso —dice Manco— y no quiero comprenderlo. Para mí, todos esos hermanos tienen el rostro de los extranjeros que quieren arrebatárnoslo todo. Sé que Atahuallpa confió en el *Kapitu* Pizarro y sé lo que fue de él.

—Y sin embargo, has confiado en mí.

Manco no responde al comentario. Los dos hombres caminan en silencio, y Gabriel admira las terrazas a pico. Un centenar de pasos ante ellos, ve el puente colgante y, en medio del río, el insólito pilar de piedra que lo sostiene.

—No me gustan esos hombres, Único Señor Manco; no soy su amigo. Cuando ha sido preciso combatir, he combatido; pero seguro que la princesa Anamaya te ha dicho que nunca he faltado a mi palabra y que espero la paz para vuestro país...

—¿Eres su rey? ¿Mandas sus ejércitos?

—Serán necesarios hombres como yo, Único Señor Manco, cuando esta guerra haya terminado...

—Sólo hay un modo de terminar esta guerra: que nosotros la ganemos.

Le toca a Gabriel, ahora, permanecer silencioso.

—He aprendido a conocer vuestra historia —dice por fin— y creo que hay en vosotros una sabiduría que vale tanto como la nuestra. Pero se necesita tiempo; se necesitan palabras y regalos...

—He tenido que respetarte por la fuerza y creo que eres un hombre valeroso; te concedo el apodo de *puma* que te dieron... Pero ¿cómo me hablas de tiempo y de regalos, de sabiduría y de buenas palabras cuando los tuyos sólo me han supuesto rabia y destrucción, pillaje y humillación? ¿Debo escucharte sólo a ti e ignorar los templos destruidos, las mujeres violadas, las traiciones, los robos, mi pueblo reducido a la esclavitud? ¿Debo olvidar lo que yo he sufrido?

—¿Estás seguro de que quieres cruzar este puente solo conmigo?

—No lo comprendes. Quiero que me guíes por este puente. Quiero que me enseñes a montar estos animales. Quiero que nos muestres el manejo de las armas, su fabricación... Quiero que nos ayudes.

—Cruzaré primero yo —dice Gabriel, vendando los ojos a los caballos.

—¡Ya he cruzado antes puentes!

—¡En la litera del inca!

—Antes de conocer las literas, fui un fugitivo y un vagabundo... Créeme, he cruzado muchos puentes por los que tú no pasarías.

—Aguarda a que llegue al pilar central del puente para ponerte en marcha. Me detendré y te ayudaré si es preciso.

—No será necesario.

Al pasar las dos columnas que marcan la entrada del puente, Gabriel admira la decisión de Manco, pero eso no disminuye la profunda angustia que le habita. En pleno amanecer aún, se sentía lleno de una tranquila certeza, y la luz de los ojos de Anamaya daba respuesta a todas las preguntas. Pero las palabras de Manco le han impresionado y le han hecho vacilar. Le turban más que las primeras ondulaciones del puente. Es imposible ignorarlas; es imposible limitarse a las respuestas torpes, pretenciosas, que ha dado...

El alazán lo sigue con notable docilidad.

—Tienes que avanzar con paso regular para no asustar al caballo.

—Sé lo que hay que hacer —dice Manco.

Su enojo es tan visible que Gabriel no le molesta con más consejos. Siente la tranquilidad del alazán que le sigue, y la ondulación del piso del puente colgante no le desconcierta ya como antaño; ahora también las aguas que levantan los hervores le son familiares.

Sin embargo, cuando siente bajo sus pasos la plataforma sólida del pilar, está a punto de caer y debe agarrarse a la sólida cuerda de fibra de pita que sirve de barandilla para no perder pie. Al otro extremo del puente, sola, los aguarda Anamaya.

A veces, a fuerza de verle en su atavío indio, Anamaya olvida que Gabriel no es de los suyos. Aunque pronuncie algunas palabras en quechua con un extraño acento, aunque algunos días los pelos rubios invadan su rostro, nada extranjero siente ya en él.

Pero viendo a lo lejos su silueta mientras guía un caballo, ha recordado fulminantemente su primer encuentro, cerca de Cajamarca, y la impresión que esos animales habían hecho en Atahuallpa y los suyos. Un inesperado estremecimiento de pánico la sacude antes de que se sobreponga.

Gabriel se acerca y ella percibe su asombro. Cincuenta pasos más atrás ve a Manco llevando el gran caballo blanco.

—¿Por qué has venido?

—También yo quiero que me enseñes a montar a caballo —dice Anamaya.

El camino hace un recodo que los oculta de las indiscretas miradas de los señores que han acompañado a Manco. Están demasiado lejos de la puerta de la ciudad para que desde allí los vean.

Manco no ha manifestado sorpresa alguna viendo a Anamaya y nada ha preguntado cuando Gabriel ha acortado, para ella, los estribos. Gabriel los ejercita uno tras otro; les enseña con voz suave a montar en la silla sin asustar al animal, a sujetar la brida, ni muy corta ni muy larga, a ir al paso.

Un campo cuya quinua ha sido ya cortada le sirve de picadero y los conduce, uno tras otro, sujetando los caballos con un ronzal.

Dice: «¡Vamos!» Dice: «¡Despacio!»

A Anamaya le gusta el sonido de su voz dando órdenes y le

gusta la confianza que nace en ella, sus piernas desnudas rodeando aquel cuerpo vivo, tan extraño y lleno de una potencia que sabe temible. Observa a Manco, alumno aplicado, impaciente, cuyos talones desnudos aprietan los lomos del caballo blanco como para decirle que es ya su dueño.

Cuando dominan bastante el paso, Gabriel inicia el primer trote. Anamaya contempla con sorpresa el porte de Manco, que parece haberse adaptado con naturalidad al ritmo del caballo blanco. Cuando le llega el turno, se acostumbra también sin dificultades a aquel movimiento entrecortado, dejándose resbalar como a lo largo de un río.

Gabriel suda.

—Quiero ir más de prisa —dice Manco—; quiero ir a la velocidad que lleváis cuando vais lanzados.

—¿Al galope?

—Al galope.

—Te caerías —dice Gabriel—. Necesitas aún lecciones. Acostumbrarte al caballo y que el caballo se acostumbre a ti...

—¡Quiero ir al galope hoy!

Ha fruncido el ceño, frente de niño que Anamaya conoce desde el día del *huarachiku*, hace ya tantos años.

Gabriel, sin decir una palabra, suelta el ronzal y echa una ojeada a Manco. Dando una palmada, alentándolo con un grito, lanza al caballo, que vacila y sacude la cabeza como si intentara reconocer al que lo monta. Entonces, Gabriel, apretando los dientes, le azota la grupa con el extremo del ronzal. Se lanza en seguida a un trote nervioso, enojado, atravesando el campo en línea recta. Manco es sacudido como una marioneta y pierde los estribos. Sus manos, por unos instantes, buscan hacer presa. Se agarra a la crin, pero las caderas se le bambolean de derecha a izquierda. El alazán no da treinta zancadas antes de que Manco resbale por los lomos y caiga pesadamente, soltando un ronco gruñido.

—¿Por qué le has dejado que lo hiciera? —pregunta Anamaya, que ha permanecido junto a Gabriel.

—¿Acaso no me lo ha pedido?

Allí, a lo lejos, Manco se levanta, esbozando un gesto de cólera hacia el caballo, que se ha detenido a pocos pasos y lo mira con ojos indiferentes. El inca vuelve hacia ellos sin querer frotarse los miembros, que deben de estar doloridos.

—Bueno —dice Gabriel sin contemplaciones—, ¿crees ahora lo que te he dicho?

—¡Quiero volver a empezar!
Gabriel suspira.

Durante toda la tarde y hasta el anochecer, Gabriel ejercita a Manco, que no se cansa de caer, de levantarse sin una protesta o un grito, sin un gesto de despecho.

Un servidor ha ido a buscar el alazán y se mantiene apartado, volviendo la espalda al Único Señor. Anamaya contempla simplemente a Gabriel, admirando la sobriedad de sus palabras, su paciencia, sintiendo poco a poco que la violencia de Manco se domestica, se adapta al animal.

Cuando el sol comienza a ocultarse detrás de las montañas, Manco consiente, por fin, en bajar del caballo.

—Nos enseñarás —le dice a Gabriel—; a mí y a los señores. Luego nos mostrarás el manejo de la espada, la pólvora...

—No haré eso —dice Gabriel.

—¿No estás contra Gonzalo?

—Depuse las armas cuando tomamos la última torre de Sacsayhuaman, Único Señor Manco, y juré que nunca más volvería a tomarlas, ni contra los tuyos ni contra los míos.

Anamaya contempla a ambos hombres, erguidos uno frente a otro. Gabriel se obliga a la tranquilidad de los gestos mientras desensilla el caballo blanco, cuyos flancos están empapados de sudor. Manco se mantiene inmóvil, con los ojos y la boca alargados como una rendija a causa del furor.

—¿Qué significa ser el puma? —pregunta Manco, volviéndose hacia Anamaya—. ¿Comer nuestro maíz y nuestra quinua? ¿Apartarte de tus deberes para con el Hermano-Doble? ¿Qué es esta especie de puma, desconocida en nuestras montañas, que se niega a combatir?

—Está diciendo la verdad —afirma tranquilamente Anamaya.

—¿La verdad?

Manco los contempla uno tras otro, incitado por la violencia y, luego, por la ironía. Calla. El canto nocturno resuena en todo el valle, de terraza en terraza, y una luz dorada desciende sobre las *canchas*.

—La guerra existe, lo quieras o no, extranjero. La guerra existe porque sólo puede ser así desde que violasteis nuestra tierra...

—No digo lo contrario, Único Señor Manco.

—¿Cómo puedes, entonces, no estar ni con un bando ni con el otro?

Extrañamente, la agitación de Gabriel se ha calmado, como si para él se abriera una verdad que, hasta entonces, le había permanecido oculta.

—Tal vez ser el puma sea precisamente eso —dice Anamaya.

Una vez más, los labios de Manco permanecen cerrados. Su mano se levanta hacia Gabriel, pero sin amenaza, con una intención que no llega a comprender. Sigue inmóvil. Manco esboza, incluso, una ligera sonrisa.

—Ensilla de nuevo este caballo —dice Manco—, te lo ruego, extranjero que no combate, puma que no desgarra, ¡y mira!

Gabriel lo hace y ayuda a Manco a subir a la silla.

El inca se aleja hacia la ciudad, primero al paso; luego, al trote, y por fin, a un galope que levanta el polvo del camino.

Cuando sólo ven un punto negro en el horizonte de los muros de la ciudad, oyen el clamor que se levanta, más fuerte que los cantos, más profundo que las trompas y los tambores.

Con lento paso, Gabriel se dirige al servidor que ha permanecido, durante todo aquel tiempo, vuelto de espaldas y sujetando el caballo por la brida. «Ve», le dice al hombre cuyos ojos no se separan del suelo, como si él, Gabriel, fuera el inca. El servidor desaparece corriendo.

Gabriel monta de un ágil brinco, recuperando el cuero familiar de la silla, el amado calor del animal. Se inclina hacia Anamaya y le tiende los brazos. Ella se agarra a él, confiada.

Van al paso, lo más lentamente que pueden. Mientras la noche cae y la oscuridad los sumerge y los protege, no necesitan palabra alguna para sentir una poderosa nostalgia.

Es la del jinete que, al mismo tiempo que cabalga, lleva en sus brazos a la mujer que ama.

Es la del día de Cajamarca, cuando la arrancó de los pataleos y la matanza, y su destino se le apareció, por primera vez, en un torbellino de polvo y sudor.

13

OLLANTAYTAMBO, OCTUBRE DE 1536

En el patio de la *cancha* real, las sombras se agitan en la oscuridad, frotando el suelo con sus sandalias de paja. Se trate del gran Huayna Capac, de Atahuallpa o de Manco, los dioses quieren que el servicio del inca —el Hijo del Sol— se lleve a cabo de acuerdo con los ritos y costumbres. Lo que ha sido es de nuevo, lo que es será... Los vestidos del inca, de la más fina lana de vicuña, sólo se llevan una vez; su mano no toca el alimento; se conserva de él hasta el menor cabello... Para que así sea, una incesante danza, bien ordenada y silenciosa, no deja de rodearlo.

En mitad del patio hay una fuente. Está compuesta por una simple piedra cuadrada, en cuyo centro brota el agua, que fluye en las Cuatro Direcciones por cuatro canales de piedra tallados en el bloque y que atraviesan luego el patio. La energía del agua va hacia el centro antes de dirigirse, de nuevo, a irrigar el Imperio de las Cuatro Direcciones...

Cada día que pasa, Anamaya advierte esos detalles que fueron tan naturales, como el aire que respiraba, y sobre los que ahora se interroga. Desde que tuvo la visión, siente la secreta grieta en el corazón del Imperio: lo que es eterno debe permanecer, pero no todo está destinado a ello, y tal vez cierto símbolo, que creían que iba a durar siempre, sólo sea para los dioses el aleteo de un colibrí.

Al otro lado del cortinaje, Anamaya oye las dos voces: la enternecida y gruñona de Manco, y la del hijo que prefiere, el pequeño Titu Cusi, que le dio una mujer que murió en el parto. Su esposa, la dulce y hermosa Curi Ocllo, vela hoy por él con amor.

Mientras estaba en Calca, Manco no se ocupó de su hijo, pero llegado a Ollantaytambo lo llamó a su lado y no pasa noche sin jugar con él.

—¡Más fuerte! ¡Vamos, con los talones! —dice la voz grave de Manco.

—¡Venga, más de prisa aún! —dice la voz aguda, sobreexcitada, del muchachito.

Anamaya cruza el cortinaje sin que se opongan los dos guardias, que, impasibles, vigilan la puerta del Único Señor.

A la luz de las antorchas, ve a Titu Cusi cabalgando sobre su padre y golpeando sus caderas con grandes molinetes.

—¡Más de prisa, caballo! ¡Más de prisa! —lo incita.

Manco se mueve a brincos por la alfombra y los almohadones que cubren casi por completo la estancia, y es para Anamaya una visión más insólita aún la de ese caballo-inca montado por un mozalbete que da saltos entre plumas y los más finos *cumbis*.

—¡Mira, Anamaya! —dice Titu Cusi—. Sé montar a caballo, como mi padre.

Con un ágil movimiento, Manco hace resbalar a su hijo hasta el suelo y lo toma en sus poderosos brazos para besarlo hasta ahogarse.

—Vete ahora —dice dejándolo en el suelo.

El niño, cuyos cabellos largos y negros enmarcan un rostro iluminado por dos ojos brillantes de malicia e inteligencia, corre por la habitación.

—¡Hasta mañana para la lección, caballo! ¡Que estés listo! —grita.

Anamaya sonríe a Manco.

—De entre todos los hermanos, éste es el elegido, ¿no es cierto?

El rostro de Manco se ha ensombrecido.

—Es el mayor... Es el que me aporta su impulso, su confianza... Ha sido criado por Curi Ocllo; se alimentó con la leche y la fuerza de la mujer a la que amo. Cuando está en mis brazos, pienso en el amor que siento por la *Coya* y olvido por un instante las preocupaciones de la guerra y tu ausencia.

Las últimas palabras han restallado con tristeza.

—¿Mi ausencia?

—Sé que estás aquí, sé que te ocupas del Hermano-Doble, pero...

—¿Pero?

—Tengo la impresión de que te has marchado ya con él y la suerte de nuestra guerra te es indiferente.

—Te equivocas, Manco. Oigo hablar de nuestros éxitos con alegría, y el rumor de nuestras derrotas me entristece el corazón. Pero las palabras de tu padre Huayna Capac no dejan de resonar en mí, y van más allá de la guerra.

Manco suelta una seca risita.

—¿Hay, pues, un más allá de la guerra? Siempre has estado a mi lado, Anamaya. Me impulsaste a dirigir la revuelta y eres tú, ahora, la que me habla del más allá de la guerra. ¡En el momento decisivo! Mi querido hermano Quizo Yupanqui ha fracasado en su ataque a Lima. Ha muerto en el combate. Por fortuna, Illac Topa y Tisoc, y muchos más, han tomado el relevo. Pero ¿y tú? Me parece que no hace tanto tiempo que tú misma habrías lanzado piedras con la honda para hacer esta guerra. ¿Qué te ha sucedido para que ya sólo quieras ver más allá?

—Voy a decírtelo, hermano Manco.

Anamaya le habla a Manco largo rato. Evoca con ternura su historia, iniciada cuando ella era sólo una joven princesa que había escapado por los pelos de la muerte. Él le recuerda la serpiente que apartó de su camino; hablan de Guaypar, el enemigo jurado, y del rumor que afirma que ha aparecido de nuevo dirigiendo un ejército junto a los españoles. Durante todo aquel tiempo, Anamaya vacila; las palabras de Huayna Capac están en ella: «Sabréis lo que debe mantenerse en silencio y lo callaréis.» ¿Qué debe callar y qué debe decir a Manco?

—Prometí quedarme contigo y me quedo contigo. Lo prometí cuando me encontraste con los extranjeros y, desde entonces, sabes que he cumplido mi promesa.

—He hablado con Katari y calla. Te hablo y callas también. Sé que has cumplido tu promesa, y nunca has oído un reproche que brotara de mi boca. ¿Has visto cómo te mira el sabio Villa Oma? ¿Me has oído decir una sola palabra que aliente sus amenazas? Pero tu silencio, tu silencio pesa en mí, resuena en mí durante la noche y me pregunto...

Mientras él cuenta sus dudas, Anamaya oye la terrible voz de Huayna Capac: «Y nosotros, los incas, tendremos que ser humillados, esclavos de la vergüenza... Pero no moriremos... La sangre del hermano, la sangre del amigo, se derraman con más generosidad que la del enemigo: es la señal.»

—... me pregunto por qué combato si Paullu y tú, que habéis estado conmigo desde el comienzo, os apartáis de mí. Incluso Villa Oma piensa en hacer la guerra por su lado. Illac Topa está al norte, y Tisoc, al sur, pero pocas veces me rinden cuentas. ¡Cada cual por su lado! ¡Es una locura!

Anamaya quisiera responderle, pero se da cuenta de que no hay respuesta. No puede decirle que, sin duda, las palabras de Huayna Capac lo condenan; su silencio lo encierra en una guerra inevitable donde está solo, como un niño que combatiera con las sombras, con los árboles.

—Tú me alentabas —prosigue Manco—, tú me llamabas el «primer nudo de los tiempos futuros»... Eso no significaba nada, era puro ruido, un soplo de viento nada más...

—Eres valeroso, Manco; la nobleza arde en ti como una llama.

—¡Pero no servirá de nada! Si aprendo a montar a caballo, el caballo caerá; si manejo la espada, se romperá; si mil flechas emprenden el vuelo, volverán a caer...

—Lo que tu padre me dijo —articula a regañadientes Anamaya— resulta oscuro para mí misma. Le doy vueltas a las palabras y se me aparecen mientras duermo, a modo de un sueño, como enigmas que nunca consigo descifrar. Pero cuanto más están en mí, más ignorante me siento. Sólo sé que esta destrucción tiene un fin... Pero no sé lo que viene después.

—¿Y ese fin es el nuestro?

—Dirígete a Katari: él conoce los tiempos.

Manco da vueltas entre sus dedos a una piedra negra de agudas aristas. La deja caer ante sus pies.

—El hombre que lo puede todo no puede nada —suspira—, ¿no es cierto?

Una vez más, Anamaya debe callar.

—De todos modos, hay algo —dice.

—¿Qué?

—El puma.

La respiración de Anamaya se acelera y la expectación que la había abandonado asoma de nuevo.

—Tenía que ayudarnos y sus palabras demuestran que no es así.

—Puede ayudarnos sin llevar armas.

Manco barre la objeción con un gesto despectivo.

—¿Qué significa un amigo que no combate cuando tu enemigo ataca? ¡Un cobarde, nada más!

—Sabes muy bien que es valeroso.

—Lo sé. Pero sé también que si Villa Oma escucha las palabras del loco de tu puma, será ejecutado y nada podré hacer para oponerme. No quieres oír el rumor que ruge contra él en las terrazas y hasta en la cantera; a todos los que están aquí les gustaría asistir a su sacrificio...

—¡Tú no lo permitirás!

Manco respira despacio.

—Eso es lo más extraño. No, no lo permitiré —responde tras unos momentos.

14

OLLANTAYTAMBO, OCTUBRE DE 1536

El rostro que está ante él ha gemido antes de morir. La boca se ve deformada por un rictus que se ha detenido en un sufrimiento y un miedo atroces. Nunca se sabrá lo que ha ocurrido en aquella mirada, pues le han sacado los ojos: su cavidad es sólo un montón de carnes pútridas, de sangre negra y costras medio formadas.

Con una náusea, Gabriel se vuelve para no vomitar.

Reina en la amplia avenida que baja desde las *canchas* hasta el río Wilcamayo una animación que podría ser la de un mercado de España; pero allí donde se trocarían telas y especias, allí donde los cambistas prepararían sus balanzas, sólo se ven cadáveres.

La avenida está flanqueada por dos muros en los que se han practicado decenas de hornacinas del tamaño aproximado de un hombre. Y son en efecto hombres los que se exponen a la admiración de todos. Los indios, tan indiferentes por lo general, se los muestran con risas y gritos.

En las primeras hornacinas —las más cercanas a las *canchas*— se han expuesto los trofeos más selectos. Los cuerpos de una decena de españoles. Han sido deshuesados y transformados, no en tambores, sino en globos. La piel, vaciada por completo, ha sido de nuevo cosida e hinchada, reconstituyendo así una forma humana que tiene sólo una grotesca relación con el original.

Pese a su asco, Gabriel es incapaz de no pensar en una especie de cruel ironía: a aquellos hombres, creados por Dios, unos dioses extranjeros los han hecho de nuevo a imagen de sus crímenes: deformes, inmundos, desnaturalizados... Y sin embargo, es el hombre, siempre, incluso en esos desarticulados muñecos, el que está presente, como si en su crueldad los combatientes indios hubieran puesto de relieve la naturaleza del monstruo que en él se oculta.

Cada uno de los cuerpos está sujeto a una estaca y ocupa una hornacina.

Pese a su indignación interior y a su espanto, Gabriel se ve obligado a mirar uno a uno aquellos rostros, para ver si reconoce a un camarada. Los detestó, en su mayoría, y se aisló de ellos por su oposición a los Pizarro, por su relación, que les era incomprensible, con Anamaya; pero, para su sorpresa, se siente de pronto muy cercano a ellos, como si fuera él quien hubiera sido torturado y ejecutado, entre los aullidos de júbilo de los soldados incas, ebrios de sus primeras victorias, tan insaciables en el triunfo como habían sido humillados en la derrota.

Por fortuna, sólo descubre rostros desconocidos; probablemente eran refuerzos recién llegados de Panamá. Tienen la juventud enloquecida, asombrada, de quienes vinieron a buscar oro y encontraron la muerte en su lugar.

Después de los españoles vienen los esclavos negros, los del istmo, los aliados indios... Pero éstos no han sido sometidos al mismo tratamiento.

Han sido sencillamente decapitados, y sus cabezas están clavadas en picas envueltas en pieles de caballo, donde se distinguen aún, aquí y allá, las crines, los cascos o la cola. Gabriel piensa en ídolos paganos: éstos son las grotescas copias de los semidioses que algunos indios veían en ellos durante los primeros tiempos de la conquista.

Pobres dioses... Los blancos dientes de los esclavos han sido arrancados, las plumas multicolores del que fue su jefe están ennegrecidas por el polvo y el barro, y cuelgan, lamentablemente rotas, sobre su frente, que ya nunca se fruncirá. Algunos caciques cañaris han conservado su diadema de color, que se ha deslizado hasta el vacío espacio de los ojos, hasta la piel de gallina del cuello por donde ha corrido la sangre.

En medio de la muchedumbre que gesticula y comenta ruidosamente, Gabriel se siente brutal, irremediablemente solo.

De pronto, una mano se posa en su hombro y da un respingo.
—¡Katari!

El dueño de las piedras tiene un aspecto grave.

—No nos quedemos aquí.

Gabriel lo sigue. Los dos hombres se alejan por las callejas estrechas de las *canchas* hacia la empinada escalera que asciende en dirección al gran templo. En cuanto se ha apartado un poco del macabro espectáculo, Gabriel puede respirar con mayor libertad.

Cuando han llegado a la explanada del templo, Katari y él se sientan en una de las piedras que están en el suelo aún, a la espera de ser talladas y montadas. Desde que descubrió el lugar, se han levantado dos nuevos monolitos gigantes, separados como siempre de sus semejantes por la fina línea de la piedra en forma de caña.

—Corres peligro —dice Katari.

—Corro peligro desde que llegué aquí —declara apaciblemente Gabriel—. Y no corro más peligro que los desgraciados a los que acabo de ver. Qué barbarie...

Katari calla en un principio.

—Un hombre muerto es un hombre muerto —dice luego sencillamente.

—Tienes razón. No está más o menos muerto porque sea hecho pedazos, porque le cosan los testículos en la boca o le transformen en bandera o en globo...

Gabriel advierte, al hablar, que una amarga ironía empapa sus palabras. Él se creía ajeno ya a sus compañeros y ve que, en su interior, es aún su hermano.

—Los que han hecho eso quisieran pedirme que les ayudara a manejar las armas para matar más aún y convertirlos en Dios sabe qué nuevos trofeos. No me comprenden que sea así: no volveré a tomar las armas.

—¿A costa de tu vida?

Hay un inesperado temblor en la voz de Katari.

—Mi vida, mi vida... —murmura Gabriel—. ¿Sé, acaso, lo que es mi vida? Me la arrebataron y devolvieron sin que yo tuviera nada que ver.

—Eres el puma —dice con seriedad Katari—. Debes sobrevivir a todo esto.

Cuando está ante Anamaya, Gabriel se siente tan asfixiado de amor que su espíritu parece empañado, pero frente a Katari adquiere, por el contrario, una mayor lucidez.

—No si debo tomar las armas para...

—Lo sé —se impacienta Katari— y no te digo que debas hacerlo. Pero Anamaya y yo no podremos protegerte por mucho tiempo, y Manco no estará en condiciones de resistir a Villa Oma, para quien el espectáculo de esta sangrienta victoria es una inesperada ocasión.

—¿Y entonces?

—Entonces, tendrás que marcharte.

—¿Cuándo?

Resuena una explosión sin que Katari haya tenido tiempo de responder.

Mientras bajan por la escalera hacia las *canchas*, el corazón de Gabriel palpita enloquecido. Pero ignora si es la aprensión de un nuevo horror o la certidumbre, que dormía en él, de que tendrá que separarse, una vez más, de Anamaya.

Villa Oma se ha puesto un *unku* de color rojo sangre, del que emergen sus largos brazos de cadavérica delgadez.

—¿Queréis acabar como ellos? —aúlla señalando a los cuerpos exhibidos en las hornacinas.

Los dos españoles intentan mantener cierta dignidad, pero tiemblan de los pies a la cabeza. Gabriel está bien situado para saber lo evocador que puede resultar el espectáculo de sus camaradas.

—¿Qué ocurre? —pregunta con voz firme.

—¡He aquí el puma que brota de las profundidades! —ladra Villa Oma.

Gabriel se queda inmóvil ante el sabio. Una muchedumbre los rodea, pero no ve a Anamaya ni a Manco. Katari ha permanecido a su lado; es el único que le apoya entre una sorda hostilidad, atizada por el sabor de la sangre y el miedo que paraliza a los dos prisioneros vivos, cuyos tobillos y manos están atados.

—Nuestros combatientes han probado vuestras armas que escupen fuego —dice Villa Oma—, pero sólo han conseguido aterrorizarse sin alcanzar su objetivo.

Señala las hornacinas de siniestro contenido. No contentos con haber muerto en el terror, los infelices sirven ahora de blanco.

—Y éstos —prosigue Villa Oma, barriendo a los prisioneros con un ademán despectivo— han querido ayudarlos, pero el fuego ha estallado en el rostro de uno de nuestros guerreros.

—¿Qué ha ocurrido? —pregunta Gabriel, volviéndose hacia los españoles.

—Han querido poner más pólvora, y el cañón del arcabuz ha estallado —responde el más joven con una voz neutra.

—Es un accidente —le dice Gabriel a Villa Oma.

—¿Un accidente? ¡Son perros extranjeros y van a morir ahora!

Un grupo de indios se apodera de los dos prisioneros, que apenas resisten, y los arrastran hacia dos hornacinas próximas. Desnudan las dos estacas sobre las que se habían clavado unas cabezas, que caen y ruedan por el suelo, entre el polvo, acompañadas por las risas.

Gabriel se precipita ante los dos hombres.

—Quiero que los hombres que te rodean sepan quién eres realmente, Villa Oma.

La concurrencia se detiene, y el sabio parece mudo de sorpresa.

—Cuando yo estaba en el sur y presenciaba los sufrimientos que los más indignos de los míos hacían padecer a los de vuestro pueblo, quise avisar a este hombre —dice señalándole—. Tenía poder para hacer que cesaran, pues su voz y la de Paullu eran muy valiosas para los españoles. Pero no hizo nada...

—¡No le escuchéis! —exclama Villa Oma—. ¡Os miente!

Pese a sus palabras, la muchedumbre permanece silenciosa, y escucha al extranjero.

—Os dirá que estaba preparando la guerra para que vuestro pueblo se vengara, por fin, de los extranjeros. Pero yo os digo que en este hombre al que llamáis sabio se oculta una crueldad sin límites, que le llevará a la muerte, a él y a todos los que lo sigan. Los sufrimientos de la guerra son lo que son, pero si matáis a estos dos hombres, Inti caerá sobre vosotros.

Es demasiado para Villa Oma, que estalla.

—¡Escuchad cómo invoca a nuestros dioses! —vocifera—. Atadle como a los demás y que conozca su suerte.

Unos soldados se acercan y le agarran ya. Los guerreros se adelantan con un barrilete de pólvora y llenan con ella la boca de los dos prisioneros; otros se acercan con antorchas para prenderles fuego y quemarlos vivos.

Gabriel se debate con furia, pero es inútil. Busca en vano la mirada de Katari.

—¡Basta! —atrona la voz de Manco.

El inca ha aparecido en medio de la muchedumbre sin que

Gabriel lo viera. Soldados y señores se apartan, y sólo Villa Oma permanece frente a él, mientras el jugo verde de la coca corre por sus labios y su mentón.

—¡Inclínate ante tu Único Señor! —ordena a Villa Oma.

El sabio es el único que, desde siempre, prescinde de los necesarios signos de respeto debidos al inca. Sus ojos inyectados en sangre se clavan unos instantes en los de Manco, antes de inclinar el busto en un imperceptible movimiento.

Medio oculta detrás de Manco, Gabriel acaba de descubrir a Anamaya.

—¡Mira a tu alrededor, Manco! —prosigue Villa Oma—. Mira al *pachacuti* que ha comenzado ya y sométete a la mayor fuerza... Llamábamos dioses a los extranjeros, y mira lo que hemos hecho con ellos.

Villa Oma indica las hornacinas en las que yacen los que fueron hombres, mantenidos erguidos por un venablo de punta de bronce.

—Es el comienzo del cambio; es la paz que vuelve para nosotros y los nuestros...

—El *pachacuti* comenzó hace mucho tiempo, Villa Oma. Mi padre Huayna Capac fue su primera víctima, pero nos guía desde el más allá.

Villa Oma no escucha. Hay que aguzar el oído para oírle.

—Hay algo antiguo e impuro en ti... —murmura con la mirada perdida.

Cuando ha visto a Gabriel en peligro, Anamaya se ha quedado helada. Estaba lejos de las inciertas palabras de Huayna Capac y tenía miedo de las visiones que no ven nada, de las profecías que no anuncian nada.

Las callejas estrechas y rectilíneas de las *canchas* están atestadas de todos los indios del valle. Han dejado sus herramientas y han abandonado los campos, y su masa llena la ciudad de cabo a rabo. Sólo Anamaya resiste, en espíritu, al placer de muerte y sangre que hierve en ellos, fuerte como las aguas del Wilcamayo. Por encima de la muchedumbre se vuelve hacia el rostro del antepasado y lo llama para que la socorra.

—Ya no ves claro, Villa Oma. Tus ojos se enrojecen como los de Atahuallpa y en tu corazón hay un lago de sangre. Haces imprecaciones y haces sacrificios en secreto, no dejas de matar, pero has olvidado que nada eres sin el poder de los antepasados, nada sin los dioses que nos rodean...

—¡Algo impuro! —repite Villa Oma como si no hubiera oído nada—. Recuerdo el maldito día en que, a pesar de mis consejos, con el espíritu oscurecido por la sombra de la enfermedad, el gran Huayna Capac se negó a entregar al puma el cuerpo de una muchacha impura y, por el contrario, la tomó a su lado para decirle secretos que nadie ha sabido nunca... Debería habérsela arrebatado para acabar de una vez, pues he aquí que, en vez de ser devorada por el puma, lo ha hecho brotar de las entrañas de la tierra para que nosotros mismos seamos devorados...

—¡Por última vez, Villa Oma, cállate! Anamaya nunca ha traicionado a los incas y olvidas que nunca ha dejado de ser la *Coya Camaquen* elegida por Huayna Capac, y que tú mismo la guiaste por el camino... Anamaya es la tradición; es lo que era antes y lo que será más tarde...

Villa Oma calla. Su cuerpo entero se ve agitado por un movimiento interior y el *unku* parece ondular como un arroyo de sangre. No brotan ya palabras de sus labios, sino una baba que se transforma en burbujas de espuma y se mezcla con el verde jugo de la coca que nunca deja de mascar. Su tez cobriza se ha vuelto gris.

Luego, tras un violento esfuerzo, cada uno de sus miembros se endurece de furor.

—Debo retirarme. Adiós, mi Único Señor —articula a regañadientes.

Y con paso entrecortado, se dirige solo hacia el río.

A pesar de su rabia y su odio, a pesar de lo que parece separarlos ya, Anamaya oye resonar en sus últimas palabras el eco del respeto que niega a Manco y le concede, al alejarse, el recuerdo de la antigua alianza de los hermanos que se han vuelto enemigos.

15

OLLANTAYTAMBO, NOVIEMBRE DE 1536

En cuanto Villa Oma ha desaparecido, los soldados han rodeado a Gabriel y se lo han llevado entre el rugido de la muchedumbre hacia la *cancha* de Manco. El rostro de Anamaya, el de Katari, el del propio Manco han desaparecido, y Gabriel se siente como un frágil cesto arrastrado por el rápido curso de un torrente.

Cuando entra en el patio de la *cancha*, las mujeres se apartan y se encuentra solo junto a la fuente de las Cuatro Direcciones, con el corazón palpitante por haber escapado a la muerte, recordando las violentas palabras que se han dicho Manco y el sabio, preguntándose por el poder de la misteriosa protección de la que, al parecer, ha gozado una vez más.

—¿Todos los extranjeros son como tú?

Un muchachito de ojos negros y brillantes de curiosidad lo contempla sin temor alguno desde la altura que le dan sus cuatro o cinco años.

—¡Muchos son más malvados que yo! —responde con una sonrisa.

—¿Cómo te llamas?

—Gabriel.

El muchachito adopta un aire serio y reflexivo.

—Es un extraño nombre. No quiere decir nada.

—Algunos, entre los tuyos, me dijeron que significa «el puma». ¿Y cuál es tu nombre?

—Me llamo Titu Cusi; soy el hijo de Manco y, algún día, yo seré el inca.

—Estoy seguro de que vas a ser un poderoso señor y que ejercerás la generosidad...

Pero el niño no le escucha ya y corre hacia su padre, que ha entrado en el patio entre una escolta de señores y soldados. Manco se inclina sonriendo hacia su hijo, y Gabriel ve el gesto lleno de ternura con el que le envuelve. Luego se incorpora, y Gabriel encuentra de nuevo la dureza de su negra mirada, hostil, impenetrable.

—Ven —dice Manco—, sígueme.

Justo detrás de Manco están Anamaya y Katari, que pasan tras ellos por el cortinaje de la cámara real.

—Único Señor Manco —comienza Gabriel—, sé que mi agradecimiento no tiene sentido alguno para ti, pero el que te dirijo procede del fondo de mi corazón.

Manco lo mira sin responder. Gabriel no se atreve a buscar los ojos de Katari ni los de Anamaya.

—Si Villa Oma hubiera sabido lo que yo sé ahora, estarías ya muerto —dice, por fin, Manco.

—¿Qué sabes?

—Los tuyos se acercan. Es un poderoso ejército, formado por numerosos jinetes al mando de uno de los hermanos del *Kapitu* Pizarro, y ayudado por miles de traidores.

—¿Gonzalo?

A su pesar, el corazón de Gabriel galopa al pronunciar el nombre maldito.

—Hernando.

Se encoge de hombros.

—Ya sabes que no soy de los suyos.

—No sé lo que sé de ti, pero tengo ante mí las dos únicas personas para las que tu vida es valiosa. Tienes suerte de que sean también aquellas a las que más necesito.

—¿Qué vas a hacer?

—Sentémonos.

Manco se instala en su *tiana* mientras Gabriel, Anamaya y Katari se ponen a sus pies, en los suaves jergones de guanaco que se han extendido sobre las mantas de lana de vicuña. Los reflejos de las antorchas juegan en sus rostros y pasan, como un polvo de oro, por los rasgos de Anamaya.

—Nuestros espías saben desde hace días que se preparan a atacarnos, y vamos a derrotarlos, a aplastarlos tan por completo que los supervivientes se reunirán con el gobernador y le convencerán de que nos deje en paz...

—¡Te equivocas, noble Manco!

Un relámpago de cólera pasa por el rostro del Único Señor.
—¿Dudas de nuestra victoria?
—La victoria es siempre incierta, más de lo que dices... Pero no es eso lo que quiero decir: no partirán. Si vences a éstos, tras ellos vendrán otros, y si los vences a su vez, vendrán más y más... Créeme, conozco a Pizarro mejor que nadie: es un hombre que no renuncia; nunca.
—¡Él es quien no me conoce!
—Te lo ruego, Único Señor Manco. Nadie duda aquí de tu valor, pero debes pensar en eso si no quieres convertirte en otro Villa Oma... Debes apreciar realmente a los españoles, la naturaleza de su fuerza...
—¡Cállate!
—Acabaré, de todos modos, dándote un consejo que no vas a seguir: encuentra una paz honrosa, sufre en silencio las humillaciones, salva lo que pueda salvarse y enseña en secreto, a un grupo de jóvenes, a instruirse con ellos para dominar sus armas... No te hablo del hierro, de la pólvora, de los caballos... Te hablo de la lengua, de su Dios, de sus costumbres.
—No puedo hacer eso.
—Creo haberlo comprendido, Manco. Acepto que debes hacer lo que te parece necesario.
—No puedo hacer eso...
Manco ha repetido la frase como si estuviera ya solo en un sueño. Gabriel ha hablado apasionada y sinceramente. Se hace el silencio en la estancia, donde vacilan los brillos de las antorchas.

Luego, Manco se vuelve hacia Anamaya.
—¿Qué te parece, *Coya Camaquen*?
—Gana esta batalla, Manco; no hay otra opción para ti y para nosotros. Pero luego escucha las palabras de sabiduría.
Manco la mira en silencio. Después, su mirada se posa en Katari.
—¿Y a ti, amigo mío, el dueño de las piedras?
Katari no responde. Se levanta, se acerca a Manco y lo toma de los hombros. Ambos hombres se abrazan levemente. Manco vuelve luego a su lugar en la *tiana*.
—Dejadme ahora —dice—. Necesito estar solo.

16

OLLANTAYTAMBO, NOVIEMBRE DE 1536

Al amanecer, Katari ha envuelto a Anamaya y Gabriel en unas mantas, con las que se ocultan hasta el cuello. Con rápidos pasos, sin una palabra inútil, han subido por las escaleras hacia el gran templo, intentando escapar de los rumores, de las miradas. Al franquear el muro del recinto, Anamaya ha lanzado un suspiro de alivio.

La colina los protege ahora, y nadie se atreverá a subir hasta el pequeño templo de las cuatro hornacinas donde los aguarda el Hermano-Doble.

Gabriel y Anamaya se besan larga, interminablemente, con las manos posadas en el rostro del otro, con la pasión de la primera vez, y la tristeza de la vez postrera. Recorrer la piel del otro es un viaje tan turbador como atravesar los mares, explorar las montañas. No se fatigan de ello. Cuando sus dedos se encuentran, se unen como dos hilos para formar una cuerda sólida, indestructible.

Cuando sus ojos se separan, están llenos de lágrimas.

—Voy a partir —anuncia Gabriel.

—No hay más remedio —replica Anamaya.

Los primeros rayos de sol se reflejan en el oro del Hermano-Doble al mismo tiempo que iluminan las crestas de las montañas.

—No quiero estar triste —dice Gabriel.

—Tampoco yo; todo ocurre como Huayna Capac me reveló. Los misterios se deshacen, y tú sigues aquí. Estarás aquí al final...

—Sé que me dices todo lo que puedes y no es mucho... Sé que debo recorrer mi camino, aprender por mí mismo. Ésa es la gran lección: a veces, la pierdo; otras, la conozco. Al hablar con Manco, no tenía ya miedo; todas las cosas ocupaban en mí su lugar. ¿Crees que estoy haciéndome un buen puma?

Una pizca de tierna ironía se ha deslizado en sus últimas palabras, y Anamaya se apoya en él.

—Tu amor me lo desveló todo —prosigue—. Tu amor hace todo eso posible, incluso lo absurdo de estar separado otra vez de ti y no saber cuándo volveré a verte.

—Me dijo: «Cuando él parta volverá a ti. Aunque separados, estaréis unidos...»

—¡Qué cruel era tu viejo inca!

Se echan a reír a media voz, como niños. Miran al antepasado del modo como debe de verlo el Hermano-Doble: por la vertiginosa perspectiva de la hornacina del sur.

Un roce los sobresalta: la sombra de Katari se yergue ante ellos.

—Ya es tiempo —dice.

Ascienden por la montaña del antepasado utilizando un estrecho camino, mal empedrado. Katari y Gabriel llevan a la espalda, cada cual, una pesada piedra envuelta en una manta.

Han cruzado la agitación de las *canchas*, donde todos se preparan para la batalla, sin divisar huella alguna de Villa Oma. Luego se han alejado, pasando por los bien provistos *collcas*. Al pie de la pendiente, Katari ha elegido una piedra para Gabriel, la piedra que, ahora, le despelleja los hombros y la espalda, convirtiendo cada paso en una agonía.

Sin embargo, ni un solo sonido escapa de su garganta y no siente la necesidad de preguntar por qué se ve transformado, así, en porteador. Katari, ante él, avanza con ligereza de alpaca; la carga no pesa en sus hombros más que sus largos cabellos, que revolotean libremente al viento.

De vez en cuando se vuelve para ver el despliegue de los incas a los que se han unido, saliendo de la selva, centenares de temibles arqueros del Antisuyu. Aguas abajo del Wilcamayo se ha construido una presa, y el nivel del agua se ha elevado, lo que hace difícil vadearlo. Él, que no quiere ya llevar armas, siente un doloroso latido en el fondo de sus entrañas; es como si compartiera físicamente la cercanía de los españoles y se le apareciera, de lleno, la extrañeza de no estar entre ellos, montado en su caballo blanco, con la espada en la mano, transpirando bajo el morrión y la cota de malla. Le desgarra un inesperado dolor: Sebastián está con ellos, y él no se hallará allí para defenderlo, para salvarlo tal vez.

Aprieta los dientes para no gritar de rabia y de impotencia; engarfia sus manos a los pliegues de la manta; se deja quebrar la espalda por la piedra, cuyo peso le labra los lomos.

Poco a poco, el dolor y la fatiga hacen su efecto, y entra en un entumecimiento de los sentidos que lo alivia.

Han alcanzado una especie de rellano rocoso de las dimensiones de una explanada natural. Gabriel deja la piedra y está a punto de caer a causa del dolor fulgurante. Anamaya le sostiene con la mirada, y él se yergue, despacio, con el cuerpo quebrado por el esfuerzo y la súbita duda que le ha invadido.

—Ya estamos —dice Katari.

Gabriel se siente por completo perdido y observa a Anamaya a fin de comprender.

—Estamos sobre el rostro del antepasado —dice ella.

Katari se ha agachado y ha sacado de su *chuspa* un cincel de bronce, con el que, a pequeños y precisos golpes, trabaja la piedra que transporta. Luego hace lo mismo con la de Gabriel.

—Mira —dice.

En una piedra, el kolla ha dibujado la forma de un puma; en la otra, la de una serpiente.

—La fuerza —dice Gabriel—, y la sabiduría de Amaru.

—Eso está bien —sonríe Katari—; conoces ya a nuestros dioses... Aquí, muy pronto, para coronar el rostro de Huayna Capac se levantará un templo al que vendrán a rogar y a hacer ofrendas quienes busquen el poder del inca.

El cielo se desprende de algunos filamentos de bruma y la clara luz de la mañana corre por las laderas de las montañas. Un sol joven fluye por las terrazas y hace brillar las aguas.

Es un hermoso día para morir.

Cuando, abajo, un amplio movimiento de la muchedumbre le advierte de la inminencia del peligro, su cuerpo cobra una dolorosa rigidez. Anamaya se vuelve hacia él con ternura.

—Estás pálido —dice.

La sangre se ha retirado de su rostro y su corazón palpita con fuerza.

—No puedo —dice.

Anamaya posa una mano en la suya.

—No puedo dejar que mueran sin estar con ellos...

—¿Quieres combatir?

—¡No!

El grito brota sin control.

—¿Morir con ellos?

—Creía que estaba... protegido...

—De todo, salvo de ti mismo.

Anamaya contempla las laderas, las terrazas cubiertas de guerreros.

—Déjale ir —dice tranquilamente Katari.

Entonces, resuena el primer clamor.

Es como si un agua helada se hubiera vertido en ella e, imperceptiblemente, paralizara su cuerpo y cada uno de sus miembros. Es incapaz de moverse.

Los primeros pasos de Gabriel han sido lentos, interminables... Justo antes del recodo del camino, se ha detenido como si fuera a volverse. No lo ha hecho: muy al contrario, lo ha visto bajar por la ladera casi corriendo, como un hombre convertido en una piedra de honda.

En las terrazas, por encima de ella, ve la masa de los arqueros antis y, en la orilla izquierda del Wilcamayo, como en las vertientes de la montaña, los innumerables honderos...

Se dirige con el pensamiento hacia la piedra donde Huayna Capac le habló. Pero no hay ni una sola palabra más. Nada dice acerca de que el puma brinque hacia su muerte como un animal salvaje; nada dice acerca de que atraviese el océano en dirección contraria para reunirse con los suyos.

Katari ha permanecido inmóvil a su lado. Con un cincel termina de tallar las dos piedras, que serán las primeras del templo.

—Habías olvidado que el puma es un hombre —dice tan sólo.

Ella inclina la cabeza sin creerlo.

Gabriel ha bajado por la ladera con la sangre palpitando en sus sienes. Su decisión se ha tomado, por así decirlo, sin él, y casi sin respiración; jirones de duda pasan por su espíritu. A medida que se acerca, le parece que la montaña y el llano entero son recorridos por los rugidos, como si miles de tambores redoblaran en lo más profundo de la tierra y la levantaran.

Son las voces de los hombres que tienen miedo, o que gritan para darse valor; es el pisotear de miles de zapatos, el tintineo de las armas.

A media ladera se ha encontrado, de pronto, por encima de las terrazas, donde se ha instalado el grueso de los arqueros llegados de la selva.

Hace una pausa, impresionado por la masa de los combatientes; tras semanas de presencia en Ollantaytambo, no sospechaba que las montañas ocultaran tantos guerreros, pues detrás de los arqueros se halla también la masa de los soldados, armados con lanzas, mazas, picas. Advierte con una ojeada que algunos se han puesto diversos elementos de atavíos españoles: un morrión abandonado éste, una cota de malla o un peto de cuero aquél. Algunos oficiales manejan, incluso, espadas.

Más abajo, al otro lado del río, ve acercarse el ejército español. Está demasiado lejos para distinguir los rostros, pero reconoce por su penacho a Hernando Pizarro, que avanza en cabeza. Son un centenar de jinetes, seguidos por treinta mil guerreros indios, por lo menos: los aliados habituales, cañaris y huancas, pero también incas hostiles a Manco.

Al verlos, Gabriel siente un impulso e intenta introducirse entre la masa de guerreros, prietos unos contra otros. A codazos, acompañados por maldiciones, consigue atravesar algunas hileras.

Pero cuando llega a la espalda de los arqueros, ante él se levanta una barrera infranqueable.

Con desesperación, comprende que no logrará pasar.

Entonces divisa, en el extremo de las terrazas, la orgullosa silueta de Manco. Va en su caballo blanco, que maneja con facilidad, y sujeta una lanza, cuya punta brilla al sol.

Su mirada no alcanza la llanura por donde avanzan los españoles, pero Anamaya advierte su cercanía por las ondulaciones que recorren las hileras incas. Desde las laderas de la montaña donde está situado el templo, cuya entrada ha sido cegada, oye ascender un infernal redoble de tambor, un concierto de trompas, como si, en vez de la sorpresa que antaño les benefició, Manco y los suyos quisieran mostrar a sus enemigos que los esperan y hacer que el miedo descienda hasta sus botas.

Al cerrar los ojos, hace brotar la imagen de Gabriel. ¿Dónde está? ¿Ha conseguido cruzar las líneas? Contra toda lógica, lo imagina deslizándose entre las hileras de guerreros y zambulléndose en el río para reunirse con los suyos, saltando sobre un caballo y blandiendo una espada... Le ha contado a menudo sus hazañas para tomar Sacsayhuaman y no le cuesta en absoluto representárselo a la cabeza del asalto español...

La luz del sol la deslumbra cuando abre los ojos. «No es posible —murmura entre labios—: juró que nunca más tomaría las armas. Ha hecho tanto camino...»

Pero aquello no la tranquiliza: esté donde esté, sea cual sea su voluntad, se halla en plena batalla y algunos pensamientos de muerte la asaltan sin que ella pueda rechazarlos.

—¡Santiago!

El grito español, tan conocido ya, resuena por el valle, y el eco llega hasta su pecho.

—¡Santiago!

Hace un movimiento de espanto, y Katari se acerca a ella.

—Quédate —dice—. Espera. Vence tu miedo.

Pero cuando mira a Katari, percibe la inquietud en sus ojos. Tiene el corazón en un puño.

En cuanto Manco ha divisado a Gabriel, se dirige hacia él mientras las hileras de soldados se abren para permitirle el paso.

—¿Por qué estás aquí? —pregunta con rudeza—. ¿Has venido a combatir con nosotros?

Gabriel no responde. Se limita a mirar al inca con intensidad.

—¿O quieres reunirte con ellos? ¿Morir con ellos?

Manco lo dice con tranquilidad, y Gabriel comprende su confianza.

—Si quieres cruzar y hacerlo, no te lo impediré —prosigue Manco, señalándole la llanura.

Gabriel permanece inmóvil.

—¿Estás seguro? ¿No quieres? Ven, entonces, con mis señores —dice Manco—. Nada tienes que temer. Ven a ver lo que les espera a los tuyos...

El grito de «¡Santiago!» hace hervir algo antiguo en sus venas, una llamada que le daría fuerzas para levantarse, para vencer la provocadora sugerencia de Manco, para arrancarse de la masa y saltar entre los suyos. Pero aprieta los dientes y calla.

En un movimiento perfectamente ordenado, los incas mandan hacia los españoles una lluvia de flechas y piedras que hace vacilar y luego retroceder la primera oleada. Entonces, dos jinetes se destacan y se lanzan al asalto de las primeras fortificaciones. Por sus altas siluetas, sin ver sus rostros, Gabriel reconoce a los dos gigantes, Candia y Sebastián. El negro monta en un caballo blanco; Candia, en uno negro... Un zumbido pasa por sus oídos cuando reconoce a *Itza;* claro, la yegua que Sebastián le prestó.

Es como si su pasado acudiera, al galope, a su encuentro.

Katari se quita la llave de piedra que lleva al cuello y se la entrega a Anamaya. Sus ojos azules están pálidos y lejanos.

El estruendo que sube de las terrazas es ensordecedor, y el aire está lleno de silbidos. A cada andanada de flechas, es como si una nube de insectos invadiera el cielo para asolar la tierra, y las piedras caen como pájaros.

Anamaya se vuelve hacia el norte, hacia la ciudad secreta donde encontró de nuevo a Huayna Capac, y Katari se gira al mismo tiempo que ella.

—«Hasta que Inti haya consumido el odio entre nosotros...» —murmura.

—«... y sólo queden mujeres llorando la sangre derramada» —dice Katari.

—¿Crees que será ahora?

Katari abre sus poderosas manos, cuyas líneas están atravesadas por una multitud de cicatrices.

—No, no todos los signos están aquí.

—Y él, ¿puede morir?

—Ya te he dicho que el puma es un hombre, y un hombre debe morir... Pero este hombre es el puma.

Anamaya sonríe.

Entonces, suena una explosión.

Gabriel ha visto con fascinación cómo el bombardeo indio rechaza a Candia y Sebastián, a pesar de su bravura; han dado media vuelta antes de que un grupo de jinetes se lance al asalto del templo, que visto desde abajo, con sus formidables murallas, a los españoles les debe de parecer una fortaleza. Los defensores han fingido replegarse antes de que dos indios chachapoyas quebraran, con sus proyectiles, las patas del primer caballo, provocando el pánico entre los demás jinetes, que se han replegado con precipitación. Desde entonces, ningún jinete se ha atrevido a lanzar la ofensiva.

Gabriel percibe una vacilación entre los españoles. Por primera vez, en una batalla campal, no prevalecen. El efecto de sorpresa de sus caballos ha pasado ya, sus piezas de artillería son ineficaces y la defensa organizada por Manco parece haber previsto el conjunto de sus movimientos.

Incluso el grupo de infantes que Hernando envía a rodear la montaña para un nuevo ataque a las murallas del templo es rechazado por la nutrida granizada de piedras.

Entonces se dispara la culebrina: pero está situada en las terrazas, del lado inca, y la explosión, probablemente ineficaz («el único milagro —piensa fugazmente Gabriel— es que no haya estallado en la cara de esos artificieros aficionados que son los incas»), provoca un rumor de orgullo en los pechos de todos los combatientes.

El rugido recorre las terrazas y todas las laderas donde aguardan los guerreros, y coincide con el aullido lanzado por Manco.

Pareciendo que brotan de todas partes a la vez, los incas se lanzan al asalto contra los españoles. Gabriel, impotente y medio cegado, ya sólo siente, durante unos momentos, la completa conmoción de la tierra. Se concentra en la simple tarea de no ser aplastado por aquella oleada de hombres que, aullando, se lanzan dispuestos a arrasarlo todo y cargados con la cólera de meses de humillaciones y miedo.

Cuando hace pie de nuevo, en el tumulto que asciende de la llanura sólo ve levantarse una bruma: es el polvo, es el sudor, es la tierra que salta, son las espadas que vuelan y, en medio de aquella mezcolanza, es el extraño espectáculo de Manco en su caballo blanco, con una lanza en la mano y la *mascapaicha* en la frente, cuyas furiosas cargas son las de un demonio que no teme nada.

Fugazmente, Gabriel recuerda la imagen de su primera lección de equitación.

—No quería hacer la guerra —murmura—, pero estoy haciéndola de todos modos...

Paso a paso, a pesar de su furiosa resistencia y las bajas que infligen a los incas, los españoles y sus aliados retroceden. Las cargas de caballería se hacen menos cortantes, menos profundas, menos devastadoras. El penacho rojo del casco de Hernando aparece cada vez más lejos, en la llanura, como una balsa que deriva y se aleja.

El crepúsculo cae ya, y Gabriel se asombra; le parece que el sol acaba de levantarse.

Su mirada se aparta del combate y va hacia las cumbres, los *apus* que Katari y Anamaya le han enseñado, ahora, a conocer. Encuentra luego los dos ríos, antes de petrificarse de estupefacción.

Lo que un grupo de un centenar de indios está terminando es, pura y simplemente, la desviación del curso del río Patacancha hacia unas canalizaciones dispuestas desde mucho tiempo atrás.

Gabriel comprende en un abrir y cerrar de ojos.

La llanura quedará inundada.

Y los españoles perecerán ahogados.

17

OLLANTAYTAMBO, NOVIEMBRE DE 1536

En la cima de la montaña, la oscuridad cae como el ala de un cóndor con las dimensiones del cielo. Abajo, el estruendo parece apagarse, alejarse. Hay menos gritos y más gemidos, y las explosiones han cesado por completo. Anamaya se siente poseída por un frío súbito. Tira hacia su helado cuerpo los bordes de la manta.

—Me pregunto dónde está Villa Oma —dice.

Katari reflexiona.

—Probablemente, refugiado en una *huaca* subterránea, preparando nuevas imprecaciones, esperando una derrota que confirmaría sus malignas profecías...

—Pensé que se reuniría con Manco en esta batalla.

—La cólera le ha encerrado solo en una isla perdida entre las tierras.

—Para mí, era el sabio...

—También él es un hombre. En el fondo, nunca comprendió que el poderoso Huayna Capac no le confiase los secretos del Tahuantinsuyu y eligiera, en cambio, a una extraña muchacha de ojos azules...

Anamaya permanece pensativa.

—Para mí, seguirá siendo el sabio.

La risa de Katari resuena suavemente en la noche.

—¿Qué te hace reír?

—Durante mucho tiempo intenté ver detrás de la *Coya Camaquen* a la niña que eras cuando llegaste ante el Único Señor Huayna Capac. Acabo de oírlo por primera vez.

Anamaya sonríe a su vez.

—¿Por qué me has dado esta llave de piedra?
—Algún día, cuando todos los signos se hayan cumplido, seremos separados también. Yo iré hacia el lado de los orígenes mientras tú regresarás hacia...

Ella le interrumpe posando un dedo en sus labios.

—No digas el nombre, te lo ruego.
—Necesitarás esta llave; ella te abrirá la piedra.
—¿Cómo lo sabré?
—Lo sabrás.

La brisa de la noche se levanta, llevándose los ruidos de los hombres. Curiosamente, Anamaya no tiene frío ya.

—¿Y él? —pregunta ella.

Gabriel ha visto cómo el agua subía a prodigiosa velocidad, inundando la llanura, elevándose hasta la cincha de los caballos detenidos, como empantanados en un lago brotado de debajo de la tierra y que los sumerge. Ve cómo un jinete cae en el agua y, con los brazos, hace molinetes para mantenerse a flote, intentando librarse de su pesado equipo.

Poco a poco, mientras la noche cae por completo, la retirada española ya sólo es, para él, un ruido que se aleja, una llamada que resuena, el sonido de una trompeta, un súbito clamor cuando los incas atrapan a un rezagado o derriban un caballo.

Una fatiga infinita le llena de plomo el cuerpo y todos los miembros. No ha combatido, pero se siente brutalmente viejo, dolorido por golpes y heridas. Cerrando los ojos, se ve a la vez inca y español, a caballo y a pie, manejando la espada y la honda... Es una visión de la que cuesta arrancarse; una visión en la que desea zambullirse, sin embargo, como un combatiente que no ha muerto en la batalla, pero que se derrumba, al final, cuando todo ha terminado y ya sólo puede ser vencido por el más profundo agotamiento.

Manco se acerca a pie, llevando de la brida el caballo cubierto de barro. Mira a Gabriel de arriba abajo, sin hablarle, con los ojos brillantes de orgullo, preñados aún por la embriaguez de la batalla. La victoria es una droga más fuerte que jarras y jarras de *chicha*, que miles de hojas de coca. Luego, Manco tiende las riendas a Gabriel y toma el camino de las *canchas* sin dirigirle una mirada, como un vencedor derrengado.

Gabriel lo sigue.

El camino es tan inclinado y, de vez en cuando, está empedrado de modo tan irregular que bajarlo por la noche es peligroso.

Anamaya y Katari avanzan, sin embargo, con pie seguro y regular, guiados por brillos de luna y por el instinto de quienes han caminado bajo todos los cielos.

En cuanto se acercan al Wilcamayo y a las fuentes oyen el clamor de los *atiyjailli*, esos cantos de victoria que narran ya las proezas de los héroes. La tierra bebe aún sangre, el río arrastra los cadáveres de los ahogados y los muertos... En la orilla, Anamaya ve el rostro vuelto hacia ella de una mujer que lleva todavía apretada contra su vientre la manta donde guardaba la ropa de su esposo, a quien ha seguido en una guerra incomprensible. Sus ojos están en blanco, perdidos más allá de las Cuatro Direcciones.

En la entrada de la *cancha* dan con unos hombres que titubean. Algunos están tendidos en el suelo, con el lodo mezclándose con sus vómitos, cantando aún, con indistinto gemido, la leyenda de su victoria sobre los dioses llegados del otro lado del océano. En aquel momento, los extranjeros vuelven a ser los héroes fabulosos que se creía hace ya lunas; esos hombres-caballo invencibles, cuyas manos cortan y que llevan palos de plata escupidores de fuego. Pero frente a ellos, en las palabras de los guerreros vencedores y ebrios, se levantan los incas que el propio Viracocha ha arrancado de la piedra para convertirlos en combatientes, cuyos brazos cortados vuelven a crecer, que son dueños del agua y del granizo...

A medida que avanzan por las estrechas callejas de las *canchas*, Anamaya y Katari oyen ese rumor, que pasa por las voces de los hombres, brota del más profundo de los patios y ni siquiera las mujeres que se atarean en torno al fuego para asar conejillos de Indias escapan a él. Todo el mundo habla del que ha tirado la piedra y ha roto las patas del primer caballo; todo el mundo habla del desvío del Patacancha; todo el mundo silba como las flechas o las piedras; todo el mundo se agarra a un caballo y lo hace caer antes de que su cadáver derive en el río. Todo el mundo habla y nunca habrá palabras bastantes para saciarse de la felicidad de esa victoria.

Anamaya tiene miedo.

Gabriel no está ahí e, inevitablemente, examina cada rostro en la oscuridad. Pero su lengua está atada y no se atreve a preguntar nada. ¿El extranjero? Que desaparezca en el Mundo de Abajo, eso es lo que desean todos.

Su pecho arde cuando, por fin, los guardias se apartan ante la alta puerta trapecial que se abre en el muro de la *cancha* de Manco.

El inca está rodeado por los señores. Lleva una cota de malla sobre el *unku* y hay una lanza a sus pies. Tiende las manos para describir un movimiento, y Anamaya ve que están todavía llenas de tierra y de sangre; lágrimas de barro han corrido por sus mejillas y su mirada brilla de altivez y de odio. Los rostros, a su alrededor, están llenos de arrugas y, en el respeto debido al inca, hay una pizca de la camaradería de los combatientes que han vencido juntos.

Cuando Anamaya y Katari entran, se hace el silencio.

—Bueno, *Coya Camaquen*, sin duda mi padre te había advertido de esta victoria para que te mantengas tanto tiempo separada de nosotros...

Tras una señal, dos mujeres le acercan una jarra de *chicha* y vierten algo de su contenido en un cubilete de oro finamente cincelado. Manco bebe un buen trago.

—Y tú, Katari, ¿lanzabas piedras con nosotros desde lo alto de la montaña de Pinkylluna?

Los dos jóvenes callan. La embriaguez abrasa las mejillas del inca y sus ojos lanzan llamas.

—No me responden —declara volviéndose hacia los señores—. Es desprecio o, tal vez, sienten vergüenza...

—Hemos colocado unas piedras para un nuevo templo —dice Katari— que algún día coronará la frente del antepasado Huayna Capac, tu padre.

La voz suena tranquila, sin miedo. El brillo asesino se apaga en la mirada de Manco. Dirige su dedo a Anamaya.

—He encontrado un animal en la batalla —anuncia con un fondo de rabia que se apacigua—. Y quiero dártelo.

—¿Qué animal es ése? —pregunta ella con dulzura.

—Un puma. Se dice que estás unida a él.

La mano de Manco describe un arco y señala un punto en la sombra. Enmarcado por dos soldados, sale Gabriel con el rostro impasible.

—Te lo devuelvo, Anamaya; es tuyo.

Anamaya se obliga a permanecer inmóvil, aunque con todo su cuerpo, con todo su corazón, quisiera correr hacia él y tomarlo en sus brazos.

—Pero tu puma sólo conservará la vida con una condición.

La mirada azul de Anamaya se clava en la de Manco, que no parpadea.

—Antes de que Inti haya lanzado sus primeros rayos al alba del día que seguirá a nuestra victoria, tiene que haber desaparecido. ¿Me has comprendido?

Anamaya permanece silenciosa. Deja que Gabriel se acerque a ella, vacilando sobre sus piernas, agotado. Sin tocarse, permanecen uno junto a otro, frente a Manco, antes de atravesar la muchedumbre del patio. Todos se apartan ante ellos, pero ella percibe la carga de hostilidad, el deseo de venganza. Si pudieran desgarrarlo...

Cuando pasan bajo el dintel de piedra donde hay esculpido un cóndor, oyen por última vez a Manco.

—Antes del alba —martillea.

Y no queda ya rastro alguno de embriaguez en su voz.

La noche se cierra a su alrededor mientras se alejan de las *canchas*.

Ella lo lleva a través de las fuentes y luego a lo largo del Wilcamayo hacia la *huaca* del cóndor.

Callan durante largo tiempo y no se atreven a tocarse. Sólo han estado separados unas horas, pero deben encontrarse primero con el aliento y calmar los latidos de sus corazones antes de pronunciar las primeras palabras.

La noche es fresca y suave, y por el camino todos los ruidos, los miedos y los horrores de la batalla se esfuman. No hay ya victoria ni derrota, no hay ya agitación, no hay gritos de odio y vítores.

Cuando se acercan a la roca, Anamaya se detiene, y Gabriel con ella. Le toma de la mano y hace que se tienda en el murete que flanquea el río. Ambos cierran los ojos y se vacían de la violencia, dejando que su espíritu y todo su cuerpo corran por el eterno ruido del agua.

Luego, ella se levanta. Bajan hasta la orilla del agua y, con tiernos gestos, ella le desnuda. El *unku*, húmedo aún de sudor, cae al suelo. El agua fría está a punto de arrancarle un grito de sorpresa y dolor, pero Anamaya le guía sin temor hacia una roca negra y plana que aflora en la corriente de agua. Se tiende allí, medio cubierto por el agua fría y, lentamente, las manos de Anamaya le limpian toda la fatiga. El agua, las manos... No hace distinción alguna y se abandona mientras manda al fondo su cansancio. Poco a poco, las imágenes que le obsesionaban lo abandonan; poco a poco sale de ese cuerpo a cuerpo en el que ha vivido sin haber combatido. Lo invade un bienestar delicioso —e incluso el inicio del deseo— cuando Anamaya lo levanta y lo devuelve a la orilla.

Ha guardado para él, en su manta, un *unku* cuya fina lana es como otra caricia en su piel.

Ambos vuelven a pasar el murete y llegan al camino. Por encima de sus cabezas se dibuja la silueta de la *huaca* del cóndor.

—No quería marcharme —dice Gabriel.

—Lo sé.

Hablan en voz baja, en plena noche, no por temor a ser oídos sino para crear, en la oscuridad, una especie de gruta donde ambos se hubieran refugiado. Hablan de todo salvo de la separación que se acerca, que llega tan de prisa a través de una noche aparentemente inmóvil.

—He creído que debía estar cerca de ellos. No quería combatir contra los tuyos; quería estar a la altura de la hierba hollada por los caballos, al alcance de los heridos, a distancia de sus miradas... Tenía, incluso, la extraña sensación de que debía ver, absolutamente, el penacho rojo del casco de ese gran cabrón de Hernando. Sí, sentía por él una especie de ternura que me daba vergüenza, pero era incapaz de no sentirla. Sabía que iban a perder esta batalla, pero en lo alto de la montaña me habría parecido que era un traidor.

—Una voz decía que no debías morir, pero otra te veía pisoteado, desgarrado, destrozado. Una voz decía que íbamos a encontrarnos, y otra, que te perdía.

—Tú estabas allí, conmigo. Cuando he visto acercarse, al galope, a Sebastián y Candia, he querido volverme hacia ti para decírtelo...

Ella ríe.

—¿Siguen vivos? —pregunta, luego, con voz más seria.

—No lo sé. Eso espero... Recuerdo que cuando he visto la granizada de piedras y flechas que caía sobre ellos, he sentido el impulso de lanzarme, en espíritu, hacia ellos y he tenido la impresión de pedir, con toda la fuerza de mi cuerpo, esa protección de la que gocé durante la batalla de Sacsayhuaman. Oraba a toda clase de dioses, el mío, los tuyos, y les decía: «Seáis quienes seáis, sea cual sea mi incredulidad, salvad a mis dos amigos; haced que no mueran ahora.»

—Entonces, siguen vivos.

—¿Tengo ese poder?

—Ese poder existe. Ven.

A través de las rocas, suben hasta la *huaca*. Con su nueva sensibilidad a las creencias de los incas, Gabriel percibe lo que vibra en ese lugar. Calla, dejándose guiar de nuevo por Anamaya, de piedra en piedra.

Se queda inmóvil ante una roca de unos pocos pies de altura, cuya forma alargada, sin que sea visible una sola huella de cincel, marca el paso del hombre. A lo lejos, oculta en la noche, debe levantarse una montaña del mismo dibujo.

—Es el lugar —dice Anamaya.

El corazón de Gabriel se detiene.

Anamaya se interrumpe, sorprendida por sus propias palabras. Ha hablado sin pensar, y las palabras han brotado. Un resto de miedo se desvanece en ella: esos secretos que debía proteger de él le están, ahora, muy cerca. Debe saber.

—Hay un lugar —dice ella—, lejos y cerca de aquí a la vez, cuyo nombre debe permanecer oculto. De entre todos los de Ollantaytambo, sólo Katari y yo hemos viajado a él... Esculpió esta piedra en forma de una montaña que nadie de aquí ha visto y que se yergue allí, por encima de nuestro santuario secreto. En la ladera de esta montaña...

Gabriel deja fluir las palabras de Anamaya sin hacer el esfuerzo de comprenderlas. Penetran en él por todos los poros de su cuerpo y llevan hasta allí su huella.

—... se dibuja un rostro. Es el rostro del puma.

Anamaya calla, y Gabriel necesita cierto tiempo para comprender que está hablando de él. Inseguro, intenta buscar, en la oscuridad, en la roca tallada, una forma cualquiera. No distingue nada.

—No lo ves —dice ella— y, sin embargo, está ahí. Katari te dijo que tu destino estaba escrito en la piedra, y hete aquí, ante él, exactamente.

Una intensa calidez invade el cuerpo de Gabriel, una emoción única que no se parece a la de los furiosos combates —sabor de cenizas y sangre—, ni siquiera a la del amor —sabor de miel—; un estremecimiento le recorre por completo y se siente uno con el mundo, lleno de un inaudito reconocimiento.

—¡Lo sé! —murmura—. ¡Lo veo!

El rostro del puma tiene unos colmillos que brotan de la piedra, dispuestos a morder y a desgarrar. Pero Gabriel no tiene miedo. Está ebrio de una felicidad inexplicable y magnífica, más allá de las risas y las lágrimas. «Por fin —piensa—, por fin he llegado.»

18

OLLANTAYTAMBO, NOVIEMBRE DE 1536

Están desnudos uno junto al otro, abrazados, unidos como si pertenecieran al mismo bloque de piedra y un escultor los hubiera diseñado en la propia roca. Están hundidos el uno con el otro, profundamente y casi sin movimiento alguno. Dejan que el imperceptible desplazamiento de un dedo en la piel les procure sensaciones deliciosas; comparten el soplo de la brisa.

Son felices, y la felicidad es tan completa que hace necesarias y evidentes todas las vueltas y revueltas de sus extraños destinos. En ese instante, sin explicación alguna, están unidos en la certeza de que todo está bien. Sus emociones ondulan bajo la luz de la media luna.

En algunos momentos se petrifican en una inmovilidad tan perfecta que su respiración casi se detiene y podrían creer que se han convertido en piedra; en otros están tan fundidos el uno en el otro que flotan como a lo largo del río, cuyo ruido les acompaña, cuyo ruido está en ellos.

Hablan sin mover los labios: las palabras son como las manos, como los latidos del corazón, como la luz y las sombras, elementos, entre otros, de una danza de sus dos cuerpos en medio del universo.

Anamaya es la primera que se separa.

Gabriel no siente sufrimiento alguno.

La ve ponerse con gracia su *anaco* y tenderle el *unku*.

Se sienta a su lado. Su mirada se pierde en la sombra de la montaña, allí donde ha creído adivinar algunas hornacinas excavadas en la roca.

—Voy a contarte un viaje —comienza ella, murmurando.

Gabriel escucha a Anamaya, que le cuenta la travesía de la piedra, su vuelo de cóndor por encima de la ciudad secreta.

La escucha mientras le cuenta la historia de la roca que habla, el rostro del viejo Huayna Capac. Recuerda que, hace mucho tiempo, ella estaba a su lado.

Anamaya repite a Gabriel las palabras del inca, y aunque no todas hacen la luz en él, todas le llegan; por una razón: no todas disipan los enigmas que le rodean, pero con el murmullo de su voz siente una paz, un abandono que nunca antes ha sentido. Hay un gozo incluso: comprende que no sólo ha depuesto las armas, sino que el espíritu de guerra lo ha abandonado también.

Comprende que la guerra le ha hecho moverse, moverse sin cesar desde aquel triste día en que aquel a quien llamaba su padre, en secreto, lo sacó con desprecio de una mazmorra.

Tiene la impresión de volar con ella por encima de su vida, del mismo modo que ella voló, con Katari, por encima de este valle misterioso. Mira sus batallas, sus violencias, sus impulsos, sus cóleras; los visita, no como un extranjero, sino con una especie de nueva indulgencia, un apaciguamiento de todo su ser que le da deseos de susurrar: «¡Ah!, bueno, sólo era eso...», lo que nada quita a la ternura que siente por sus escasos amigos ni, claro está, a la bola de fuego de amor que arde en su vientre.

Sondea ese amor y mide deslumbrado su potencia, sus poderes casi infinitos. Da la vuelta a su miedo.

Luego, todo el paisaje desaparece, y oye resonar, como una campana, la voz inflexible de Manco: «Antes del alba —repite el joven inca rebelde—, antes del alba.»

Le parece ver cómo la cresta de la montaña del antepasado se ilumina levemente.

Anamaya se estrecha contra él.

—Ya sabes lo que sé —dice—. Nada se te ha ocultado. Te queda todavía por vivir lo que debes vivir para reunirte conmigo. Nos queda aguardar a que los signos se cumplan.

—¿Cómo lo sabremos?

Anamaya recuerda que ella hizo la misma pregunta cuando Katari le dio su llave de piedra.

—Lo sabremos. Lo sabrás al igual que yo.

—¿Esperaremos mucho?

Hay en su modo de decir «mucho» una súbita e imprevista

inquietud, como si el niño brotara en él y reclamase su felicidad en seguida, dispuesto a patalear de no obtenerla.

El alba está ahí.

La luz de un amarillo pálido se riza en las crestas, y la noche huye.

Cada instante es un grano de arena que cruje en su corazón mientras Anamaya, a guisa de respuesta, posa un largo beso en sus labios.

Se levantan al mismo tiempo y vuelven a abrazarse, alternando unos impulsos de violencia capaces de quebrarse y gestos preñados de dulzura y delicadeza. En un esfuerzo que casi le corta la respiración, Gabriel consigue desprenderse de ella.

—Te amo —dice Anamaya.

La mira, y las imágenes de todos los rostros que de ella ha tenido, de todas sus sonrisas y de todas sus lágrimas, se funden en una sola, donde se pierde en el lago de agua tranquila de sus ojos. Cree ver allí el reflejo de la cumbre de una montaña.

—¿Esperaremos mucho? —repite, aunque más dulcemente.

Ella posa un dedo en sus labios.

—Te amo —dice de nuevo con voz más fuerte aún.

Su última mirada es para el antepasado-montaña. «Permanece en mi aliento y confía en el puma...» Las palabras llegan a su corazón y le dan el último valor que le falta.

La siente inmóvil a su espalda mientras comienza a bajar hacia el camino que flanquea el río.

No se vuelve por miedo a detenerse y ser incapaz de hacer lo que debe hacer. Ahora lo sabe, lo comprende y lo acepta hasta lo más hondo de su corazón.

Luego, su paso se acelera mientras se apresura hacia las *canchas*.

Cuando cruza el puente, la primera luz del sol se posa en su frente, y él parpadea.

Tercera parte

19

LAGO TITICACA, MARZO DE 1539

Apenas es de día. Una bruma transparente se desliza con lentitud por la isla de la Luna. El lago permanece invisible aún.

Todo está silencioso. Casi no se percibe la resaca de las olas en la playa de guijarros.

Dando la espalda al templo de Quilla, Gabriel está sentado en el murete de la más alta terraza. Pese al gran manto de lana azul que lo envuelve, el frescor del alba le pone la carne de gallina. Como cada vez que acude aquí, es presa de la poderosa serenidad de ese lugar sagrado que tan bien conoce ahora.

Le gusta ese instante en el que el cielo y el lago parecen estar hechos sólo de la misma materia lechosa y móvil, en cuyo corazón la luz no deja de crecer. Su sentimiento de soledad es intenso y, sin embargo, podría creerse arrastrado por la omnipotencia de la vida y del día naciente.

Y luego, la brisa de la mañana se hace más fuerte. Levanta sus cabellos rubios y agita su barba, que se ha hecho larga. Procedente del sur, desgarra la bruma en volutas y jirones, que empuja hacia el norte, agrupados como una jauría al galope. Las laderas de rasa hierba y de arbustos de la pequeña isla aparecen. Cuidadosamente subrayado por los muros de piedras ocres y pardas, el preciso dibujo de las terrazas ceremoniales se desvela hasta las orillas del lago de aguas sombrías, estriadas por la espuma de las cortas olas.

Muy pronto se vislumbra toda la inmensidad del Titicaca. Lejos, hacia el este y el norte, Gabriel distingue poco a poco las vertiginosas laderas de los *apus*, antepasados-montaña y puntillosos guardianes del gran lago del origen del mundo. Replegándose hacia el barranco, las últimas sombras de la noche se zambullen allí, una a una, mientras la bruma se disuelve en lo alto del cielo, ya azul. Los primeros rayos de sol encienden de oro las nubes algodonosas agarradas a las cumbres del Ancohuma y el Illampu. Brillan en sus laderas eternamente heladas, rozan los canchales, los acantilados y las masas de hielo.

Luego, muy pronto, las cumbres de las demás montañas están, a su vez, cubiertas de oro. El lago se vuelve de un azul sombrío y espeso. Las riberas parecen levantarse. Como un pavo real que ofreciera su admirable atavío, las miles de terrazas que se ciñen a las riberas del oeste despliegan una miríada de verdes y formas geométricas de suaves curvas, sutilmente engastadas. Por un instante, Gabriel tiene la extraordinaria sensación de asistir al nacimiento del mundo. Pero de pronto, ante él, muy al norte, desvelada por los últimos bancos de brumas, aparece la Madre Luna. Perfectamente redonda, enorme, se mantiene justo por encima del lago con los reflejos de las montañas. Permanece largo rato así, lo bastante como para que Gabriel pueda seguir el soñador modelado de sus sombras, la transparencia de su fulgor difuminado, poco a poco, por la claridad del día.

Y luego, de pronto, el sol franquea los grandes *apus*. Cegador, arroja su fuego por todas partes. La superficie del lago, tan oscura momentos antes, se transforma en un insostenible espejo.

Entonces, la luna se esfuma. Con un respingo, Gabriel escucha tras él el canto:

¡Oh, Quilla, Madre nuestra, qué fría ha sido la noche!
¡Oh, Quilla, Madre nuestra, estréchanos en tus brazos!
¡Oh, Madre Luna, abrázanos!
El Sol bebió de tus pechos la leche del día.
El Sol lanzó la leche de la vida en tu vientre.
¡Oh, Mama Quilla!
Descansa en el fondo del Titicaca.
Cruza la sombra de la noche.
Vuelve con nosotros al mañana que no ha nacido.
Hincha nuestros vientres y nuestros pechos.
¡Oh, Madre Luna!
En el Mundo de Arriba,
en el Mundo de Abajo,

abrázanos,
pues somos tus hijas.
¡Oh, Mama Quilla!

Son unas diez ancianas salmodiando la plegaria.

Con los brazos levantados hacia lo alto, clavan sus pálidos ojos en el disco, cada vez más diáfano, de la luna. Una vez más, el canto de adiós sale de sus labios arrugados e hincha sus desdentadas bocas. Puntúan cada una de las llamadas con un breve movimiento de caderas que hace ondular sus capas, en las que se han cosido placas de plata. Extrañamente, mientras que sus rostros parecen no tener ya edad, diríase que, bajo los espléndidos tejidos, sus viejos cuerpos han conservado una gracia juvenil.

Tras ellas, los edificios del templo de la Luna delimitan, en tres costados, un patio de contornos perfectos. Trece puertas de marcos y dinteles de piedra ocre, tan trabajadas como mantas, dan a las celdas contiguas a las terrazas superiores. Ante cada puerta se halla una muchacha que viste una túnica blanca, con el pecho cubierto por una placa de plata.

Gabriel no puede evitar un estremecimiento. Se levanta y aguarda el final de la plegaria con los músculos entumecidos.

Cuando las sacerdotisas callan, tres adolescentes surgen de una de las estancias del templo. Dos de ellas llevan en sus brazos unos *cumbis* de lana de vicuña tan finamente trenzados que parecen no tener peso alguno. La tercera se dirige hacia Gabriel y le tiende una larga túnica con sencillos motivos dorados y rojos.

Sin decir palabra, se quita el manto y aparece sólo en camisa y calzón de terciopelo. La muchacha le ayuda a pasar la cabeza por el estrecho orificio de la túnica, que lo cubre por completo y deja ver tan sólo la punta de sus botas.

El olor animal de la lana y los tintes llenan su nariz. Lanza una última mirada hacia las montañas, enteramente irisadas ahora por el sol del alba, y se inclina ante la más anciana de las sacerdotisas.

—Estoy listo, hija de Quilla —murmura con respeto.

Las ancianas lo rodean y le preceden hasta una sala ciega, iluminada sólo por algunos candiles. Allí, cada una de ellas deposita unas hojas de coca en un brasero.

Con ruidosa precipitación, empujan a Gabriel hacia un largo cortinaje de sordos colores. Una de las sacerdotisas lo levanta y entra en un pasadizo oscuro, estrecho y de extraños recodos que se hunden, al bies, en el muro. Cinco ancianas desaparecen entonces. Finalmente, Gabriel siente las manos que le empujan a la absoluta oscuridad del pasadizo.

Apenas ha cruzado el cortinaje y no ve ya nada. Ciego, tiende sus manos hacia adelante y palpa el fresco muro. La superficie del revoque es sorprendentemente suave, tan pulida como el cuero por los miles de dedos que la han rozado ya.

El pasadizo gira en ángulo recto, hacia la izquierda, y se reduce repentinamente. Gabriel se detiene, pero, a su espalda, una anciana, tan cercana que siente en la nuca su regular aliento, murmura una protesta y le ordena que siga. Gabriel se coloca de perfil. Rozando el muro con el pecho, avanza con prudencia algunas varas antes de descubrir, por una especie de rendija apenas lo bastante ancha para él, una nueva estancia, más vasta que la precedente y terriblemente humosa.

Allí, en una de las paredes, cuatro hornacinas ojivales están acribilladas de pequeños orificios cuadrados y dejan pasar algo de luz. En el extremo opuesto, a dos veces la altura de un hombre, brilla un disco de plata suavemente abombado. En una imagen dilatada, redondeada y distorsionada, como en un espejo deforme, se reflejan los muros de la estancia y las móviles sombras de las mujeres. Debajo, dos grandes braseros de terracota, ricamente pintados, humean abundantemente y apestan el espeso aire. Al olor ácido del estiércol de llama seco, que sirve de combustible, se mezclan relentes de grasa y de entrañas calcinadas, el sabor mareante de las hojas de coca quemadas y el agrio relente de la cerveza sagrada. El humo es tan denso y tan antigua y tan bien mantenida la hediondez que parece que los propios muros estén impregnados de ellos.

Gabriel, a su pesar, se cubre la boca y la nariz, e inicia un retroceso. Pero las ancianas se apretujan ya a su alrededor. Algunas agarran sus manos, sus brazos e incluso su cuello; otras asen los pliegues de su larga túnica. Así, como un único y extraño cuerpo soldado, llegan al centro de la estancia, produciendo torbellinos de humo acre. Gabriel, con los ojos irritados, ve la sorprendente masa retorciéndose, como un reflejo líquido, en el disco de plata mientras las ancianas salmodian sordamente:

> *¡Oh, Quilla, Madre nuestra!, estréchanos en tus brazos.*
> *¡Oh, Madre Luna, abrázanos!*

La más anciana de las sacerdotisas agita violentamente las brasas en los braseros. Sólo entonces advierte Gabriel que el cuello de los braseros está decorado con una cabeza de puma rugiente. La sacerdotisa arroja una lluvia de hojas de coca; luego, unas pequeñas raíces, cuyo perfume, próximo al del incienso, cubre por un instante todos los demás olores. Pero, casi en seguida, Gabriel siente que la irritación de sus ojos se hace tan insoportable que las lágrimas brotan bajo los párpados. Sujetándolo firmemente, las mujeres que le rodean empiezan a balancearse a derecha e izquierda. Le arrastran en su pataleante danza con tanta fuerza que siente que su cuerpo pierde el peso, como si fuera sólo una muñeca que ellas agitaran gimiendo:

> *¡Oh, Madre Luna!*
> *en el Mundo de Arriba,*
> *en el Mundo de Abajo,*
> *abrázanos...*

Ahora, la más anciana de las sacerdotisas está frente a él. Levanta su mano derecha y acaricia el disco de plata, donde se mueve una imagen cada vez más enloquecida; luego toma una jarra de *chicha*. Prosiguiendo su enérgico balanceo, inclina la vasija y vierte a su alrededor, e incluso en las brasas, el agrio líquido gritando:

> *¡Oh, Quilla, bebe por nosotros!*
> *¡Oh, Madrecita, bebe por él!*

El aire de la estancia es del todo irrespirable. Con la boca abierta de par en par, Gabriel busca su aliento. Las lágrimas corren por unos ojos tan doloridos que le parece que hay arena corriendo sin cesar bajo los párpados. Quisiera frotárselos, apaciguar la quemazón, pero las ancianas colgadas de él no liberan ni por un segundo sus brazos y sus manos. Apenas si percibe que la sacerdotisa deja en los braseros los admirables tejidos de las vírgenes, cuyos tornasolados colores resplandecen por un breve instante en el disco de plata.

Mientras el humo se disuelve un brevísimo instante, antes de aumentar en volutas negras y pesadas, el balanceo de las ancianas se hace más nervioso y desordenado.

En los braseros, los *cumbis* se retuercen; las delicadas briznas de lana se convierten en cortas llamas verdes y azules que devoran los admirables dibujos. Los colores sin par crepitan. Uno a uno, los pliegues de tejido caen en las brasas. Gabriel siente que el humo, que penetra en su boca como una pasta abrasiva, inflama su garganta y sus pulmones. Cada bocanada es una muerte. Sus dedos se cierran con violencia sobre los hombros de las mujeres, pero, con pasmosa fuerza para sus viejos cuerpos, ellas lo soportan fácilmente y no dejan de salmodiar.

Levantando con dificultad sus párpados, Gabriel apenas ve el disco de plata y la sombra de la sacerdotisa. La náusea prevalece y termina asfixiándolo, pero las viejas le estrechan más aún.

De pronto se hace el silencio y los movimientos cesan.

Puede entonces entrever la extraña danza del humo ante el disco de plata de Quilla. Es un humo de colores variados: de un blanco puro aquí, un vapor amarillento allá, pardo, casi negro, o también los torbellinos de un gris que se vuelve verde y, luego, rojo. Los movimientos son contradictorios y aberrantes. Pesadas trenzas de humo caen hacia una poderosa capa lisa y ascendente antes de disiparse en volutas transparentes, entremezclando sus matizados tintes antes de desaparecer en un vapor confuso y brutal, mientras opacas fumarolas se atorbellinan en espiral junto al disco de plata, como si excavaran en él un pozo.

Mientras, la oscuridad de la estancia se hace amenazadora. Los muros y la estrechez del paso parecen cerrarse como un puño que se apretara. Gabriel siente un nudo en la garganta, como si le dieran garrote. Sus piernas, sus riñones, sus hombros, todos sus músculos parecen de un peso tan extraordinario que no podría ni levantar un pie. Su corazón golpea las costillas como si quisiera romperlas. Con los ojos desorbitados a pesar del dolor, distingue el esbozo de un rostro en el disco de plata. Pero un segundo después, ya no hay nada, salvo oscuridad, y sabe que está muriendo. Ve la sangre brotando de sus ojos y su boca. Se ve sumiéndose en la nada.

Sin ni siquiera lanzar un grito, se arranca de las manos que le retienen. Empuja a las ancianas, las arroja al suelo y se lanza hacia la grieta del muro que sirve de salida. Hiriéndose las palmas y la frente con las paredes demasiado estrechas del pasadizo, huye por fin de aquella estancia infernal y con la boca abierta de par en par se precipita fuera del templo al vivo aire de la mañana.

Permanece largo rato estirado en la herbosa explanada del templo, con los ojos cerrados para recuperar el aliento.

Cuando levanta por fin la cabeza descubre a la más anciana de las sacerdotisas, de pie, a pocos pasos de él. Más atrás, ante una de las puertas del templo, hay un grupo de muchachas. Curiosamente, todas tienen el rostro sonriente y alegre, y una aguda risa transforma el rostro de la sacerdotisa en una máscara desdentada.

—¡Te había avisado, extranjero del pelo de oro! —exclama—. Te había dicho que no soportarías el humo del encuentro. Sólo las mujeres y los hombres muy viejos soportan la prueba y son capaces de deslizarse en el disco de plata.

Pasando las manos por la cabeza, que aún le zumba, Gabriel se incorpora y echa a la vieja una mirada sin simpatía.

—Tal vez no sea capaz de sufrir la prueba —gruñe—, o tal vez, tú no seas capaz de producir el humo del encuentro.

Una vez más, la anciana se ríe, pero su risa es tan violenta como breve.

—¡Tus palabras no son sino una arruga en el lago! —asesta con seriedad—. Me pediste que te condujera junto a la *Coya Camaquen* a través del humo y te dije que no lo lograrías. Son ya tres veces que lo intentas y tres veces que fracasas.

—¿Tal vez la *Coya Camaquen* no puede ya oírme? ¿Tal vez haya pasado al Otro Mundo?

La anciana sacerdotisa recibe sus preguntas con una mueca de desprecio.

—Eres muy pretencioso, extranjero de cabellos de oro. Puesto que no toleras el humo, crees saber mejor que yo lo que significa el silencio de Quilla. No dudes que, de haberlo querido, hace un rato podría haberte dejado sin aliento por las buenas. El dominio de Quilla les está prohibido, desde siempre, a los hombres aún vigorosos. Sin embargo, el gran *pachacuti* se ha iniciado y la Madre Luna necesita de ti.

Encogiéndose de hombros, Gabriel se aparta de la vieja y de sus reproches. Luego se aleja y comienza a quitarse la larga túnica con pasmosa agilidad. Pero la sacerdotisa se reúne con él y le agarra la mano.

—¡No! —ordena—. No puedes partir así. Debes servir a Quilla para que perdone tu grosería.

—¿Qué quieres decir?

Sin responderle, la sacerdotisa hace una señal en dirección a las muchachas.

—Sigue a las Hijas de la Luna y haz lo que te pidan.

—No —protesta Gabriel—. Se ha terminado; basta ya por hoy de estas tonterías.

—Síguelas —repite la sacerdotisa sin soltar la mano de Gabriel—. Quilla lo quiere y sabrá responder a tus preguntas.

—¡Apinguela! ¡Apinguela!

El grito de la muchacha resuena a proa.

—¡Apinguela! ¡Apinguela!

La veintena de mujeres que ocupan la embarcación repiten a coro el mismo grito, señalando con el dedo un islote de suaves laderas, que apenas emergen de las aguas del lago.

Gabriel se levanta penosamente para ver mejor y se agarra al mástil de la larga embarcación de cañas. Pero la oscilación de la barca en las cortas y brutales olas lo obliga a sentarse en seguida. Una risa burlona saluda su inútil esfuerzo, mientras las mujeres vuelven a cantar con fervor:

> *El Sol,*
> *la Luna,*
> *el día y la noche,*
> *la primavera y el invierno,*
> *la piedra y las montañas,*
> *el maíz y la cantuta.*
> *¡Oh, Quilla!,*
> *tú eres la leche y la simiente,*
> *tú abres los muslos,*
> *para el calor de la noche.*
> *¡Oh, Quilla!, es tu voluntad,*
> *el que se aleja del Titicaca*
> *está ya en el camino de regreso.*

El viento del sur hincha la extraña vela de totora, una caña fina y flexible, trenzada muy prieta, y que no está lejos de tener la eficacia de una tela ordinaria. El casco de la barca está hecho de un mismo ensamblaje vegetal, reunido en grandes y confortables mechas, donde las muchachas están tendidas. Sin embargo, desprovisto de quilla, de remos y de gobernalle, el barco avanza entrecortadamente, dirigido sólo por la vela o con la ayuda de largas pértigas cuando el fondo del lago lo permite. Así, han necesitado casi un día de navegación para acercarse al islote que las Hijas de la Luna llaman Apinguela. Y durante toda esa jornada, sus compañeras no han dejado de reír y cantar.

Gabriel es el único hombre a bordo y, desde hace horas, el centro de atención y de las bromas. Ni una sola de sus compañeras ha querido responder a sus preguntas: ¿adónde le llevan y para qué? ¿Qué quiere Quilla de él?

—Ya verás, ya verás —responden ellas con divertida risita—. Mama Quilla sólo piensa en tu felicidad.

Tampoco han aceptado que colabore en la navegación. Ahíto de *chicha* y frutas de la selva, atontado por el duro sol que golpea el lago como una llama blanca, se ha dormido buena parte del día para despertar con la náusea en los labios.

Ahora, el viento contiene ya la frescura del anochecer, y la inclinación del sol alarga las sombras de las riberas rocosas del islote que se aproxima. De pronto, las muchachas callan. Ya sólo se oye el chirriar de los cabos en el mástil y en la balma, y el chapoteo de las olas hendidas por el casco de caña. Los rostros se tensan, serios y atentos.

Sorprendido, Gabriel se incorpora de nuevo. Sus ojos registran la costa del islote buscando un signo de vida, una embarcación que salga a su encuentro. Pero las laderas de la isla sólo están cubiertas de caóticas placas de rocas, semejantes a tizones cristalizados, sembrados aquí y allá de matas de *ichu* o de arbustos retorcidos por las ventoleras.

—¡Apinguela! —murmura de nuevo la muchacha de la proa.

Y la que está muy cerca de Gabriel tiende el brazo hacia la punta este de la isla.

—Allí —dice dulcemente señalando una sombra más ancha que las demás, entre las rocas que se hunden en el lago—. ¡Apinguela! El vientre de la Madre Luna está abierto.

Gabriel distingue a ras de agua la boca de una gruta semejante a una raja, cuya alta punta permite acceder al corazón de la isla.

Antes incluso de entrar en la gruta, las Hijas de la Luna se atarean. Unas arrían la vela, mientras otras toman unas largas pértigas para dirigir la barca. Algunas sacan las brasas mantenidas en una bolsa de cuero y encienden, con mucho cuidado, una decena de antorchas. Cuatro mujeres, en el centro del barco, apartan los *cumbis* que envuelven una urna de piedra y una quincena de figuritas de oro que representan llamas y mujeres de menudos pechos, protegidos por sus brazos.

Mientras la embarcación se desliza por la abertura de la roca, Gabriel percibe el extraño soplo caliente que brota de ella. Las llamas de las antorchas vacilan. Luego, todo se vuelve de una tibia calma. Las paredes interiores son lisas y están recubiertas hasta lo alto de la bóveda natural por un musgo poco grueso. La superficie del agua es perfectamente lisa, sin onda alguna y de una transparencia tal que la luz de las antorchas basta para ver el cercano fondo.

Todas las mujeres están de pie, silenciosas, vueltas hacia adelante. También Gabriel quiere levantarse, pero dos manos lo obligan con firmeza a permanecer sentado.

Empujada por las pértigas, la gran barca avanza en la oscuridad de la gruta, que se separa de pronto en dos tenebrosos ramales. Sin vacilar, las Hijas de la Luna toman la galería de la izquierda, más ancha y cuyo fondo parece hundirse brutalmente, desapareciendo bajo un agua esmeralda fuera del alcance de la luz de las antorchas.

Aquí, el extraño calor es cada vez más fuerte. Unas gotas de sudor brotan ya de la frente de Gabriel y le resbalan por la espalda. Las paredes de la gruta se estrechan y los bordes redondeados de la barca de totora se frotan suavemente con el musgo.

La embarcación avanza unas veinte varas más; luego se detiene. Estupefacto, Gabriel descubre que un disco de plata, tan ancho como el de la estancia de los sacrificios del templo de la Luna, obtura el paso.

Sin decir palabra, las mujeres hunden las antorchas en las anillas esculpidas en las mohosas paredes. Juntas, en un murmullo, repiten su estribillo. Luego, todo va tan de prisa que Gabriel no tiene tiempo para protestar, ni siquiera para comprender.

En un abrir y cerrar de ojos, las más jóvenes Hijas de la Luna se desvisten y se zambullen en el agua. Las demás, a su vez, se desnudan. Molesto, Gabriel se levanta, apoyándose en la pared de la gruta. Quiere apartar el rostro, pero las mujeres levantan ya su túnica y se la quitan, sin vacilar en arrancar su camisa y tirar de sus calzas.

—¡Eh! —gruñe rechazando las manos—. Pero ¿qué estáis haciendo?

Su voz estalla en la gruta con la violencia de un rugido. Parece que incluso el disco de plata vibre. Sólo le responden las risas. Sus compañeras hacen más fuerza y desgarran lo que le queda de ropa. Y mientras él sigue luchando, le atan en las muñecas un fino cordón.

—¡Carajo, estáis locas! —grita Gabriel, haciendo estremecer de nuevo el aire de la gruta.

Pero la vergüenza de su desnudez, la embriaguez que palpita aún en sus sienes y también la estupefacción ante lo que le sucede, lo dejan tan débil como un recién nacido.

Mientras intenta torpemente desatar el cordón de sus muñecas, con destreza las mujeres enrollan el otro extremo en la profunda muesca practicada alrededor de la urna de piedra.

Luego, dos Hijas de la Luna la levantan y, tirando de Gabriel, tras ellas, la arrojan sin vacilar por la borda.

Con un grito de furor, Gabriel se siente arrastrado por el peso de la urna. En un último esfuerzo, intenta sujetar la pesada masa de piedra, pero el cordón le siega las muñecas. Abandonándose con un gemido vencido, sólo tiene tiempo de respirar por última vez antes de que su rostro golpee la superficie del agua y desaparezca por entero en ella.

Para su sorpresa, el agua está tan tibia como el aire de la gruta. Cuanto más se acerca al fondo, más caliente está. El descenso dura poco. Dos varas, tal vez tres como máximo. Luego, la urna se posa y un sordo choque se extiende en el agua. Con los dedos, él mismo toca el fondo rocoso. Por encima, a través del agua muy poco turbia, adivina la luz de las antorchas. Pero parece muy lejana, inalcanzable.

Intenta de nuevo desatarse las manos. Pero entonces las siente a su alrededor: todas las Hijas de la Luna le rodean ahora, nadando hábilmente. Algunas tienen delante las figuritas de oro, cuyos reflejos estrían el agua como peces.

Comienza a faltarle la respiración. El pánico lo domina al mismo tiempo que el dolor en el pecho.

Las mujeres no dejan de nadar a su alrededor, rozándole cada vez más, acariciándolo, palpándolo. Quisiera gritar para que le liberaran y apaciguar sus ardientes pulmones. Sin embargo, la danza de las mujeres parece hacerse más lenta y dulce. Apenas si adivina que levantan la tapa de la urna para depositar allí las estatuillas de oro.

Sus sienes laten con inaudita violencia. El fuego de su pecho se extiende por todo su cuerpo y desgarra sus músculos como si la sangre, de pronto, comenzara a hervir. La asfixia enmaraña sus sentidos. Le parece que vuelven a acariciarle el rostro, las nalgas, el vientre. Se agita, da puñetazos, golpea cuerpos. Pero siguen abrazándole, cada vez más cerca. Muslos y brazos lo envuelven.

Entonces, algo cede.

Deja de pensar en vivir o en morir. Siente un cuerpo de mujer junto al suyo y reconoce el calor de Anamaya. Se apacigua de pronto.

Se siente levantado, arrastrado, protegido.

Sólo busca el rostro de la amada, lejana y nunca olvidada.

Lamentablemente, antes de lograrlo, la lengua de fuego reaparece en sus pulmones. Un aullido ronco le desgarra la garganta.

Sin abrir los ojos, comprende que respira de nuevo.

De carne a carne, de brazo a brazo, sus mejillas deslizándose de un pecho a otro, le llevan hasta la barca.

El dolor de su respiración es tan terrible como el de la asfixia.

«No he visto su rostro», piensa con angustia.

Se estremece, agitado por temblores nerviosos; sus dientes castañetean. Le secan. Unas manos lo acarician y reaniman la sangre de sus venas. Cuando abre los párpados, con la vista enturbiada por la cabalgada de su corazón, adivina sobre él unos rostros sonrientes.

—No he visto su rostro —murmura aún.

—Mama Quilla sólo se muestra cuando lo desea —responde una mujer con dulzura.

—El rostro de Quilla, no —protesta Gabriel—. ¡El de Anamaya!

—Quilla tiene todos los rostros —responde otra mujer.

Vuelve el calor y la dulzura de las caricias le alcanza por fin.

En un último esfuerzo, intenta reunir toda su conciencia para ensamblar los rasgos de Anamaya y hacerlos tan perceptibles como si pudiera rozarlos con los dedos.

En vano.

Sólo siente en él las insistentes caricias de las Hijas de la Luna, los labios que buscan su carne y su placer. Unos dedos toman su sexo, hinchado ya. Sin levantar los párpados, adivina los muslos que se abren y las caderas que salen a su encuentro.

Se abandona, huyendo del olvido de Anamaya.

20

VILCABAMBA, MARZO DE 1539

—¡Escucha! ¡Escucha!

Anamaya se levanta y el agua del río forma torbellinos en torno a su cintura.

El instante es sólo esplendor. Lejos, en el eje del cañón, el cielo se ha inflamado, resbalando del oro al rojo como el perfecto tejido de un *cumbi*, mientras sigue siendo de un azul muy pálido, casi verde, en el cenit.

Por primera vez desde hace días no ha llovido, y la humedad de la jungla es menos asfixiante. A estas horas del atardecer, las riberas del río encerrado entre acantilados de verdor, tan densos que parecen infranqueables, vuelven a vivir.

—Escucha —susurra de nuevo Anamaya, con el rostro dirigido aguas arriba.

A pocos pasos de ella, sumergiéndose golosa en la móvil agua, Curi Ocllo, la bellísima y joven esposa de Manco, se queda inmóvil, se pone de pie en los guijarros del río e incorpora el cuerpo más entrado en carnes que el de Anamaya, pero de proporciones perfectas. Frunciendo el ceño, se cubre con las manos los pechos de pardas aureolas, se vuelve hacia el valle y, luego, sacude con incomprensión la cabeza.

—¿Qué quieres que escuche?

Con la mano, Anamaya le impone silencio. Su mirada asciende hacia las más altas frondas que dominan la pequeña cala donde se bañan. Unas ramas se doblan, y largas extensiones de follaje se estremecen como por efecto del viento. Pero sólo son las carreras de jóvenes monos devueltos a los placeres del juego por la frescura del crepúsculo.

En verdad, sólo los ruidos comunes y tranquilizadores resuenan en la jungla, que se anima por la noche. El gluglú de las oropéndolas tejedoras cubre, de vez en cuando, el rumor regular de la cascada que agujerea la vegetación con un chorro de espuma. Una bandada de cotorras verdes atraviesa el río con enojados gritos, y su paso enciende la cólera de una decena de aras rojos y azules. Por un instante, con furiosos graznidos, se entregan a una zarabanda ante los nidos ocultos en una grieta del acantilado. Luego se hace de nuevo el silencio; ya sólo queda el murmullo del agua.

—Escucho, pero no oigo nada —dice Curi Ocllo.

Se zambulle hasta el cuello en el agua fresca, mientras Anamaya, con la mirada siempre al acecho, vigila las riberas donde jóvenes tortugas descansan en los troncos caídos.

—Loros; eso es lo que has oído —se burla Curi Ocllo, alisando su pesada cabellera.

—No —afirma Anamaya—. Estoy segura de haber oído algo.

Sin embargo, Anamaya se zambulle a su vez en el agua. El redondo rostro de Curi Ocllo, de rasgos finamente dibujados, se acerca. Anamaya siente las manos de la joven posarse con dulzura en sus hombros.

—Entonces, es que has escuchado lo que debe escuchar una *Coya Camaquen*, cosas que no llegan a los oídos de una mujer como yo.

—Tal vez.

—Sin duda —declara Curi Ocllo con una mueca de despecho—. Tú y el dueño de las piedras podéis hacer cosas extrañas y poderosas.

Con un breve gesto de la mano, rechaza un torbellino de minúsculas mariposas blancas. Luego, graciosa, se desliza de espaldas hasta la ribera, lodosa y poco profunda. Con los párpados cerrados, ofrece toda la desnudez de su espléndido cuerpo a las caricias de la corriente.

Con la sonrisa en los labios, Anamaya está a punto de responderle cuando, de nuevo, levanta el rostro, con el oído al acecho y la mirada escrutadora.

Sí, adivina un soplo que viene de lo alto del río y la envuelve en un susurro acariciador. No es nada; únicamente, una sensación. Podría ser sólo una brisa algo fresca; el ululular apenas audible de un ligero viento entre las ramas de los árboles y el espeso follaje de la jungla. Pero de manera inevitable adivina otra cosa. Siente otra presencia. ¡El aliento del puma!

¡Gabriel!

Durante unos segundos, su presencia la llena por completo. En un estremecimiento que le estrecha el vientre, con los brazos apretados contra los pechos de endurecidos pezones, se tensa para oír mejor, para percibir aún mejor. La invisible caricia la envuelve como un susurro. Cree sentir las palmas y el aliento de Gabriel en su piel estremecida. La emoción es tan violenta que cierra los párpados en un involuntario abandono. Sin ni siquiera darse cuenta, susurra su nombre. Y luego, el sortilegio cesa tan repentinamente como ha empezado. De pronto se esfuma en el aire cálido y húmedo de la jungla como una alucinación.

Anamaya se relaja y vuelve a abrir los ojos. Todo es como antes. El crepúsculo enrojece más aún el cielo y la oscuridad crece entre los verdes acantilados. Los monos, excitados por la proximidad de la noche, parlotean en las altas frondas; los loros chillan para alejar a las cotorras, mientras unas pequeñas nubes de mariposas revolotean con gracia sobre la ardiente espuma de la cascada.

—¿Qué has sentido? —pregunta con voz temblorosa Curi Ocllo, que se ha encogido en el agua.

Anamaya se sacude con una risita. Los ojos cálidos y sombríos de la joven esposa de Manco la examinan con una curiosidad en la que se mezcla el espanto.

—¡Has visto algo! —afirma de nuevo—. Me has parecido tan extraña durante unos instantes, como si no estuvieras aquí...

Con una sonrisa turbada, Anamaya se zambulle en el agua. Oculta su desnudez como si Curi Ocllo pudiera percibir en su piel los rastros de la extraña caricia de Gabriel que los poderosos del Otro Mundo acaban de transmitirle.

Con la palma de la mano retiene los torbellinos de agua del río; se rocía luego los hombros y la nuca.

—Me sería difícil de explicar.

—Quieres decir que está prohibido.

—No, no está prohibido. Sólo es difícil de explicar y difícil de comprender.

Una mueca malhumorada abre los hermosos labios, infantiles aún, de Curi Ocllo. Echa la cabeza hacia atrás, con la pesada cabellera agitada unos instantes, como una alga negra, por la corriente, mientras sus pechos redondos emergen del agua, semejantes a dos guijarros de reflejos dorados.

—Tenemos que regresar ahora —dice Anamaya.

Una risita, burlona y celosa a la vez, sacude el vientre de Curi Ocllo.

—Sé lo que no quieres decirme, *Coya Camaquen*. Has pensado en el extranjero al que amas, en aquel a quien todos llamáis el puma.

Anamaya vacila antes de sonreír.

—No he pensado en él. Lo he sentido —confiesa.

—¿Sentido? ¿Sentido como si te tomara en sus brazos? —exclama Curi Ocllo, de pie ahora, con los ojos muy abiertos.

Anamaya se limita a reír y a aprobar con un movimiento de cabeza, antes de alargar la mano para tomar la de la joven y arrastrarla hacia la orilla, donde sus vestidos cuelgan de las ramas bajas de un ficus.

—¿Ocurre a menudo —sigue preguntando Curi Ocllo— que pueda reunirse contigo así?

Anamaya espera a salir del agua para contestar. Con la voz algo apagada, la confidencia suena a confesión.

—No se reúne conmigo realmente, pero su presencia está a mi alrededor. Me busca. Piensa en mí.

—No estoy segura de comprender.

—Ya te lo he dicho; es difícil de explicar. Esté donde esté, me recuerda; quiere también estar junto a mí. Entonces intenta deslizarse en el Otro Mundo para reunirse conmigo.

—¿Cómo es posible?

—Es posible porque es el puma..., y unos sacerdotes o unas sacerdotisas deben de ayudarlo.

Anamaya concluye su frase con una risita divertida. Curi Ocllo, acabando de vestirse, le lanza una mirada tan desorientada como suspicaz.

—No me burlo de ti, Curi Ocllo —prosigue dulcemente Anamaya—. El mundo no es sólo lo que se ve, y los poderosos antepasados velan por nosotros. Hay que confiar en ellos.

—Sí, sí, lo sé. Todos decís eso: tú, los sacerdotes, el dueño de las piedras. Pero parece que los poderosos antepasados no quieran velar por todo el mundo con la misma fuerza; tal vez, incluso, se apartan de Manco y de mí..., ¡como de todos los incas, casi!

La voz de la muchacha se nubla de cólera y lágrimas. Con paso brutal, toma el camino abierto a través de la jungla, como si quisiera huir por él.

—¡Curi Ocllo!

—¿Cuánto tiempo hace que el extranjero está lejos de ti, Anamaya? —pregunta con dureza Curi Ocllo, sin volverse.

—Veintiocho lunas.

—¿Y desde hace veintiocho lunas ignoras dónde está aquel al que llamas el puma?

—Sí.

—Sin embargo, a pesar de todo ese tiempo, no te olvida y no lo olvidas. A pesar de todo ese tiempo, lo sientes junto a ti y también él debe de sentirte a su lado.

—Tal vez.

—¡Sin duda! Estoy segura de que lo ves en sueños, de que, a veces, incluso te acoplas con él mientras duermes. ¡Veintiocho lunas! Tienes razón: los poderosos antepasados os protegen y no quieren separaros. ¡Tú y un extranjero!

Curi Ocllo da media vuelta, cerrando el camino a Anamaya.

—¿Por qué? ¿Puedes decirme por qué, *Coya Camaquen*?

Ha gritado y, por unos segundos, el incesante rumor de la jungla se suspende.

—No comprendo tu pregunta, Curi Ocllo —responde Anamaya con dulzura.

La angustia y el dolor deforman el hermoso rostro de la joven reina.

—Hace sólo cuatro lunas —balbucea— que estoy separada de Manco; mis noches están vacías de sueños, mis baños son solitarios. Vaya adonde vaya, no hay a mi alrededor presencia alguna de mi amado. Los poderosos antepasados me envuelven con frío. Me ignoran, *Coya Camaquen*; ya no me apoyan. Y creo que ni siquiera apoyan ya a Manco.

—Manco hace lo que debe hacer —dice en voz baja Anamaya, con el corazón en un puño porque comprende muy bien las verdades que conmueven a Curi Ocllo—. Te ama. Te ama como a ninguna de sus mujeres.

—Me ama y no puedo reunirme con él. Deja frío mi lecho. Me ama y no siento sus manos ni su boca en mí. Me ama, pero el mañana me parece tan gélido como un día de invierno en las más altas montañas.

—Está haciendo la guerra, Curi Ocllo. Manco combate contra los extranjeros, y esta guerra es terrible.

Con el rostro cubierto ahora de lágrimas, Curi Ocllo sacude la cabeza.

—No, Anamaya; lo sabes mejor que yo. Manco no hace la guerra: la pierde.

—¡Curi Ocllo!

—¿Quién no ve esta verdad? El Único Señor Manco, mi esposo, está solo, y sus fuerzas se debilitan. Su hermano Paullu ha tomado partido por los extranjeros. El sabio Villa Oma hace la guerra por su lado. Tú y el dueño de las piedras estáis aquí, ocultos en la nueva ciudad de la jungla, Vilcabamba, ocupados siempre con los poderosos antepasados, pero lejos de Manco, mi amado. ¡E incluso yo estoy aquí!

—Curi Ocllo —murmura Anamaya, tomándola en sus brazos e incapaz de contradecirla.

—¡Está tan solo! Los extranjeros han capturado a su hijo, Titu Cusi, al que tanto ama. ¡Qué traición! Incluso se han llevado los cuerpos secos de los poderosos antepasados a Cuzco...

Anamaya, con tristeza, no encuentra nada que decir que pueda apaciguar ese terrible cuadro. Se limita a acariciar la mejilla húmeda de la muchacha.

—No creo —susurra— que abandone al Único Señor Manco, Curi Ocllo. Siempre he estado a su lado y siempre ha sido para mí como un hermano. Nada de lo que hacemos aquí, en Vilcabamba, va contra él, muy al contrario. El dueño de las piedras ha construido la ciudad para que algún día tu amado Manco pueda vivir aquí como debe vivir un Hijo del Sol.

Curi Ocllo se estremece desprendiéndose de los brazos de Anamaya. Con altivez, se seca las lágrimas. Pero el sufrimiento le impone de nuevo una mueca.

—¡Oh, Anamaya, tengo tanto miedo al mañana! —exclama con el tono de una niña perdida.

El sol lanza sus últimos fulgores cuando llegan a los primeros muros de Vilcabamba, la reciente ciudad inca. Construida según los planos precisos de Katari, el dueño de las piedras, resplandece con extraña serenidad.

Sus terrazas y las *canchas* están perfectamente dispuestas alrededor de la gran plaza de las ceremonias y ante el templo del Sol, un largo edificio en el que se abren diez puertas. Los muros, tanto de las estancias como de los recintos de las *canchas*, están revocados en un ocre que se inflama como el oro en la noche que se acerca. Como un joyel, capta el adiós del sol mientras el cer cano río y las terrazas de ricos cultivos desaparecen en las sombras.

El cielo nocturno gravita ya sobre las montañas, al norte, y los sinuosos valles de Pampakona, al este, cubiertos de cedros y de *caboas* gigantescas, donde se desgarran jirones de bruma.

Un silencio apenas turbado por los gritos de los pájaros impresiona a las dos muchachas y demora su paso en la hierba húmeda. Mantienen los ojos clavados en las cimas brillantes aún, al sur, de la cordillera. Luego, tan bruscamente como si se envolvieran los glaciares y los neveros, la oscuridad las oculta.

Unas ranas, muy cerca, croan con violencia y callan en seguida. Entonces, Curi Ocllo da un respingo y toma, deteniéndose, el brazo de Anamaya. Sin una palabra, señala con su dedo un largo macizo que flanquea un muro. Las anchas hojas se mueven, se doblan y aparece un joven puma de mirada asombrada. Su pelaje, muy claro aún, brilla en la penumbra del anochecer. Avanza ágilmente en su dirección, brincando sobre sus patas de poderosas huellas.

Anamaya no consigue ya respirar. Capta el pequeño gemido de miedo de Curi Ocllo.

El puma está tan cerca que pueden ver con precisión las pequeñas sombras blancas alrededor de sus ojos, el halo pálido que bordea sus finas orejas.

Se detiene a dos pasos de Anamaya y busca su mirada. Sus fauces se entreabren en un largo y dulce rugido.

Y dando un salto, desaparece en la maleza.

Anamaya y Curi Ocllo permanecen un instante petrificadas, siguiendo el leve ruido de la carrera del felino, que se aleja hacia la jungla.

Cuando Curi Ocllo, con el pecho agitado aún por el jadeo del miedo, se vuelve hacia Anamaya, descubre la sonrisa de felicidad que transfigura a su amiga.

—¡Oh, tenías razón! —susurra, exaltada—. Tenías razón: estaba allí, muy cerca de ti.

21

LAGO TITICACA, COPACABANA, ABRIL DE 1539

—¡Señor Gabriel!

El niño, erguido en el umbral de la estancia, tiene sólo unos diez años. Sin embargo, su rostro es tan severo que aparenta, sin duda, algunos más.

—¡Déjame en paz, chiquillo! —gruñe Gabriel—. ¡Déjame dormir, o te corto en rodajas!

—¡Señor Gabriel, no debes seguir durmiendo! —repite el niño sin dejarse impresionar.

Gabriel suspira abriendo apenas los párpados.

—¡Por todos los santos! Diríase, efectivamente, que eso te molesta, Chillioc. ¿Y por qué quieres que no duerma cuando apenas es de día?

—Alguien llega, señor Gabriel. Alguien que viene a verte.

—¡Ah, caramba!

Esta vez, Gabriel concede algo más de atención al niño, que sigue sin cruzar el umbral. En el patio resuenan unos ruidos matinales anunciando que las mujeres preparan ya la comida de la mañana.

Gabriel se incorpora con prudencia para que su hamaca no se bambolee.

—¿Quién es ese alguien y cómo sabes que viene a verme? —pregunta.

—El *chaski* ha dicho: «Un extranjero llega a caballo. Es viejo y está cansado. Ha dejado ya atrás Copacabana y va en dirección a Cusijata.»

El niño se interrumpe, encogiéndose de hombros.

—Si un extranjero viene hasta aquí, forzosamente será para verte —añade.

Gabriel no puede evitar una sonrisa. Se levanta mientras la hamaca se balancea suavemente.

—Tráeme la túnica, Chillioc —ordena—. ¿Un extranjero viejo y fatigado has dicho? ¿Tiene pelo blanco en el rostro?

—No lo creo. El *chaski* sólo ha dicho que no se veía su rostro porque estaba del todo envuelto en tejido. Y que no se encuentra lejos y que estará ante tu *cancha* antes de que su sombra haya disminuido de una mano.

Acabando de vestirse, Gabriel lanza una intrigada mirada al niño. Cuando sale de la estancia y aparece en el largo patio, las siervas que se ataraean en torno al hogar, bajo el pequeño saledizo que sirve de cocina, le saludan con una sonrisa y le invitan a reunirse con ellas. Gabriel niega con un movimiento de cabeza y pone su mano en el cuello del niño para llevárselo con él.

—Muy bien, Chillioc, creo que tendré que agradecerte que me hayas despertado. Ven, pues, conmigo a recibir al extranjero.

Lo que divisan primero es tan extraño que el propio Gabriel tarda cierto tiempo antes de ser capaz de distinguir la silueta de un hombre a caballo. Parece un extraño montículo de mantas, españolas unas e indias las otras, que se mueve entre las terrazas que dominan la orilla del lago.

—Ese extranjero, sea quien sea, no parece encontrarse muy bien —dice Gabriel, arrastrando al niño.

Cuando están aún a unas cuarenta varas del extraño montón, el caballo se detiene, y el hombre oculto bajo los pliegues de las mantas parece a punto de abandonar los estribos.

—¡Hola! —grita Gabriel, apretando el paso—. ¡Hola, compañero! ¿Quién eres?

Ninguna respuesta brota de los tejidos. De pronto, desafiante, Gabriel reduce el paso y mantiene atrás, prudentemente, a Chillioc.

—Quédate aquí, pequeño. No sigas avanzando. Ese tipo podría hacernos una jugarreta ocultando una ballesta bajo sus trapos.

El muchacho obedece a regañadientes, dirigiéndole una mirada de reproche. Gabriel observa durante unos instantes al hombre y el caballo, tan inmóviles como si no estuvieran ya vivos, pero no consigue adivinar la forma de un arma. En verdad nada es visible del jinete, ni una pulgada de piel o de pelo. Ni una mirada. Con un estremecimiento, Gabriel, inquieto, se pregunta si no tiene delante un cadáver tozudamente cargado por un caballo molido.

—¡Hola! ¡Hola, compañero! —grita de nuevo, pero con más fuerza.

El único efecto de su grito es un estremecimiento de temor del caballo, que retrocede unas varas, girando hacia un lado. Sólo entonces descubre Gabriel el grueso paño del hábito que se arruga sobre las gastadas botas del jinete. Y al mismo tiempo, una mano que se crispa en las riendas del caballo. Es una mano reconocible entre todas las demás, con el anular y el medio pegados formando un solo dedo.

—¡Cagüen Dios! ¡Fray Bartolomé! ¡Chillioc! ¡Chillioc, ven a ayudarme!

Con algunas palabras dulces, Gabriel se acerca al caballo. Mientras con una mano le acaricia el hocico, con la otra sujeta con fuerza una de las anillas del bocado.

—Chillioc, acércate. No temas nada...

—¡No tengo miedo, señor Gabriel!

—¡Perfecto! Entonces, toma esa correa y manténte delante del caballo, sin tirar...

Mientras el niño inmoviliza al animal, Gabriel aparta los pliegues de los cobertores. Lo que descubre le arranca una mueca. Dormido o desvanecido, Bartolomé está encogido en su silla. Su hábito está desgarrado de arriba abajo. Pero, sobre todo, su rostro es apenas visible, envuelto en viejos trapos oscurecidos por la sangre coagulada.

—¡Dios del cielo! —mascula Gabriel, tomando la mano de Bartolomé—. ¡Fray Bartolomé! ¡Fray Bartolomé, despierta!

El ojo visible no parpadea. La mano que Gabriel sostiene en la suya está tan flaca que parece no tener ya carne. Estupefacto por unos instantes, Gabriel vacila sobre lo que debe hacer. Luego, soltando a Bartolomé, se vuelve hacia el niño.

—Ven aquí, Chillioc.

Lo agarra de la cintura y lo levanta bastante para que el muchacho pueda instalarse en la grupa del caballo, justo detrás de la silla.

—Coloca tus brazos alrededor de mi amigo para que no se

caiga —explica poniendo las manos de Chillioc en el pomo de la silla—. Eso es, así. Y agárrate fuerte mientras yo os llevo hasta la *cancha*.

Y cuando el niño, con la mejilla aplastada contra las hediondas mantas, hace una mueca de asco, Gabriel esboza una sonrisa.

—Huele mal, pero es sólo el olor de los extranjeros cuando llegan al Titicaca.

Mucho después de que las mujeres, con gran cuidado, hayan lavado su herida, Bartolomé entreabre los párpados. Sus ojos, profundamente hundidos en las órbitas, buscan algo a su alrededor. Un ronco sonido acaba por salir de sus labios cubiertos de costras.

—¿Gabriel?

—Aquí estoy, amigo Bartolomé.

Deteniendo los cuidados de las mujeres, Gabriel toma la descarnada mano de Bartolomé. Sus miradas se sonríen, y Gabriel adivina el alivio que apacigua el aliento de su amigo.

Nunca había visto a Bartolomé desnudo, pero lo que ha descubierto mientras ayudaba a las mujeres a librarlo de sus oropeles es sencillamente espantoso. La delgadez del sacerdote es tal que la piel de sus costillas y de sus caderas brilla como una película a punto de rajarse. Cardenales y heridas mal cicatrizadas cubren los brazos y las piernas.

Al quitar de su rostro los trapos que servían de apósito, han descubierto, desgarrando las carnes y la rala barba, una larga brecha que abría al bies su sien y su mejilla izquierda. La llaga, hedionda y supurando, agrietada por las infecciones donde se retorcían algunos lívidos gusanos, ha arrancado horrorizadas exclamaciones a las sirvientas.

Lavada ya, curada y purificada por las cenizas y un jugo de raíz ácida, está cubierta por un emplasto verde que da al monje la apariencia de un hombre con dos rostros.

—No sé cómo te las has arreglado, mi buen amigo —murmura Gabriel con afecto—, pero te han dejado hecho unos zorros.

—¡Estoy aquí! ¡A Dios gracias estoy aquí, contigo, y eso es lo que cuenta!

Una fugaz sonrisa arruga los agotados párpados.

—Creí que no llegaría nunca —añade—. Pero ya ves, Dios sabe imponer su voluntad cuando quiere...

—Podría imponerla, a veces, con mayor suavidad —ironiza Gabriel, tomando un bol—. Es un poco de puré de quinua. Tienes que comer. Tu vientre parece tan ligero como una pluma al viento.

Tras haber tragado cuatro cucharadas, Bartolomé aparta la mano de Gabriel.

—Hace once días que estoy en camino para reunirme contigo. Vengo del sur, donde los Pizarro han dominado la insurrección de Tisoc, el general de Manco. Ha sido hecho prisionero y... ¡Oh, es indecible! ¡El horror, amigo mío, el horror todos los días!

La voz es seca; las frases, entrecortadas. Gabriel sabe que Bartolomé necesita hablar. Y conoce muy bien las imágenes que obsesionan al monje. ¿Acaso no fueron las suyas durante meses y meses?

—¡Niños, mujeres, ancianos! —susurra Bartolomé—. Todos los días, todos los días matanzas y humillaciones. Y cuando Tisoc fue capturado, vencidas sus tropas, Gonzalo ordenó una represión más feroz aún: fosas con estacas para arrojar a los hombres y a las muchachas violadas, casas llenas de pobre gente a la que se quemaba viva, como hojas de otoño. ¡Oh, Gabriel...!

—Lo sé, amigo Bartolomé. Lo sé. Recorrí ya ese camino en compañía de Almagro hace algunos años. Nada he olvidado, pues eso no se olvida.

Agarrando la túnica de Gabriel con sus dedos, que son sólo huesos, Bartolomé se arquea como si quisiera expurgar su memoria mancillada por el exceso de horror.

—Recordé tus palabras, Gabriel: «No he producido sufrimiento, pero tampoco lo he impedido, y eso es casi lo mismo.» Lo comprendí y, como a ti, mi impotencia me avergüenza. ¡Oh, Señor!, creo haberos insultado incluso por obligarme a mantener los ojos abiertos ante tantos sufrimientos...

—¡Bartolomé!

—¡No, déjame hablar! ¡Deja! Mi garganta hiede por el aire que respiré allí; mis narices están llenas aún del hedor de los niños abrasados, Gabriel. Y si duermo, los veo... ¡Cristo! ¡Cristo!, sus llamas arden en mí, me calcinan...

Con gestos dulces, Gabriel y las siervas ponen unos lienzos húmedos y frescos en la frente y el torso de Bartolomé, pero nada puede interrumpirle.

—Mujeres a las que habían encadenado, ¡ni una tenía más de

veinte años! Lamentablemente me sorprendieron. ¡Aquellos monstruos! ¡Aquellos monstruos! Ser un servidor de Dios en nada me protegió. Sin duda, el Señor quiere inscribir en mi carne el sufrimiento de todos sus hijos... ¡Jesús lo hizo! ¡Sí, quiso marcarme, Gabriel! Pues son también sus hijos. Todos deben saberlo: los indios son también hijos de Dios...

—¡Despacio, Bartolomé, despacio!

—Pero ellas pudieron huir antes de que los soldados me derribaran e intentaran cortarme la cabeza. ¡Lo conseguí, Gabriel! Ellas, al menos, pudieron huir... Pero ¿qué es eso? Veinte pobres niñas. Y hay tantos por todos lados. ¡Por todos lados!

La voz de Bartolomé, al borde del delirio, se ha vuelto de pronto aguda y chirriante. Gabriel posa una mano en su frente para apaciguarlo.

—Cálmate, amigo. Estoy aquí y voy a cuidarte...

—Huí viajando sólo de noche, para que no me siguieran. Son como las fieras, como fieras con los colmillos en el infierno...

—Bartolomé, haremos que bebas una poción y dormirás.

—¡No, no; tengo que contarte!

—Mañana tendremos tiempo. Ahora descansa...

—He venido a pedirte algo, Gabriel. ¡Algo importante! Sólo tú...

Pero Gabriel ha dirigido una señal a las mujeres, que, por la fiebre y la voz de Bartolomé, han comprendido ya lo que deben hacer. Mientras él toma al sacerdote de los hombros y lo levanta suavemente, ellas pasan un pequeño brasero de humeante hierba bajo la nariz del monje. Casi en seguida se relaja, más dócil, y bebe un líquido que le duerme en pocos instantes.

Sólo dos días más tarde, al atardecer, Bartolomé, con el espíritu más calmado ya, está en condiciones de hacer su primera comida de verdad.

Gabriel ha hecho instalar una yacija en una de las estancias que dan a las orillas del lago. Algunas mujeres lo han velado, tanto de día como de noche, acompañando su coma que mantenían con pociones hasta que cesara la fiebre. En cuanto los ojos de su amigo se han abierto, Gabriel ha hecho que le lleven fruta y una infusión de hojas de coca para que pueda comenzar a restaurarse con alimentos suaves. Y esta vez, con un apetito que hace temblar sus dedos, Bartolomé devora lo que le ofrecen.

—Amigo Gabriel, te debo la vida —advierte con voz enronquecida.

Se limpia la boca tras un largo silencio, en el que se advierte cierto malestar.

—En este caso, estamos en paz. Sin tu intervención, haría mucho tiempo que me habría asado en aquella prisión de Cuzco.

—He delirado y dicho muchas tonterías, supongo.

—Lamentablemente, no; sólo has dicho verdades. ¡Olvídalo! Estoy contento de verte junto a mí y con cierto apetito, por fin.

—Estos frutos son una delicia —murmura Bartolomé, moviendo la cabeza—. Diríanse creados para el paraíso.

Con la cabeza envuelta en un cuidadoso vendaje, que ha echado a un lado para mejor disfrutar el zumo de los mangos y las guayabas, deja que su mirada vague por el espejeante azul del lago. La fruta parece devolverle cierta vida a su demacrado rostro.

A esta hora del día, las montañas están cubiertas de densas nubes, que unen sus cimas unas a otras. El reflejo de las vertiginosas laderas se ha difuminado en la superficie del Titicaca, tiñéndolo de un color más oscuro, más opaco.

—Comienzo a entender por qué has venido a refugiarte aquí —aprueba Bartolomé con una delgada sonrisa—. Tenías razón: es difícil imaginar un paisaje más bello y apacible.

Calla bruscamente, con los labios apretados por una dolorosa gravedad.

—Después de lo que he visto en estos últimos meses —prosigue—, es como si Dios me concediera, por fin, algún reposo y quisiera mostrarme que la armonía existe aún en este mundo.

Gabriel le dirige una asombrada mirada. El gran vendaje que deforma la mejilla izquierda del monje y ciñe su cráneo subraya más aún la fatiga y el cansancio. Luego, esbozando una amarga sonrisa, aprueba con un breve movimiento de cabeza.

—Cuando descubrí este paraíso, no me hallaba en mejor estado que tú, Bartolomé. Y dejando aparte a Dios, me hice la misma reflexión. Sí, parece en efecto que el Titicaca debe de ser nuestro refugio cuando el mundo de los hombres se vuelve en exceso inhumano...

—¡Inhumano!

Es casi una risa lo que brota de la garganta de Bartolomé; es una burla llena de acritud.

—¡Inhumano! ¡Ésta es la palabra! Lamentablemente, Gabriel, debo reconocer que fuiste más prudente que yo. Qué razón tuviste al huir de nosotros y mantenerte apartado de los Pizarro, tras la terrible batalla que arruinó Cuzco. Que el Señor me lo perdone: me pusiste en guardia, pero no quise escuchar tus palabras. Sólo hoy comprendo lo que entonces me dijiste, cuando estábamos en tu prisión y los incas se disponían a exterminarnos: «Ahora, en la mirada de la gente de este país, todos los españoles son iguales... Para ellos, todos merecemos ser exterminados. Éste es el resultado de la política de Hernando, de Almagro y de los secuaces del infierno, como Gonzalo, al que se lo consienten todo.» Tenías razón de punta a cabo. Han pasado tres años, y todo ha empeorado.

Con el pecho agitado por la emoción, Bartolomé calla unos instantes y cierra los párpados.

—Gabriel —pregunta en un murmullo apenas audible—, ¿cómo puede Dios desear algo semejante? ¿Dónde y cuándo ordenará, por fin, su castigo? ¡Ah, amigo mío, amigo mío! A veces me domina el deseo de ser aquel por medio del cual querrá castigar a esos demonios en que nos hemos convertido todos.

Gabriel adivina unas lágrimas en los ojos de su amigo y aparta con pudor la mirada. Un breve instante los une en la contemplación del lago, mientras unos gritos de niños y unas llamadas resuenan en la ribera, y una barca se aparta de la aldea dirigiéndose a las islas.

Gabriel toma un mango abierto y mira, sombrío, la carne perfumada, como si contuviera un enigmático veneno.

—Este país es como esta fruta. Sólo aspira a derramar sus riquezas y sus más dulces perfumes. Aquí, a orillas del Titicaca, me parece estar a veces en el umbral de un mundo abierto de par en par y que nos espera, se nos ofrece, y al que nosotros mantenemos obstinadamente invisible. Se necesitaría muy poco para que la paz enriqueciera a cada español mucho más que todas las carretadas de oro.

—¡Oh, la paz! —exclama Bartolomé con sarcasmo—. Por mi parte, no pido tanto. Me consideraría satisfecho si don Francisco y sus hermanos se comportaran con mayor mesura en vez de alimentar el sufrimiento y las lágrimas. Como si la herida de la guerra con los incas no bastara, ahora la guerra civil ruge entre los españoles.

—Supe que el Tuerto fue condenado por Hernando.

—La verdad es que don Diego de Almagro fue asesinado. Cometió un error fatal. Al finalizar el sitio, cuando los hermanos del gobernador estaban debilitados, tomó en su poder la ciudad y encarceló a Hernando y Gonzalo. Puedo asegurarte que intenté disuadirlo de ello; no para apoyar a Hernando, sino porque el efecto de aquella acción era evidente. ¿Qué valía, ay, la palabra de un hombre de la Iglesia ante la obstinación de un anciano convencido de haber sido engañado durante años por los Pizarro? No pasaba noche sin que Almagro soñara aún en el oro del rescate de Atahuallpa y en el reparto de Cajamarca, del que el gobernador le había apartado. Su odio y su deseo de venganza eran tan rancios que perdía cualquier razón. Podía pasar, aún, que se adjudicara Cuzco, pero encerrar a los hermanos Pizarro era tender la mano al dardo del escorpión... En cuanto pudieron, se libraron de él con tanta emoción como si retorcieran el gaznate de un pollo.

Gabriel sacude la cabeza.

—Tengo muy malos recuerdos de Almagro como para compadecer a ese tipo. Sin embargo, reconozco muy bien aquí el estilo de Hernando y de Gonzalo.

—¡Están locos! ¡Todos locos! Ahora, la venganza cambia de campo como una pelota en el frontón. Unos apoyan a los Pizarro, y los otros sólo piensan en apoderarse de su poder y sus riquezas. Todos sueñan, únicamente, en despanzurrar al clan opuesto.

Gabriel no puede contener una risita burlona. Bartolomé le lanza una mirada de reproche y palpa su vendaje como si pudiera estimar todos los dolores del Perú.

—La verdad, Gabriel —suspira—, es que muy pronto nosotros, los españoles, nos destruiremos unos a otros y con mayor eficacia que la que nunca pudieron conseguir los incas. ¡Que Dios omnipotente nos perdone!, salvo si considera que es ya hora de castigar a cada uno de esos hombres por el infinito horror que engendran en este Nuevo Mundo.

Estas últimas palabras de Bartolomé han sonado con vehemencia. Gabriel calla por un instante, con la mirada clavada a lo lejos, en los reflejos del lago.

—Es decir, ¿que la guerra contra Manco se apacigua? —pregunta.

—Manco está perdiendo su guerra. Durante su breve supremacia, Almagro sembró mucha confusión entre los incas y nombró rey al propio hermano de Manco: Paullu. Muchos indios se unieron a él. Hoy Manco está aislado y debilitado. Ha perdido muchas batallas y se hunde cada vez más en la selva como única defensa. Y además, ha sufrido dos golpes muy duros...

Bartolomé parece vacilar mientras Gabriel sigue sus palabras con la mayor atención.

—Su hijo ha sido capturado, un muchacho muy joven llamado Titu Cusi...

—¡Titu Cusi! —murmura Gabriel, recordando el rostro del niño que jugaba en Ollantaytambo y le había preguntado: «¿Todos los extranjeros son como tú?»

—Y Paullu, en Cuzco, se ha llevado consigo las momias de su clan... Ya sabes, sin duda mejor que yo, lo que eso significa en el ánimo de Manco.

—Para los incas, tanto para los señores como para la gente del pueblo, si las momias están con un poderoso señor, es que los antepasados le apoyan y aprueban sus decisiones —masculla Gabriel, frunciendo el ceño—. Es muy importante.

Bartolomé, con los ojos cerrados, escurre el zumo de una parda ciruela entre sus labios apergaminados. Una sonrisa de bienestar, apenas perceptible, distiende fugazmente sus rasgos.

—Paullu es un personaje extraño. No sé si hay que admirar la prudencia de su realismo o sentir náuseas por su cobardía, pero, de hecho, se pone siempre al lado del más fuerte. Ayer, Almagro; hoy, los Pizarro. Y tanto en un caso como en el otro, nunca vacila en combatir a su hermano Manco. Nunca deja adivinar lo que piensa. Nos acompañaba durante aquella expedición al sur y ni un solo instante se opuso a la matanza de su propio pueblo ni a la captura de Tisoc, el general de Manco que alentaba la rebelión.

—De modo —murmura Gabriel— que Manco está ahora solo.

Bartolomé le observa con intensidad, con la boca entreabierta a una pregunta. Luego cambia de opinión.

—He oído decir —declara— que había edificado una nueva ciudad inca, muy lejos, al norte de Cuzco, en la jungla más que en la montaña, para que nos resultara del todo inaccesible. Pero para no ocultarte la verdad, tras todo lo que he visto en estos últimos meses, pienso que su reinado y su rebelión muy pronto serán sólo un recuerdo.

Un pesado silencio se instala de pronto entre ambos. Finalmente, lo quiebra Bartolomé.

—¿Debo entender que sigues sin noticias de Anamaya? —pregunta con voz vacilante.

Gabriel mueve la cabeza con una media sonrisa.

—Pronto hará treinta meses que no la he visto. Hoy ignoro incluso si sigue bebiendo en la superficie de este mundo.

El silencio los turba de nuevo.

—No es sorprendente —prosigue Gabriel con fingida ligereza—. Por decirlo de algún modo, lo habíamos decidido así. Durante mucho tiempo, lo he aceptado con resignación. Sin duda, me decía que nuestra separación no iba a durar..., que la guerra concluiría, o que la propia Anamaya desearía reunirse conmigo... Y luego conocí la verdad. El tiempo pasa y comienzo a olvidar incluso el recuerdo de su rostro. Es insoportable y, sin embargo, debo aceptarlo, ¡o la pondría en peligro! Algunas cosas le impiden alejarse de los suyos y más aún reunirse conmigo.

—¿Algunas cosas? —pregunta Bartolomé en voz muy baja—. ¿Esa estatua de oro a la que llama su esposo?

—Sí, el Hermano-Doble —dice Gabriel, sonriendo—. Pese a todo tu deseo de respetar a los incas, dudo que puedas comprender lo que eso significa para ella, y para ellos.

—¿Qué importa que yo lo comprenda? —protesta Bartolomé con cierto malhumor—. Lo que cuenta es que Gonzalo y Hernando siguen deseando apropiarse de ese... objeto. Tantas onzas de oro los enloquecen.

—¡Al diablo su locura! Nunca lo tendrán.

El tono de Gabriel es tan sereno, tan seguro, que Bartolomé lo observa con atención, como si descubriera a un desconocido bajo la familiar apariencia del rostro de su amigo.

—¡Pareces muy seguro! Son capaces de registrar el Perú, piedra a piedra, para encontrarlo.

—Darán vuelta a las piedras y sólo hallarán vacío —dice Gabriel, sonriendo otra vez—. Nosotros, los españoles, podemos hacer que la gente que vive en este país sufra; podemos asesinarlos, robarles. Pero mira ese lago, fray Bartolomé; mira esas montañas...

Con amplio gesto, Gabriel señala las laderas, que por el juego de los reflejos parecen ahora perderse tanto en el azul del cielo como en el del Titicaca, tan intenso.

—Sí, es muy hermoso —admite Bartolomé—, pero...

—No —interrumpe Gabriel—, no se trata de belleza. Todo eso está vivo: montañas, piedras y agua... Todo está aquí vivo, con una vida semejante a la nuestra y que, sin embargo, ni tú ni yo sabemos ver.

—¿Qué quieres decir?

—Que los incas, en cambio, saben ver lo invisible. Más aún: saben percibir su aliento y recibir su apoyo. Saben percibir la vida esté donde esté y de cualquier modo que se exprese. Bajo el filo de una espada, no tienen más fuerza que un pollo, y tal vez, algún día sean exterminados todos como pollos. Sin embargo, lo esencial se habrá preservado. Nada impedirá que se lleven su saber del mundo en las montañas, las piedras y este lago que no sabemos ver ni escuchar. Aquí hay fuerzas que van más allá de lo que puede combatir un Pizarro.

Gabriel, esta vez, ha hablado con ardor. La mirada de Bartolomé se ha hecho sombría y triste.

—¡Ése es un modo muy poco cristiano de concebir las cosas! Se dice que, a veces, aquí te entregas a ceremonias paganas con los sacerdotes indios.

Por un segundo parece que Gabriel va a perder la calma, pero una risa irónica brota de sus labios y mueve la cabeza.

—¡Qué importa lo que puedan decir de mi vida aquí! Me conviene por completo.

—¿Estás seguro?

—¿Estás acaso haciendo una investigación?

—Soy un hombre de Dios, Gabriel, y soy tu amigo. No imagines que pueda alegrarme viendo cómo abandonas y, tal vez, ofendes incluso la obra de Cristo en este mundo y la esperanza que representa para todos nosotros.

—No abandono el respeto por los hombres ni por la vida. Eso debería bastar para consolarte.

Por un instante, Bartolomé examina a Gabriel. La tensión aguza más aún su rostro descarnado. Luego, de pronto, como si el agotamiento lo venciera, inclina la cabeza.

—Sin duda, tienes razón, pero resulta muy extraño admitirlo.

La mano de Gabriel busca el brazo de su amigo.

—Estoy en paz con mi alma, fray Bartolomé. No temas.

Un estremecimiento de fiebre recorre al monje. Sus labios tiemblan con violencia mientras cierra los párpados y murmura en un tono tan bajo que apenas es audible.

—No dudo de que tu alma esté en paz, queridísimo Gabriel. La mía, ay, no lo está en absoluto... Estoy agotado y quiero dormir un poco. Hazme un favor. Durante mi sueño, quisiera que abrieses las bolsas de cuero que cuelgan de mi silla. Encontrarás unas hojas escritas por mí. Por amor de Dios, léelas.

—El amor de Dios nada tendrá que ver en ello, fray Bartolomé, pero sí, sin duda, mi amistad por ti.

Sólo al caer la noche sale Bartolomé de un sueño de plomo. A pocos pasos de su yacija, junto a un brasero encendido ya, descubre a Gabriel, sentado, inmóvil en la contemplación del lago y las montañas que se zambullen ya en la oscuridad del anochecer. En sus rodillas tiene un ancho estuche de cuero, que contiene un montón de hojas cubiertas de prieta caligrafía.

—Gabriel...

Cuando se da la vuelta, Gabriel sonríe amistosamente, pero parece que toda la oscuridad que acaba de contemplar permanezca en su mirada. Bartolomé señala el estuche.

—¿Lo has leído?

—Lo he leído. Hay en estas páginas tantos horrores e injusticias que parecen el catálogo de los tormentos del infierno.

—Y sin embargo, puedo jurar ante Dios que sólo son hechos a los que he asistido personalmente desde el día en que puse los pies en esta tierra del Perú. Lo he anotado todo, cada día, todos los dolores y las humillaciones infligidos a los indios, cada quebrantamiento de las reglas de Dios y de Roma, el olvido de las leyes del reino... ¡Todo está aquí!

Gabriel contempla el estuche de cuero como si se tratara de un extraño animal; luego lo deja a los pies de Bartolomé.

—Sí, todo está aquí. Sin embargo, eres un inconsciente, amigo Bartolomé. Si los Pizarro o alguno de esos señores encontraran estos papeles, ¡serías hombre muerto!

—Por eso, sólo he viajado de noche hasta reunirme contigo —susurra Bartolomé.

Gabriel le responde con una sonrisa grave.

—Temo que no sea suficiente. Quema estas hojas en el brasero, Bartolomé, u ocúltalas en algún lugar secreto y déjalas para más tarde. Hoy son inútiles. ¿Quién querría leer tan triste prosa?

Con una especie de ladrido de furor, Bartolomé se incorpora. A cuatro patas, toma el estuche de cuero para blandirlo sobre su cabeza.

—¿Quemarlas? ¿Disimular estas verdades cuando el rey Carlos debe conocerlas? España debe saber lo que ocurre aquí. ¡Roma y el papa deben horrorizarse ante estas páginas!

Gabriel sacude la cabeza, irónico.

—La fiebre te exalta, amigo mío. ¿Olvidas el oro? ¿Quién va a preocuparse, al otro lado del océano, del modo como se adquiere? ¿Imaginas que el rey o el papa se negarán a cubrir de oro sus palacios e iglesias con el pretexto de que aquí se trata a los salvajes como escoria? ¡Vamos! Don Francisco y sus hermanos pueden seguir siendo tiranos mientras hagan la fortuna de Europa.

—¡Te equivocas! ¡Te equivocas, Gabriel!

Bartolomé termina de levantarse, tambaleante. Sus gritos de indignación son tan violentos que dos siervas y Chillioc acuden con una antorcha en la mano. Gabriel los apacigua con un movimiento de cabeza mientras Bartolomé, fuera de sí, se agarra a sus manos.

—¡No, no! —protesta con vehemencia—. No quiero que digas eso. ¡Tú no, Gabriel! Hay hombres de buena voluntad en España y en Roma. Tanto en la Iglesia como en la corte, hombres que creen que los indios son hijos de Dios como nosotros.

—Lamentablemente, están allí y no aquí.

—Por eso deben saber.

—Y aunque lo supieran...

El rostro vendado de Bartolomé parece demente. Sus párpados no dejan de agitarse, al igual que una gruesa vena en el cuello. Gabriel teme, a cada segundo, que va a desvanecerse, pero, tenso como un arco, se agarra a sus hombros.

—Gabriel, escúchame: hay en España alguien, un religioso, que actúa para que todo hombre vivo, aquí, en estas montañas, sea tratado con respeto y dignidad. Es un dominico y se llama Las Casas, un sabio como los que tú y yo amamos y admiramos. Es un hombre que ha leído a Erasmo...

—¡Pero un hombre solo, fray Bartolomé! Como tú, como yo, y tan lejos de estas montañas...

—¡No tan solo! Es influyente y le escuchan. Ha logrado ya que el papa Pablo III promulgue una bula ordenando que los indios de toda la tierra sean tratados como hombres...

Ante la sonrisa irónica de Gabriel, Bartolomé se arquea y se aparta con cólera. Con su mano esquelética, designa a los servidores de Gabriel, que permanecen petrificados al fondo de la estancia, con los ojos desorbitados de incomprensión.

—«Considerando que los indios, siendo verdaderos hombres, no sólo son aptos para recibir la fe, sino que también declaramos, sin que obste cualquier opinión contraria, que los dichos indios no podrán en modo alguno ser privados de su libertad ni de la posesión de sus bienes y que tendrán que ser llamados a la fe de Jesucristo por la predicación de la palabra divina y por el ejemplo de una virtuosa y santa vida.»

Jadeando, bamboleando su vendada cabeza, Bartolomé concluye su declamación y se apodera del joven Chillioc para empujarlo ante él.

—Ésas son las palabras y la voluntad del Santo Padre; por la cabeza de este niño, lo juro ante Dios omnipotente. Desea lo que nosotros deseamos.

Por toda respuesta, Gabriel alarga la mano hacia Chillioc y acaricia su rostro asustado.

—No tengas miedo, Chillioc —murmura en quechua—. Mi amigo tiene algo de fiebre. Ayúdame a acostarlo.

Bartolomé protesta, pero el agotamiento vence su exaltación, y las piernas apenas le sostienen ya. El niño y Gabriel le obligan a tenderse y le cubren con una manta.

—¿Me crees, Gabriel? —pregunta con voz rota.

—Te creo.

—Lleva, entonces, estas páginas a España. Hazlas llegar a Las Casas. Las necesita.

Gabriel se queda inmóvil, estupefacto. La luz de las antorchas se agita en las sombras y deforma los rostros. A causa de las vendas, el de Bartolomé parece una máscara.

—¿Yo? —susurra.

—¿Quién, si no, tendría esa voluntad y ese valor? Mira cómo te observa ese niño, Gabriel —insiste Bartolomé, tomando las manos de Chillioc—. Si llevas estas hojas a España, tendrá una vida de hombre.

Gabriel se aparta, frunciendo el ceño, distante.

—¿Qué esperas aquí? —añade—, ¿que Anamaya vuelva a tu lado? Sabes que no será así. Ahora estás solo. Pierdes aquí el tiempo contemplando la belleza del Titicaca mientras aquellos a quienes crees defender van a desaparecer. Lleva estos papeles a Toledo y da a conocer la verdad donde debe brillar. ¿Quién mejor que tú podrá hablar al rey de este país? Ayúdame, Gabriel; no por la causa de Dios, puesto que lo has abandonado, sino por aquella a la que no quieres olvidar y que preña tu corazón de tristeza.

Gabriel contempla largo rato al monje, sin parpadear, sin responder. Pero por el estremecimiento que le agita de los pies a la cabeza, sabe que sus palabras han recorrido su camino.

Una alba lechosa se extiende sobre el Titicaca. Las brumas se deshilachan. Dejan ver la superficie gris del agua y los muros igualmente grises de las terrazas. En la oquedad de la gran bahía, frente a las islas sagradas del Sol y de la Luna, algunas humaredas brotan aún de las casas de Cusijata.

A media ladera, en una especie de espolón rocoso que avanza hacia el lago, Gabriel admira por última vez este lugar encantador, el único donde ha vivido en paz desde aquel día de marzo de 1532, cuando, con Sebastián y tras haber estado a punto de perecer en el mar del Sur, holló la playa de Tumbes, uno de los primeros conquistadores que pisó suelo inca.

Siete años, casi día tras día. Siete años de esperanza, de combates, de gloria a veces. Y casi siete años de amor. ¡Pero tan poca felicidad! Fugaces instantes robados a la guerra y a los dramas...

¡Anamaya!

Sólo con susurrar su nombre en la blanda brisa de la mañana siente que su cuerpo se estremece, como si cada parcela de su carne estuviera tatuada con las mágicas sílabas de la amada: ¡Anamaya!

Y he aquí que hoy, cuando se ha convertido en un hombre muy distinto al de hace siete años, va a regresar a España. Debe partir sin volverse, sin ni siquiera besar por última vez los labios de Anamaya; debe partir y olvidar lentamente el sabor de su piel, la calidez de sus muslos; olvidar esos viajes por la extrañeza del mundo al que tan bien supo ella arrastrarlo.

En verdad, ni siquiera lo cree posible.

Pero durante toda la noche, las palabras del monje han dado vueltas en su cabeza, palabras llenas de razón y de fuerza, a pesar de la exaltación de Bartolomé. Las ha rechazado tanto como ha sido capaz. Y luego, de pronto, otras palabras han acudido a su memoria, palabras pronunciadas por Anamaya y que ella dirigía al puma para repetir el extraño e increíble mensaje de un emperador inca muerto mucho tiempo atrás.

El puma es aquel al que verás brincar por encima del océano. Cuando él parta volverá a ti.

Aunque separados, estaréis unidos.
Y cuando todos hayan partido, tú permanecerás y a tu lado permanecerá el puma.
Juntos, como vuestros antepasados Manco Capac y Mama Occlo, engendraréis la vida nueva en esta tierra.

Palabras oídas sin comprenderlas y recordadas como un cofre que contiene un enigma. Pero palabras, frases que de pronto se hacen límpidas: sí, debe partir. Por fin comprende cómo reunirse con Anamaya: no zambulléndose en el Titicaca, sino partiendo al otro lado del océano, regresando a España, sometiéndose al aparente azar y al poder de su destino para convertir a Bartolomé, sin saberlo, en el mensajero de los poderosos antepasados incas tanto como en el de Cristo.

Un ruido de ramas sobresalta a Gabriel e interrumpe su ensoñación. Cuando se da la vuelta, primero no ve nada. Luego, el follaje de un arbusto se aparta y aparece Chillioc, vacilante, que apenas se atreve a levantar hacia él los ojos.

Con una dulce sonrisa, Gabriel tiende la mano.

—Ven, Chillioc; acércate.

Cuando el niño ha posado en la suya su pequeña mano, hace que se siente a su lado.

—Deberías estar durmiendo —lo regaña afectuosamente.

—No podía. He visto que no dormías y te he seguido.

Gabriel asiente y estrecha un poco más la mano del niño, que se refugia en la suya. Juntos y sin decir palabra, observan la danza de la bruma en el lago.

—¿Vas a partir, señor Gabriel?

—¿Por qué piensas eso? —se extraña Gabriel.

—Lo vi en tu rostro cuando hablabas con el extranjero enfermo.

—Sí, voy a partir, Chillioc. Tienes razón, y voy a añorarte.

—Pero ¿por qué quieres partir? ¿No estás bien con nosotros?

—Sí —sonríe Gabriel—, estoy muy bien.

—¿Y entonces?

—Es ya hora de que me marche para reunirme con alguien... y también para hacer algo.

La mirada del niño se posa en él, llena de incomprensión y de tristeza.

—Si partes —susurra Chillioc—, los extranjeros que no nos quieren vendrán aquí. Todo el mundo tendrá miedo.

—Por eso me voy también —gruñe Gabriel con un nudo en la garganta—, para que nunca más tengáis miedo de los extranjeros.

—¿Crees que eso es posible? —pregunta el niño, abriendo unos ojos como platos.

—Tal vez. Lo ignoro, pero sé que es imposible que viva sin intentarlo.

22

VILCABAMBA, JUNIO DE 1539

—Me gusta tu presencia, Hermano-Doble —susurra Anamaya—. Hace ahora diez años que soy tu esposa, diez veces que las cuatro estaciones han alternado el frío y el calor en nuestro mundo; diez veces que el día de mi nacimiento se ha alejado en el pasado. Yo era una niña cuando el Único Señor Atahuallpa ordenó que te acompañara para siempre y me convirtiera en la *Coya Camaquen*. Hoy soy una mujer mayor que las princesas y las concubinas del Único Señor Manco. Sin embargo, junto a ti, me parece que el tiempo pasa sin rozarnos a ti y a mí.

Anamaya sonríe con ternura. Está sentada sobre sus talones junto a la estatua de oro del Hermano-Doble colocada ante el gran templo del Sol de Vilcabamba, sobre la estela edificada por Katari. En unos pocos gestos, mil veces realizados ya, distribuye las ofrendas ante el Hermano-Doble, miel y fruta, pescados del río y maíz joven. Luego deposita, de acuerdo con un orden riguroso, hojas de coca sobre las rojizas brasas reunidas en una escudilla pintada con la efigie de la serpiente Amaru.

«¡Oh, esposo mío —piensa inclinando silenciosamente el busto—, acepta lo que te ofrece de todo corazón la *Coya Camaquen*!»

El humo acre y seco de las hojas de coca vacila. Se enrolla en una lenta caricia en torno a la estatua de oro antes de elevarse en la naciente tibieza del día.

Como cada mañana desde que terminó la estación de las lluvias, la pequeña ciudad en plena jungla resplandece con los primeros rayos dorados de la aurora. Desde la punta de la roca sagrada donde prende el sol en cada alborada, la gran plaza de la ceremonia y, luego, los muros que rodean las terrazas de las *canchas* reales brotan de la opulenta jungla. Muy pronto, el laberinto de callejas, de escaleras y puentes sale a su vez de las sombras. Día tras día, Anamaya admira la perfecta armonía de esta ciudad que Katari parece haber extraído de la tierra con una de sus magias. Por su tamaño y su disposición, los templos, las viviendas nobles y ordinarias e, incluso, los almacenes se funden tan bien en la jungla que basta con alejarse de Vilcabamba un cuarto de hora de camino para que desaparezca como un espejismo.

—Me gusta tu presencia, Hermano-Doble —continúa Anamaya con dulzura—. Me apacigua y me llena de esperanza, pues siento, a través de ti, que el Único Señor Huayna Capac nos protege mientras que la guerra mata y destruye a nuestro alrededor. Durante mucho tiempo, Hermano-Doble, no supe amarte ni escucharte. Era una muchacha demasiado joven. Te temía. Me asustaba tu silencio y tu cuerpo de oro. Me asustaba mi deber de esposa a tu lado. Me asustaba el saber que tu presencia me enseñaba y que atraía sobre mí la envidia, los celos y la cólera de los poderosos señores.

Anamaya abandona su murmullo, pensativa. Un grupo de jóvenes vírgenes escogidas, llevando los *cumbis* de las ofrendas al Padre Sol, atraviesa la alta puerta trapecial del recinto del templo. Descubriendo a la *Coya Camaquen* en oración, las jóvenes se inclinan. Con respeto, mantienen sus ojos clavados en las losas del suelo.

—Pues tu presencia, ¡oh, esposo mío! —prosigue Anamaya con una sonrisa tierna e irónica dirigida a las jóvenes *acllas*—, ha hecho de mí, tan sencilla y tímida muchacha de sangre mezclada, una mujer a la que se teme.

Con el rostro de nuevo grave, tiende la mano, y acaricia con la palma el hombro de la estatua.

—La verdad, Hermano-Doble, es que temo por encima de todo que me impidas amar a aquel que el Único Señor Huayna Capac me designó. Temo tus celos. Temo que intentes alejarme sin cesar de aquel por quien, a pesar de la larga ausencia, mi corazón y mi cuerpo se deshacen como nieve bajo la caricia de Inti. ¡Sí, oh, Hermano-Doble, temo tus celos!

Con inquieta atención, Anamaya escruta el rostro de oro. En la creciente luz de la mañana, la oscuridad de la mirada se aligera. Bajo el potente arco de la nariz se alarga el fino modelado de los labios, que, de pronto, parecen sonreír. Entonces, Anamaya cierra los párpados y, en un soplo, deja que salgan las palabras de una confesión.

—¡Oh, Hermano-Doble!, cuántas veces, cuando mi boca y mi espíritu pronunciaban su nombre, Gabriel, cuando sus manos o sus labios se posaban en mi piel, he temido tu cólera. Perdona mi tontería, amado esposo. Ahora sé que este miedo era vano. Hace tres lunas que el aliento del puma se posó en mí, un anochecer, en el río. Desde entonces, y en tu presencia, no hay noche, no hay sueño sin que el puma venga a mi encuentro. De sueño en sueño, ¡oh, Hermano-Doble!, estamos juntos. Nos tocamos y nos amamos como un hombre y una mujer se aman bajo la luz de Inti. Paso mis dedos por el pelo que, ahora, cubre sus mejillas. Siento su rostro temblando bajo mi palma. Veo el fulgor de su mirada cuando desea tomarme y viene a mí con tanta fuerza como en nuestras noches de Cajamarca, Cuzco u Ollantaytambo. Noche tras noche, ¡oh, amado Hermano-Doble!, mi corazón es acariciado por su corazón. Sueño tras sueño, le veo convertirse en el puma y sé que tampoco él me ha olvidado. A cada despertar me siento apaciguada y confiada. Hoy comprendo las palabras del Único Señor Huayna Capac. ¡Sí! Así se cumplen las palabras y la voluntad de los poderosos antepasados. Y yo, la *Coya Camaquen*, pronto te acompañaré allí donde estés en paz con ellos.

Profundamente sumida en su devoción, Anamaya permanece inmóvil un instante. Con los ojos cerrados aún, se ha replegado sobre sí misma como para mejor recibir la silenciosa respuesta de la estatua de oro.

Sólo tras un largo instante percibe una rápida respiración. El contenido lamento de un sollozo. Incorporándose sobresaltada, descubre a la joven esposa de Manco prosternada a pocos pasos, con el rostro lleno de lágrimas.

—¡Curi Ocllo!

—¡Ayúdame, *Coya Camaquen*! Ayúdame, te lo suplico...

—¡Curi Ocllo! —vuelve a exclamar Anamaya poniéndose de pie y tendiéndole las manos—. ¿Qué ocurre?

—Un *chaski* ha llegado esta noche para anunciar que unos soldados extranjeros abandonaban Cuzco. Avanzan por el valle sagrado y se dirigen hacia nosotros...

Los grandes ojos oscuros de Curi Ocllo intentan fundirse en los de Anamaya, como si pudieran transmitirle toda su angustia.

Anamaya, sin embargo, se limita a fruncir el ceño. Curi Ocllo vuelve a sollozar.

—¡Sucede lo que siempre he temido, Anamaya! —exclama—. ¡Oh, es terrible! ¡Que Inti nos proteja!

Anamaya la obliga a levantarse y pasa sus dedos por las mejillas chorreantes de la muchacha.

—No comprendo tu terror, Curi Ocllo. Manco está en Vitcos con tres mil guerreros. Rechazará a los extranjeros, y no será la primera vez. Son malos combatientes en la jungla.

Un nuevo sollozo ahoga la protesta de Curi Ocllo. Tras ellas, Anamaya adivina las miradas de soslayo de las jóvenes *acllas*. Rodea con su brazo los hombros temblorosos de la pequeña reina y la arrastra fuera del templo.

—Cálmate, Curi Ocllo —susurra con ternura—. No es bueno que las Hijas del Sol te vean en ese estado.

Mientras Curi Ocllo balbucea una excusa, llegan a la gran plaza de las ceremonias. Anamaya se dirige hacia la escalinata que conduce, por amplios peldaños, hacia el exterior de Vilcabamba y a los campos cultivados a orillas del río.

—Explícame lo que tanto te turba —dice haciendo que Curi Ocllo se siente en un pequeño muro.

Curi Ocllo apenas se toma el tiempo de recuperar la calma.

—Hace cinco lunas, Manco quiso de nuevo arrebatar Cuzco a los extranjeros, pero ni siquiera llegó hasta la ciudad del puma, pues su hermano Paullu regresaba ya con miles de soldados desde el sur tras haber vencido al viejo y fiel Tisoc...

—¡Ya lo sé! —interrumpe Anamaya con impaciencia—. Yo misma avisé a Manco de que su expedición era inútil. ¡No debía enfrentarse a Paullu!

—No es Paullu el que más desea perjudicar a Manco —murmura Curi Ocllo, apartando los ojos—. Es mi hermano Guaypar.

Anamaya se pone rígida mientras Curi Ocllo, con voz sorda, prosigue.

—Guaypar ha reunido, desde hace mucho tiempo, un gran número de guerreros del norte y los ha puesto ahora al servicio de Paullu. No le importa que Paullu se someta a los extranjeros, como una mujer padece sin amor a un hombre. Desde hace muchos años odia a Manco tanto como yo le amo. Sólo piensa en eso: destruir a Manco. Y ni siquiera sé por qué.

Anamaya se estremece y cierra los ojos. Su mano busca el hombro de Curi Ocllo y sus dedos se cierran con afecto.

—Yo lo sé —susurra.

Como si las palabras de Curi Ocllo la hubieran llevado por completo al pasado, recuerda las frías y luminosas jornadas del *huarachiku* de Tumebamba. Eran unos niños. Todos: Manco, Paullu, Guaypar. Y también ella, apenas educada por el sabio Villa Oma, pero protegida ya por Atahuallpa. Recuerda aquella terrible carrera. El miedo de Manco ante la serpiente, la gran amistad de Paullu por su hermano y, ya entonces, la violencia y el odio de Guaypar. Recuerda el combate entre Manco y Guaypar alrededor del fuego, dos muchachos devorados por la rabia y el sabor de la sangre, ebrios de *chicha* y desgarrando la noche con la voluntad de matar, hasta que un tío de Manco interrumpe el combate.

«La lección se ha dado y nadie va a olvidarlo», había dicho. A lo que Guaypar, loco de vergüenza y de odio, había respondido: «¡Estás maldito, Manco! Arderás antes de alcanzar el Otro Mundo. ¡Tu alma nunca será libre!»

Anamaya siente, a su vez, que brotan las lágrimas y su respiración se oprime. Conoce, sí, la verdadera razón de todo aquel odio. ¡Es ella!

También recuerda eso: Guaypar en Huamachuco pidiéndole que fuera su esposa, mientras los extranjeros se acercaban a Cajamarca. Guaypar diciéndole: «Mi alma de aquí sólo respira por ti, Anamaya. Mis entrañas arden sólo con pensar en ti.»

—Sí —repite—, yo sé lo que les separa.

—Y yo quiero impedir que se maten, Anamaya. ¡Manco es mi amado esposo! Nunca he deseado a otro hombre en mi corazón. Pero Guaypar es mi hermano; también a él le amo.

Anamaya calla, sin atreverse a sostener la horrorizada mirada de Curi Ocllo.

—*Coya Camaquen*, ayúdame —suplica la joven.

—¿Cómo puedo ayudarte? ¿Cómo puedo oponerme a lo que se avecina?

—Deja que me reúna con Manco. Me necesita y quiero estar a su lado cuando Guaypar quiera enfrentarse con él. Me colocaré entre ambos si es necesario.

—No, Curi Ocllo —dice dulcemente Anamaya—; no dejaré que hagas semejante tontería. Lo que opone a Manco y a tu hermano es demasiado antiguo, demasiado fuerte para que puedas impedir que se enfrenten, si debe ser así.

—¡No, nunca! ¡Nunca podré abandonarles! —protesta Curi Ocllo, gimiendo—. Iré sin escolta hasta Vitcos si es necesario.

¡Avergüénzate, *Coya Camaquen*! Avergüénzate, puesto que abandonas a tu Único Señor...

—¡Curi Ocllo!

Pero Anamaya no es lo bastante rápida como para retener a la muchacha, que corre gritando de dolor hacia el centro de Vilcabamba. Apenas si da unos pasos para seguirla.

«¡Oh, Inti! —piensa, vencida a su vez por las lágrimas—, este día ha comenzado en la esperanza y la felicidad, y lo que se acerca ya será más pesado de soportar que las nubes que hacen temblar las montañas.»

23

CUZCO, JUNIO DE 1539

Al acercarse a Sacsayhuaman, Gabriel se queda impresionado. Los furiosos combates y los incendios han arruinado en parte los muros de la fortaleza por la que tantos hombres murieron y en la que conquistó su leyenda. Las torres han caído y los ejércitos de guerreros que lanzaban flechas y piedras han desaparecido. Pero los bloques ciclópeos se yerguen con igual orgullo, no protegiendo ya más que un misterio y el viento. Bartolomé detiene su caballo y tiende la mano.

—¿Has visto?

En la cantera que domina la fortaleza se divisan las siluetas de unos niños que juegan y se persiguen intentando alcanzarse para rodar por el suelo y pelearse. Sus estridentes gritos resuenan en las colinas.

Gabriel sonríe.

—La guerra hecha por niños es una guerra sin víctimas.

—Crecen de prisa. Lamentablemente, no hay nada más sencillo que enseñarles a matar.

Gabriel asiente en silencio.

Pasan a través de los campos donde se cultiva ahora, además de la quinua y del maíz, trigo, cebada y avena. Al acercarse a la ciudad, descubre, con sorpresa, unos pequeños huertos cercados en los que crecen coles.

Al pie de las murallas en las que crece la hierba se extiende la ciudad del puma. Gabriel recuerda cómo le deslumbró descubrirla por primera vez. Ve de nuevo el rostro, súbitamente tan lejano, de Anamaya junto a Manco, el triunfo de Pizarro.

De una bolsa, Bartolomé ha sacado unas ropas y se las tiende.

—Somos aproximadamente de la misma estatura —dice con timidez— y creo que...

—No las necesito.

Gabriel ha hablado con dulzura, pero con firmeza. Siente, clavada en él, la mirada de Bartolomé: no va disfrazado de indio, como cuando regresó a Cuzco con la intención de matar a Gonzalo. Ha adoptado ese sencillo atavío que indica su alianza con esta nueva tierra: un *unku* de color crema, en el que las mujeres del Titicaca, cuando se lo pidió, tejieron un puma negro.

—He tardado tiempo en ser lo que soy, fray Bartolomé. No voy ya a disfrazarme de lo que no soy.

Bartolomé calla, respetuoso e intrigado. Luego hace un último intento.

—Sabes lo que van a decirte, ¿no es cierto?

Gabriel no se toma el trabajo de responder.

—Vamos —dice azuzando a su caballo con una leve presión de los talones.

Está alegre como un hombre que va a hacer lo que debe.

Al entrar en la ciudad, Gabriel advierte en seguida los cambios que se han producido desde la última vez. El más espectacular es la suciedad. Las canalizaciones centrales de las calles, por donde corría un agua clara, están obstruidas por detritus de toda clase, en los que se reconoce mondaduras de patatas, espigas de maíz medio comidas. El olor que desprende el agua estancada es nauseabundo, y nauseabundo el perfume del estiércol de caballo mezclado con las deyecciones porcinas...

—Ventajas de la civilización —ironiza Bartolomé ante el aspecto de Gabriel.

Levanta los ojos.

Tras el incendio de Cuzco, los tejados de bálago ardieron y fueron, a menudo, rehechos con tejas; producen una curiosa impresión esos nobles palacios incas cubiertos por techos españoles. Asimismo, Gabriel ve que algunas aberturas trapeciales han sido rellenadas en la base para permitir el acoplamiento de puertas de madera, provistas de un gran cerrojo.

—Ellos no conocían el robo —dice Bartolomé— y colocaban en la entrada un simple bastón para indicar su ausencia. Éste es otro de nuestros regalos...

Un conejo perseguido por dos cerdos corre entre las patas del caballo de Gabriel, que hace una espantada. Advierte las miradas que se posan en él: este extranjero de aspecto indio hace murmurar más que los numerosos indios que han adoptado, sobre su traje tradicional, atributos españoles: uno lleva guantes, otro un cinturón de cuero, el tercero calzas... Sólo los incas conservan orgullosamente su atavío de siempre.

Cuando entran en la plaza de Aucaypata, las imágenes comienzan a desfilar ante los ojos de Gabriel: la entrada de las momias, la coronación de Manco... Pero su viaje al pasado se ve interrumpido por el doblar de una campana. El sonido familiar y tan antiguo lo deja petrificado. Mira a Bartolomé con estupefacción. El sacerdote le indica el emplazamiento del Sunturhuasi, el misterioso edificio que dominaba la plaza.

Donde se levantaba la torre coronada por un techo cónico, sólo hay ahora unas obras. Ninguna de las piedras está colocada, pero la estructura se levanta ya. En una viga, los obreros han colgado una única campana, cuyo repique llena la plaza, haciendo que todos los indios se vuelvan.

—¡El Triunfo! —dice Bartolomé—. La construyen en recuerdo de la victoria y del asedio. Dicen que vendrá un pintor de España para pintar un cuadro de los milagros que se produjeron aquí...

—¿Qué milagros?

—El de la Virgen María apagando el incendio, acompañada por un jinete montado en un caballo blanco y que parece invulnerable a todos los golpes.

—Tengo un vago recuerdo de ese milagro —dice Gabriel.

—Hay pocos hombres que no necesiten creer en los milagros para tener la fuerza de vivir.

—Comienzo a advertirlo.

En la prolongación de la plaza, Gabriel arrastra a Bartolomé hasta la calle del Hatun Cancha. Se detienen ante un palacio de menores dimensiones, cuya puerta está cubierta por una piel de guanaco. Gabriel baja del caballo, cuyas riendas confía a un anciano que ha convertido este oficio en una especialidad.

—¿Qué estás haciendo? —pregunta Bartolomé.

—Alguien me aguarda —dice Gabriel tranquilamente.

—¿Cuándo fijaste la cita?

—En otra vida. A fin de cuentas, tú eres quien me incita a creer en los milagros... ¿Quieres venir conmigo?

Con un enigmático movimiento de la mano de los dos dedos pegados, Bartolomé se niega y se aleja tras una última sonrisa.

Atravesar este palacio es toda una puesta en escena: antecámara, corredores, criados indios con librea, jóvenes sirvientas. Gabriel tiene la cómica impresión de verse transportado de pronto a una obra de teatro donde representa un papel cuyo texto han olvidado darle. Impacientándose en un salón cargado de tapices, se vuelve y oye una enorme carcajada.

—¡Sebastián!

—¿No reconoces el lugar? Cierto es que estaba en un estado mucho peor...

Tras un esfuerzo, Gabriel evoca el recuerdo de unos muros ennegrecidos por el fuego, de los techos quemados, de aquel palacio donde, al salir de su prisión, Sebastián le llevó para equiparlo de nuevo.

—Yo sí que estaba en un lamentable estado —suspira.

Los dos amigos se abrazan sin contenerse. Sea cual sea su comprensión con fray Bartolomé, Gabriel nunca tendrá con él esta intimidad de las aventuras compartidas. Cuando se separan tras nuevas carcajadas y palmadas, Gabriel puede, por fin, mirar a su amigo.

Su atavío es del todo extraordinario, de las calzas multicolores hasta la gorguera de fino encaje, imitando la de Pizarro. Finge no advertir que Sebastián le mira con un asombro semejante.

—¡Extraño aspecto el tuyo! —dicen casi al mismo tiempo, antes de abandonarse a una nueva carcajada.

—Tengo que hacer un gran esfuerzo para distinguirme de los esclavos negros que llegan de Panamá —dice Sebastián—. Y tú, ¿te has convertido en inca?

—Seré inca el día que tú seas gobernador.

—¿Por qué no? Haríamos una hermosa alianza y, tras haber festejado nuestra victoria con un asado de Gonzalo, prepararíamos una hermosa paz..., no sin habernos llenado previamente la bolsa, en previsión de días más duros.

—Tienes aspecto de estar bien preparado por ese lado.

Sebastián hace una mueca.

—No imaginas lo que significa —dice—: una lucha diaria agotadora.

Chasquea los dedos y, en seguida, dos jóvenes sirvientas se

atarean. Sin que tenga que decir una palabra, aproximan en una bandeja de plata un frasco cuyo líquido brilla con un rojo profundo a la luz de las antorchas y dos cubiletes de plata.

El paladar de Gabriel ha perdido el sabor del vino, y su rostro se empurpura al primer trago.

—No está mal —dice chasqueando la lengua—, pero no vale el del... ¿Cómo se llamaba el albergue?

—¡La Jarra Libre! —ruge Sebastián—. ¡Ah!, aquel estafador y su inolvidable tintorro... Tienes razón, nada nos devolverá su sabor.

Hay una súbita nostalgia en la voz de Sebastián, y Gabriel deja que se haga entre ellos el silencio.

—Háblame de tu vida —dice, finalmente Sebastián—. Corre el rumor de que eres un grandísimo señor, allí, a orillas del Titicaca...

—Más tarde te hablaré de ello, Sebastián. Necesito que completes las últimas noticias que me ha dado Bartolomé... y que comiences diciéndome qué pasa con tu fortuna.

—Soy rico, ya lo ves, pero me siento casi tan amenazado como si fuera el infeliz esclavo que conociste, protegido sólo por la amistad del buen Candia...

—¿Y por qué?

—Desde la muerte de Almagro, que era mi protector muy a mi pesar (tenía defectos el hombre, pero no conseguía olvidar que yo le había salvado), siento que el círculo del desprecio y los celos se cierra a mi alrededor... Además, ya te lo he dicho, cada día llegan algunos morenos que nada llevan encima, y un buen español, al verme con mis espléndidas ropas, mi buen vino de España, mis tres concubinas y todo lo demás, se dice que soy un insulto a la naturaleza de las cosas y al orden divino. Pronto habrá alguno que acabará conmigo en el fondo de una calleja y me convertirá en pasto de sus innumerables cerdos, siempre hambrientos...

—¿No puedes ser más... discreto? ¿Guardarlo todo bajo aquella losa, en el fondo de la caverna donde antaño se amontonaban tus tesoros?

Sebastián suelta una carcajada.

—¡Y tú me lo dices!

—No es lo mismo.

El negro se interrumpe y sonríe.

—Tienes razón. No es lo mismo. No conozco tus razones,

231

pero no olvido lo que te dije una vez: hay un mar entre ambos, y ningún piloto, ni siquiera el más hábil, podría atravesarlo. Así es.

Bebe con placer un largo trago. Tiende el cubilete a una de las muchachas mientras le sonríe con amabilidad. Ella vuelve a servirle.

—No quiero cambiar, ni siquiera si debo morir. He necesitado demasiados esfuerzos, demasiada astucia, demasiadas humillaciones para tener lo que tengo. No lo cambiaré por una supervivencia incierta y miserable. Si debo morir mañana, que sea con mi espada de acero toledano en la mano, y que corra la sangre por mi gorguera.

—Te comprendo.

Sebastián barre con un ademán lo que las palabras pueden tener de excesivo pesimismo.

—No has venido para escuchar las incertidumbres de mi destino. Has venido por ella, ¿no es cierto?

Gabriel se alarma en seguida.

—Ella, la princesa de ojos azules —precisa Sebastián como si fuera necesario—. Estás al corriente, claro...

El corazón de Gabriel suena como la campana del Triunfo.

—No sé nada, no; fray Bartolomé no me ha dicho nada. ¿Qué ocurre?

—¡La expedición, por la sangre de Cristo! ¿No has oído hablar de la expedición?

Gabriel se incorpora en su asiento y vuelca el cubilete, cuyo líquido se vierte sobre una gruesa alfombra de lana.

—¡Pero habla! —grita casi—. ¡Dime lo que ocurre!

—Hace ya más de dos meses que partieron, por orden del gobernador —dice sombríamente Sebastián—, trescientos hombres al mando de Gonzalo, más un buen número de indios mandados por Paullu y demás capitanes incas hostiles a Manco. Se hundieron en la jungla, persiguiéndole con un objetivo preciso: capturar a Anamaya y la gran estatua de oro, que, según saben, la sigue por todas partes, pues, en cierto modo, está casada con ella.

Se hace de nuevo el silencio.

—¿Por qué ella?

—Piensan que Manco está debilitado, separado de sus principales generales, y que capturarla será para él un golpe fatal. Luego, ya sólo quedará lanzarse al acoso final. Además, están furiosamente obsesionados por esa estatua de oro. Has oído hablar de la desventura de Candia...

Gabriel se impacienta.

—Me lo contarás en otra ocasión; estoy seguro que es divertido. ¿Se sabe si han conseguido sus fines?

—Sin duda no, de lo contrario nos hubieran llegado las noticias del triunfo. Y Paullu no habría regresado, en estos mismos momentos, para pedirle refuerzos a don Francisco.

Gabriel abraza brevemente a Sebastián.

—Debo verlos. ¿Dónde están?

—Sin duda, en casa del gobernador, en la Cassana, a menos que estén en casa de Paullu, en el palacio de Colcampata, que ocupa desde su coronación.

Gabriel se dirige a la salida, precedido por las jóvenes siervas, a las que aparta sin brutalidad.

—Sebastián, tal vez te pida algo...

—¿Qué?

—No quiero hablar de ello ahora. Pero si te pido un favor, ¿me lo harás?

Sólo escucha el suspiro de su amigo.

—No he dicho nada, perdóname.

—No puedo fingir que no te he oído. Ignoro qué locura se te ha metido en la cabeza, pero, lamentablemente para mí, sí, te ayudaré.

Gabriel se marcha tras un breve abrazo, escapando de los servidores con librea y de las sirvientas que parecen concubinas.

Bartolomé le espera a la salida del palacio. Sin decir palabra, Gabriel salta sobre el caballo.

—¿Adónde vamos tan deprisa? —pregunta Bartolomé.

—A Colcampata. ¿Por qué no me dijiste nada?

—Yo no...

—¡A mí no, fray Bartolomé, y no tú! ¡No me digas que no estabas al corriente de la expedición de Gonzalo!

—Nada puedes hacer tú solo, Gabriel; bien lo sabes.

—Déjame juzgar a mí lo que puedo y lo que no puedo hacer.

Mientras los cascos resuenan en el enlosado, Gabriel acalla su cólera e intenta dominar la terrible y profunda angustia que se ha apoderado de él.

24

CUZCO, COLCAMPATA, JUNIO DE 1539

Hay una multitud en la explanada de Colcampata.

Al llegar, aunque su atención esté fija en la silueta de Francisco Pizarro, que descubre de inmediato, Gabriel lanza una ojeada al estuche en el que descansa la ciudad del puma, en el corazón de las montañas. Comprende mejor que nunca su fuerza eterna, lejos de los hedores de los cerdos y la podredumbre aportada por los conquistadores. Percibe su poderoso aliento, dormitando pero dispuesto a saltar y a rugir de nuevo.

En las hornacinas abiertas en la perfecta albañilería de los muros del palacio están instaladas las momias. Gabriel reconoce la del Único Señor Huayna Capac no sin cierta emoción.

—Paullu lo pidió —susurra Bartolomé en su oído—. No es conveniente que el Único Señor legítimo, según él, esté separado de sus antepasados.

Gabriel inclina imperceptiblemente la cabeza mientras dirige la mirada hacia su viejo protector, don Francisco Pizarro.

El gobernador está más flaco y huesudo que nunca; con el tiempo, parece ir encogiéndose sin perder una pizca de la fuerza que se desprende de él. Todo es negro en su atavío, salvo el sombrero y las medias blancas. El único signo de su inmensa riqueza es la finura del encaje de la gorguera donde se hunde su cuello. Sus negros ojos se clavan con intensidad y atención en el personaje que le hace frente, sentado en su *tiana* como corresponde al inca de todos los incas, y en quien Gabriel reconoce a Paullu.

El nuevo Único Señor de Cuzco tiene la misma edad y la misma estatura que su hermanastro Manco. Pero donde el rebelde tiene los rasgos como tallados por el cincel de un escultor de piedra, Paullu es todo redondeces. Sin ser gordo, su rostro evoca una especie de blandura, un abandono al placer de vivir; sólo los ojos manifiestan una voluntad firme, sin grietas, y una inteligencia despierta.

Los dos hombres hablan sin necesidad de intérpretes, pues Paullu se expresa perfectamente en español.

Cuando Gabriel y Bartolomé se unen al círculo de los señores indios y los hidalgos reunidos, el rostro de Pizarro se vuelve hacia ellos.

Al encontrar los ojos negros, profundamente hundidos en sus órbitas, del viejo capitán, Gabriel se siente poseído por una oleada de antiguas emociones. Se pone rígido y se obliga a una sonrisa acompañada por una leve inclinación de cabeza.

—Lo que necesito comprender antes de ayudaros, Único Señor Paullu —prosigue Pizarro—, son las posibilidades de éxito de la expedición.

—Muy grandes, gobernador, está casi asegurado...

La voz de Paullu está recorrida por las entonaciones roncas típicas del quechua. A su espalda, Gabriel oye a un hidalgo que escupe y murmura: «Ese perro nos hará reventar a todos en esa maldita jungla...»

—He vuelto a toda prisa, por insistencia de vuestro hermano Gonzalo, para reunir refuerzos, pues las tropas de Manco son poderosas y están organizadas.

Al oír el nombre de Manco, los ojos de Pizarro fulguran.

—¿Estáis seguro de que podremos destruir a ese perro?

—No puedo llamar «ese perro» a mi propio hermano —dice cortésmente Paullu—, aunque estimo que ha cometido un error lamentable prosiguiendo su rebelión más allá de los límites de lo razonable. Respondiendo a vuestra pregunta: sí, podemos vencer a su ejército. Pero con una condición...

Paullu, seguro de su efecto, calla un instante.

—¿Cuál? —se impacienta don Francisco.

—El gobernador sabe hasta qué punto los suyos necesitan a mis hombres para guiarlos por la selva. Sabe —y la mirada de Paullu barre en un desafío toda la concurrencia de los españoles— que en numerosas ocasiones, de las que vuestros hermanos Hernando y Gonzalo podrían dar testimonio si estuvieran presentes, mi lealtad para con vos ha sido decisiva en los combates...

—No dudo de eso, Único Señor Paullu. Sabemos lo que os debemos. Y vos sabéis lo que nos debéis...

Los ojos de Pizarro se han posado en la diadema real que adorna la frente de Paullu.

—Una hermosa amistad está hecha de un hermoso equilibrio —comenta, como enternecido, el temible Paullu—. Lo que quería deciros, gobernador, es que es indispensable que vuelva a recorrer, con mis tropas y los refuerzos, el camino de la jungla, para reunirme con vuestro hermano Gonzalo y asegurar la obtención de todos los objetivos de la expedición.

—¿Cuándo queréis partir?

—Mañana o la noche siguiente... ¡El tiempo acucia! Pero pensad, gobernador, que en cuanto se obtenga la victoria podréis regresar al cuidado de edificar Lima, vuestra hermosa Ciudad de los Reyes...

—Y vos reinar sobre vuestra queridísima ciudad de Cuzco.

—No puedo permanecer indiferente a la ciudad de mis antepasados —responde Paullu, designando con discreto gesto la hilera de momias que les observan desde las hornacinas.

—Vamos, Único Señor Paullu. Podéis anunciar que, por orden del gobernador, tenéis el encargo de reclutar las tropas que consideréis necesarias.

—Necesito yungas, gobernador, más que montañeses. Éstos proceden de la costa y el clima húmedo...

Pizarro hace un nuevo gesto de impaciencia.

—Haced lo que os parezca, querido Único Señor; vos conocéis a los indios. Hacedlo y ganad.

Pizarro es el primero que se levanta de su asiento y esboza la sombra de una reverencia ante un impávido Paullu. Gabriel piensa que en ese movimiento hay toda la ambigüedad que rige la relación entre ambos hombres.

Luego, los dignatarios incas se alejan.

Los rumores brotan, de inmediato, en las hileras de los españoles. «Confiar en ese traidor..., el amigo de Almagro...» Pizarro les impone silencio con un ademán. Su autoridad es menos discutida que nunca, sobre todo de frente.

—Paz —dice—. Le necesitamos, pero él nos necesita. Hay demasiada doblez inteligente en él para que ahora nos traicione. Desea tanto como nosotros librarse de su querido hermano...

Tras las últimas palabras se ha posado una divertida ironía.

—Ahora, marchaos todos. Quiero quedarme solo con...

Se ha vuelto hacia Gabriel. Nuevos murmullos brotan de la concurrencia. No todos conocen al español que lleva la túnica de un indio, pero todos han oído la leyenda del orgulloso combatiente protegido por Santiago y que, por sí solo, tomó la fortaleza.

El viejo conquistador y aquel que fue su hijo están por fin solos en la explanada.

—Bueno —comienza Pizarro—, ¿qué significa ese extraño atavío?

Gabriel no podría decir cuántas horas pasan juntos.

Llega el mediodía y pasa en el cálido azul del cielo, el oro se desliza por las montañas, se extienden las sombras del anochecer, y siguen hablando.

Al gobernador le complace visiblemente encontrarse de nuevo con su compañero. Le pregunta por la vida a orillas del lago Titicaca y bromea, punzante, con las mujeres indígenas. Gabriel le hace hablar de su querida ciudad de Lima, cuya fundación tanto le ha ocupado. Sobre todo, por la insistencia de Pizarro, hablan del pasado, Sevilla, Toledo, la audiencia real y los sufrimientos del viaje. En la intimidad que así se establece, el gobernador se relaja y agita su sombrero blanco, de acuerdo con las historias que cuenta, a modo de un trapo, de una bandera o de una vela.

—A menudo me he hecho una pregunta, don Francisco.

—Hacedla, don Gabriel.

—Se dice que, durante una de vuestras primeras expediciones, vuestros compañeros estaban a punto de abandonaros cuando trazasteis una línea en la arena para mostrarles a todos dónde estaba el límite entre la miseria y la fortuna, el pasado y la gloria...

—La isla del Gallo —murmura Pizarro, soñador.

—También se dice que fueron doce los que cruzaron aquella línea para ponerse a vuestro lado.

—Bueno, ¿qué queréis saber?

—Quisiera saber si es cierto, si las cosas ocurrieron así.

Pizarro permanece un instante silencioso. En su rostro severo se ha abierto una sonrisa.

—¿No sois amigo de algunos de ellos? —pregunta—. ¿Le habéis hecho la pregunta a Candia?

—¡Él sólo se ríe! Y quisiera oírlo de vuestra boca.

Pero Pizarro no se deja convencer, o la conversación le divierte demasiado para ceder ahora.

—A mí me han dicho —responde— que un jinete que tenía vuestros rasgos, pero no vuestro extraño atavío, montado en un caballo blanco, galopaba entre las flechas indias, cruzaba los incendios y, protegido por la Virgen María que había aparecido a su lado, se lanzó solo a tomar las tres torres de la fortaleza. ¿Es cierto?

Gabriel sonríe a su vez.

—Tenéis muchos amigos también, don Francisco. ¿No se lo habéis preguntado?

—Por Cristo, todos juran que ocurrió así, con la notable excepción de mi hermano Gonzalo, es cierto.

Gabriel suelta una carcajada, y el viejo conquistador se une a ella.

—¿Quién de nosotros conoce la verdad de estas leyendas? —murmura Pizarro—. Recuerdo tantos episodios de mi vida como a través de una bruma. A veces despierto por la mañana y me parece haber pasado la noche en una aldea de mi buena Extremadura, construyendo una campana, y que así se ha desarrollado toda mi vida. Recuerdo luego donde estoy y lo que he pasado, y me hago viejo.

—Sin embargo, estáis aquí.

Con un gesto, Gabriel abarca todo el paisaje a sus pies, con la luz de las antorchas que comienzan a encenderse en el anochecer. Durante unos instantes, ambos hombres mantienen el silencio, perdido cada cual en sus reflexiones, prolongando cada cual la evocación del pasado que los ha aproximado.

Luego, Gabriel oye la voz del gobernador.

—Os necesito, hijo —susurra casi.

Su cuerpo se crispa como si acabara de recibir un bofetón. Pese al afecto que le une a don Francisco, pese al respeto que siente aún por él, percibe una amenaza terrible, insoportable, en estas palabras.

—Estoy solo una vez más, bien lo sabéis. Hernando ha asesinado al Tuerto y ahora se ha marchado a España para justificarse ante el rey... Dios sabe qué sucederá con él. No ignoro que lo detestáis, pero es el único que tiene un poco de cabeza sobre sus cojones; perdonadme la expresión... Ya sabéis lo que pienso de los demás.

—Y entonces, ¿por qué confiar Cuzco a Gonzalo?

La voz de Gabriel es tranquila, pero resulta imposible no sentir la condena que la pregunta contiene.

—Pese a todos sus defectos, es uno de los míos, el único en quien puedo confiar... Y todos esos capitanes que nos llegan de España, con diez caballos y cincuenta infantes equipados, creen que todo les está permitido y esperan que se les ofrezcan todos los tesoros del Perú...

—Hay que construir un país y sólo pensáis en hacer la guerra, la guerra aún...

—¿Cómo actuar de otro modo? Creedme, Gabriel, aspiro a la paz tanto como vos. Dejadme deciros...

Pizarro coloca su sombrero sobre el murete que domina la ciudad y toma a Gabriel del brazo, inclinándose hasta su oído en una actitud de confidencia.

—Sabéis que vivo en concubinato con esa princesa indígena a la que hemos bautizado como doña Angelina... Pues bien, me cuesta mucho trabajo disimular cómo la amo. Y la niña que tuve con doña Inés Quispe Sisa, la maravillosa y pequeña Francisca, no imagina qué ganas tengo de correr, a cada instante del día, para tomarla en mis brazos. Hace semanas que no la he visto y la echo en falta; si supierais cómo la echo en falta...

Los ojos de don Francisco están brillantes de lágrimas.

—Sólo quiero una cosa: vivir con ellas, tomar mi sencilla comida acompañada por un cubilete de vino cortado con agua, mantener mi viejo cuerpo en buen estado por medio de simples juegos de campo, como aquellos a los que jugaba cuando era niño, los bolos, el frontón... ¿Creéis que me complace cabalgar desde el alba por esos caminos imposibles, dirigir esos ejércitos, seducir a esos caciques, devanarme los sesos para saber si debo o no creer al tal Paullu...?

—¡Haced la paz, entonces!

La palabra restalla en el silencio. Pizarro toma su sombrero blanco y lo manosea como una pella de barro.

—¡La paz! Utilizáis ahora grandes palabras, hijo mío.

—Pero ¿no lo veis, don Francisco?

—Veo una especie de diablo, hijo mío; un español disfrazado de indio que me suelta frases por encima de su condición...

Una fría cólera hace vibrar, ahora, los rasgos del anciano, que, segundos antes, representaba con sinceridad el papel de un padre deslumbrado. Pero Gabriel se siente dominado por una fuerza como nunca ha tenido ante él, y una dulce euforia invade todos sus miembros. Su voz es firme cuando responde.

—¿Habéis escuchado las palabras de los que no tiemblan ante vos? ¿Sabéis que vuestros soldados no respetan ninguna de las leyes y se empeñan en vivir desvalijando, asesinando, sometiendo a la esclavitud? ¿Creéis que vais a obtener así la paz con los indios?

—Tengo que ganar primero la guerra contra ese maldito Manco. Ya restableceremos la paz y la concordia luego...

—¡No, don Francisco, no lo veis! El espíritu de guerra se ha instalado en todas partes, incluso en nuestras filas. Dejasteis que mataran a Almagro...

—No lo sabía...

—Vamos, no lo sabíais..., al igual que no sabíais que Atahuallpa sería ejecutado. Lo sabíais, y apartasteis la cabeza y cerrasteis los ojos mientras la fechoría se realizaba. Y ahora la venganza flota en el aire por todas partes: cada cual odia a su hermano y sólo sueña en arrebatarle lo que tiene; cada cual ve la injusticia y cree que su fuerza, si está bien apoyada, es su derecho, ¡todo el derecho! Y aunque seáis distinto a ellos, ¡actuáis como ellos! Y ahora no veis, entre las dóciles miradas de vuestros compañeros, a quienes van a traicionaros y conspiran, tal vez ya, para arrebataros la vida...

Pizarro se ha agitado varias veces para responder, pero la apasionada elocuencia de Gabriel le ha obligado a callar.

—Vamos, hijo. ¡No van a atreverse! —afirma.

Gabriel no se detiene ante esa exclamación.

—Teníais, tenéis aún, la posibilidad de entrar en la historia como el hombre que conquistó una tierra y la convirtió en un país. Estáis echándola a perder.

—¡Gabriel, no puedo! —La frase suena como un grito de desesperación—. Conozco vuestra generosidad y vuestro valor, y estoy dispuesto a escuchar cualquier cosa de vos. No niego la verdad de mucho de lo que decís y, a veces, por la noche, cuando ruego a la Virgen Santísima y al Niño, derramo lágrimas por los crímenes que se cometen. No creáis que me juzgo con menos severidad que vos. Nadie, salvo mi Juez Supremo, sabe lo que yo sé. Pero lo que decís es imposible; comprendedlo, imposible...

—¿Es cierto que la expedición de Gonzalo y de Paullu tiene como primera misión capturar a Anamaya y la estatua de oro?

—Sí, y también a Manco. Pero Gonzalo me ha convencido de que sería más fácil capturarle si su sacerdotisa estaba en nuestras manos y también la estatua que posee no sé qué poderes mágicos...

—Y decís que, tras ello, llegará la paz.

La ironía y el dolor silban entre los dientes de Gabriel.

—¿Pensáis que destruyendo, pura y simplemente, lo que ellos tienen de valioso, os acercáis a la paz? Al contrario, don Francisco: ¡añadís guerra a la guerra! Cuando hayáis terminado con Manco, si lo lográis, tendréis que véroslas con Villa Oma, el sabio convertido en guerrero, y luego con Illa Topa. Y cuando éstos hayan muerto, otros se levantarán también... Y cuando hayáis terminado con ellos, tendréis que enfrentaros con vuestras propias filas, protegeros por todos lados sin que podáis confiar en nadie. ¡No advertís que, actuando de este modo, les dais a todos, españoles e indios, el espíritu de guerra como una herencia de la que nunca se librarán!

—No lo comprendéis, Gabriel; sois demasiado joven aún. Sé todo eso, pero sé también cosas que vos no sabéis. Allí —dice señalando hacia el oeste— se agitan y me llegan noticias de que pretenden mandar a un virrey. Si no capturo antes a Manco y pacifico la rebelión, todo habrá terminado.

—¿Qué habrá terminado?, ¿vuestro poder, las fechorías y los crímenes?

—Habrá terminado mi sueño...

Las últimas palabras salen como un soplo de los labios pálidos y finos de don Francisco, y Gabriel interrumpe su impulso. Nada puede decir sobre la consistencia del sueño de ese anciano llegado de tan lejos: es el secreto de cada ser, lamentable y magnífico.

Los dos hombres respiran poco a poco. La cólera que pueda haberse vertido en sus palabras se retira, emprende el vuelo en la noche, se hunde en las piedras, absorbida tal vez por la sabiduría de las momias que no han dejado de observarlos.

—Permitidme que me reúna con ellos —dice Gabriel—, con la orden de negociar una paz inmediata con Manco. Le conozco bien, lo sabéis; soy el único español con el que tal vez aceptará hablar.

—No.

Gabriel se incorpora y da unos pasos por la explanada. Todas sus emociones se han convertido en una enorme fatiga: el cansancio de todos esos años; la tristeza de no ser capaz de convencer al hombre al que tanto ha admirado y tanto ha detestado.

Su mirada se zambulle en las sombras, hacia la momia de la nariz rota, la de Huayna Capac. Una oleada de antiguas sensaciones le atraviesa y se estremece como si, en la noche estrellada, se viera transportado de pronto a las poderosas terrazas de Ollantaytambo.

Se vuelve.

Francisco Pizarro no se ha movido.

—Adiós, don Francisco.

El gobernador sigue sin hacer ni un movimiento, y Gabriel se dispone a bajar hacia la ciudad.

De pronto, la vieja voz resuena a sus espaldas.

—¿Qué vais a hacer?

Gabriel da media vuelta para hacerle frente, pero en la oscuridad sólo adivina ya una silueta que se aleja y se esfuma.

—Don Francisco, he pensado en la historia de la isla del Gallo y voy a deciros lo que pienso: realmente trazasteis la línea en la arena con la punta de vuestra espada. Y todos tuvieron que decidirse: ¿de qué lado querían encontrarse?

Hace una pausa y aspira a grandes bocanadas el aire fresco de la noche.

—Creo que en la vida de cada hombre llega un momento en el que, como vos, puede desenvainar su espada y trazar una línea en la arena. Creo que todo hombre elige.

—¿Qué vais a hacer?

—Lo que debo.

Gabriel desaparece en la noche.

25

CUZCO, JUNIO DE 1539

—¡Estás loco! —exclama Sebastián.
Gabriel se detiene y levanta las manos para apaciguar a su camarada. Nunca le ha visto tan rabioso.
—Tranquilízate.
—¿Y me dices a mí que me tranquilice?
—Deja que siga explicándote...
—¿Me tomas acaso por un negro de mierda?
Gabriel baja los brazos en señal de impotencia.
—Te tomo por mi amigo.
Los ojos de Sebastián siguen lanzando fulgores. En medio de la oscuridad que baña todas las estancias de su palacio, sólo queda una antorcha encendida y algunas velas en la mesilla de fina marquetería ante la que ambos hombres están sentados. Los servidores y las mujeres se han acostado, pero ellos hablan casi en voz baja.
—¿Acaso un amigo —prosigue Sebastián ya más tranquilo— puede desear la muerte de su amigo? ¿Y suicidarse con él?
—Te pido sencillamente...
—Sencillamente que me arruine para ayudarte a financiar una expedición a la selva e ir a salvar a una india, cuando encuentro cincuenta, más hermosas aún, sólo chasqueando los dedos, y salvar una paz que, de todos modos, nadie quiere. ¡Ah!, lo olvidaba: y proteger la huida de un ídolo de oro que, antes o después, terminará fundido en la Cassana o en el palacio de uno de esos nobles hidalgos. Te lo repito, amigo mío: estás loco. Y también yo estoy loco porque sigo escuchándote.

—Y yo también —dice una tercera voz en la oscuridad—, loco de la misma locura o de una muy parecida, pero me apetece creerlo.

—¿Vos, fray Bartolomé?

El monje ha salido de la oscuridad donde estaba, con los ojos aparentemente clavados en un cuadro de sumaria factura que representa la fortaleza de Sacsayhuaman.

—¿Acaso —pregunta Sebastián—, desde el regreso del obispo Valverde, no formáis ya parte de las más altas autoridades religiosas de esta buena ciudad de Cuzco?

—¿Qué quieres decir?

—¿No os convierte vuestro cargo en... su aliado?

—Amigo mío, este cargo, y su peso, me ha convertido en testigo y, desde hace mucho tiempo, en cómplice de algo que ha durado ya demasiado. No vine aquí para dejar que se hicieran matanzas en nombre de Dios. Y este hombre, tu amigo, es mi oportunidad de que esto cese. Hace dos años, cuando su santidad Pablo III publicó su bula pontificia, creí que habíamos obtenido una victoria decisiva. Pero no ha sido así. Quería que Gabriel fuera a España para dar testimonio y exigir la ayuda del rey al servicio de la ley de Dios. Pero comprendo lo que tú llamas su locura y, si pudiera, le acompañaría...

Sebastián mira, alternativamente, a los dos hombres.

—¿Y puede saberse, por simple curiosidad, cómo vais a hacerlo para encontrar hombres?

—Tengo algunos amigos —dice Gabriel, sonriendo.

—¿Cuáles? Nuestro viejo compadre Candia se ha medio arruinado ya intentando penetrar en la maldita selva. Si quieres oír hablar de mi oro, ¿puedo al menos saber el nombre de esos amigos?

—¿No sería mejor, para dejarte que gozaras del resto de tu prosperidad, que los ignorases?

—Vuesa merced es demasiado bueno. Me autoriza a gozar del resto de mi prosperidad. Es una generosidad que me conmueve...

—Sebastián...

—No hay Sebastián que valga. Me despojas, me matas y quieres que te diga gracias.

Gabriel y Bartolomé callan. En la noche, no es ya hora de convencer, de halagar, de protestar, de bromear. Ya sólo pueden examinar el rostro del antiguo esclavo y ver cómo pasan por él la cólera y la duda, la tentación y el rechazo...

—¿Y si digo que no?

Gabriel y Bartolomé se apresuran a través de la oscuridad que, en la noche sin luna, se ha apoderado de las callejas de Cuzco. Atraviesan Aucaypata y bajan hacia el templo del Sol. Flanqueándolo, Gabriel se queda sin respiración. Las paredes han caído; los muros están medio en ruinas. Sólo restan las piedras de los poderosos cimientos que los conquistadores no han tenido el valor de atacar, a menos que tengan la intención de utilizarlas para construir encima.

«¿Y el jardín de oro? —silba Gabriel entre sus labios—. ¿Qué han hecho con él? ¿Una pocilga para sus cerdos?»

Envuelto en la noche, deja que broten en él las palabras de la profecía del inca, aquellas que le reveló Anamaya durante su última noche y cuyo sentido sigue siéndole misterioso.

A causa de su fe en estas palabras, tanto como por el amor que palpita en su corazón, está dispuesto a desafiarlo todo.

Cuando llegan a las *canchas* de Pumachupan, pone una mano en el hombro del silencioso Bartolomé. El monje se vuelve hacia él y sonríe; la cicatriz baña de sombras su rostro. Se dirige sin vacilar hacia una abertura practicada en un muro de modesta construcción.

—Aquí es —dice el monje.

El patio está desierto y sumido en la oscuridad. Al llegar, algunos conejillos de Indias despiertan y huyen entre sus piernas, lanzando gritos.

Luego, una antorcha avanza hacia ellos a la altura de un pecho. Deslumbrado por la luz, Gabriel pone su mano ante los ojos. Una voz ronca y familiar se dirige a él en buen castellano.

—Bien venido, señor.

Gabriel adivina por fin, en el halo, la silueta característica del enano. Lo sigue sin temor, con la sensación de recuperar a un viejo amigo. Siempre se han visto de noche y nunca han intercambiado más que unas pocas palabras, pero el enano ha estado en todo momento ahí para acercarle a Anamaya. Una vez más, va a ayudarlo.

Tras la modesta cortina de la estancia adonde el enano los conduce, se abre un pequeño palacio, cuyo lujo sorprende y encanta a Gabriel. Es como si el enano se hubiera convertido en el inca de un minúsculo reino creado por él para ser dirigido por él, y destinado a ser sólo conocido por él mismo. Todo en la estancia es de gran valor: oro, plata y joyas adornan los cubiletes, las jarras, las bandejas. Los cobertores, en el suelo, son de lana de vicuña, y la mesa rodeada por un banco y dos sillas es de madera preciosa, incrustada de esmeraldas. En las hornacinas se ven las familiares figuras de las llamas y los cóndores, pero también estatuillas más terroríficas, que Gabriel nunca ha visto entre los incas. Más sorprendente aún: hay una especie de icono de la Virgen. Y todo es pequeño, como si hubiera sido hecho del tamaño del enano y para su solo placer por algunos artistas que trabajaran en su corte.

Se acomodan como pueden tras la invitación del hombrecillo. Está lejos el tiempo en que su único vestido rojo recogía el polvo con sus flecos. Lleva calzas de lino amarillo y un jubón del mismo color; en la cabeza, un gorro con los cuatro extremos levantados, que evoca, para Gabriel, los de los kollas que ha conocido a orillas del lago Titicaca.

—Esta morada es más modesta que mi mansión de Yucay —dice el enano—, pero me satisface recibiros en ella.

—Tu destino te ha dado la fortuna, al parecer —dice Gabriel, sonriendo.

—Esclavo fui hallado, esclavo seguiré. Pero, entretanto, gozo discretamente de lo que el destino me ha dado y veo crecer a mis hijos, que, a sus cinco y siete años, son ya más altos que yo. Eso prueba que el destino sabe dejarse acariciar. Pero no habéis venido para escuchar el relato de mi vida.

—Hemos venido a pedirte ayuda.

El enano se echa a reír, y sus anchas manos palmean sus muslos.

—¿Quién lo hubiera dicho? ¿Quién lo hubiera dicho? —repite.

Cuando se ha reído a gusto, cuando su último «¿Quién lo hubiera dicho?» se ha ahogado en un hipo, Gabriel se explica: necesita un guía y una decena de hombres para dirigirse a Ollantaytambo y, de allí, a las impenetrables selvas donde Gonzalo persigue a Anamaya y Manco.

El enano no hace pregunta alguna. Mira larga y seriamente a Gabriel.

—Te he llevado desde siempre a ella —dice.

Gabriel inclina la cabeza.

—¿Cuándo quieres partir?

—Esta misma noche si es posible.

El enano silba entre dientes.

—Iremos a mi casa, a Yucay, y reuniré los hombres que deseas. Pero ¿tienes tú el oro necesario?

—Lo tiene.

La cortina se ha levantado para dejar pasar la silueta del gigante negro.

—Lo tiene —prosigue Sebastián, bajando la cabeza, como si la pequeñez de todo lo que le rodea le obligara a encogerse—. No quiere perder tiempo, ¿verdad?

El asombro ha petrificado la expresión de Gabriel en una mueca que hace reír a Sebastián.

—Sólo por ver esa cara, vuesa merced, vale la pena dejarse torturar. Vamos, apresurémonos, me duele el cuello permaneciendo aquí.

Los cuatro hombres salen. Gabriel ha tomado el brazo de Bartolomé y lo estruja con conmovida presión. Ante ellos, los dos antiguos esclavos caminan sin decir palabra, uno junto a otro: el enano corre mientras el gigante contiene su zancada. Pasan a través de las silenciosas *canchas* antes de llegar a la enlosada ruta del Collasuyu.

Cuando están al límite de las últimas casas y ante ellos sólo se dibujan los campos de cereales y la oscura línea del collado tras el que se oculta Yucay, Bartolomé y Sebastián se quedan inmóviles. Sebastián suelta un leve silbido entre dientes.

Aparecen dos indios y una blanca sombra en la noche.

—¡*Itza*! —grita Gabriel.

—¡Te dije que te la guardaría!

—¡*Itza*!

—La variedad de tus exclamaciones me confunde. ¿Vas a nombrarla por tercera vez?

Sin atender a los sarcasmos, Gabriel da unas afectuosas palmadas en el hocico de la yegua. Luego, con los ojos brillantes, hace frente a sus amigos.

El monje levanta su mano de unidos dedos hacia Gabriel.

—Permíteme que te bendiga —dice con una sonrisa—. ¡Que el verdadero Dios esté contigo!

—Y no olvides tus grandes cojones —dice Sebastián, sombrío—. Que sigan entre tus piernas.

Gabriel mira a sus dos amigos y les da un breve abrazo. Abre la boca para agradecérselo.

—Calla —gruñe Sebastián—, ya me estás aburriendo. Vas a llorar como una mujer, vas a gemir «¡*Itza! ¡Itza!*», y detesto esas cosas. Apresúrate.

Tras una última vacilación, Gabriel les da por fin la espalda y monta en la silla con ágil movimiento. Se zambulle en la noche.

26

VILCABAMBA, VITCOS, JULIO DE 1539

Antes de acercarse, Anamaya observa por un instante la ruidosa laboriosidad de hombres y mujeres en las despejadas terrazas al pie de Vilcabamba, a orillas del río. Ante la mirada atenta de Katari, unas mujeres amasan arcilla para extenderla cuidadosamente en el interior de marcos de madera. Unos hombres toman luego las gruesas placas de tierra reluciente así obtenidas. Sentados, las curvan sobre sus muslos antes de colocarlas con cuidado al sol, en una alfombra de hojarasca, para secarlas. Algo más lejos, otros hombres transportan placas secas, ya de un gris más claro, hasta un horno redondo donde se prepara el brasero.

Mientras se reúne con Katari, Anamaya le ve dirigirse a uno de los obreros y pedirle que le lleve la placa de arcilla que acaba de curvar. Con la ayuda de un estilete de caña, en unos pocos gestos rápidos, el dueño de las piedras dibuja en la materia flexible aún una pequeña serpiente.

—¿Qué estás haciendo? —se sorprende Anamaya—. ¿Para qué van a servir estas placas de tierra?

—Para cubrir tu techo, *Coya Camaquen*, y mantenerte seca durante las próximas lluvias.

Anamaya frunce el ceño y le mira sin comprender. Katari dibuja de nuevo una serpiente en otra placa. Su gesto es tan sencillo y fácil que la imagen de la serpiente parece surgir con la rapidez de un verdadero reptil.

—Son lo que los extranjeros llaman tejas —explica Katari con los ojos brillantes de excitación—. Una vez cocidas éstas placas de arcilla, bastará con cubrir el armazón de nuestros techos para que se vuelvan del todo impermeables. He decidido cubrir tu casa primero, *Coya Camaquen*, para honrarte. Luego las pondremos en todas las *canchas* de Vilcabamba; eso acabará de embellecer la nueva ciudad real de nuestro Único Señor.

Medio preocupado, medio divertido, Katari muestra la teja que acaba de dibujar.

—Mi única preocupación —añade— es que los muslos de nuestros hombres son más pequeños que los de los extranjeros, de modo que las tejas que moldeamos son más pequeñas que las que vi hacer en Cuzco. Tendremos que trabajar el armazón de nuestros tejados para resolver el problema.

—Me sorprendes, dueño de las piedras —sonríe Anamaya—. Tú, el custodio del saber de nuestros antepasados, el depositario de nuestras tradiciones, ¿quieres suprimir los techos incas para sustituirlos por un invento de los extranjeros?

—¿Y por qué no? ¿Acaso no debemos aprender de los demás pueblos lo que la vida les ha enseñado? ¿No aprendimos la orfebrería gracias a las lecciones de artesanos chimus, la alfarería de sus antepasados mochicas y el tejido de los antiguos habitantes de Paracas? Estas tejas son un invento soberbio. Con ellas se acabaron las fastidiosas siegas del *ichu* y esos techos podridos que debíamos cambiar cada cuatro estaciones. ¿Deberíamos ignorar ese saber sólo porque los dioses no han tenido tiempo de enseñárnoslo? Eso en nada perjudicará la belleza de los edificios y de los muros que nosotros, los incas, sabemos construir mejor que ningún otro pueblo creado por Viracocha.

El rostro y la voz de Katari expresan un raro entusiasmo. Anamaya, conmovida, observa el intenso baile de los obreros y las obreras.

—Lo que estás diciendo me hace feliz, Katari. Significa que, para ti, nuestro pueblo debe desarrollarse aún y tener esperanza en el futuro, a pesar de la guerra, de la debilidad de Manco y de las sombrías predicciones del Único Señor Huayna Capac.

—Me planteas dos cuestiones en una sola, *Coya Camaquen* —replica el dueño de las piedras, poniéndose más grave—. Tengo que responder dos veces. Primero, para decirte que me parece pernicioso disponer inútilmente de poderes y saberes. Eso sólo puede disgustar a los poderosos antepasados, que quisieron que cada cosa existiese en el Mundo de Aquí para señalar su presencia.

Katari levanta el brazo y muestra, más allá de la lodosa terraza donde se encuentran, un campo donde pastan tranquilamente una decena de caballos admirados por unos niños en cuclillas.

—Manco capturó esos animales durante la batalla de Ollantaytambo. Con orgullo, los trajo aquí. Pero ¿para qué? Sólo él sabe cabalgar en sus lomos. Por desgracia, en la jungla que se ha convertido en nuestro único territorio, esos animales son incapaces de desplazarse. Además, necesitan una especie de suelas de metal en las patas, que nosotros no estamos aún en condiciones de fabricar. ¿De qué sirven, pues, esos caballos, salvo para agrandar los ojos de los niños?

—Sirven para el orgullo de Manco —dice Anamaya con ternura—. Esos caballos muestran a todos que el Único Señor no padece siempre el poder de los extranjeros.

No lejos de ellos, una humareda espesa y olorosa escapa ahora de los hornos redondos. Con el rostro grave, Anamaya contempla a los hombres y mujeres que les rodean y que nada parecen haber visto del extraño juego de Katari con las tejas.

—Me siento muy halagada de que quieras decorar mi techo en primer lugar —dice—, pero no veré tu trabajo antes de algún tiempo. He aceptado que Curi Ocllo se reúna con Manco y he decidido acompañarla.

Cuando Katari la observa con sorpresa y preocupación, Anamaya responde a la pregunta antes incluso de que se la haga.

—Hace casi una luna que me niego a que salga de Vilcabamba, pero desmejora y llora más a menudo que come. Y tal vez tenga razón: su presencia podría reconfortar a Manco.

—Pero ¿por qué la acompañas tú también?

Anamaya vacila unos segundos. Allí, a lo lejos, unos hombres gritan mientras cubren precipitadamente el horno con gran cantidad de ramas frescas para mantener sobre las tejas una temperatura constante.

—Le prometí a Manco estar a su lado y hace ya mucho tiempo que también yo le dejé solo. Además, Curi Ocllo teme que sea su hermano Guaypar quien se enfrente, ahora, a Manco. Hay entre ellos un viejo odio del que me siento un poco responsable. Tal vez pueda serle útil al Único Señor.

Katari mueve la cabeza, dubitativo.

—No es tu lugar, *Coya Camaquen*. Los odios de Manco son como los techos de *ichu* de esta ciudad: son viejas prácticas que no impiden que la lluvia humedezca los lechos ni que los extranjeros ganen batallas. Además, atravesar la jungla cuando los extranjeros se acercan es peligroso para ti.

—Llevaremos una buena escolta —le interrumpe Anamaya, posando afectuosamente la mano en la muñeca del dueño de las piedras—. Katari, te confío al Hermano-Doble. Cuídalo bien. Estaré de regreso tan pronto como pueda. Siento que se acerca el momento en que tendremos que llevarlo donde tú sabes.

Al tercer día de prudente marcha, el pequeño grupo, que sigue a lo largo del río, llega a la vista del espolón rocoso que soporta el palacio fortificado de Vitcos. Pese a las inquietudes de Katari, el avance por la jungla se ha hecho sin más dificultad que conseguir penetrar la maraña vegetal, tan vigorosa que no deja de devorar y hacer que desaparezca el sendero trazado a cada paso.

También Curi Ocllo se ha mostrado valerosa, sin vacilar nunca en abandonar la litera cuando la estrechez de los senderos lo exigía. Ahora, cuando los muros de Vitcos aparecen dominando el valle, su impaciencia es tan grande que sus manos tiemblan. A lo largo de todo el día, su rostro ha perdido las sombras que lo afeaban para recuperar aquella hermosa cara que Manco ama y desea. Fulgurantes y abiertos de exaltación, sus ojos y su boca son, a la vez, los de una muchacha muy joven, a quien ninguna de las pruebas del mundo podría turbar, y, vibrantes de promesas, los de una mujer que sabe que muy pronto el amado posará en ella su mirada y la yema de sus dedos.

Sin embargo, cuando llegan a los primeros peldaños de una pendiente bastante empinada que alcanza la fortaleza por el flanco norte, la columna se detiene de pronto. Antes de que el oficial que manda la quincena de guerreros de la escolta se acerque a su litera, Curi Ocllo protesta ya.

—Oficial, ¿por qué has ordenado este alto? Casi hemos llegado...

Con respeto, el oficial se inclina ante ella y, con la habilidad de un hombre acostumbrado a ese tipo de ceremonial, con una ligera torsión del busto, logra que su saludo esté también dirigido a Anamaya.

—Cierto es, *Coya*, que estamos muy cerca de Vitcos. Pero quiero pedir precisamente a la *Coya Camaquen* el permiso para mandar dos soldados a la fortaleza y avisar al Único Señor de vuestra llegada.

—¡Es inútil! —exclama Curi Ocllo—. Sus centinelas le avisarán. Y además, si pudiera darle la sorpresa de mi llegada, ¡sería maravilloso!

Con ligera risa, se vuelve hacia Anamaya.

—Es inútil perder tiempo, ¿no es cierto? —suplica.

—Oficial —pregunta Anamaya—, ¿crees del todo necesario mandar exploradores? La *Coya* tiene razón: sus centinelas avisarán al Único Señor de nuestra llegada.

La turbación retiene un breve instante la respuesta del comandante de la escolta. Por fin, se inclina más aún.

—En verdad, *Coya Camaquen* —declara—, querría asegurarme de que el Único Señor Manco esté, efectivamente, en la fortaleza.

—¿Por qué no va a estar? —exclama Curi Ocllo—. Si se hubiera marchado, lo sabríamos ya. Nos habría mandado un mensajero. ¡Oh, Anamaya!, por favor: ¡estamos tan cerca!

—Sería estúpido mostrarse imprudentes —le responde con dulzura Anamaya.

Unas lágrimas brotan, en seguida, de los negros ojos de Curi Ocllo. Anamaya no puede contener una sonrisa ante ese capricho.

—Oficial —suspira—, manda un explorador para anunciar nuestra llegada, pero reanudemos la marcha sin aguardar su regreso.

Sin contenerse en absoluto, con una espontaneidad de niña mimada, Curi Ocllo echa los brazos al cuello de Anamaya y se aprieta contra ella.

—¡Gracias, Anamaya; gracias!... ¡No puedes saber qué feliz me siento de encontrarme por fin con Manco!

Su columna sólo está ya a dos tiros de honda de la fortaleza cuando el explorador se reúne corriendo con ellos. El comandante de la escolta interrumpe de nuevo la marcha.

—*Coya Camaquen* —anuncia—, no hay nadie. Vitcos está vacío...

—¿Vacío?

El grito de asombro de Curi Ocllo es un grito de dolor.

—El Único Señor y sus soldados parecen haber abandonado el palacio desde hace varios días...

—Pero ¿por qué?

—Tal vez haya extranjeros en los parajes, *Coya*.

—En ese caso, oficial —ordena rápidamente Anamaya—, es inútil que nos quedemos en el camino. Apresurémonos a llegar a la fortaleza. Puesto que está vacía, podremos alojarnos y protegernos si es necesario.

De hecho, en cuanto cruzan el muro del recinto, descubren los edificios y los patios abandonados.

Inquietas, Anamaya y Curi Ocllo echan pie a tierra, atraviesan el primero de los patios, rodeado de estancias bajas dispuestas en un amplio y perfecto cuadrado. Acompañadas por los soldados, se dirigen hacia los edificios opuestos a la entrada del palacio. Formando una abertura estrecha y defensiva, una especie de calleja en ángulo recto permite llegar hasta la parte más avanzada de la fortaleza.

Allí sólo hay la espléndida vista que se ofrece a ellas. Construido en la misma punta de un saliente rocoso, a pico sobre un vertiginoso precipicio que termina en el río, un largo y poderoso edificio, con quince magníficas puertas con los dinteles de granito blanco, cierra un patio elevado. A su alrededor se levantan las laderas y las cumbres nevadas de los más altos *apus*; todo parece indestructible y extrañamente apacible.

—¡No comprendo! —repite Curi Ocllo con voz quebrada—. ¿Por qué se ha marchado Manco sin ni siquiera enviar un *chaski* a nuestro encuentro?

—Es sólo un contratiempo —la apacigua Anamaya, escrutando la selva en las laderas circundantes—. Ha debido de retirarse al pequeño fuerte de Machu Pucara.

—¿Por qué? Sin avisarnos...

—Tal vez el oficial tenga razón; tal vez los extranjeros estén más cerca de lo que creemos. Debemos ser prudentes. Enviaré un mensajero a Machu Pucara para que Manco pueda...

No tiene tiempo de concluir la frase. Unos aullidos de espanto surcan los aires y les hielan la sangre.

Primero, no ven nada. Parece que los gritos broten de ninguna parte.

Y luego aparecen.

Cien o doscientos guerreros indios del norte, con las túnicas con los colores de Quito, cascos de cuero y adelantando los escudos, saltan del vacío, brotan como una continua oleada por detrás del largo edificio donde se han ocultado.

Las mazas de bronce y las hondas giran. ¡Las lanzas les apuntan y blanden las hachas!

El oficial de la escolta aúlla ya unas órdenes. Irrisoria barrera, el puñado de soldados rodean a Anamaya y a Curi Ocllo, con la lanza en ristre. Pero apenas se han situado cuando silban las piedras de honda, que matan a dos de ellos. El grito de Curi Ocllo llena el aire por encima de todos los demás y parece producir el ataque.

Es un ataque tan breve y violento que Anamaya no tiene tiempo de comprender ni de huir. Ha muerto el último, con la cabeza abierta por una maza estrellada; es el oficial.

De pronto se hace el silencio.

Los soldados del norte forman un compacto círculo a su alrededor. Curi Ocllo cae de rodillas. Ante las miradas inexpresivas de los guerreros, se abraza a Anamaya. Con un ruido de escudos que chocan, se abre un camino en la masa de hombres. Un oficial inca de alto rango, luciendo unos magníficos tapones de oreja y una capa con hilos de plata, con el casco coronado por un corto abanico de plumas azules y doradas, avanza. Su rostro es duro y anguloso, sus ojos parecen extrañamente pequeños en sus órbitas. Anamaya le reconoce cuando Curi Ocllo da un brinco y corre hacia él.

—¡Guaypar! ¡Oh, Guaypar, hermano mío!

Con emoción, ella se deja caer al suelo. Guaypar la evita, sin ni siquiera dirigir una mirada a sus temblorosos hombros. Una sonrisa alarga sus bien dibujados labios. Se acerca mucho a Anamaya, que muestra una máscara de absoluto desprecio.

—Te aguardábamos, *Coya Camaquen*. A decir verdad, sólo por ti hemos venido hasta aquí.

—En ese caso, éste es un curioso modo de recibirnos, Guaypar.

La sonrisa de Guaypar se amplía mientras, a su espalda, unos hombres sujetan a Curi Ocllo, destrozada por los sollozos, y que tiene ya las manos atadas.

—No me preocupan los lazos de sangre, Anamaya. Mi hermana renegó hace ya mucho tiempo de mí al desposarse con Manco, el traidor, el usurpador...

—Sabe que su suerte y la mía están unidas, Guaypar.

—Soy yo el que tendré que decidirlo, *Coya Camaquen*. Pero hay que comprender mi impaciencia. ¡Hace tanto tiempo que sueño con este instante!

Su mirada es tan vibrante de confianza y odio que, por primera vez desde hace mucho tiempo, el veneno de la duda y del miedo se infiltra en las venas de Anamaya.

—¿Recuerdas aquella noche en Huamachuco? Fue antes de la llegada de los extranjeros. El Único Señor Atahuallpa dirigía la guerra contra Huascar *el Loco*...

Guaypar ha sonreído al hacer la pregunta. Pero su sonrisa es de hielo, al igual que su voz. Anamaya sonríe a su vez.

—Sí, lo recuerdo —responde.

Está sentada, acuclillada casi, en el suelo de una de las pequeñas estancias de la fortaleza adonde la han llevado los guerreros de Guaypar. Sin brutalidades inútiles, pero sin ninguna consideración tampoco por su rango, han atado sus brazos y sus pantorrillas a un gran tronco puesto a su espalda, obligándola a mantenerse en una postura retorcida, que le destroza los riñones. Un dolor lacerante comienza a correr ya por su columna vertebral y se extiende hasta sus hombros. Sin embargo, vuelve a sonreír.

—Lo recuerdo —repite—. Acababas de ser nombrado capitán por haber capturado unos generales de Huascar en la batalla de Angoyacu.

Los ojos oscuros de Guaypar indican su asombro. Anamaya ve cómo el aliento se hincha en su pecho. Luego vuelve el rostro hacia el patio donde se instalan ruidosamente sus tropas. Mil preguntas se acumulan en la cabeza de Anamaya, pero las contiene, obligándose a permitir que Guaypar escupa sus tan antiguos rencores.

—Aquella noche te había dicho que eras la más hermosa de las mujeres de Tahuantinsuyu, que no había ninguna que poseyera la mitad de tu belleza, que ninguna mirada ni ninguna boca podían compararse con las tuyas...

Aunque está plantado sobre sus piernas y domina, desde su altura, a Anamaya, torturada por sus ataduras, Guaypar parece mostrarse ojo avizor más que dominante. Su hacha de gala, de plata y oro, tiembla un poco en su mano. Como si el veneno de los recuerdos que le asaltan contaminase su carne, la piel de su rostro se hace gris.

—Hice más —añade—: aquella noche te pedí que fueras mi esposa y te negaste.

—En ese caso, también recordarás por qué —replica con dulzura Anamaya.

Una risita de furor brota de los labios de Guaypar.

—¡El Hermano-Doble! Dijiste: «¡No puedo a causa del Hermano-Doble!» Desde entonces no hay un solo poderoso señor en este país que ignore cómo la *Coya Camaquen* ha ejercido su fidelidad al Hermano-Doble del Único Señor Huayna Capac abriéndose bien de muslos ante un extranjero, un extranjero que se disfraza de indio y que es despreciado por los suyos tanto como debe ser detestado por los nuestros. Si no hubiera tenido tu protección...

Guaypar no termina la frase, pero el movimiento cortante de su mano muestra muy a las claras la suerte que reserva a Gabriel.

El dolor de sus riñones anuda el vientre de Anamaya y le obliga, por unos instantes, a cerrar los ojos para respirar mejor. Fuera, unos ruidos y unos gritos anuncian la llegada de nuevas tropas. Cuando vuelve a abrir sus párpados, Anamaya distingue en el umbral de la estancia a unos oficiales que esperan las órdenes de Guaypar, sin que ninguno se atreva a molestarle.

—¿Qué quieres de mí? —pregunta intentando ocultar su sufrimiento.

Como si no hubiera oído su pregunta, Guaypar atraviesa dos veces la estancia ante ella. De pronto se detiene, y observa la agitación exterior sin verla.

—Te dije algo más en aquella época lejana —declara con voz sorda—. ¿No lo recuerdas?

—Siempre hablas mucho, Guaypar. Si me estás preguntando cuáles son mis recuerdos de ti, podría resumirlos fácilmente: ¡palabras de odio y de violencia!, y desde la primera vez.

—¡No!

La rabia deforma su rostro, y su grito hace que los oficiales que hay afuera den un respingo.

—¡No! —gruñe, agachándose para estar a la altura de Anamaya—. Desde el primer día, sólo hubo en mí amor hacia ti. Pero tú, Anamaya, tú que no eras nada, ni siquiera una princesa de sangre inca, tú, la hija del bosque, no dejaste de rechazarme para mejor seducir a Atahuallpa primero, y luego a Manco.

—¡Tantos años de celo! —susurra Anamaya, moviendo la cabeza—. ¡Pobre Guaypar! ¿Cómo es posible vivir tanto tiempo estando tan corroído?

—¡Te lo dije hace mucho, Anamaya! Aunque hubiera querido olvidarte, me habría resultado imposible. No ha pasado una estación, no he librado un combate sin pensar en ti. No he tomado a una mujer en mi lecho sin pensar en ti. No he luchado contra los extranjeros sin pensar en ti, y siempre, siempre he sabido que llegaría un día como éste en el que, por fin, podría hacer que padecieras los sufrimientos que tu desprecio me ha hecho soportar.

Cada parcela del rostro de Guaypar está endurecida por su violencia, que empapa sus palabras como si fueran piedras. Con una lentitud cercana a la locura, la mirada fija y los labios temblorosos, levanta la mano para tocar la mejilla de Anamaya, pero no la toca. Fascinado, retiene la punta de sus dedos antes del contacto y se limita a esbozar una caricia desde sus cabellos hasta la curva de su pecho.

—¿Qué quieres de mí? —susurra Anamaya con esfuerzo.

—Primero, voy a servirme de ti para destruir a Manco. Y luego te tocará a ti. Y algún día ocuparé el lugar de Paullu y me convertiré, a mi vez, en el Único Señor.

—Estás loco y eres estúpido —murmura Anamaya, cerrando sus párpados—. Lo ignoras todo del mañana. Tu odio te lleva al Mundo de Abajo. ¡Nunca te encontrarás con tus poderosos antepasados!

—¡Palabrería de *Coya Camaquen*! Nunca he sido de aquellos a quienes tus palabras impresionan, Anamaya. No creo en tu magia. Huayna Capac estaba demasiado enfermo y era demasiado viejo para transmitirte el menor poder. Todo eso sólo fue, siempre, una maniobra de Atahuallpa para imponerse a los clanes de Cuzco. Y tú te aprovechaste de ello.

—¡Qué importa lo que pienses de mí, Guaypar! Puedes matarme. Puedes debilitar a Manco, e incluso vencerle. Pero no creas que cambiarás tu devenir y menos aún el del Imperio. Nunca serás un Único Señor. Inti ha decidido ya la andadura de sus hijos.

Como si no sintiera ya sus brazos, su espalda, sus hombros martirizados, Anamaya hunde su mirada azul en la de Guaypar. Desconcertado por su calma, él se incorpora y se aparta, con el rostro más gris aún y los ojos más hundidos en las órbitas.

—¿Qué has hecho con tu hermana Curi Ocllo? ¿También a ella quieres matarla? Ella te ama casi tanto como ama a Manco, y tú la ignoras con desprecio.

Con un ademán, Guaypar barre el reproche de Anamaya, pero no tiene tiempo de contestar. Grandes carcajadas resuenan fuera, acompañadas por un tintineo metálico y el chasquido de unas botas.

—Bueno, ya habéis puesto manos a la obra, señor Guaypar.

Anamaya reconoce, al mismo tiempo, la voz, la larga cabellera rubia y los rasgos finos. Como máximo, con el tiempo, unas arrugas subrayan los ojos y un pliegue amargo dobla hacia abajo su boca. También le falta una muela, a un lado, cuando Gonzalo Pizarro ríe mirándola con la sorna de un cazador ante una presa por fin vencida.

A su espalda hay una decena de españoles, con cascos de metal y altas botas, con las calzas ensuciadas por la travesía de la jungla y el puño en el pomo de las espadas.

En un instante, la pequeña estancia se llena. Mientras las miradas se clavan en ella, Anamaya se obliga a mantener el rostro erguido, con los ojos a la altura de las botas que la rodean de cerca.

—Debo felicitaros, señor Guaypar —prosigue la voz de Gonzalo en el mismo tono alegre—. ¡Habéis dirigido muy bien el asunto! Imaginaba que tendríamos más dificultades en encontrar a esta preciosa princesa en su jodida jungla.

El rostro de Guaypar se ha ensombrecido, insensible a los cumplidos del español, que se inclina de pronto. Con los dedos enguantados, toma el mentón de Anamaya y lo levanta brutalmente.

—Ya veo que no consigues ocultar tu alegría al volver a verme, hermosa princesa.

Anamaya no responde, pero sus ojos azules se clavan sin una pizca de temor en los del hermano del gobernador con tal intensidad, que Gonzalo debe, por fin, apartar la mirada con una risita molesta.

—Esta mujer ha sido siempre así —explica a sus compañeros, incorporándose con orgullo—: provocadora, segura de sí misma. ¡Va a resultar un verdadero placer interrogarla! Señor Guaypar, ¿le habéis preguntado ya dónde ha ocultado la estatua de oro?

Los doloridos riñones de Anamaya se hielan. De pronto, comprende. Así pues, los extranjeros y Guaypar buscan al Hermano-Doble. ¡Su captura nada debe al azar! La mirada colérica de Guaypar se clava en ella y lo que puede leer en sus ojos confirma ese temor.

—Cuando Manco no tenga ya el Hermano-Doble de su padre

ni te tenga a ti —masculla en quechua—, será tan débil como un niño.

—Creía que despreciabas mi influencia sobre Manco —se burla Anamaya.

—¡Qué importa lo que yo piense! Manco cree en tus poderes, aunque, hasta hoy, no le hayan sido muy útiles. Tu captura le aterrorizará. Se dirá que es la señal de que sus poderosos antepasados le abandonan. Entonces podré terminar el combate que comenzamos la noche del *huarachiku*.

—¡Guaypar! —exclama Anamaya—. ¡Guaypar, no puedes hacer eso! Atahuallpa te llamaba «hermano mío»; la sangre que corre por tu corazón es la de Inti. Eres un inca: ¡no permitas que los extranjeros se apoderen del Hermano-Doble! Sabes lo que harán con él: placas de oro que se llevarán al otro lado del océano. Entonces, nuestro pueblo habrá terminado, Guaypar. Ningún Hijo del Sol podrá ya mantenerse de pie durante el día. Ni tú ni ningún otro. Mátame, derriba a Manco si es tu objetivo, pero no lleves a los extranjeros hasta el Hermano-Doble o destruirás lo que te hizo nacer. ¡Te lo suplico, Guaypar! No soy yo la que te lo pide, sino que por mi boca te lo suplican todos los poderosos antepasados...

—¡Hola, hola! —gruñe Gonzalo, levantando la mano como si quisiera capturar en el espacio las palabras de Anamaya—. Ésos son muchos gritos y muchos discursos, señor Guaypar. ¡Pero los preferiría en español! ¿Qué os está diciendo?

—Le digo que morir me resultará agradable —responde Anamaya antes de que Guaypar pueda abrir la boca—, antes que permitiros descubrir lo que estáis buscando.

—¡Oh, hermosa amiga! —responde Gonzalo, dirigiendo un guiño a sus compañeros—, ésas son cosas que se afirman en la ignorancia. ¡No podéis imaginar qué placer será para mí haceros cambiar de opinión!

—Señor Gonzalo —interviene Guaypar en un español bastante lento—, dejad que me encargue de la *Coya Camaquen*. Creo saber dónde está la estatua de oro. Pronto os llevaré allí como os he traído hasta aquí...

—¿Ah, sí?

La ceja de Gonzalo se ha levantado, suspicaz. Una crispación se apodera de todo su rostro que, de pronto, ya sólo expresa desconfianza.

—Yo no veo así las cosas, mi buen amigo —dice en un tono

cortante—. He sabido que habéis encontrado aquí a vuestra hermana, la hermosa esposa de Manco. Haced, pues, que ella os acompañe hasta él. Estoy seguro de que lograréis convencerla de que haga ese pequeño esfuerzo. Y una vez estéis ante Manco, podréis anunciarle que ésta está con nosotros y que estoy dándole conversación. Estoy seguro de que os escuchará con atención...

El dedo de Gonzalo señala a Anamaya mientras Guaypar sacude la cabeza.

—¿Para qué ir a ver a Manco si no para hacerle la guerra?

—Nada os impide matarle si podéis, señor Guaypar —ironiza Gonzalo—. Pero ¿no fuisteis vos quien me explicó que, sin esta moza, Manco era como una lombriz en una piedra calentada por el sol?

La mirada de Guaypar se clava en Anamaya, mientras los extranjeros le arrojan ya fuera de la estancia, que esta vez está menos preñada de odio que de cansancio.

27

VITCOS, MACHU PUCARA, JULIO DE 1539

Hace mucho tiempo que ha anochecido.

Han depositado un candil muy cerca de Anamaya, que no ha bebido ni comido desde su captura. Sin un momento de reposo, el dolor le tortura el cuerpo e interrumpe tan a menudo su respiración que sólo debe ya pensar en hacerlo. Ha olvidado la sed y el hambre.

A pesar de todo, se esfuerza por mantener los ojos abiertos. Quiere que Gonzalo lea en ellos toda su indiferencia.

Él ha regresado, solo, a la estancia donde ella está prisionera. Lleva una camisa y una daga en la mano, y a la escasa luz del candil, apenas deja adivinar sus rasgos.

—Me gusta que estés en silencio —murmura haciendo bailar la hoja con la punta de sus dedos—. Mi placer será mayor y más largo.

Se levanta con una risa sardónica, se aleja en la oscuridad y se desliza a su espalda.

—¿Sabes que tu Gabriel ha desaparecido? Se ha largado, esfumado... Algunos dicen que ha regresado ya a España; otros afirman que se ha ahogado en un lago.

Anamaya ni siquiera parpadea. Toda su voluntad se centra en un único esfuerzo: no ofrecerle a Gonzalo el placer que aguarda; ni un murmullo, ni una queja, ni el menor signo de emoción.

—Hace años podría haberte convertido en mi mujer. Me gustabas bastante. Había hablado de ello con mi hermano Juan... ¿Sabías que mi amado Juan murió por culpa de tu Gabriel?

La hoja de la daga se desliza entre la piel y la túnica.

—Yo amaba a Juan. Esté donde esté hoy, en el paraíso o en el infierno, quiero que oiga tus gritos cuando mi daga te bese.

Con un seco movimiento de la hoja, Gonzalo desgarra la túnica, desnudando el hombro y un pecho. Ella no se mueve, como si sólo una mosca se hubiera posado a su lado.

—Eres fuerte —susurra Gonzalo junto a su cuello—, pero ya verás que soy más fuerte que tú.

Aparece de nuevo ante ella y busca su mirada.

—Voy a hacerte lo que tus guerreros hacen a mis compañeros, pero a mi modo...

Pone la punta de acero sobre el hombro de Anamaya y la hace bajar por su pecho.

—Comenzaré quitándote un poco de piel aquí —dice con voz neutra—. Un pezón después de otro... Una mujer no muere de semejante herida, pero al parecer sufre mucho, sobre todo si se espolvorea de sal la herida.

Sonríe. Espera una reacción, pero no se produce.

—Hay otra técnica también, como he podido ver: se coloca un poco de pólvora en las heridas; luego se inflama. Tiene la ventaja de que impide que brote la sangre...

Anamaya no escucha ya las palabras; las deja zumbar a su alrededor como un ruido inútil y vano. Mientras Gonzalo añade frases a las frases, excitándose a sí mismo con los horrores que profiere, ella siente que una extraña paz se apodera de su corazón y su espíritu. El miedo la abandona, e incluso el dolor de su espalda parece menguar. Gonzalo puede hablar y hablar, arrojar el vómito de sus pensamientos y sus deseos. Sigue siendo tan impotente como un niño que quisiera cazar y derribar los animales que pueblan su imaginación.

—Pero antes de todos estos placeres —chirría Gonzalo, tomando el candil e incorporándose—, mis queridos compañeros se divertirán contigo. Les ofrecerás tu hermoso cuerpo antes de que yo lo saje: habrá al menos unos veinte que te encontrarán de su gusto antes que tu entrepierna se vuelva impracticable.

Con una risa satisfecha, levanta la colgadura de la puerta.

—Naturalmente, princesa, te es posible evitar esos sinsabores —añade—: basta con que nos lleves a la estatua de oro. Tienes mi palabra de que, luego, ya me interesarás menos que el estiércol de mi caballo. ¿Qué me dices?

Ella no ha abierto la boca desde que está provocándola y

amenazándola. Con una delicadeza de cortesana y una gota de sudor resbalando por encima de su labio, deja escapar la primera palabra.

—No.

Tal vez se ha adormecido.

En la profunda oscuridad de su cárcel, percibe un extraño rumor de follaje.

Sus brazos y sus piernas están tan entumecidos que ya ni los siente. Sólo en su espalda y sus hombros permanece el aguijón del dolor. El chirrido se hace más insistente. Se interrumpe de pronto; vuelve a empezar luego, lento y medido.

Unas briznas de *ichu* caen sobre ella y, entonces, comprende.

Afortunadamente, el techo de la estancia es aún de *ichu* y no de esas tejas tan orgullosamente fabricadas por Katari.

—¡Estoy aquí! —susurra—. Soy la *Coya Camaquen*...

Por toda respuesta, unos grandes bloques de paja se derrumban en la oscuridad. Una bocanada de frescor nocturno roza su hombro desnudo. Sus ataduras le impiden ver con claridad, pero adivina una silueta en la abertura del techo.

Siente un temor. ¿No será uno de los hombres de Guaypar?

Calla y contiene su aliento mientras el hombre salta ágilmente al suelo.

Luego no ocurre nada ya. El silencio es absoluto.

¿Por qué el hombre permanece tan obstinadamente en silencio? Y luego, todo al mismo tiempo, adivina unos dedos, una mano que encuentra su carne desnuda, resbala y palpa sus ataduras, acariciando su nuca y su sien. Se estremece de terror y contiene un grito al borde de los labios.

—¡Anamaya! —murmura en su oído una voz reconocible entre todas.

Cree que va a desvanecerse. Su corazón ya es sólo un río de lava en su pecho.

«¡Oh, poderosos señores, así lo habéis querido!»

La voz vuelve a susurrar: «¡Anamaya!» Las manos y los fuertes brazos ciñen y acarician. Una enloquecida felicidad brota en ella y estalla en su pecho.

—¿Gabriel? ¡Gabriel!

—Sí, soy yo. ¡Chsss! No grites, hay un guardia fuera.

—¡Oh, puma, mi puma! ¡Sabía que debía confiar en ti!

—Espera, voy a cortar tus ataduras... Despacio... Esos cabrones no han ahorrado cuerda.

—¿Cómo lo has sabido?

—Poco a poco; nada de impaciencia.

En cuanto desaparece la presión de las cuerdas, Anamaya quiere arrodillarse y tomar el rostro de Gabriel, pero sus miembros ceden. Mientras la sangre circula de nuevo por sus venas como si acarreara mil espinas de pita, se derrumba en sus brazos.

—Despacio —repite él con una sonrisa en la voz, besando sus sienes, sus párpados, buscando ya sus labios.

Pero la mano palpa el desgarrón de la túnica y él se pone rígido.

—¿Estás herida? ¿Qué te han hecho?

—Nada —sonríe ella a su vez—. Sólo palabras... Quieren al Hermano-Doble y esperaban asustarme.

—Lo sé. Partí tras Gonzalo en cuanto supe por qué iniciaba esta expedición —explica Gabriel, frotando suavemente los doloridos músculos de Anamaya—. Alcancé su grupo hace cuatro días. Al no saber dónde estabas, consideré más prudente esperar a que me llevaran hasta ti...

—Hace ya tanto tiempo —susurra Anamaya, tomando su rostro para seguir besándolo—. ¡Tanto tiempo! Y ni una sola noche, ni un día, he creído que estábamos separados para siempre. Desde hace unas jornadas, te sentía muy cerca de mí...

Gabriel posa un dedo en sus labios. Un ruido de pasos, fuera, recuerda la presencia del centinela. Gabriel vuelve a estrechar a Anamaya en sus brazos.

—Nunca más aceptaré separarme de ti —murmura a su oído—; nunca más. No vuelvas a pedírmelo porque me negaré.

Una risita rueda por el pecho de Anamaya, acurrucada contra él.

—No volveré a pedírtelo —responde en el mismo tono—. A partir de ahora, estaremos juntos.

En silencio, permanecen así abrazados, como si, por fin, la eternidad realizara su deseo.

Luego, sin levantar la voz, Gabriel señala el agujero que ha abierto en el techo de paja.

—Gonzalo está tan seguro de sí mismo que no ha elegido tu cárcel con mucho cuidado. Una gruesa rama de árbol llega hasta el techo y, desde allí, estaremos en seguida fuera del recinto de la fortaleza. El enano nos espera y nos conducirá: Manco está en el pequeño fuerte de Machu Pucara

—Lo sospeché.
—Caminando toda la noche, llegaremos al campamento de Manco antes de que Gonzalo y sus esbirros descubran tu fuga.
—Sí —asiente Anamaya, que se pone lentamente en pie—. Tenemos que apresurarnos. Curi Ocllo estaba conmigo: Guaypar la ha hecho prisionera y quiere obligarla a que le lleve hasta Manco. Debemos llegar antes que ellos.
—Tienes razón —dice Gabriel—, no tenemos ni un minuto que perder.
Pero la abraza largo rato antes de llevársela.

El Único Señor Manco se ha puesto un *unku* a cuadros negros y blancos que cubre a medias un pectoral de oro. Unos tapones de oreja de oro se balancean sobre los pliegues del hombro de su larga capa de vicuña. Se ha puesto en la frente el *llautu*, la diadema real, y sobre su casco de cañas trenzadas, chapado de oro, la brisa agita las tres plumas de *curiginga* que le señalan como el Hijo de Inti.
Está de pie en su litera de combate, sostenida por diez hombres. Su mano izquierda sujeta la lanza de gala mientras su mano derecha se apoya en la empuñadura de una espada que lleva a la cintura, la más trabajada de entre los trofeos que sus guerreros le han traído. Su mirada es dura como las piedras de las altas montañas. Sus labios y sus párpados están tan inmóviles que nadie sabe si respira.
Hace lunas y lunas que los oficiales y los guerreros que le rodean no han visto a su Único Señor con tan hermosa apariencia, y cada cual siente que va a ocurrir hoy algo esencial.
Al alba, mientras las brumas de la noche se estancan aún sobre el río de heladas aguas, Manco ha dado de pronto a sus capitanes la orden de formar las filas y situarse ante los muros del viejo fortín, como si estuvieran en la gran plaza de las ceremonias de Aucaypata, en Cuzco.
—He sabido esta noche que los extranjeros nos envían un mensajero importante. Quiero honrarle —ha dicho, sonriendo, como respuesta a las miradas intrigadas y a las silenciosas preguntas.
De hecho, cuando los primeros rayos de Inti atraviesan el follaje, suena la trompa y anuncia a los visitantes.
Como en la gran plaza de Aucaypata, miles de guerreros es-

tán alineados en cinco hileras y forman, hasta la selva, un muro de lanzas, de picas, de oriflamas y de largas mazas. Detrás de Manco, una docena de oficiales rodean los arcabuces tomados a los españoles.

Nadie se mueve cuando Guaypar se acerca precediendo a Curi Ocllo.

A cien pasos de Manco, con el rostro lleno de lágrimas, la *Coya* se prosterna.

—¡Perdóname, mi Único Señor! —grita—. Sólo a ti te amo y obedezco, esposo bien amado. Te lo suplico, perdona a mi hermano Guaypar: no te quiere hacer daño.

Algunos soldados adivinan una breve sonrisa en la dura boca de Guaypar. Pero los oficiales están ya a su alrededor. Le agarran por los brazos y, aunque Guaypar se defiende con fuerza, le obligan a arrodillarse ante Manco.

Un viejo capitán aproxima una pesada piedra y la deja caer en sus hombros.

—Saluda a tu Único Señor o muere, traidor hediondo —ruge.

—¡Eres sólo un cobarde, Manco! —grita Guaypar como respuesta—. Necesitas miles de hombres para enfrentarte conmigo, mientras que yo vengo solo.

Manco le observa sin responder, con la boca arrugada de desprecio. Dos oficiales mantienen el astil de su lanza apoyado en la nuca de Guaypar y le obligan a mirar hacia el suelo.

—¡No eres el hijo de tu padre, Manco! —sigue gritando—. Sin las intrigas de la *Coya Camaquen* y la locura de Villa Oma, nunca te hubieras puesto el *llautu* en tu frente. Nunca mi hermano Atahuallpa te habría elegido para sucederle...

Mientras aúlla de ese modo, Curi Ocllo corre hacia él. Todo su cuerpo tiembla y sus manos aprietan su *tupu* de plata con tanta fuerza que se tiñen de sangre.

—¡Calla, Guaypar! ¡Calla! No puedes hablar así a mi esposo, el Único Señor —gime con la mirada enloquecida.

—Tu esposo ya no es nada —exclama Guaypar.

Curi Ocllo intenta amordazar la boca de Guaypar con sus manos ensangrentadas. Pero tras una mirada de Manco, un soldado toma sus brazos y la arrastra hacia atrás.

—Anamaya es mi prisionera —gruñe Guaypar, cuya nuca sigue doblada—. Ella me conducirá al Hermano-Doble... ¡Todo ha terminado, Manco! Los poderosos antepasados están ahora conmigo.

Mientras los gritos y las lágrimas de Curi Ocllo aumentan, Manco se acerca y, de un solo gesto, saca la espada de la vaina, que golpea sus piernas.

—Anamaya no tiene ya el apoyo de tu padre Huayna Capac —sigue chirriando Guaypar—, pero los extranjeros me han prometido que si vuelves a Vilcabamba y abandonas la guerra, no te matarán.

Con un gesto de la espada, Manco aparta a los guerreros.

—¡Levántate! —ordena con una sonrisa.

Cuando Guaypar deja caer la piedra de sus hombros y se pone en pie, la sonrisa de Manco se hace más terrible aún.

—Pobre Guaypar, sigues sin comprender la lección que te di hace muchos años, el día del *huarachiku*. ¡Mira ante ti!

Entonces, Manco se aparta. La hilera de guerreros se abre ante Anamaya y Gabriel, que se adelantan.

—Pobre Guaypar —sigue burlándose Manco con chirriante risa—. Tus palabras resuenan en la selva, tan sonoras y tan terribles como las de un loro.

Pero, en el mismo instante, se oye el largo sonido de la trompa.

—¡Los extranjeros se acercan, Único Señor! ¡Están a cien tiros de honda! —grita un oficial.

Curi Ocllo salta a los pies de Manco, que levanta ya su espada.

—¡No mates a mi hermano! ¡Perdónale por mi amor, oh, Manco!

—No debías haberlo traído hasta aquí, *Coya* —gruñe Manco—. Mejor es que le corte yo mismo la cabeza antes de que él consiga la mía. A tu hermano le gusta el hierro de los extranjeros. ¡Que lo trague!

Con un silbido, la hoja describe un gran arco. La cabeza de Guaypar da una extraña sacudida. Sus ojos, abiertos de sorpresa, no se cierran mientras cae y un chorro de sangre brota, entrecortadamente, de sus hombros.

Con un terrible lamento animal, Curi Ocllo intenta sujetar el cuerpo sacudido por los espasmos de su hermano, cuya sangre le inunda el rostro y el pecho.

Anamaya y Gabriel corren hacia ella, pero Manco ordena ya a los capitanes que se distribuyan por la selva. Durante unos minutos, la mayor confusión reina mientras centenares de guerreros rompen en silencio su perfecta formación y corren hacia el norte.

—No te quedes aquí —suplica Anamaya, tomando de los

hombros a Curi Ocllo, postrada sobre el empapado cadáver de Guaypar—. No te quedes aquí. Los extranjeros van a capturarte. Síguenos...

Pero Curi Ocllo ha hundido su rostro en el pecho de su hermano y mueve la cabeza, lanzando grititos lastimeros, como un animal en agonía.

—No te oye —explica Gabriel, que no consigue aflojar los dedos de Curi Ocllo, agarrados a las manos de Guaypar.

Las explosiones de los arcabuces suenan ya en la selva.

—¡Ven, Anamaya! —dice Gabriel, apartándola de Curi Ocllo y tomándola de la cintura—, o nos agarrarán a nosotros.

Y mientras corren a su vez tras los últimos soldados, Gabriel, volviéndose, ve a Curi Ocllo con el pelo empapado en sangre y abrazada al cuerpo decapitado de Guaypar, como si quisiera zambullirse con él en la nada.

Cuarta parte

28

CHUQUICHACA, MARZO DE 1540

La luz de la tarde cae en cascada a través de los árboles. El espeso follaje oculta el cielo azul, que se oscurece lentamente. En la inmensidad de la selva resuenan los gritos de los animales, las llamadas de los pájaros, toda esa preparación para el crepúsculo que sume de inmediato a Anamaya en el territorio de su infancia.

Sentada en la playa, junto a una corriente de agua, piensa en su madre.

El estruendo de los rápidos, aguas arriba, la lleva a su ensoñación y, aunque mantenga los ojos abiertos, casi no es consciente de la presencia de Gabriel, a su derecha. Están sentados en la estrecha franja de arena, en medio de una maraña de ramas muertas, pulidas por las aguas. Se ve corriendo descalza hacia su madre, que abre de par en par los brazos para recibirla. Durante mucho tiempo, el sueño terminó en pesadilla: el recuerdo de la piedra de honda que golpea a su madre en plena frente, el súbito peso de la muerte en sus brazos la despertaban con un sudor helado, y su soledad la abrumaba.

—¿Dónde estás?

La voz de Gabriel llega como un soplo entre las aguas y su dulzura le permite salir sin brutalidad de su sueño de infancia. Desde que dejaron a Curi Ocllo desesperada a los pies del cadáver de su hermano, hace ya seis lunas que están juntos en la selva, lejos de Manco, lejos del pensamiento de la guerra, y es como si su entendimiento se hiciera más profundo con cada alba y cada crepúsculo. A menudo, ni siquiera necesitan palabras, y alcanzan la plenitud permaneciendo, sencillamente, uno con otro. Una mirada, un ademán, bastan para llenarles de felicidad.

—Estaba haciendo un largo viaje...
—¿Iba yo contigo?
Anamaya sonríe.
—No, estaba con mi madre.

Una nube hace desaparecer el sol y lanza una sombra sobre sus rostros.

—Me has hablado a menudo de tu madre —dice Gabriel— y sé que la encuentras en el Otro Mundo. Pero ¿nunca ves a tu padre?

Gabriel no ha hecho nunca la pregunta de un modo tan directo, y Anamaya siente que su garganta se seca.

—No lo sé. Su rostro se pierde en la noche...
—Anamaya...

Gabriel toma su mano y ella se la entrega antes de proseguir.

—Es como si la muerte de mi madre hubiera borrado todo lo que yo había vivido antes, y sólo me quedan sensaciones imprecisas.

—«Un solo secreto seguirá oculto para ti y tendrás que vivir con él.» ¿No te dijo eso el rey Huayna Capac?

—Conoces bien sus palabras.

—Para mí, son las tuyas, y tal vez sea éste el secreto. O cualquier otra cosa: cuando te esperaba en el Titicaca e intentaba reunirme contigo en espíritu, ayudado por las siervas de Quilla, una de ellas me habló de ti, de la «la muchacha con los ojos color del lago». Añadió: «No hay prodigio. Madre Luna depositó el agua del lago en sus ojos, pues la que tú buscas reúne el inicio y el final de los tiempos. Es la única que lleva el origen en su mirada. Y tú, si quieres reunirte con ella, tendrás que aprender a ver.»

Gabriel ríe suavemente ante el recuerdo de la cólera de la sacerdotisa. Una frágil sonrisa ilumina el rostro de Anamaya mientras el grito de una perdiz resuena en el cielo.

Se han quitado el *unku* y el *anaco*, y se bañan largo rato. El agua lodosa les refresca deliciosamente bajo el sol, que ha reaparecido. En una rama que emerge del agua, dos tortugas han sacado el cuello y se dejan caldear levantando mucho la cabeza hacia el sol. A su lado, seis tortugas más pequeñas permanecen perfectamente inmóviles.

En la superficie del agua brilla, a veces, el relámpago azul de un martín pescador, mientras que el coletazo de un pez-gato chasquea. Unas mariposas revolotean por encima de un charco, en la orilla, atravesando el aire como una correa de colores.

Anamaya y Gabriel se sumergen y emergen, alternativamente, y sus risas brotan con las salpicaduras. Sus cuerpos se abrazan y se enrollan como dos serpientes de agua, dibujando surcos de espuma que la corriente se lleva en remolinos.

Aguas abajo, ven llegar una piragua de madera excavada en un tronco de árbol, que remonta el río aprovechando una contracorriente de la ribera. Los dos hombres que la conducen, de pie uno en cada extremo, con largas pértigas, se inclinan a menudo para evitar las ramas que ponen trabas a su avance. Cuando llegan a su altura, sus rostros se vuelven con un breve saludo antes de dejarlos atrás y dirigirse a la ribera por la que se hunden en la selva para escapar de los rápidos.

Cuando se dejan caer en la arena y se tienden, Anamaya se inclina hacia Gabriel. Le frota largo rato la espalda y los hombros con hojas, cuyo olor, picante y dulzón al mismo tiempo, provoca una leve embriaguez. Gabriel se abandona al masaje como a una caricia. Anamaya le ha enseñado, noche tras noche, que su cuerpo no es sólo ese bloque de huesos y nervios, lleno de potencia, ávido de conquistas, sino también un río de dulzura dispuesto a despertar con la ternura antes de vibrar con el deseo.

El viento nocturno que se acerca los hace temblar, y Anamaya cubre sus cuerpos con su manta. Levanta las rodillas hacia su pecho, acurrucándose contra él, que la rodea con su delgado brazo, donde los músculos se afilan como espadas.

—Siento llegar el tiempo —susurra.
—¿Cómo lo sabes?
—Todo parte, todo se va. Es un tiempo de signos. Tengo miedo y soy feliz. Estoy tan impaciente por llevarte.
—¿Adónde?
—Allí, lejos...
—No puedes aún abandonar a Manco. Debes quedarte con él.
—Él es quien nos abandona, Gabriel. Él es quien se va y se hunde en la selva de su cólera. Guaypar ha muerto, claro, y Gonzalo se ha marchado hacia Cuzco. Pero llegarán otros y otros más. Ignoramos lo que sucede con Villa Oma, pero su guerra no

le arrastra a parte alguna. Illa Topa sigue resistiendo, pero solo, como un fugitivo. Desde hace lunas, Manco reina sobre las sombras. El Imperio de las Cuatro Direcciones ya no existe. Vilcabamba es una capital sin tierra; los incas no tienen ya pueblos a quienes someter, no tienen ya espacios para conquistar. Están lejos de las montañas, de la tierra arada por la hoz de Manco Capac y Mama Occlo.

—Y sin embargo —protesta Gabriel—, eso no puede desaparecer sin dejar huella.

Anamaya inclina la cabeza.

—Quedará una huella. Tenemos que aguardar a Katari —dice—. Él nos aconsejó que nos alejáramos un tiempo de Vitcos. Él nos llamará cuando el tiempo llegue. Confiemos en él.

De pronto, oyen unos ríos que caen como una cascada a lo largo de la orilla. Se incorporan para ver, cien pies aguas arriba, unos niños que corren con una pelota en la mano. Parecen seguir un pedazo de madera que flota suavemente y sigue los caprichos del río. De vez en cuando, uno de los niños salta al agua y lleva la madera hacia la orilla mientras otro la golpea con un bastonazo que la aleja de nuevo; a veces desaparece casi en un remolino antes de reaparecer tras el torbellino y seguir su lento descenso.

—¡Es un cesto! —exclama Anamaya.

—Dejemos que jueguen...

Parece contener algo.

Cuando el cesto llega a su altura, unos niños se sumergen. Apoyados por las risas y los gritos de los que se han quedado en la orilla, se agarran al borde de la extraña embarcación y la empujan hacia la ribera, embarrancándola en una franja de arena. Con una sonrisa de curiosidad en los labios, Anamaya se acerca.

El cesto tiene unas dimensiones insólitamente grandes. Está cerrado por una sólida tapa, atada con una cuerda de pita. Mientras Gabriel se acerca a su vez, los niños, excitados, tiran con todas sus fuerzas de la tapa para abrirla.

Con un crujido, la tapa se abre brutalmente. El grito de horror de Anamaya brota antes de que los niños comprendan lo que están viendo.

29

VITCOS, MARZO DE 1540

Al distinguir la elegante masa del palacio de Vitcos colocado sobre un saliente rocoso, Anamaya siente un estremecimiento. Recuerda muy bien la fortaleza vacía y la terrible sorpresa del ataque de Guaypar, su captura y las amenazas de Gonzalo, el frío acero de su daga en la piel. Como si hubiera adivinado su temor, el brazo de Gabriel se cierra sobre su hombro y le transmite su calor, su fuerza.

«Nunca más aceptaré separarme de ti», había murmurado al liberarla. Desde hace lunas, la potencia de estas palabras no acaba de resonar en ella, al mismo tiempo que tampoco una terrible imagen deja de obsesionarla. Entre las paredes del cesto, el cadáver aovillado, en posición fetal, de Curi Ocllo, como pisoteado y arrugado, mantenía un rostro intacto a pesar de su macabra navegación. Y el eco de aquella belleza expuesta en los profanados despojos era peor que cualquier otra cosa.

Tras haber depositado el terrible fardo en una litera de ramas y cañas, emprendieron el camino hacia Vitcos, acompañados por algunos guerreros.

¿Qué había ocurrido para que la mujer adorada por Manco fuera torturada así? ¿Quién había tenido la siniestra idea de enviarla por el río, con la absurda esperanza, finalmente recompensada, de que fuera descubierta para ser llevada a Manco? ¡Manco! Al pensar en su dolor, a Anamaya la pena le desgarra de antemano el vientre. Pese a sus esfuerzos, le es imposible proteger al joven inca contra eso, y le es imposible también prever las consecuencias.

A pesar de las dificultades del avance por la selva, han procurado hacer cada noche ofrendas al alma doble de Curi Ocllo, que vaga por el Otro Mundo. Han quemado hojas de coca y han suplicado a Mama Quilla que la ayude en su difícil recorrido hacia el Mundo de Abajo. Una vez, Anamaya sorprendió a Gabriel con las manos unidas, los ojos cerrados y la cabeza vuelta hacia el impenetrable techo de los árboles que les cubría.

—¿Qué estás haciendo?

—Rezo a este Dios en el que no creo.

—Si le rezas, ¿no será que crees en él?

—Rezo por ella, para que su alma encuentre la paz.

Anamaya no preguntó más, pero una luz atravesó su pena: el puma y ella están unidos más que nunca. Ni los dioses ni las guerras los separarán.

Ahora, cuando se recortan en los muros del palacio las quince puertas coronadas por sus dinteles de granito blanco, advierte las siluetas de los primeros soldados, que, con la lanza en la mano, se acercan con respeto al pequeño grupo, pues han reconocido a la *Coya Camaquen*.

Cruzan la estrecha puerta que da acceso a lo alto de la colina donde están instalados, en una única *cancha*, el palacio y los catorce edificios que lo rodean. Los soldados los conducen en silencio, con el rostro huraño, hasta el vasto patio donde está Manco.

Al entrar en el palacio, Anamaya aprieta instintivamente la mano de Gabriel.

—¿Dónde estabais?

La voz de Manco resuena a través del patio cubierto de orquídeas de embriagador perfume. En una vasta hornacina, un puma muy joven, capturado en la selva, se agita con furor en su jaula de bambú.

Manco ignora a los porteadores que depositan el cesto a sus pies. Sus ojos, hundidos en las órbitas, permanecen fijos en Anamaya y Gabriel. Servidor y soldados, señores y concubinas, todos inclinan la cabeza y callan. El miedo pasa por entre las piedras.

—Estábamos en la confluencia del Wilcamayo y del Vilcabamba —responde Anamaya.

Hay algo infinitamente tranquilo en su voz, y eso turba a Manco. Su mirada se aparta y se posa en el cesto a sus pies.

—¿Qué me traéis? —pregunta.

Inclinada en señal de la sumisión que todos deben al Único Señor, Anamaya se acerca. Ni una palabra brota de sus labios cuando levanta la tapa de mimbre.

La mirada de Manco se queda inmóvil. Su boca se entreabre como si todo el aire de sus pulmones huyera. Cae al suelo y, de rodillas, se agarra al borde del cesto.

El aullido desgarra el aire.

No es el grito de un hombre. No hay palabra alguna en él.

Es un animal herido que escupe el dolor que muerde sus entrañas. En el patio, todos se encogen intentando desaparecer en sí mismos. Muy a menudo, en esas jornadas errantes, han temido las cóleras y las angustias del Único Señor, pero lo que ahora oyen supera todo aquello de lo que han sido testigos hasta hoy.

Cuando Manco recupera el aliento, una especie de hipo sacude todo su cuerpo. Toma el rostro de Curi Ocllo, lo levanta y, al mismo tiempo, arrastra los blancos despojos que fueron el espléndido cuerpo de su esposa y la felicidad de sus noches. Entonces vuelve a aullar.

Anamaya tiende hacia él la mano. Roza su nuca retorcida por la violencia del grito. Pero cuando sus dedos se ponen en su piel, él se aparta con un sobresalto, como si le abrasara.

—Manco... —susurra para sí misma, sin esperanzas ya de ser oída.

Él no llora. Es como una tempestad que ruge y labra la noche con sus relámpagos, haciendo temblar el mundo hasta las profundidades.

—¡No! ¡No!

Son las primeras palabras humanas que brotan de su boca y no alivian nada, no apaciguan nada; son tan animales como los aullidos que brotaban de su garganta.

—¡No! ¡No!

Toda su negativa se expresa ahora: su negativa a someterse, su negativa a perder, su negativa a ser capturado, su negativa a ceder, su negativa a que el tiempo haya pasado tan cruelmente; pero, de negativa en negativa, ya es sólo una bestia acosada, rodeada por una horda famélica. Es sólo una masa unida a la vida por una rabia única y atroz.

Uno a uno, los suyos abandonan el patio, se retiran con la cobarde esperanza de que él no los vea, arrastrándose por las paredes y transidos de miedo y de sudor bajo los rostros impasibles.

Sólo Anamaya permanece inmóvil, acuclillada frente a él, que yace y sigue jadeando, más suavemente ahora.

Gabriel se retira también tras haber rozado a Anamaya, cuya mirada tierna le acaricia antes de posarse de nuevo en Manco.

—Manco —murmura una vez más.

Le mira. El joven inca parece un anciano. Su cuerpo y su rostro son más viejos y están más agotados que los de Huayna Capac cuando ella estaba a su lado y, mientras que Huayna Capac conocía secretos, Manco ya no sabe nada, ya no quiere nada. Los ojos han sido hundidos a puñetazos en su rostro y se han abierto arrugas y surcos que se agitan y tiemblan. Su piel mate tiene reflejos grisáceos.

—Manco...

Él se incorpora un poco, ayudándose con el codo. La mira.

—No... No puedo...

Y solo ante Anamaya, se abandona a las amargas e inútiles lágrimas de la desesperación y el fracaso.

Por la noche, el patio se ha llenado de nuevo. A pesar de la lluvia que comienza a caer, Manco no se mueve. Ha dejado que Anamaya le vista con sus más hermosos atavíos, y las plumas del *curiginga* se agitan débilmente bajo la llovizna. Una bandeja de plata sigue llena ante él. Una hermosa concubina se halla dispuesta a obedecer una orden que no llega.

—Habla —dice.

El enano se sobrepone al miedo que le recorre el vientre, recordando que no puede ya morir desde que el gran Huayna Capac le descubrió bajo un montón de mantas.

—Dos mujeres vinieron a mi casa, en Yucay, y me contaron algo que debes oír, Único Señor.

—¿Por qué has esperado?

—Tenía miedo, Único Señor, de ese secreto en exceso pesado para mí.

La voz grave del enano dice la verdad por impotencia y debilidad. Cuando todos esperan una explosión de cólera, sólo un suspiro escapa de los delgados labios de Manco.

—Habla ahora —dice señalando el cesto—. Tu secreto no te pertenece ya.

—El gobernador Pizarro había recibido tus mensajes de paz y te había enviado, como respuesta, una yegua, un esclavo negro y demás valiosos presentes. El azar quiso que uno de tus capitanes interceptara el envío y, creyendo serte agradable, sacrificó la yegua, al esclavo y a algunos servidores más. Quienes escaparon volvieron a quejarse al *Kapitu*, que montó en violenta cólera.

Anamaya siente las gotas de lluvia que corren por su cuello y bajo su *anaco*. Pero, como los demás, no puede moverse.

—Entregó a Curi Ocllo para que fuese violada a su hermano Gonzalo, luego a su secretario y, después, a otros soldados españoles, tal vez también a indios aliados. Cuando sus muslos estuvieron cubiertos de sangre y simiente, quedaron satisfechos. Dio entonces la orden de que fuera ejecutada.

Al oír las palabras del enano, Gabriel se hiela de horror. El eco en su memoria de la voz del gobernador, el recuerdo de su mano posándose en su hombro con afectuosa presión, todo lo que le acerca a su antiguo señor le asquea.

Manco no mira al enano ni a nadie. Tiene los ojos perdidos en la noche que cae, donde están las cumbres nevadas, los *apus* que no le protegen ya.

—Curi Ocllo distribuyó sus joyas y todos sus bienes a las mujeres incas que le rodeaban. No dijo ni una palabra de cólera o de resentimiento. Pidió simplemente que, después de su muerte, su cuerpo fuera recogido y colocado en un cesto que seguiría el curso del río para encontrar el camino hasta ti.

Reina en el patio un silencio absoluto, en el que resuena sólo la cavernosa voz del enano.

—Ella misma puso en sus ojos una venda de tela que una de mis mujeres le había dado, tras habérselo agradecido y haberla abrazado. Mientras la ataban a un poste, decía estas palabras (¡que mi corazón se sirva vivo al puma si una sola de mis palabras es falsa!): «Saciáis vuestra cólera en una mujer. ¿Qué podría haceros una mujer como yo? ¡Apresuraos para que queden saciados vuestros deseos!» Dicen que, incluso entre los españoles, algunos lloraban. Luego, los indios cañaris la atravesaron con sus lanzas y sus flechas, sin que ella dejara escapar un grito ni un gemido durante su agonía. Más tarde encendieron una gran hoguera para quemarla, pero Inti no lo quiso y su cuerpo permanecía intacto a pesar de las llamas. Por la noche, mis mujeres lo recogieron y lo colocaron en un cesto, para que llegara hasta ti como ella había dicho.

Katari se desliza entre la muchedumbre y llega hasta Gabriel, cuyo brazo aprieta discretamente. Le dice en voz baja: «¡Tenemos que marcharnos!» Anamaya se vuelve y los interroga con la mirada.

—¿Y luego? —pregunta Manco.

—El sabio Villa Oma estaba allí, desde su captura en el Condesuyu, y también lo llevaron a Yucay. Aunque estuviera encadenado y fuera impotente, los maldecía, les llamaba perros por lo que le habían hecho a tu mujer. Entonces, lo quemaron vivo...

Al revés del silencio que ha rodeado el relato de la muerte de Curi Ocllo, el del suplicio del sabio libera los gemidos y las injurias. Manco, con una mano, impone silencio.

—Cuando las llamas le lamían ya los pies, el sabio pedía la ayuda de Huayna Capac y de todos los Únicos Señores, Chalcuchimac y Atahuallpa...

—¿Dijo mi nombre?

Por primera vez, el enano vacila, y su voz desciende un poco.

—Nadie oyó tu nombre, Único Señor, pero sin duda murió demasiado pronto para llamar a todos aquellos a quienes necesitaba. Tras él, quemaron a tu general Tisoc...

Katari arrastra a Gabriel, y Anamaya los ve desaparecer por entre la multitud del patio. En el desconcierto de los nombres de los comandantes que el enano desgrana lentamente, pasan desapercibidos.

—Quemaron a Taipi y Tanqui Huallpa, a Orco Huaranca y Atoc Suqui...

El rostro de Manco no se mueve, no abandona el cielo hasta que lo invade la noche. Mientras todos reciben la mención de esos grandes guerreros como un puñetazo en el vientre, Manco parece sumirse en sí mismo y desaparecer. Pero Anamaya ve sus manos que se retuercen y aprietan el vacío. Sin saber adónde lo ha llevado Katari, se alegra de que Gabriel haya desaparecido.

—... Y a Ozcoc y a Curi Atao —prosigue el enano, produciendo más angustia aún, como si las estrellas se apagaran en la noche clara, una a una, dejando al mundo entero en una oscuridad profunda y definitiva.

—Villa Oma tenía razón —dice por fin Manco—. Había que destruir a esa ralea antes de que nos destruyera. También Chalcuchimac tenía razón. A menudo hemos sido débiles y no hemos aprovechado las ocasiones... Creímos en ilusiones, en falsas señales; creímos en cometas y en pumas...

Manco no mira a Anamaya, pero en sus palabras son palpables el odio y la decepción.

—Dejadme —dice Manco, dirigiendo a ellos los ojos—. Ahora estoy solo.

Todos salen en el caos de las picas y las lanzas, el choque de los escudos, el chirrido de las sandalias y las voces que se levantan y caen de inmediato.

Sólo Anamaya se queda.

—También tú —dice Manco.

—Nunca te he abandonado, bien lo sabes.

—Hubo un tiempo en el que creí que estabas conmigo para ayudarme a construir el Imperio de las Cuatro Direcciones y extenderlo más de lo que ningún inca había hecho. Creía, como mi padre había dicho, como el sabio se había convencido, que eras un signo procedente del lago de los Orígenes para hacernos esperar la grandeza. No eras nada de todo eso, y las profecías que llevas en silencio sólo me aportan humillación y destrucción. ¡Vete!

—No quisiste escuchar la sabiduría y seguir el camino, Manco; has escuchado tu cólera, al igual que el primer día, cuando tu violencia se desencadenaba inútilmente contra Guaypar...

—Y ahora Guaypar ha muerto, Villa Oma ha muerto, Tisoc ha muerto, mi querida Curi Ocllo ha muerto, todos han muerto, y también yo voy a morir. ¿Es ésta tu profecía, mujer llegada del Mundo de Abajo, para hacerme sufrir?

—Tu hijo Titu Cusi está vivo y muchos más que esperan en ti...

—¿Muchos más?

El brazo de Manco describe un círculo en la noche y se posa en su frente. Arranca con gesto seco la diadema que lo ciñe.

—Mi poder es el de esta pluma —dice agitándola con desprecio—. Una ráfaga de viento la trae, una ráfaga de viento la aleja.

Y suelta una risa seca de desprecio.

—Mira lo que queda de mi poder...

Manco se levanta de un salto y se acerca a la jaula donde duerme el joven puma. Lo mira en silencio.

—Debes crecer para ayudarnos, ¿no es cierto? —murmura—. No fuiste hallado por casualidad y, ¿quién sabe?, eres un signo...

Saca la barra de madera que cierra la jaula y toma al animal dormido.

De un seco golpe, le hunde su *tumi* en el corazón antes de romperle las vértebras y retorcerle el cuello con una rabia que brota de sus entrañas. Rompe cada una de las patas, le arranca los ojos, desgarra las fauces inertes y saca las manos llenas de carne y sangre.

—¿Sigues queriendo permanecer conmigo, amiga de los pumas?

Anamaya está muda de horror, pero se mantiene, sin embargo, fiel a sí misma.

—No debo abandonarte. Sí, quiero quedarme contigo.

—¡No!

Manco levanta en su dirección una mano ensangrentada. No hay amenaza en su gesto, pero indica su separación definitiva. Sin embargo, superando su asco, Anamaya se acerca y toma esa mano entre las suyas.

—Me vo, puesto que lo deseas, pero recordarás que nunca te he abandonado. Recordarás que, desde el primer día, aquel en el que tu padre Huayna Capac se confió a mí, sólo he obedecido...

Manco calla y retira su mano de entre las de Anamaya. Ella no sabe ni siquiera si ha oído sus palabras, pues está perdido en un trance de soledad y violencia. Su voz parece proceder del Mundo de Abajo.

—¡No! —repite.

Y mientras Anamaya, empapada por la lluvia, sale por fin del patio donde corre la sangre del puma mezclada con el polvo en un barro rojizo, ella piensa que toda la vida de Manco el rebelde sólo se ha desarrollado para desembocar en esa palabra única, pronunciada con calma y que brota del fondo de su alma: no.

Katari y Gabriel han atravesado rápidamente la *cancha* vacía, han evitado los grupos de soldados que patrullan alrededor de la fortaleza y han llegado al camino de la selva sin decir una palabra. Cuando están, por fin, al abrigo de los árboles y la noche, Gabriel se dirige a Katari.

—¿Qué debes decirme?

El dueño de las piedras agita su negra cabellera.

—Tu amigo Bartolomé llegó hace tres días. Tuvo la prudencia de no hacer el intento de aproximarse a la fortaleza y me envió dos mensajeros para avisarme. Le hemos ocultado en una *huaca* a una hora de camino de aquí.

—Bartolomé...

—Es un hombre de prudencia y de saber —prosigue Katari—,

y hemos hablado de los orígenes del mundo, de su creación, y también de sus extrañas criaturas, los hombres...

—¡No me digas que atravesó la selva para mantener esa conversación contigo!

—Hemos hablado de lo que era antes, de lo que será después.

La ironía abandona la voz de Gabriel.

—Conozco al monje. Sea cual sea su amistad por ti, no ha llegado hasta aquí sin una buena razón...

—Él te la dará.

La lluvia ahoga ahora los ruidos del crepúsculo.

—¿Y Anamaya?

—Era necesario alejarte antes de que la cólera de Manco se volviese contra ti. Pronto se nos reunirá con el enano.

Los dos hombres avanzan lentamente; aunque la lluvia haya cesado, el agua impregna toda la selva y gotea por su cuello como un sudor del cielo y de los árboles.

Se abre ante ellos un calvero, en cuyo centro algunos bloques de piedra, apresuradamente desbastados, forman un muro alrededor de una simple cabaña de juncos.

Cuando se acercan, la reconocible silueta de Bartolomé se enmarca en la abertura. El monje de ojos grises abraza largo rato a Gabriel. Parece temblar de fiebre.

—No estás bien, fray Bartolomé...

—No te preocupes por mí. Ahora te he visto y me encuentro mucho mejor. ¿Dónde está ella?

Se ha vuelto hacia Katari, que indica la dirección de la fortaleza invisible.

—Llegará con el enano en cuanto pueda...

—Está bien —dice Bartolomé—; la necesito.

Los tres hombres miran unos instantes el cielo por encima del calvero, que se llena de mariposas coloreadas al regresar la calma; entre las frondas resuena el jaleo de los monos y el grito de los pájaros, el de dos aras cuyas brillantes plumas relucen en el follaje.

El monje contempla a Gabriel con amistad.

—Has recorrido un largo camino desde que no te veo... La cólera ha abandonado por completo tu rostro y no tienes ya aspecto de un hombre habitado por el diablo...

—¿Tan grave era, pues?

Con su mano derecha de dedos unidos, Bartolomé toca la frente de Gabriel.

—El amor se ha apoderado de ti, hermano; hablo del amor que nutre y que inflama, del amor que da y que comparte...

—Hablas del amor que yo conozco...

Sentados en simples troncos de árbol dispuestos ante la choza, los tres hombres charlan dulcemente en el esplendor de la noche que cae. Gabriel no se impacienta. De vez en cuando, lanza una mirada hacia el lindero para ver si un movimiento en las hojas oculta la llegada de Anamaya.

Reina entre ellos la paz, la paz entre tres hombres llegados de tan lejos y que han escapado a la guerra que asola los corazones de los demás.

Anamaya y el enano aparecen, por fin, con los últimos fulgores del ocaso, mientras Katari enciende una hoguera.

Bartolomé la contempla con admiración y respeto.

—Ya estáis juntos —dice con los ojos brillantes de fiebre—, y al veros comprendo lo que vuestros dos pueblos tienen de grande y por qué vuestra unión, por una misteriosa vía, se ha hecho hoy más importante que las destrucciones que ha sufrido...

Anamaya se ha acercado a Gabriel y se ha sentado a su lado. Los dos jóvenes se dan la mano, silenciosos, sintiendo la solemnidad de las palabras de Bartolomé, preguntándose adónde quiere llegar.

—Recordarás, Gabriel, que quería mandarte a España para llevar unos despachos que dijeran la verdad sobre esta conquista... Hace poco tiempo he sabido una noticia que sólo es posible interpretarla como una señal divina...

Una sonrisa cruza por el rostro fatigado del monje, como si la profundidad de su propia fe fuera, también para él, una señal de burla.

—El emperador Carlos V envía a este país un juez de residencia. Se llama Vaca de Castro y, por lo que he oído, es un hombre de bien y de justicia. Tal vez navegue en estos momentos para llegar a Lima. Es para nosotros una ocasión que quizá no vuelva a presentarse nunca... ¡Queríamos ir a España, y es España la que viene a nosotros!

—¿Cómo estás tan seguro?

—Lo sé, Gabriel. ¡Oh!, percibo en tu voz las dudas y la desconfianza y, créeme, las comparto contigo. Pero hay signos que no engañan: en España, el infame Hernando ha sido encarcelado por sus crímenes...

—¡Sin duda, no por los cometidos contra los indios, sino por haber asesinado a Almagro!

—No importa. El tiempo de la impunidad ha pasado. Por todas partes, en la Iglesia pero también en la corte, se levantan voces denunciando los excesos de la conquista y exigiendo justicia para estos pueblos.

Gabriel suspira.

—Es preciso tener tu fe para creer en ello, fray Bartolomé. Para mí...

—Olvida mi fe en Dios y olvida incluso mi fe en la grandeza del alma de España. ¿No compartes tú mi fe en el hombre? ¿No crees que este hombre debe escuchar, cuando llegue, algo distinto a las divagaciones de dos partidos empeñados en destruirse y en desvalijar lo más posible mientras quede una onza de oro o de plata en esta tierra?

Gabriel levanta los brazos al cielo.

—No lo sé...

—¡Escúchale!

La voz de Katari ha resonado y lo sobresalta.

—¿Qué quieres decir, dueño de las piedras?

—Quiero decir que su voz es justa. Quiero decir que no podemos vivir una vida entera en la selva, acosados como bestias, inquietos ante el menor ruido de las hojas, amenazados por la humedad y la enfermedad, a merced de una tropa hostil. Es la vida que ha elegido Manco, pero no puede ser la nuestra.

—¿Y Anamaya? —pregunta Gabriel, volviéndose hacia la princesa.

—Debe ir contigo —afirma Bartolomé, buscando la aprobación de Katari—. Debe dar testimonio contigo de que los indios no son animales incultos, sino seres humanos cuya historia, religión, tradiciones y modos de vivir merecen nuestro respeto y nuestra protección.

—¿Y si cae en sus manos? —añade Gabriel con voz temblorosa—. ¿Y si el juez de residencia no es un sabio y un santo, sino un nuevo Gonzalo? ¿Y si se les ocurre hacerle lo que le hicieron a Curi Ocllo?

—Existe ese peligro —dice Anamaya tranquilamente—, como existe, también, el de que seas detenido, encarcelado... Y sin embargo, Bartolomé y Katari tienen razón: debemos intentarlo.

—¿Y el Hermano-Doble?

—Si la *Coya Camaquen* lo desea —dice Katari—, yo me ocuparé del Hermano-Doble y lo prepararé para su viaje...

Gabriel los mira, uno tras otro.

—Al margen de Sebastián, sois las tres personas de esta tierra en las que confío más que en mí mismo. ¿Por qué dudo, pues?

—También nosotros dudamos —dice Bartolomé—. No hablo de la seguridad de conseguirlo, sino de la oportunidad, tal vez minúscula, de fundar un país.

—Más de cien lunas han pasado desde vuestra llegada —recuerda apaciblemente Katari— y hay que estar ciego para no ver que los extranjeros van a quedarse. Puedes aprovechar esta oportunidad para que las generaciones futuras tengan vuestro rostro y no el colérico rostro de los hijos de la destrucción y el pillaje...

—¿Y si fracasamos?

Nadie responde, pero escuchan por fin el asentimiento en la dulzura del tono de Gabriel.

—Partiré —dice en un soplo.

Toma la mano de Anamaya y la aprisiona entre las suyas.

—Partiremos, puesto que consideráis que es el camino que debemos recorrer. No escucharé la sensación de peligro que hay en mí. Tendrás que orar por nosotros, hermano...

Bartolomé sonríe.

—Lo quieras o no, estás siempre presente en mis oraciones.

Gabriel se vuelve hacia Katari.

—Y tú, dueño de las piedras, no nos abandones.

—Pronto volveremos a encontrarnos.

—¿Cómo lo sabremos? —pregunta Anamaya.

Katari saca de su *chuspa* un fino cordón, cuyos nudos hace rodar entre sus poderosos dedos. Luego lo tiende a Anamaya.

—Toma este *quipu* —dice en tono firme—. Llegado el momento, te indicará dónde estoy. Y la llave de piedra te abrirá el espacio y el tiempo. También yo estaré unido a vosotros, aun estando separado de vosotros; me hundiré mientras vosotros os elevá is, bajaré mientras vosotros subís. Pero juntos estaremos en la eternidad del camino de Viracocha. Id, ahora.

Mientras Katari vuelve a tomar, solo, sin ni siquiera la ayuda de una antorcha, el camino de Vitcos, Bartolomé, el enano, Anamaya y Gabriel se zambullen en la selva para el viaje de la esperanza y la duda.

30

LIMA, 24 DE JUNIO DE 1541

Llegadas del brumoso océano, unas aves marinas de largas alas blancas se deslizan por encima de la naciente ciudad. Tras haber revoloteado sobre la plaza mayor y la catedral inconclusa, se alejan hacia las verdeantes ondulaciones de la costa, lanzando roncos gritos.

Anamaya tiende el rostro para observarlas. La dulzura del sol matinal acaricia su frente. Levantado por la brisa, el extraño velo que cubre sus cabellos se pliega delicadamente en sus mejillas y sus labios, antes de que lo rechace con un gesto sorprendido.

De los pájaros a las casas de Lima y hasta el inmenso océano que descubre por primera vez, lo que ve desde que llegó a Lima no deja de asombrarla.

Desde lo alto del andamio de la catedral, hasta donde Gabriel la ha llevado, el diseño de la ciudad aparece por completo. Las casas construidas por los extranjeros están dispuestas tan regularmente como las *canchas* incas. Rigurosamente del mismo tamaño, forman cuadrados perfectos. Sus techos carecen aquí de teja. Planos, cubiertos por una gruesa capa de tierra, rodean unos patios idénticos y flanquean las calles rectilíneas, por donde, durante todo el día, los extranjeros van y vienen como si ésa fuera su única actividad.

Al igual que la catedral sigue aún sin campanario, con la nave apresuradamente cubierta de tablas y paja, a guisa de bóveda, la mayoría de las casas apenas están terminadas. Algunas son sólo simples esbozos de vigas y tablillas. Aquí y allá, algunos solares sirven de cercado para los cerdos o las aves de corral e, incluso, para esas extrañas cosas a las que los extranjeros llaman «carros», una especie de cofres puestos sobre cuatro círculos de madera donde se sientan para que sus caballos tiren de ellos.

Un solo edificio, separado de la catedral por la plaza mayor, es más grande que los demás. Sus muros, perfectamente revocados de blanco, llenos de balcones de madera y persianas pintadas de azul, encierran dos patios y un tupido jardín del tamaño de toda una casa. Es la casa del gobernador don Francisco Pizarro.

—¿Recuerdas la carta que envié a Bartolomé para que te la leyera cuando yo tenía que reunirme con Almagro, que se dirigía hacia el sur? —pregunta en voz baja Gabriel a Anamaya, estrechando las manos entre las suyas—. ¡Hace de eso... siete u ocho años! ¡Creo, incluso, que estábamos también en junio! La escribí aquí mismo, justo antes del anochecer. El sol se alejaba sobre el océano. No había casas, sólo árboles llenos de fruta, algunas chozas y un calvero desde donde los niños nos observaban con grandes ojos asombrados. Se parecía a todas las imágenes del paraíso que podíamos tener en la cabeza.

Alargando la mano, señala el río de aguas amarillentas que desemboca en el mar y, más lejos ya, los opulentos huertos; señala luego la plaza, por debajo de ellos, vacía aún.

—Don Francisco declaró solemnemente: «¡Será aquí!» Al día siguiente, bastó con plantar unas estacas en la tierra y decidir que aquí estaría la plaza, ahí la iglesia, allí las casas y las calles. ¡Nada es más sencillo! Cuatrocientos cincuenta pies de largo para cada manzana, que tiene a su vez cuatro casas y cuarenta pies de ancho para cada calle. Y ya está: ¡había nacido la capital del Perú!

Hay en la voz de Gabriel una mezcla de orgullo y amargura. Anamaya observa con dulzura.

—Así se demuestra el poder de quien ha conquistado un país. El Único Señor Huayna Capac hizo lo mismo en Quito, tras haber vencido a los pueblos del norte. Sus poderosos antepasados lo hicieron antes que él en todo el Imperio de las Cuatro Direcciones. Hoy se ha acabado. No somos ya nosotros los que construimos ciudades.

Lo dice sin aparente tristeza e, incluso, con una calma que incomoda a Gabriel. Siente que ella se estremece de pronto, aunque la brisa llegada del mar sea tibia.

—¿Tienes frío? —pregunta.

—¡No! —sonríe ella—. No, no es nada...

En verdad, no la hace temblar el frío, sino el extraño silencio que reina esta mañana en la ciudad. Salvo los gritos de los pájaros, no hay un solo ruido, como si el día contuviera su aliento antes de aullar. Apenas si algunas siluetas se apresuran por las calles. Aquí y allá, el viento produce pequeños torbellinos de polvo en la plaza vacía.

Ha escuchado ya silencios como éste. Anunciaban, cada vez, la quemadura de los tiempos por venir.

A su pesar, Anamaya piensa en las palabras del Único Señor Huayna Capac: «Los extranjeros conocerán la miseria en su triunfo...» Gabriel la observa con aire preocupado.

—Sencillamente, no estoy acostumbrada a estos vestidos —dice con una sonrisa divertida.

Hace menos de una semana, antes incluso de que entraran en Lima y a pesar de las protestas de Gabriel, Bartolomé les ha obligado a ponerse ropa española. «¿Imaginas lo que ocurrirá si Anamaya entra en la ciudad vestida como una princesa inca? En menos de una hora, todos los señores estarán ante vuestras narices preguntándole qué viene a hacer aquí. Y los esbirros de don Francisco no necesitarán más tiempo para preguntarle dónde está la estatua de oro... Vestida a la española, con sus cabellos rizados y sus ojos azules, nadie sospechará que es india. Hay ya muchas jóvenes mestizas en Lima y tienen un hermoso aspecto. Además, lo mismo ocurre contigo. Te han olvidado. Procura que eso dure...»

—Estas jodidas ropas —gruñe Gabriel, desabrochándose el cuello de la camisa a la que no está ya acostumbrado—. Y al parecer tendremos que llevar aún por algún tiempo este disfraz. Ayer, las noticias no eran buenas. Bartolomé ha oído decir que el barco del juez Vaca de Castro ha naufragado antes incluso de llegar a Tumbes.

—¿Quiere eso decir que no va a venir?

—De momento, eso no quiere decir nada. Salvo que esta ciudad me parece más enferma aún que Bartolomé y que comienzo a lamentar mucho haber cedido a su petición.

Por un instante, Gabriel escudriña las casas alrededor de la plaza.

—No, me engaño —añade luego, sacudiendo la cabeza—: ¡la ciudad no está enferma! Está petrificada por el odio que mueve a los partidarios de Pizarro y a los del difunto Almagro. No me gusta este silencio; no me gusta esta plaza vacía. No me gusta estar aquí, y menos me gusta aún haberte traído. Y tampoco me gusta esa enfermedad que corroe a Bartolomé. Podría resultar contagiosa para ti. Se dice que muchos indios mueren a causa de las fiebres que nosotros traemos.

—No corro ningún peligro —asegura Anamaya—. Y si aceptara mi ayuda, sabría curar a tu amigo.

—¡Bah! Bartolomé tiene la cabeza más dura que unos bolos. Cada día que pasa parece encontrarse peor, pero nunca aceptará para curarse algo distinto a sus oraciones. En verdad, nunca le había visto al mismo tiempo tan débil y tan apasionado por su Dios, ni siquiera cuando llegó hasta mí, harapiento, al Titicaca. Si no tuviera tanta fiebre, yo no me quedaría aquí.

—Hay que hacer lo que hay que hacer —replica tranquilamente Anamaya.

—¡Siempre he dudado de que podamos hacer nada en absoluto!

Pero antes de que Anamaya pueda responderle, una brusca ráfaga de viento levanta su ancho vestido español. Con un grito de sorpresa, ella vuelve a bajarlo. En la torpeza de su gesto, su chal resbala y arrastra la toca.

Una tierna y burlona risa brota de los labios de Gabriel. Delicadamente, la ayuda a poner en orden su atavío. Lo cierto es que cada una de las miradas que le dirige hace que se sienta turbado por su belleza. Su innata distinción se ve aguzada por el vestido de seda, de anchos pliegues, que subraya la finura de su talle, al igual que la camisa de batista, que por debajo de la chambra de terciopelo revela la redondez de su pecho.

—¡Qué hermosa eres! —susurra conmovido—. A veces tengo la impresión de que nada podrá alcanzarte, de que tu belleza te protege y también me protege a mí.

Pero cuando quiere atraer a Anamaya contra su pecho, Gabriel contiene el gesto. Un hombre cruza la plaza con paso rápido. Es un hombre alto, de reconocibles andares. Antes de entrar en la sombra de la catedral, se vuelve como si temiera las miradas indiscretas. Aunque su sombrero le oculte el rostro y una vieja capa descolorida cubra sus hombros y disimule sus manos, Gabriel no duda de su identidad.

Toma de la mano a Anamaya y la arrastra ya hacia la escala de madera.

—¡Ven! —exclama—. Parece que tenemos una visita inesperada.

—¡Sebastián de la Cruz!

El ancho sombrero se levanta. Bajo los ojos de Sebastián, las bolsas son mayores y las arrugas más numerosas que en su último encuentro. Sin embargo, los ojos siguen brillando en el largo rostro negro. Con calidez, las poderosas manos del antiguo esclavo abren la capa y se tienden hacia Gabriel.

—¡Carajo!, de modo que es cierto. ¡Estás aquí...!

Sin embargo, el abrazo es tan fuerte como breve. La sonrisa de bienvenida da paso en seguida a un aspecto furibundo.

—¡Por el culo del diablo! —fulmina Sebastián—. ¿Puedes decirme qué vienes a hacer en la boca del lobo, y acompañado, además, por una...?

Se interrumpe, con la mirada atónita, reconociendo a Anamaya.

—¡Cagüen Dios, sois vos! ¡Perdonadme, princesa! ¡Soy un idiota! —ríe inclinándose con un galante saludo—. ¡Este disfraz os hace de veras irreconocible! Os había tomado por una de esas cazadoras de oro que llenan ahora barcos enteros. ¡Me preguntaba lo que nuestro Gabriel podía estar haciendo con una mujer así!

—Bartolomé desea que Anamaya se entreviste con el juez Vaca de Castro cuando esté aquí... —explica Gabriel con una sonrisa.

—Pues bueno, ¡tendréis que esperar mucho tiempo!

—¿Qué quieres decir?

—Que el juez llegará cuando hiele en el infierno...

—Éstas son unas palabras muy poco apropiadas en este recinto, don Sebastián.

La voz les hace volverse al mismo tiempo que el «don» arranca una risita a Sebastián. Con la mano apoyada en el marco de la pequeña puerta de la sacristía, Bartolomé está pálido, con la frente brillante y los ojos curiosamente dilatados. La cicatriz que le atraviesa la mejilla izquierda parece hecha con un hierro al rojo vivo y extrañamente hinchada. Sin embargo, cuando Anamaya se acerca a él, levanta la mano para detenerla.

—Estoy bien, hija mía —protesta—. Mi apariencia es engañosa. Todas las mañanas es así, pero después de unas horas, la fiebre desciende. Sólo tengo que ser paciente: llegará el día en que Dios quiera que se aleje por las buenas.

—Estáis diciéndolo desde que abandonamos las montañas —insiste Anamaya con dulzura—. Sin embargo, parece que vuestro Dios no os escucha. Tengo aquí unas hierbas que podrían curaros en pocos días y...

—¡Chsss! —la interrumpe Bartolomé, tomando delicadamente la mano de Anamaya para llevársela a los labios ante la sorpresa de Gabriel y de Sebastián—. ¡Chsss!, no sigas hablando, *Coya Camaquen*... Sé de lo que eres capaz; te he visto actuar. Pero estás aquí, en una casa donde mejor es olvidar estas cosas.

Se persigna con una risita que arranca un acceso de tos. Cuando recupera el aliento, agita su mano hacia Sebastián.

—¡Olvidémoslo! Don Sebastián parece tener algo más urgente que comunicarnos... ¿Qué sabes de la llegada del juez Vaca de Castro?

—¡Que no viene porque ha muerto ahogado!

—¡Por la sangre de Cristo! ¿Es eso cierto?

—Verdad o mentira, ¿quién sabe? Durante tres horas, la noche pasada, don Juan Herrada nos aseguró que el naufragio del juez Vaca de Castro no había sido un azar marino. A su entender, ni las olas ni las corrientes tuvieron nada que ver. Según él, lo hundió un barco del gobernador.

—¿Tiene pruebas? —pregunta Gabriel.

La pregunta hace sonreír a Sebastián al mismo tiempo que se encoge de hombros.

—No estamos en condiciones de necesitar pruebas, Gabriel. Además, otro rumor circula por la ciudad: que el barco del juez fue averiado en Panamá para que nunca llegue al Perú. Esta mañana, todos están convencidos de que el juez ha muerto y que, por consiguiente, la tiranía de los Pizarro no terminará mientras el gobernador siga vivo.

—De este modo —aprueba Bartolomé, haciendo resbalar por su cicatriz un descarnado dedo—, don Juan atiza las brasas bajo la ceniza, sabiendo muy bien adónde van a llevar las llamas de su fuego.

—¿Quieres decir que Herrada y su pandilla piensan asesinar a don Francisco? —pregunta, exaltado, Gabriel.

—A estas horas, no es ya que piense, es que lo han decidido.

—Sé prudente, Sebastián —murmura Bartolomé, abriendo la puerta a sus espaldas—. Tu voz se escucha muy lejos y, en esta iglesia inconclusa, los muros no detienen las palabras. Vayamos a mi celda.

—¿Puedes decirme qué estás haciendo aquí? —pregunta Gabriel mientras atraviesan la sacristía y se dirigen hacia el pequeño apartamento de Bartolomé.

—¡Oh! —chirría Sebastián—, hago el imbécil, al igual que tú. Hace tres meses pensé que estaba harto de este país y, sobre todo, de sus habitantes...

Sebastián roza el hombro de Anamaya, que camina entre ambos.

—Me refiero a los habitantes españoles —precisa con una sonrisa irónica—, a aquellos cuya piel es muy blanca a pesar del sol de las montañas. Sean del clan del gobernador o estén con el hijo de Almagro, no me gusta lo que están haciendo con este Perú. Por mucho que sea ahora un negro libre y rico, mis ojos siguen viendo. Y lo que me muestran son navíos enteros de esclavos desembarcados aquí para venderlos más baratos que un cerdo o una mula. Con la idea de volver a instalarme en Panamá, vendí, pues, mi casa en Cuzco. A buen precio, debo decirlo: mucho y brillante oro. Y eso me ha servido para comprar un hermoso barco y amontonar mis tesoros...

—¿Panamá? —se sorprende Anamaya—. ¿Dónde está?

—Hacia el norte, princesa. Es el país que me vio nacer y donde supimos que el vuestro existía. Pero eso dependerá del viento y del humor. ¿Quién sabe? Tal vez Panamá resulte tan invisible como Lima, y tenga que descubrir, yo también, algún país.

La risa de Sebastián rechina un poco, y la emoción hace brillar su mirada más de lo que quisiera.

—¿Por qué no te has marchado aún? —pregunta Gabriel.

—¡Ah, ésa es otra historia! Mi carabela está anclada a tres cables del puerto. Sólo que, desde hace ocho semanas, don Francisco se niega a que los barcos de la gente de Almagro se hagan a la mar. Teme que naveguen al encuentro del juez Vaca de Castro. Y yo, por mucho que me haya distanciado de don Juan Herrada y del hijo de Almagro, seré siempre, para los Pizarro, «el negro del Tuerto»... Por lo que a los almagristas se refiere, no pierden la ocasión de demostrarme que les pertenezco.

—¿Qué quieres decir?

La única respuesta de Sebastián es un suspiro que parte el alma. Sigue con los ojos a Anamaya, que desaparece por una portezuela lateral entre siseos de tela.

—Casi podría lamentarse que no vista siempre así —murmura con una sonrisa dirigida a Gabriel—. La moda de España le sienta como un guante.

—Sebastián —interviene con rudeza Bartolomé, empujándolo hacia su pequeña habitación de estudio—, henos aquí al abrigo de oídos indiscretos. ¡Ya hablaremos de moda más tarde! ¿Estás seguro de que quieren matar a don Francisco?

—Don Juan Herrada no es el único que caldea los ánimos. Las armas están listas desde hace dos días; incluso han elegido el instante.

—¿Cuándo y dónde será?

—Dentro de un rato, cuando el gobernador cruce la plaza para venir hasta aquí.

—¿Antes de la misa?

—Herrada desea que el gobernador, a pesar de sus devociones, ocupe lo antes posible su lugar en el infierno. Opina que no debe dársele la oportunidad de arrepentirse durante la misa.

Bartolomé sacude la cabeza en un suspiro que parece vaciarlo de sus últimas fuerzas. Con un sordo lamento, se deja caer en una alta silla.

—¿Qué puedo hacer yo? —murmura cerrando los párpados—. Don Francisco sabe que algo tengo que ver con la llegada del juez. ¡Me reprocha incluso que hayan encarcelado a su hermano Hernando! Por mucho que le avisara de la conspiración, nunca me escucharía. Muy al contrario, sospecharía alguna trampa.

—Perdonadme, fray Bartolomé. Hay alguien que puede avisar al gobernador y que estaría, incluso, muy interesado en hacerlo.

Casi al mismo tiempo, los ojos de Sebastián y de Bartolomé se vuelven hacia Gabriel.

—No —protesta con furor Gabriel, poniendo las manos en su pecho.

—Gabriel...

—¡No, Bartolomé! Esas querellas entre asesinos no me conciernen ya. Está ya muy lejos el tiempo en que le encontraba excusas a don Francisco. Lo que ha ocurrido en estos últimos meses y la horrible muerte de Curi Ocllo no pueden hacer que cambie mi decisión.

Con su mano derecha, Sebastián agarra la abierta camisa de Gabriel.

—¿Por qué crees que estoy aquí, Gabriel? Tu nombre fue pronunciado anoche en la casa de Almagro. Herrada y los demás han sabido que estás aquí, en esta iglesia. Alguien ha debido de reconocerte. ¿Y sabes a qué conclusión han llegado?

Gabriel, con el rostro sombrío, no responde, y Sebastián le suelta y martillea sus frases golpeando con el índice el pecho de su amigo.

—Que don Francisco, sintiéndose en peligro, te ha llamado en su ayuda. A ti, al fiel amigo de los primeros tiempos de la conquista. ¡Aquel a quien por tanto tiempo llamó su «hijo»! Gabriel de Montelúcar y Flores, el Santiago del sitio de Cuzco. ¿Ignoras hasta qué punto les das canguelo?

—¡Están todos locos!

—No. Están coléricos y tienen miedo. Ven amenazas y asechanzas hasta en el vuelo de una mosca. Y no siempre sin razón.

—Sabe lo que dice, Gabriel...

—Claro que sé lo que digo, fray Bartolomé. Y lo que va a ocurrir, amigo Gabriel, si no mueves el culo para poner en guardia al gobernador, es que te matarán con él; salvo si comienzan contigo, para mayor seguridad.

El chirrido de un gozne y un rumor de tela los sobresaltan. Llevando un bol de líquido caliente y de un extraño color pardo, Anamaya vuelve a la estancia y se dirige hacia el monje.

—Tenéis que beber esto —dice tendiéndole el brebaje con una gran sonrisa—. Vuestro Dios no podrá reprochároslo. Nada hay aquí dentro que él no crea haberlo creado personalmente...

—Veo complacido que las primeras lecciones cristianas no te son ajenas...

Un malicioso rictus tira de los secos labios de Bartolomé. Su mano se dispone a rechazar el bol de madera, pero, encogiéndose de hombros, lo toma.

—Puesto que te importa tanto —murmura.

Mientras comienza a beber, Anamaya se vuelve hacia Gabriel.

—Sebastián tiene razón. Debes ir a avisar al gobernador.

—Anamaya —protesta Gabriel—, te lo he dicho hace un rato: lo único inteligente que podemos hacer es salir de Lima inmediatamente.

—No. Todo lo empezado debe concluirse primero. Luego podremos regresar a las montañas.

Gabriel tiene aún el rostro enojado, y Sebastián se inclina hacia él.

—Te suplico que lo hagas, amigo mío —le dice con voz grave y baja.

Gabriel da un respingo ante la solemnidad del tono.

—Te he dicho que me presionaban, que me acosaban —prosigue Sebastián—. Herrada me ha hecho comprender que podía despedirme de mi barco si, dentro de un rato, no estaba a su lado empuñando la espada...

—De acuerdo —dice solamente Gabriel—, iré.

Se requiere mucha insistencia para que la puerta del palacio del gobernador se abra ante Gabriel. Sólo tras haber pronunciado su nombre completo —«Soy Gabriel Montelúcar y Flores»—, seguido de una nueva espera, el pesado batiente claveteado gira. Sobre unas libreas de un rojo sangre, dos rostros de pequeños campesinos le examinan circunspectos, antes de cederle el paso.

—Señor, el marqués os aguarda en el jardín —anuncia el paje más joven.

Cuando penetra en el patio, Gabriel descubre en la galería una docena de rostros que le examinan. Reconoce a algunos, viejos compañeros de Cajamarca o cortesanos, más recientes, entrevistos en Cuzco. Como ellos, tampoco se lleva la mano al sombrero para saludar. Los tacones de sus botas chasquean sobre los guijarros redondos que enlosan el patio. Entra en un corredor siguiendo al paje. En cuanto se abre la puerta baja del jardín, le ve.

Tal vez sus hombros se hayan encorvado algo más, pero la alta silueta sigue erguida bajo el largo vestido de paño negro que cae hasta los tobillos. Un cinto con clavos de oro, del que cuelga la funda de plata de un puñal, le ciñe el talle. Su sombrero de fieltro es de un blanco tan inmaculado como el de los botines de cuero de gamuza. Volviendo la espalda a Gabriel, tiene en la mano una regadera de cobre y, con delicadeza, hace caer un hilillo de agua al pie de una joven higuera. La edad ha dibujado grandes manchas pardas en sus manos, apenas deformadas por el reumatismo. La voz, en cambio, sigue idéntica, algo ronca pero con una pizca de ternura.

—He aquí la primera higuera plantada en este país —declara, sin volverse, ni saludar siquiera—. Cada día vengo a darle de beber y le digo unas palabras... ¿Sabéis que a las plantas les gusta que hablen con ellas mientras crecen?

—Don Francisco —responde con sequedad—, la gente de Almagro han decidido mataros dentro de un rato, cuando entréis en la catedral.

Francisco Pizarro ni siquiera se estremece; ni siquiera sus hombros ni sus manos indican que ha oído las palabras de Gabriel. El mismo hilillo de agua clara cae, regular, al pie de la higuera, formando un surco en la blanda tierra.

—Gobernador, ¿habéis escuchado lo que acabo de decir? —pregunta Gabriel con voz endurecida—. Durante toda la noche, don Juan Herrada ha caldeado a sus tropas. Tienen la espada en la mano.

El hilillo de agua deja de manar. Se oye un ruido de persiana a un lado del jardín. Gabriel adivina los rostros que se apretujan y estudian cada uno de sus movimientos.

Pero don Francisco se vuelve por fin y clava en él unos ojos desteñidos, de pupilas tan finas como la punta de un estilete y en las que tantas veces Gabriel buscó, en vano, el fulgor de la verdad. Aunque cuidadosamente recortada, la barba blanca ya no oculta las arrugas. Cuando la boca se abre en una sonrisa, muestra sólo tres muelas cariadas en unas encías tan rosadas como las de un bebé.

—Ahora —dice con suavidad—, ya no me llaman gobernador, sino más bien marqués.

—¡Dios mío, don Francisco!, dejad ya esos arrumacos. ¡Doscientos hombres han decidido mataros!

—¡Tonterías!

—¡Sabéis muy bien que no! La mitad de los españoles de este país os odia y ruge de cólera contra vos.

—¡No tienen razón alguna para encolerizarse! Sólo es maldad y traición.

—¡Tienen muy buenas razones, don Francisco! —se enoja Gabriel, levantando el tono—. ¡Y no lo ignoráis!

—¿Por qué? ¿Acaso no soy bueno como un padre con todo el mundo? ¿Sabes lo que hago cuando veo a alguien en la indigencia? ¡Le invito a jugar a los bolos!

—Don Francisco...

—¡Escuchadme, don Gabriel! Le invito a jugar a los bolos. Una partida a diez pesos. Más a veces. El doble si es posible. De vez en cuando, si el hombre tiene nombre, una moneda de oro. Y pierdo... Tardo algún tiempo, porque me gusta jugar, pero pierdo. Ya ves: así el pobre no es ya pobre, y yo he respetado su honor no dándole una limosna. Hablan mal de mí y nunca quieren dejarme en paz. Nada me preocupa, salvo el bien de todos, y sin embargo, hacen correr mentiras, deforman mis palabras, ¡me traicionan!

—Aceptad que los barcos de la gente de Almagro zarpen y os dejarán en paz.

—¿Por qué razón habéis venido a decirme esas cosas, hijo? Y vestido como el buen español que sois...

—No estoy en Lima por vos, gobernador. He venido a encontrarme con el juez de la corona.

—¿Ah?

—Pero, al parecer, vos lo habéis ahogado.

—¡Es falso! Falso de nuevo... Le ofrecí llegar hasta aquí en uno de mis galeones y prefirió un mal barco. Pero vendrá. No se ha ahogado en absoluto. ¿Qué queréis decirle?

—Que es ya hora de ofrecer a los indios de este país el respeto que se debe a los seres humanos. Le diré que son hombres como nosotros y que el papa comparte esta opinión.

—¿Conocéis la opinión del papa?

—¿Y la vuestra? Le diré cómo vos y vuestros hermanos habéis hecho sufrir a centenares, miles de inocentes.

—¿Y vos, no?

—Sí, yo también, siguiendo estúpidamente vuestra voluntad, cegándome hasta que los gritos y los horrores que producíamos en todas partes me abrieron de una vez los ojos.

—En ese caso, amigo mío, tendréis que decirle cómo tuvimos, vos y yo, que combatir contra esos salvajes para hacer de este país una tierra cristiana. Le diréis cómo la Santísima Virgen del Niño y la Rosa apartó mil veces de nosotros los peligros, y que sin su voluntad, nada podría haberse realizado. Le diréis cómo fuimos, en Cajamarca, el instrumento del Dios omnipotente.

—No, don Francisco.

—¡Entonces, mentiréis como los demás! Vos, a quien Dios distinguió más que a cualquier otro: ¿olvidáis cómo os protegió durante el sitio de Cuzco?

—Ignoro quién me protegió.

—¡Renegáis de nosotros! —vocifera de pronto Pizarro, agitando la regadera—. ¡Os atrevéis a renegar de Dios y de mí! De mí, que os traje hasta aquí; de mí, que os di un nombre cuando sólo erais un piojo en la superficie del mundo.

—Estáis hablando de una historia que no me corresponde contar, don Francisco: estos señores que nos escuchan, asomándose allí, a vuestras ventanas, y que os abrevan de cumplidos día tras día, se encargarán muy bien de hacerlo. Yo sería incapaz de escribir esta canción: me quedan en los ojos y el corazón demasiados malos recuerdos que vos nunca habéis querido borrar, demasiados dolores que nunca habéis apaciguado, ¡cuando no los habéis causado vos mismo!

—¿También vos estáis encolerizado contra mí, hijo?

—Esta palabra no significa ya nada entre nosotros, señor marqués. Por añadidura, es ya inútil. Hace ya mucho tiempo que me acostumbré a no tener padre.

—Y sin embargo, os preocupáis por mí. No queréis que muera; estáis dispuesto a desenvainar la espada para defenderme.

—Yo no he dicho eso. No me batiré por vos. Sólo he venido a avisaros porque vuestra muerte produciría, sin duda, la mía, y tengo demasiadas cosas que hacer antes de abandonar este mundo.

—¡Caramba! ¿Qué es eso tan importante que debéis hacer?

El acerbo tono, la ironía de don Francisco, sorprende a Gabriel y, de pronto, le devuelve la calma. Sonríe y se aparta un paso.

—En verdad, señor marqués, temo que me sea imposible explicároslo. Eso nos tomaría, a vos y a mí, tanto tiempo como vivir una nueva vida.

El rostro de don Francisco se cierra como la puerta de una antiquísima y solitaria mansión. Sus arrugas se hacen más profundas, y sus ojos ya sólo expresan un lejano desdén.

—Haré que digan la misa aquí, en mi alcoba —anuncia con voz neutra—. Veremos si Herrada y sus pordioseros se atreven a venir a buscarme. Y vos, mientras yo rezo, podéis beber un poco del zumo de mis naranjas. Son las primeras que he cosechado en este país.

—No tengo sed, don Francisco.

El marqués acerca su mano al hombro de Gabriel, en un gesto que tan a menudo repitió y con el que le expresaba una forma de amistad acompañada por una exigencia de sumisión. Pero algo nuevo, tranquilo y decidido en los ojos de Gabriel interrumpe el movimiento.

Permanece así, con la mano suspendida y la negra mirada escrutando, desesperadamente, la de su querido hijo. Uno a uno, los dedos se cierran.

—Sea como queráis —masculla, por fin, con voz sorda.

Su impotencia conmueve a Gabriel más que todas las palabras que la han precedido.

—Tened cuidado y no muráis...

El rastro de la debilidad y la duda que parecen abrumar al marqués se desvanecen.

—¡Un hombre como yo no muere! —exclama, soberbio, con el cuerpo erguido y la voz firme.

«¡Viva el rey! ¡Viva el rey! ¡Muera el tirano!» Primero, son sólo unos treinta los que salen de una calleja y avanzan por la plaza ante la catedral. Desde lo alto del andamio adonde ha llevado a Bartolomé, a Anamaya le cuesta distinguir los rasgos, pero su excitación, en cambio, hace vibrar el aire cada vez más húmedo de Lima.

Una vez más aúllan: «¡Viva el rey! ¡Viva el rey! ¡Muera el tirano!» Con frenesí, agitan toda suerte de armas, ballestas y partesanas, espadas y jabalinas e, incluso, dos arcabuces.

—Están locos —murmura Bartolomé, apretando, casi involuntariamente, el brazo de Anamaya—. ¿Quieren librar una batalla campal?

Intentando descubrir la silueta gigantesca de Sebastián, Anamaya no responde en seguida. Pero antes de que lo consiga, un inmenso clamor hace vibrar incluso las tablas del andamio. De las callejas, vacías momentos antes, de las casas sin vida que rodean la plaza, surgen dos o tres centenares de hombres, la mayoría a caballo, con coraza y cota de malla en el pecho, con la boca llena de aullidos.

—¡Jesús mío! —exclama Bartolomé, lívido y con la frente llena de sudor.

—¿Tanto miedo tienen del gobernador —pregunta Anamaya— que deben ser tan numerosos para matarlo?

—Sin duda, tienen miedo de don Francisco, pero más temen aún a Gabriel y sus sortilegios de Santiago de Cuzco.

Anamaya no puede contener un gesto de burla, que sorprende a Bartolomé.

—¿Te hace sonreír esto, *Coya Camaquen*? —murmura con mal humor—. ¡Muy tranquila me pareces!

Un nuevo clamor sigue al disparo de un arcabuz y le corta la palabra. Bartolomé casi debe gritar para hacerse oír.

—¡Míralos! Dentro de una hora, tal como van las cosas, Pizarro habrá muerto, y tal vez también Gabriel. ¿Ésa es toda la inquietud que sientes?

—Tranquilizaos, amigo Bartolomé. Gabriel no va a morir.

—¿Cómo puedes estar tan segura?

La cólera ha vigorizado el rostro de Bartolomé. Pero cuando su mirada encuentra los ojos de Anamaya, sabe, a la vez, que tiene razón y que él nunca podrá comprender de dónde procede ese saber y esa certeza.

Como si fuera un gesto de desesperación, cierra los párpados y se persigna con fervor mientras, en la plaza, la oleada de la rebelión se arroja, de pronto, contra la casa de don Francisco Pizarro.

—¡A las armas! ¡A las armas! ¡Van a forzar la puerta para matar al señor marqués!

El grito del paje resuena en el enorme edificio y siembra el pánico en el patio. Desde lo alto de la galería, Gabriel ve cómo los cortesanos se empujan unos a otros, más intentando huir que desenvainando la espada. En el mismo instante, un férreo puño le agarra del brazo y tira de él hacia atrás. Cuando se vuelve, el rostro de don Francisco está tan cerca del suyo que podría contar las finas arrugas que nacen de sus ojos y se hunden en su barba.

—Seguidme a mi habitación. ¡Podéis, al menos, ayudarme a ponerme la coraza! ¡Veréis cómo, dentro de poco, no seremos una multitud!

De hecho, son tres o cuatro los que se encuentran con don Francisco en la recámara que forma la esquina del edificio y tiene la ventaja de tener sólo una salida.

—Manteneos ante la puerta —ordena Pizarro a dos señores que tienen ya la daga en una mano y la espada en la otra.

Quitándose el largo manto de paño, se dirige al paje, que no se ha separado de él.

—Tú, mi buen Diego, mira bien lo que ocurre y cuéntamelo.

Cuando abre el cofre que contiene la vieja coraza envuelta en una tela de algodón, su mirada se clava en la de Gabriel y, fugazmente, parece que sonríe.

—Señor, señor —grita el paje—. ¡Ya está! ¡Han roto la puerta y ahora están en el primer patio!

—¿Cuántos?

—Diez... No, catorce. Quince tal vez. Se agitan y no puedo contarlos.

—¡Cobardes! ¿Oís, Gabriel? Son doscientos fuera, en la plaza, pero sólo quince se atreven a entrar. ¡Los cojones no les llegan a los tobillos!

—¡Señor! El teniente Velázquez y el secretario Salcedo han tenido miedo y han saltado al jardín por la ventana...

—¡Ah! ¡Dos más que tienen alas en la entrepierna!

El rugido de don Francisco es casi una risa.

—En nombre del cielo, Gabriel, soltad esas correas mientras me pongo la cota. ¡Verán lo que cuesta asesinarme!

—Señor, don Juan Herrada y los suyos están en la escalera del segundo patio. Combaten y... ¡Oh, señor, Hurtado y Lozano están heridos!

—Todo va muy de prisa. ¡Cerrad las puertas de la galería y poned tres hombres ante cada una de ellas!

—Señor, no es posible. Muchos de los nuestros se han ocultado bajo las camas y los aparadores.

—¡Esos calzas cagadas! Que devoren el polvo y su bilis... ¡Gabriel, pequeño, apretad! ¡Apretad bien!

Gabriel tira de las correas de cuero que unen el peto y el espaldar de la coraza. Con un creciente asco y, al mismo tiempo, una calma que le sorprende a sí mismo, le parece encerrar al vociferante anciano en su propia tumba de acero mientras los clamores de los combates resuenan cada vez más cerca.

—¡Oh, señor, han matado al señor de Chávez! ¡Le clavan cuchillos en la garganta! ¡Señor! ¡Matan, matan!

—¡Perros! ¡En la garganta y diez contra uno! ¡Los muy villanos! ¡Qué vergüenza!

Los gritos y los insultos crecen y, de pronto, el batiente de la puerta se abre rebotando contra la pared. Sin una palabra, con la garganta abierta, el fiel paje cae hacia atrás para no levantarse más. Por unos segundos, todos se quedan inmóviles, jadeando y con los ojos desorbitados. Entonces, el grito de «¡Muerte al tirano!» golpea el pecho de acero del gobernador.

Por reflejo, Gabriel ha saltado hacia un lado, con la espada desnuda, aunque se haya prometido no desenvainarla. Pero la habitación es presa del torbellino del caos. El tintinear de las armas, los gritos, el rechinar de dientes y la hediondez de los alientos furiosos se vuelven locura. Apenas si se fijan en él mientras don Francisco se defiende como un demonio hecho hombre. Balanceando una partesana con la mano izquierda mientras en la diestra su espada vuela, para y corta, no tiene ya edad ni debilidad alguna. Su propia barba parece hecha de metal cortante. Sus gruñidos y su furor rechazan a los conjurados, cuyos cuerpos se debilitan.

—¡Que muera el tirano! —grita, entonces, don Juan Herrada, muy pálido, lanzando a sus hombres hacia adelante.

—¡Traidores! ¡Bufones! ¡Mierda del diablo! —replica don Francisco.

Y luego, de pronto, otros conjurados entran en la habitación, y Gabriel descubre la alta silueta de Sebastián, torpe y rígida en la confusión de la batalla.

—¡Sebastián! No te quedes aquí —grita—. ¡Deja que combata!

Con un pesado molinete, Sebastián rechaza la partesana de Pizarro, pero su brazo recibe el golpe propinado por uno de los últimos defensores del gobernador. Con una mueca de dolor y la sangre brotando ya de su manga, se vuelve hacia Gabriel, que se acerca. Sin embargo, antes de que pueda reunirse con él, como si hubiera adivinado su intención, las dos manos de don Juan Herrada empujan la espalda de Sebastián y lo arrojan sobre la mortífera espada de don Francisco.

—¡Sebastián!

La hoja de Gabriel silba para apartar la de don Francisco. Pero la muñeca del gobernador se ha lanzado con todas sus fuerzas. El acero que tantas veces ha cortado y combatido encuentra su camino bajo la cota de malla de Sebastián. Penetra con tanta facilidad que don Francisco está a punto de caer sobre su pecho cuando el gigante negro gime sordamente.

Y todo sucede al mismo tiempo. Mientras Sebastián se derrumba arrastrando la espada de don Francisco, la sorpresa inmoviliza, por unos segundos, al gobernador. En un común aullido, diez puños armados con dagas caen sobre él.

—¡Mata! ¡Mata! ¡Mata! ¡Muerte al tirano!

Agarrándolo de los hombros, Gabriel consigue, a duras penas, tirar de Sebastián hacia atrás. Mientras arranca la hoja de sus entrañas, sólo a dos pasos, don Francisco Pizarro cae al suelo, con la desdentada boca abierta en un largo grito silencioso. Y sólo un soplo, mezclado con sangre, brota de sus labios.

—¡Confesión! ¡Por piedad, confesión! ¡Por piedad, que pueda besar una vez más la imagen de la Santísima Virgen de la Rosa!

Gabriel percibe bajo sus manos los estertores de agonía de Sebastián.

—¡Aguanta! —suplica comprimiendo con la mano la abierta herida y advirtiendo, con indiferencia, que la hoja de la espada ha resbalado por su palma produciendo un ancho corte—. No te dejes morir, Sebastián. Anamaya te curará.

—Déjalo, Gabriel. Así está bien.

Las manos de Sebastián se posan en las de su amigo. Sonríe cuando su mirada vacila hasta el quebrado rostro del gobernador. Con una última ferocidad, respondiendo a la súplica de don Francisco, uno de los asesinos aplasta en él un jarrón, desgarrando a la vez la boca y sus plegarias.

—Está ya muerto —susurra Sebastián—. Y yo muy pronto dejaré de ser un esclavo.

—Aguarda, aguarda...

Las palabras se precipitan en la boca de Gabriel al mismo tiempo que siente una mezcla de sudor y lágrimas corriendo por su rostro.

—Quiero pedirte aún algo, Sebastián.

—Conozco a vuesa merced... Quieres ganar tiempo...

—¡Te prometo que te necesito!

—Siempre has tendido a lloriquear en el momento de la despedida, Gabriel. Calla y apriétame la mano.

Y mientras los ojos de su amigo se cierran, mientras el navío se lo lleva hacia su libertad postrera, Gabriel no suelta su mano.

La bruma tenaz y húmeda que llega del océano cubre la costa y las rocas ocres que dibujan sus meandros. Lucha también contra el duro sol que calcina la inmensidad del desierto, al norte de Lima.

Han bastado tres horas, a lomos de mula y de caballo, para ver desaparecer la opulencia verde de la ciudad y la locura que se ha apoderado de ella tras la muerte de don Francisco Pizarro. Los aullidos de odio se han convertido en una demente zarabanda de venganzas que quieren saciarse. El cuerpo destrozado del viejo gobernador ha sido paseado por la plaza mayor como un trapo en el que secar los viejos rencores y los miedos de unos excesivos años salvajes.

Mientras el pillaje de las casas de los Pizarro desencadenaba las risas, Bartolomé ha acuciado a Gabriel para que huyera de la ciudad antes de que don Juan Herrada pensara en él.

—¡Quiero enterrar primero a Sebastián! —ha protestado Gabriel, con los ojos enrojecidos.

—Imposible, no te darán tiempo. Eres el único que les da miedo aún. No creas que van a olvidarte así como así.

Anamaya ha propuesto abandonar la ciudad llevándose el cadáver del antiguo esclavo negro.

—¿Y por qué no? —ha murmurado Bartolomé, encogiéndose de hombros—. Consagraré un pedazo de tierra y no estará allí menos en paz que aquí.

Y ahora están ahí, ante una tumba excavada entre dos roquedales, semejantes a los acogedores brazos de un gigante. Una cruz hecha con dos fragmentos de madera arrastrados por el mar, tan alta como un hombre, alarga su sombra sobre el sudario de tierra polvorienta. Arrodillado, Bartolomé murmura una plegaria que no sale de los labios de Gabriel.

Con la mano válida estrechando fuertemente la de Anamaya, que se aprieta contra él, deja que los recuerdos le invadan como una bandada de pájaros oscuros. Está la primera sonrisa, en Sevilla, en la posada La Jarra Libre, y las primeras palabras de amistad: «Hemos descubierto un nuevo país.» Y está Sebastián repitiendo: «No olvides nunca, amigo, que soy negro y esclavo. Aunque finjan lo contrario, nunca seré nada más.» Y está Sebastián apretando el garrote que mata a Atahuallpa. Sebastián que salva, protege, se burla, que nunca deja de ser fiel. ¡Hasta el último momento!

—Aquí estará bien —dice en voz baja Bartolomé, levantándose y mirando a Anamaya como si no se atreviera a encontrar la mirada de Gabriel—. Es otra de tus buenas ideas, princesa.

—Es cierto —aprueba Gabriel con un rictus de amargura—. Un hombre que vivió siempre como la sombra de los demás, ahora está definitivamente aparte. A estas horas, Herrada y los suyos deben de haberse apoderado ya de su barco. Dentro de unos días se habrá borrado tanto de su memoria que, para ellos, será como si nunca hubiera vivido...

La cólera hace temblar sus labios. Bartolomé clava en él sus ojos grises.

—Nunca olvidaré que yo lo bauticé —murmura.

—¿Bautizado? —se sorprende Gabriel—. ¿Sebastián?

—Eso es. Poco antes de que yo abandonara Cuzco, él me lo pidió... Tranquilízate, no hurgué demasiado en su fe. Digamos que quería estar... tranquilo.

Bartolomé cierra su mano de pegados dedos en torno a las de Gabriel y Anamaya, unidas.

—Pero no le bauticé con más amor que aquel con el que os casé.

Gabriel da un respingo.

—No recuerdo esa ceremonia, fray Bartolomé.

—No te preocupes, amigo mío. ¿Acaso no fui yo el primero que te alenté a ir hacia ella? ¿Y no fui yo quien fue a buscaros, en plena selva, a Anamaya y a ti...? Aquel día os casé en mi corazón y creo haber compartido los ritos con mi amigo Katari. Las palabras, a veces, nos han separado, Gabriel, pero no quiero separarme de vosotros sin haberos dado mi amistad y un amor divino tanto como humano, como tú quieras. ¿Lo aceptas? ¿Lo aceptáis?

—Gracias —dice simplemente Anamaya mientras Gabriel inclina con gravedad la cabeza.

—No, *Coya Camaquen*. Yo os doy gracias a vosotros. ¡Mucho más de lo que imagináis! Sin vosotros, sé que la vergüenza y el dolor de todos serían hoy más grandes aún. Nunca os olvidaré. Y cuando hable con el juez Vaca de Castro, cuando vaya a Toledo para defender vuestra causa y la del Perú, tendré constantemente tu rostro ante mis ojos.

Durante unos instantes, unidos por la misma emoción tanto como por sus dedos apretados, callan. El calor del desierto y la próxima resaca del mar les envuelven en una inmensa soledad y también en la paz. Extrañamente, Gabriel siente que su tristeza se deshace, como si la inmensidad que lo rodea le absorbiera y le desvelara, de pronto, el verdadero comienzo de su vida.

Bartolomé es el primero que deshace su abrazo. Con un gesto que se ha hecho maquinal cuando la emoción le embarga, acaricia su cicatriz con los dedos unidos.

—Y como puedes ver —ríe—, la fiebre me ha abandonado. Nunca sabremos si Dios ha acabado oyendo mis súplicas, o si ha sido por efecto de tu brebaje, princesa. ¡Pero no importa! ¡Estáte segura de que voy a vivir mucho tiempo!

Instantes más tarde, cuando ya su silueta, inclinada sobre la mula, se aleja hacia el norte, Anamaya sigue muy abrazada a Gabriel.

—¿No es extraño que también él haya hablado de un signo de su poderoso señor?

Gabriel sabe en qué está pensando. También él piensa en las

frases del Único Señor Huayna Capac: «Guerra entre los Hijos del Sol y guerra entre los extranjeros: es la señal. La sangre del hermano, la sangre del amigo, se derraman con más generosidad que la del enemigo: es la señal. Matan al extranjero que ruega a una mujer y no a su poderoso antepasado: es la señal.»

Sí, cada cosa se ha cumplido ya.

—Vamos —murmura Anamaya—. Ahora es el momento de ir a las montañas y liberar al Hermano-Doble de nuestra presencia.

—«Y todo ese tiempo, no dudes de mí. Permanece en mi aliento y confía en el puma» —responde Gabriel, dirigiendo una última mirada a la tumba de Sebastián.

31

MACHU PICCHU – CARAL, 1542

Desde que han salido de Lima, han permanecido en silencio.

Cada uno de ellos está sumido en sí mismo; cada uno recuerda el desorden, los furores y los asombros de su vida. A veces, Gabriel contempla la móvil cinta de piedra de la ruta real inca y se imagina flotando sobre un mar que le lleva cada vez más arriba. Anamaya extravía sus ojos en la cima de las montañas y debe, a veces, extender los brazos para recordar que es humana, sólo humana. Todo el orgullo que pudieron sentir los ha abandonado: la *Coya Camaquen* y el jinete blanco de Santiago ya sólo son un hombre y una mujer que caminan con algunos porteadores. El amor no les inspira palabra alguna: sólo unos gestos esbozados, unas difusas miradas.

Han conservado sus ropas españolas. A la luz de la mañana, Gabriel vigila su mano herida, que cicatriza lentamente, esa piel de niño que vuelve a formarse alrededor de la del adulto. Piensa en Sebastián. Algo se ha desgarrado en él que no podrá curar como esta mano; y sin embargo, es extraño seguir vivo cuando él ha muerto. Tantas muertes para comprender algo tan sencillo...

Ahora que han llegado al valle del Apurímac, Gabriel se vuelve, de vez en cuando, para divisar el perfecto triángulo de una montaña que se hunde en el valle encajonado, en cuyo centro se elevan.

Mañana estarán en Rimac Tambo.

En el camino, por todas partes, le obsesionan los recuerdos de batalla, del paso de un torrente, de un desprendimiento de piedras. Después, lo desconocido.

Sin embargo, no necesita preguntarle adónde van.

Lo sabe.

Sabe que en el tambo los porteadores les abandonarán y se quedarán solos.

Sabe que se desharán de sus vestidos españoles para no ponérselos nunca más y que se pondrán un *unku* y un *anaco* de fina lana blanca.

Sabe que ella mirará hacia el norte y le mostrará el lugar donde se le apareció el cometa; luego tomarán el camino por la espesa selva a la que el sabio Villa Oma la llevó.

Ella dirá sus primeras palabras: «Es allí.»

Cuando la noche se acerca, una espesa bruma asciende y los envuelve, haciéndolos casi invisibles. Gabriel no puede evitar que sus dedos se crispen en la humedad al imaginarla desapareciendo, de pronto, a través de ese velo. Como un hombre ebrio, gira y no se detiene hasta que ella le toma del brazo. Se queda inmóvil, con el corazón palpitante. Ella toma su mano y lleva a sus dulces labios los labios de la herida.

Katari siente su frente cubierta por miles de gotas arrastradas por el viento del mar.

Todo se desvanece.

El cielo, el mar y la tierra son de un blanco lechoso, en el que todo se funde, todo se desvanece. Debe tocar su piel para asegurarse de su textura, de su propio grosor. Todos sus demás sentidos están casi aniquilados, como si los tres Mundos se hubieran reunido, y todos los elementos.

Sin embargo, sigue avanzando hacia el norte, guiado por la luz que hay en él.

No ha dejado de andar ni un solo día desde que salió de Vilcabamba y abandonó los ojos perdidos en el infinito de Manco. El inca ni siquiera le vio alejarse, ni siquiera prestó atención a los preparativos de viaje del Hermano-Doble. Su soledad ya sólo era interrumpida por unas órdenes breves, y sólo recuperaba cierta vida, en plena noche, entre las piernas de sus concubinas. Los signos de respeto ya eran únicamente signos de miedo. Despertaba por la mañana aullando y hacía llamar a los adivinos para interpretar sueños que le aterrorizaban y deformaban su rostro. Cuando Katari se marchó, lo dejó con los labios temblorosos: el inca quería decirle alguna cosa aún, pero el esfuerzo era demasiado grande, imposible. Ya el olvido le devoraba desde el interior.

Aquellos a quienes Katari ha confiado al Hermano-Doble son kollas como él, le obedecen sin pedir explicaciones y están, desde la infancia, profundamente acostumbrados al silencio. Escoltarán la litera de la estatua a través de la selva, haciendo menos ruido que una anaconda. La llevarán a donde debe estar, según las palabras de Huayna Capac, para encontrarse con Anamaya y el puma, y llegar a su morada de eternidad.

Katari ha preferido partir solo.

La mera presencia de un ser humano habría turbado sus pensamientos; tal vez le habría apartado de su camino. Desde hace casi un mes, sólo ha vivido con los ruidos de la naturaleza y los de los animales, empapándose con el perfume de las orquídeas de húmedos pétalos, sin tener que responder más que a los pájaros.

Durmiendo apenas, se abandona siempre a la misma ensoñación: sabe donde está, aunque el lugar no haya sido nunca visitado. Despierta feliz, con la certeza que le hace brincar y avanzar cada vez más de prisa. Sus musculosas piernas le han llevado a través de los paisajes, del calor al frío y, de nuevo, al calor.

Después de la selva, ha llegado a las onduladas llanuras de la puna, donde unas colinas se redondean hasta perderse de vista. Su mirada descansaba en las amarillas matas de *ichu* bajo el cielo de un puro azul. Cuando una nube de polvo se levantaba, no eran pasos de hombres, sino un rebaño de vicuñas cuyos brincos hacían temblar la tierra.

Al bajar hacia la costa, ha atravesado desiertos de guijarros, cortados a veces por riachuelos, en cuyas orillas se apretujaban, entre una vegetación lujuriante, indios inmóviles, casi desnudos, que le veían pasar sin fijarse en él.

A medida que se aproximaba al mar, jirones de bruma desgarraban el cielo y cargaban el aire de una humedad que penetraba su piel hasta lo más profundo. Ahora está ahí, a su alrededor. Le ciega; pero él lo ve todo. Transforma la atmósfera en una especie de guata donde los sonidos se apagan; pero él lo oye todo. Acarrea fuertes olores a mar; pero él huele perfumes que proceden de mucho más lejos.

«Estáis ahí —le susurra a Gabriel y a Anamaya—. Estáis lejos, pero estáis muy cerca de mí. Estamos juntos.»

A medida que se hundían en las montañas y se alejaban del Apurímac, la bruma se levantó. Caminaron por la noche y, en el frescor del alba, ella se abrazó a él. Él se sumió con abandono en el azul de sus ojos: azul de cielo, azul de noche, azul de mar, azul de lago en el que había braceado para encontrarla de nuevo.

Cuando han franqueado las columnas de piedra que se levantan hacia el cielo, Anamaya ha puesto las manos en los ojos de Gabriel para que los cierre. Mientras seguían subiendo los peldaños, colgados entre cielo y tierra, él ha sido presa de una profunda inquietud. Luego, con una presión de la mano, Anamaya le ha indicado que podía abrir de nuevo los ojos.

El espectáculo que descubre supera en belleza y fuerza todo lo que pueda haber imaginado. Es como si, en este lugar secreto, se hubiera establecido una alianza entre los hombres, el cielo, las montañas y el río para crear un templo de las dimensiones de la naturaleza entera, con el fin de exaltar la presencia de los dioses.

—Picchu —murmura Anamaya una sola vez.

Tiene él los ojos brillantes y el pecho lleno de un aliento violento y apacible. Está donde debe estar, donde le ha llevado su camino. Se desliza por el escalonamiento de las terrazas, por las casas y los templos, sigue el rumor del viento y del agua, del humo que brota en grises volutas desde los techos de *ichu*, adivina a lo lejos una vasta explanada... Sin cesar, su mirada se ve atraída hacia la montaña que domina el paraje, ligera y esbelta. Con el corazón palpitante, reconoce la misma forma de la roca de las cuatro hornacinas de Ollantaytambo, al mismo tiempo que el reconocible dibujo del puma agazapado por encima de la ciudad, como adormecido y, a la vez, terrible en su vigilancia.

Hay tanto que preguntar y nada que comprender: todo está ahí.

Anamaya, a su lado, vibra y brilla.

—Prometí —dice en voz baja— que jamás revelaría el secreto y que nunca pasaría esta puerta con un extranjero...

—¿Y no es lo que has hecho?

—Tú no eres un extranjero. Eres el puma. El secreto te pertenece. Estás en tu casa.

Gabriel se siente feliz y libre, y el niño pequeño que duerme en él se lanzaría a bajar por las terrazas, a brincar por las estrechas callejas, a resbalar por las vertiginosas laderas bajo las cuales espejea la cinta plateada del río... Pero emana de ese lugar tanta nobleza que contiene su agitación y se siente dominado por la paz.

Anamaya baja la escalera que lleva a la monumental puerta por la que, muchos años antes, vio desaparecer a Villa Oma. La pesada empalizada de madera sigue allí, cerrando herméticamente el acceso al centro de Picchu. Posa en ella las manos y la puerta se mueve en seguida, revelando la calle y sus casas bajas. Tres guardias impasibles, de rostro sombrío y lanza en la mano, les acogen y les guían sin decir una palabra hasta una vasta casa de muros cuidadosamente revocados, de techo de *ichu* a dos aguas de pronunciada pendiente. En la pared se han abierto dos ventanas trapeciales por las que se ofrece toda la profundidad del valle.

Un anciano les acoge, sentado en una *tiana*. Su larga cabellera tiene la blancura del Salcantay.

—Los años han pasado, Huilloc Topac —dice lentamente Anamaya—, pero sigues siendo el guardián de este lugar.

El indio de níveos cabellos tiene los ojos casi blancos de un ciego. Sin embargo, cuando los vuelve hacia ellos, se sienten examinados hasta lo más profundo del alma.

—Os aguardaba —dice simplemente.

En medio de la inmensa cuna de las colinas bañadas por una luz gris, los seis montículos dibujan un círculo casi perfecto. El mar está lejos ya, a varios días de camino, y sin embargo, sus discretos aromas lo hacen presente aún. Más abajo serpentea un arroyo, cuyas orillas están invadidas por dos franjas de vegetación silvestre. El corazón de Katari palpita.

Para un ojo no entrenado, son sólo montones de piedra y tierra cuyo color más oscuro destaca contra el fondo de guijarros y rocas. Para el dueño de las piedras, que ha viajado desde hace mucho más que su edad, aquí termina el camino.

Aquí comienzan y terminan los tiempos.

Sus pasos se hacen de pronto más lentos y deja que el viento resuene en sus oídos convertidos en conchas; suena una trompa a través de su cuerpo, procedente de antes de los tiempos, y le murmura la leyenda de lo que fue y lo que será.

Aquí comenzó todo, mucho antes de que el propio Viracocha saliera del lago Titicaca, mucho antes de que emprendiera el camino del norte y se hundiera en el Gran Mar por la puerta de Tumbes, mancillada hoy, para siempre, por la llegada de los extranjeros.

Aquí yace, profundamente plantado en tierra, el monolito *huanca*, el Mojón de los Orígenes, que marca el arraigo de los hombres en esta tierra de los Andes.

Las piedras se lo han dicho; los antiguos *quipus* salvados del saqueo de Cuzco se lo han confirmado.

Saca los *quipus* de su hatillo, y sus dedos recorren los nudos de los cordones mientras canta, con los ojos cerrados, una invocación sin palabras. Un viejísimo *amauta* le dio la clave. Son la memoria de los Andes, y ahora sabe despertarla. A sus narices llega el olor marino con el que se mezcla el del río. Sus largos cabellos negros barren su rostro. Se dirige, sin vacilar ya, hacia el más alto de los montículos. A medida que se acerca, su forma se hace más cierta e imagina bajo el aparente abandono el regular escalonamiento de las terrazas: está ante una pirámide.

Con los dedos apretando sus *quipus*, Katari no se entretiene en buscar el acceso bajo el montón de piedras. Da lentamente la vuelta a la pirámide, dejándose penetrar por su presencia y la de las generaciones que practicaron aquí sus cultos.

Cuando se encuentra al pie de la rampa, cuya salida adivina bajo los desprendimientos, el terreno se encajona bruscamente y forma un vasto círculo.

Su rostro se ilumina. «*Urku Pacha* —susurra—, el paso hacia el Mundo de Abajo. Es aquí. Venid.»

Se sienta en el centro del círculo y coloca sus *quipus* ante él. Luego se tiende, con los brazos y las piernas abiertos, y el rumor de la tierra asciende en él.

Todo el día y toda la noche han permanecido con Huilloc Topac. El anciano nada quiere saber de las guerras y de lo que ocurre en el Mundo de Aquí; nada le queda de la despectiva hostilidad que Anamaya recordaba. Se ha despojado como una piedra por la que ha chorreado mucho tiempo el agua.

Al amanecer los lleva en silencio por las escarpadas callejas, mientras la luz apunta por encima de las terrazas, hasta una plataforma de piedra; en el fondo se abre una gruta. Dominándola, se recorta la sombra de piedra de un cóndor cuyo pico se hunde en la tierra.

Huilloc Topac dispone las hojas de coca, y Gabriel se siente extrañamente en armonía con él mientras le ayuda a encender el fuego y, luego, a derramar la *chicha*.

«Muy pronto», dice Huilloc Topac con los ojos en blanco, con la cabeza girando como una estrella perdida.

Le abandonan y se van a merodear libremente. Encuentran a las muchachas y los sacerdotes, a los orfebres y a los tejedores; a lo lejos ya, los campesinos se atarean en las terrazas de maíz. Reina una calma negra y pesada, una calma de antes de la tempestad.

Entre ellos ya sólo hay palabras aisladas, gestos sueltos.

Al crepúsculo, han llegado a la casa que domina el paraje y contemplan la noche que cae.

De pronto, el eco de una voz llega hasta ella y brota por todo el valle un canto, un canto de una belleza trágica y misteriosa, mantenido en una sola nota; un canto penetrante, en el que las voces humanas, las trompas y los tambores se unen.

Anamaya se levanta, y Gabriel la sigue.

En la vasta explanada bajo el templo de las cinco hornacinas, toda la multitud de Picchu está reunida. Los *unkus* y los *anacos* son blancos, y un camino de antorchas se ha encendido en el centro de la explanada, mientras el canto que hincha todos los pechos sigue resonando sin fin. Gabriel y Anamaya se acercan y ven.

Ha llegado.

En el ocaso, el Hermano-Doble los aguarda.

Los de Picchu tienen todos la cabeza gacha, la espalda inclinada; algunos están incluso en el suelo, en señal de la más profunda reverencia.

Anamaya se acerca sola al Hermano-Doble. Cuando toca su cabeza, el canto se interrumpe y ya sólo queda, en todo el valle, el eco del viento y el rugido del Wilcamayo.

> *¡Nada existe en vano, oh, Viracocha!*
> *Cada cual va desde las orillas del Titicaca.*
> *Cada cual va hasta las pirámides hundidas.*
> *Cada cual ocupa el lugar que tú le asignaste.*

Durante mucho tiempo, las palabras de la oración fluyen. Cuando ha cesado, Anamaya extiende los *quipus* ante ella y deja que sus dedos descubran los nudos, con el espíritu de Katari pasando por ella. Gabriel la ve más hermosa y más luminosa que nunca cuando se incorpora y habla.

—Hace mucho tiempo —dice—, el Único Señor Huayna Capac confió secretos a una muchacha ignorante y recién salida de la jungla. Para poseerlos, muchos combatieron, muchos creyeron descubrirlos en la guerra y la destrucción sin fin. Ese tiempo ha terminado. Sólo hay un secreto: que el Hermano-Doble debe ahora encontrar su morada, para que se conserven, por todo el tiempo, el alma de nuestro pueblo, el alma eterna de nuestras montañas, la unidad de todos los mundos, el de Aquí, el de Allí, el de Abajo...

El canto se reanuda cuando Anamaya calla, ahora como una danza que hace ondular los cuerpos de la gente de Picchu, lenta y solemne, confiada. Los porteadores izan al Hermano-Doble en la litera, y Anamaya los guía a través de los tres niveles de las terrazas, por debajo de la explanada, que la multitud no abandona. En una plaza encajonada, cuyos bordes dan al barranco del Wilcamayo, tres rocas han sido perforadas por una galería que parece hundirse en lo más profundo de la tierra.

—*Urku Pacha* —dice Anamaya, tomando la llave de piedra que Katari le dio—. Aquí es.

Los últimos rayos del sol se agarran al *Intihuatana* y se fijan allí unos instantes, mientras el Hermano-Doble desaparece por la galería central.

El canto cesa de nuevo y toda la tierra se ve agitada por un temblor, un universal pataleo, como si miles de tambores resonaran bajo sus pies.

Cuando el sol iba a zambullirse detrás de las montañas, Katari se ha sentado para lanzar por última vez la piedra que detiene el tiempo.

Un rayo se ha fijado en la cumbre de la pirámide y se ha deslizado por su flanco como el relámpago, inmovilizándose a sus pies, en el lugar donde se abre el círculo del templo subterráneo.

«Aquí», repite tomando en sus manos la llave de bronce.

Con un sordo ruido, un apagado martilleo, el suelo tiembla de pronto. Es una vibración que penetra en sus pies y sus piernas, como si un ejército se acercara a él por todas partes. En lo alto de la pirámide, la ganga secular del Mojón de los Orígenes se resquebraja antes de desmenuzarse, dispersando su polvo al viento procedente del océano. Mientras su punta emerge del suelo, desnuda, las primeras gotas de lluvia estallan sobre su piel de granito.

Katari, con los ojos levantados, ofrece su rostro a la lluvia.

El sol ha desaparecido detrás de las montañas, y Gabriel se ha reunido con Anamaya en la terraza, junto al barranco.

Lentamente, tragados por la noche, los de Picchu se alejan. En largas filas silenciosas, abandonan la ciudad para siempre. Dibujando en la oscuridad de la montaña unas serpientes de fuego precisamente cuando las estrellas aparecen en el cielo, se alejan hacia las Cuatro Direcciones, con sus antorchas en la mano.

Durante años han construido la ciudad secreta de Picchu para convertirla en una morada digna del Hermano-Doble. Sus entrañas de oro contienen toda la historia y el poderío de los incas, el tiempo pasado y futuro de los Andes, la memoria de la gloria y de la prueba. ¿Lo saben quienes hoy se marchan? «Sin duda, no —piensa Anamaya—, pero están orgullosos de la obra realizada.» Parten sin una palabra, sin una mirada: lo que debía decirse se ha dicho, se ha hecho lo que debía hacerse.

En medio de todos ellos, Anamaya y Gabriel ven agitarse, largo rato, la cabellera de nieve de Huilloc Topac, antes de desaparecer a su vez.

Ahora, sólo hay silencio.

En el aire pesado, una súbita humedad se pega a sus rostros al mismo tiempo que unas nubes, más negras que el anochecer, cubren el cielo. Caen las primeras gotas de lluvia. Unos silenciosos relámpagos surcan la sombra de las montañas y arrojan una luz macilenta. Muy pronto rodean Machu Picchu como una jauría de fieras de brillantes colmillos. Aquí y allá, el rayo planta sus arcos de luz con roncos ladridos. Instintivamente, Anamaya se aprieta contra Gabriel, cuya respiración se acelera. Busca su mano y la aferra contra su vientre. Como si aquel simple gesto lo hubiera atraído, el rayo cae muy cerca, en la más alta terraza. Tiemblan ambos, apretando los párpados a la espera del estruendo del trueno. Pero el fuego del cielo, apenas con el crujido de una rama muerta, se convierte en una bola deslumbradora. Lanzando chispas de oro fundido, baja por la pendiente y estalla en una multitud de arroyos de fuego que se ciñen a la menor falla de la roca. El acre olor del azufre se hincha en el aire empapado de agua. Sólo entonces, haciendo vibrar su pecho, el trueno redobla de ladera en ladera, hasta lo más profundo de los barrancos. El furor procede del cielo y brota de la tierra, sacude todo el mundo a la vez.

No tienen miedo.

Cuando la tempestad se calma, un viento fresco barre las nubes y despeja el cielo.

El viento hace de nuevo rumorear las hojas en el silencio.

La noche es tan absoluta que parece que el mundo esté sólo hecho de cielo.

Cuando la lluvia cesa, Katari viaja con las estrellas. Desde el horizonte, sigue el recorrido del Mayo del cielo, el río sagrado celestial, y sonríe cuando se detiene en la oscura nube del Lama. Los poderosos del Otro Mundo le agradecen el trabajo realizado. La bruma se ha desgarrado y distingue claramente los *llamacñawin*, los ojos del Lama. Las dos estrellas brillan suavemente. Su titileo se ha hecho regular, lento y armonioso, eterna pareja al compás de un mismo corazón.

«Estáis ahí —murmura para sí mismo—; estoy con vosotros. El tiempo es uno. Venimos de antes y vendremos después. Todo está bien.»

Durante toda la noche, Gabriel y Anamaya pasean entre las constelaciones.

Anamaya llama a las pléyades *collca* y dice que son la madre de todas las demás estrellas. Señala con el dedo las tres estrellas del cinto de Orión.

—El cóndor, el buitre y el halcón —susurra al oído de Gabriel.

Vuela con ella y descubre, rodeadas por las estrellas, las siluetas del pájaro, del oso, de la serpiente y, por fin, del puma.

En la penumbra del alba, Anamaya le designa Venus con el nombre de *Chasca Cuyllor*.

El mundo se ha zambullido; el mundo renace.

El tiempo se ha enrollado como una serpiente; el tiempo se ha desplegado.

Se besan largo rato.

Luego, subiendo por las terrazas, siguen las callejas de la ciudad desierta hasta las escaleras que salen de ella. Anamaya le arrastra por el camino empinado y resbaladizo que atraviesa la jungla para llegar a la cima de Machu Picchu, allí donde, años antes, tomó la mano de una niñita que debía ser sacrificada y no lo fue.

Ascienden a través de la vegetación lujuriante, con los ojos deslumbrados por el sol del nuevo día. Atraviesan las puertas de piedra y, como si lo más alto del cielo estuviera al alcance de sus dedos, levantan el rostro.

El viento juega con las nubes y la bruma, y van sin miedo alguno hasta el extremo de la roca. Abren sus brazos y es como si desplegaran sus alas para lanzarse al vacío.

El viento se hace más fuerte aún, y el azul más profundo en el horizonte. Aguantan aún, hombres-pájaro empapados de amor ante el sol naciente.

Abajo, muy abajo, ya sólo hay piedras y fantasmas.

—¡Estamos solos! —grita Gabriel por encima del viento.

—Estamos juntos —responde ella en voz muy baja.

Hacia 1520, una década antes del descubrimiento del Perú por Francisco Pizarro, las fronteras orientales del Imperio inca tuvieron que enfrentarse a la invasión de las hordas de tupinambas. A la cabeza de esos indios procedentes del Brasil iba un europeo, llamado Alejo García. Los Hijos del Sol consiguieron contener la oleada de invasores, que sin embargo se establecieron al pie de la cordillera, con el nombre de chiriguanos.

Cuenta una leyenda que Alejo García, aquel portugués con ascendencia flamenca, habría capturado a una princesa inca, convirtiéndola en su compañera antes de desaparecer hacia el este. Y el hombre tenía los ojos de un azul de porcelana...

Tras haber conseguido recuperar a su hijo Titu Cusi, capturado por los españoles, Manco consiguió sobrevivir algunos años en su refugio de Vilcabamba. En Vitcos, en 1544, fue asesinado por siete almagristas, a los que, sin embargo, había acogido. Aquellos hombres esperaban obtener el perdón de Gonzalo Pizarro gracias al cobarde crimen.

Con el nombre de Cristóbal y en compañía de los más importantes miembros de su familia, Paullu fue bautizado en 1543. En 1545 fue ennoblecido y se convirtió en un hidalgo. En esta oscura epopeya, fue uno de los escasos protagonistas que murió de muerte natural en 1549.

El enano, Chimbo Sancto, vivió, sin duda, su ancianidad en sus tierras del valle de Yucay. Entre sus numerosos hijos, dos niñas heredaron su pequeña estatura. Pero su rastro se pierde en las zonas de sombra del pasado.

Hernando Pizarro permaneció veinte años encarcelado en España. Desde su prisión del castillo de la Mota, en Medina del Cam-

po, administró con atención y tenacidad la inmensa e inútil fortuna del clan Pizarro, gracias a su boda con la hija de su hermano Francisco. Liberado en 1561, construyó un palacio en su Trujillo natal, donde se extinguió, casi ciego, en 1578, a la edad, muy respetable para su época, de setenta y un años.

Fiel a su estilo, Gonzalo Pizarro nunca retrocedió ante sus ambiciones, y la vida pareció querer recompensarlo. En 1544 se hizo proclamar gobernador del Perú, en abierta rebeldía contra la corona de España. Durante cuatro años sembró el terror entre sus oponentes, especialmente gracias al brazo armado de su lugarteniente Francisco de Carvajal, llamado el Demonio de los Andes. En 1548 fue finalmente vencido por las tropas reales y decapitado en el campo de batalla.

Los sucesores de Manco resistieron aún, en Vilcabamba, hasta 1572, tras varios episodios de guerrillas y tratados de paz. Aquel año, el joven Tupac Amaru, último Único Señor legítimo, fue capturado en su refugio de la selva, llevado a Cuzco y decapitado en la plaza de Armas de la antigua capital del Imperio inca por orden del virrey Francisco de Toledo.

Su cabeza, clavada en la picota, en vez de pudrirse se embelleció cada día más y se convirtió en objeto de creciente veneración. Hoy aún el mito predice el regreso del inca el día en que la cabeza recupere su mutilado cuerpo.

GLOSARIO

ACLLAHUASI	Residencia de las damas elegidas *(acllas)*.
AMAUTA	Sabio, depositario del conocimiento.
ANACO	Túnica recta y larga hasta los tobillos que llevan las mujeres.
APU	Palabra quechua que significa «señor». Se antepone en general, al nombre de las cumbres montañosas que son otras tantas divinidades protectoras.
BALSA	Embarcación de madera del mismo nombre.
BOLEADORAS	Arma arrojadiza. Consta de tres cuerdas de cuero con una piedra atada al cabo de cada una, y una vez lanzada se enrolla alrededor de las patas de los animales.
CANCHA	Patio. Por extensión, el conjunto de tres o cuatro edificaciones que lo encuadran y forman la unidad habitable.
CHAQUIRAS	Pequeñas cuentas de concha rosa *(mullus)* reunidas en un collar o tejidas en las vestiduras ceremoniales.
CHASKI	Corredores encargados de transmitir los mensajes mediante un sistema de relevos.
CHICHA	Bebida ceremonial; cerveza fermentada elaborada casi siempre a base de maíz.
CHUÑO	Patatas que han sido sometidas a un proceso natural de deshidratación para que puedan conservarse durante varios meses.

Chuspa	Pequeña bolsa, tejida con motivos simbólicos religiosos, que contiene las hojas de coca.
Collcas	Edificio de una sola estancia, de forma circular o rectangular, destinado a la conservación de alimentos, tejidos, armas o demás objetos valiosos.
Coya	Título de la esposa legítima del inca de todos los incas.
Cumbi	Tejido de muy alta calidad, la mayoría de veces confeccionado en lana de vicuña.
Curaca	Soberano local o jefe de comunidad.
Curiginga	Pequeño falcónido, cuyas plumas blancas y negras adornaban el tocado del Único Señor.
Guanaco	Del quechua huanaco. Camélido andino no domesticado, primo de la llama.
Hatunruna	Significa «campesino» en quechua.
Huaca	Significa literalmente «sagrado». Por extensión, cualquier santuario o residencia de una divinidad.
Huara	Calzón. Los muchachos jóvenes lo recibían durante el rito de iniciación, llamado *huarachiku*.
Ichu	Hierba silvestre que crece en las montañas, cuya paja se utiliza generalmente para cubrir los tejados.
Inti Raymi	Una de las principales ceremonias del calendario ritual inca, en ocasión del solsticio de invierno.
Kallanka	Edificio alargado, provisto de aberturas que suelen dar a la plaza de un centro administrativo.
Llacolla	Capa que llevan los hombres.
Llautu	Larga trenza de lana de colores que se enrolla en la cabeza para formar un tocado.
Lliclla	Capa que llevan las mujeres.
Mascapaicha	Junto al *llautu* y las plumas de *curiginga*, esta especie de franja de lana que cae sobre la frente forma el tocado emblemático del Único Señor.
Mullus	Conchas de la costa del Pacífico, de color rojo o rosado. Tanto en estado natural como trabajado,

	su uso está íntimamente ligado a los rituales religiosos.
PACHACUTI	Gran conmoción que anuncia la llegada de una nueva era.
PANACA	Linaje. Descendencia de un soberano inca.
PAPAS	Patatas.
PUTUTU	Gran concha marina que sirve de trompa.
QUINUA	Cereal andino muy rico en proteínas.
QUIPU	Conjunto de cordeles con nudos de colores que servía de soporte mnemotécnico para los inventarios.
TAMBO	Especie de posta colocada a intervalos regulares en las rutas del Imperio, donde el viajero podía obtener lecho, cubierto e, incluso, ropas a cargo del Estado.
TIANA	Banco pequeño, símbolo del poder, cuyo uso está exclusivamente reservado al Único Señor.
TOCAPU	Motivo geométrico, de significado simbólico, que adorna las vestimentas de los incas.
TUMI	Cuchillo ceremonial, cuyo filo de bronce es perpendicular al mango.
TUPU	Larga aguja de oro, plata, bronce o cobre, cuya cabeza está trabajada y permite cerrar la *llacolla* o *lliclla*.
ÚNICO SEÑOR	Título del soberano inca.
UNKU	Túnica sin mangas y larga hasta las rodillas que llevan los hombres.
USHNU	Pequeña pirámide situada sobre la plaza de una población inca, reservada a los representantes del poder.
VISCACHA	Roedor de la familia de las marmotas, provisto de una cola parecida a la de la ardilla, que vive en los peñascos.